U0949629

WALDEN

瓦尔登湖

[美]亨利·戴维·梭罗/著
潘庆舲/译

上海社会科学院出版社
SHANGHAI ACADEMY OF SOCIAL SCIENCES PRESS

图书在版编目（CIP）数据

瓦尔登湖 /（美）亨利·戴维·梭罗著 ；潘庆舲译
.— 上海 ：上海社会科学院出版社，2024
ISBN 978-7-5520-4322-8

Ⅰ.①瓦… Ⅱ.①亨… ②潘… Ⅲ.①散文集—美国
—近代 Ⅳ.①I712.64

中国国家版本馆CIP数据核字（2024）第092551号

瓦尔登湖

著　　者：［美］亨利·戴维·梭罗
译　　者：潘庆舲
责任编辑：陈如江　包纯睿
封面设计：周清华
出版发行：上海社会科学院出版社
上海顺昌路622号　邮编200025
电话总机021-63315947　销售热线021-53063735
https: //cbs.sass.org.cn　E-mail: sassp@sassp. cn
照　　排：南京展望文化发展有限公司
印　　刷：苏州市越洋印刷有限公司
开　　本：787毫米×1092毫米　1/32
印　　张：13.25
插　　页：4
字　　数：273千
版　　次：2024年7月第1版　　2024年7月第1次印刷

ISBN 978-7-5520-4322-8 / I · 527　　定价：68.00元

我无意写一首闷闷不乐的颂歌，

可我要像破晓晨鸡在栖木上引吭啼唱，

只要能唤醒我的左邻右舍就好。

——梭罗

《瓦尔登湖》：人与自然和美共存的赞歌

《瓦尔登湖》是一本超凡入圣的好书。严重的污染使人们丧失了田园的宁静，梭罗这本书便被整个世界阅读和怀念。

——英国著名作家　乔治·爱略特

梭罗是一位天才人物，他更是一位了不起的作家，写出了美国最好的书。

——美国文明之父　爱默生

美国文学中无可争议的六本或八本传世佳作之一。

——美国著名批评家　约瑟夫·伍德·克鲁奇

19世纪初叶，年轻的美利坚合众国刚摆脱战争创伤，元气得以恢复，国内经济有了迅速发展，俨然跻身一流经济大国。与此同时，日新月异的科学发明创造与大规模开发自然，一方面使美国人过上了空前富裕舒适的物质生活；另一方面掠夺性开发自然，严重地破坏了生态环境，导致原先纯朴恬淡的田园牧歌式的乡村生活销声匿迹。这时候，有一位独具慧眼、颇有忧患意识的伟大思想先驱，切中时弊，大声疾呼人与自然和谐相处——他就是新英格兰著名作家、美国生态文学批评的始祖亨利·戴维·梭罗。

亨利·戴维·梭罗（Henry David Thoreau）于1817年7月12日生于美国马萨诸塞州康科德镇。康科德四乡风景如画，梭罗喜欢经常到野外去，独自徘徊在树木花草、鸟兽鱼虫之间，与大自然结下了不解之缘。1833年他进入哈佛大学，好学不倦，是班级优等生；1837年毕业后返回故乡任教两年（1838—1840），还当过乡村土地测量员。但他毕生酷爱漫步、观察与思考，写下了大量日记，其中积累了他日后进行创作的丰富素材。他与大作家爱默生（Ralph Waldo Emerson，1803—1882）相契，于1841—1843年住在爱默生家里，成为后者的门生兼助手。于是，他弃教从文，在爱默生的激励下，开始写诗与论说文，起初给超验主义杂志《日晷》，旋后也给其他报刊撰稿。

1845年，他在离康科德两英里[1]远的瓦尔登湖畔（爱默生的地块上，事前征得恩师同意）亲手搭建一间小木屋，在那里度过的两年多的岁月中，他完成了《康科德河与梅里麦克河上一周》和《瓦尔登湖》两部作品（均在他生前出版）。1847年梭罗返回康科德居住，其后就在故乡从事写作、讲学及观察、研究当地动植物，偶尔也出门作短程旅行，以广见闻，为日后

1　1英里约合1 609米。

创作打下坚实基础。有时，他还得到父亲的铅笔工厂去挣点钱维持生活。1862 年 5 月 6 日，梭罗因患肺结核不幸去世，年仅 44 岁。他生前一直默默无闻，并不为同时代人所赏识。直到 20 世纪，人们方才从他的不朽杰作中开始普遍地认识他。实际上，他真正声名日隆，还是在 20 世纪 30 年代以后。

1846 年 2 月 4 日，梭罗在独居瓦尔登湖畔期间，曾经给康科德乡民们做过一次学术性的演讲，题为《托马斯·卡莱尔及其作品》。演讲结束后，乡友们如实相告，对于这个不可理喻的苏格兰诗人和他的著作，他们压根儿不爱听。说真的，他们很想听听他谈谈个人湖畔林居的所见所闻。对于乡友们的这一诉求，梭罗倒是非常心领神会。于是，在 1847 年 2 月 10 日，他以《我的个人经历》为题，在康科德再次登台演讲，结果令他喜出望外，受到了听众们的热烈欢迎。听众们甚至劳驾他在一周后再次讲演一遍，希望他的讲稿还可以进一步增补内容。是故，此次演讲以及后来类似的演说，就成为《瓦尔登湖》一书的雏形。梭罗于 1847 年 9 月完成初稿，1849 年打算出书，可万万没想到会受到挫折。因此，他不得不历时五载，将此书反复修改、增补、润饰，前后计有八次之多，终于使它成为一部结构紧凑、文采斐然的文学作品。《瓦尔登湖》在 19 世纪美国文学中，被公认为最受读者欢迎的非虚构作品，迄至今日已有两百种以上不同的版本，同时在国外也有不计其数的各种不同语言的译本。

《瓦尔登湖》一书副标题为《林居纪事》，一望可知，乃是梭罗本人入住瓦尔登湖畔林居的实录。此书一开头，作者就声明是为了“乡友们细致入微地探听我的生活方式”而写的。他选择湖畔为未来住所，就地取材，亲自搭建小木屋，恰巧于1845年美国独立纪念日入住，种庄稼、栽菜蔬，过着独立不羁、悠闲自在的生活。当时在美国，就有人拿这本书当19世纪笛福的《鲁滨孙漂流记》来阅读欣赏。没承望《瓦尔登湖》书中充满风光旖旎的田园般的魅力，足以诱惑数以百计的读者退隐山林，或者傍湖筑舍，竞相仿效这位贤哲俊彦的生活模式。一般说来，这种趣事是人们都所始料不及的，殊不知梭罗仿佛料事如有神似的，早就预见到会有如此众多之门徒，所以，他在书中语重心长地奉劝过读者诸君，说很不希望有任何人采取他的生活方式。因为人们很容易把《瓦尔登湖》看成逃避现实的隐士幽居胜地或者世外桃源，事实上，这恰恰有违梭罗的初衷。梭罗在书中开宗明义地说过，他之所以入住瓦尔登，是要探索生活的真谛，思考人与大自然这个重大问题，显然不是消极的、出世的，而是积极的、入世的。实际上，梭罗入住之后，并不是茕茕孑立，与人老死不相往来。恰好相反，他一方面经常出门走访，回康科德做学术讲演；另一方面，也有各种各样的来客专程前来登门造访，有的还冒着大风雪赶来，与作者倾心交谈。所以说，梭罗始终置身于这个社会大家庭中。再有很重要的一点是《鲁滨孙漂流记》毕竟是笛福的虚构小说，而《瓦尔登湖》乃是名副其实的非虚构作品，两者不可同日而语。

从某种程度上说，《瓦尔登湖》就像是康科德地方志中的动植物篇。诚然，梭罗大半辈子在康科德与瓦尔登湖边度过，始终致力于观察与研究飞禽走兽、草木花果，以及一年四季的变化进程。他写到的草木、禽兽如按生物纲、目、科分类粗略地估算一下，动辄数以百计，他还给它们分别标上拉丁文（或希腊文）学名，追溯渊源、观察研究之如此精当、地道，事实上与博物学家相比，也毫不逊色。更有甚者，通过生花妙笔，梭罗的心得体会得以点染在自己的描述中，从而被誉称为《瓦尔登湖》一书中的精华所在。难怪19世纪美国书评家奉劝读者不妨跳过《瓦尔登湖》中颇有哲学意味的片段，直接去品味赏析描写大自然的那些篇章。梭罗是当之无愧的描写大自然的高手，他在促进生态文学创作发展方面确实功不可没。虽说在他之前，美国也有过好多专门描述大自然的作家，但他们仅仅报道科学界的一些发现，显得相当单调乏味，是故，能以神来之笔描写大自然而成为独具一格文学之作的，毫无疑问，梭罗堪称个中翘楚。美国有的批评家曾经举例指出，单单是《瓦尔登湖》中有关潜水鸟的描写，若与约翰·奥杜庞所著《美国鸟类》一书中潜水鸟章节作一比较，两者显然有霄壤之别，后者纯属科技性的报道，前者则是艺术作品。同样，我在译书过程中也觉得，梭罗不论对红黑蚂蚁大战的描写也好，还是对灰背隼、红松鼠、猎狐犬等的描写也好，都是如此绘声绘色、如此引人入胜，真可以说是旷世罕见的华章。

作为艺术品的《瓦尔登湖》，在美国已被公认为现代美国散文的最早范本。《瓦尔登湖》的风格，若与它同时代的作品，比方说，具有写作天才的霍桑、梅尔维尔、爱默生等人的作品相比，都是迥然不同。那主要是因为梭罗这种独特的体裁颇具20世纪散文风格。当然，《瓦尔登湖》的主题，显而易见，写的十之八九是19世纪的人和事，然而妙就妙在，作者对字句文体的选择似乎有些超前，颇具20世纪的风格。句子写得率真、简洁，一扫维多利亚时期那种漫无边际的文风，而且用字极其精当，富有实体感，几乎不用模糊抽象的字眼。因此，梭罗这篇写于19世纪的散文，除文体多变化外，实际上似与20世纪海明威或亨利·米勒的散文并没有多大差异。

写作手法上，梭罗在《瓦尔登湖》中也有不少独创之处，特别是比喻的运用，几乎达到了极致。读者可以发现各类著名比喻语之实例，包括从音节的调配到意重语轻的反语法，或者比较通俗的从明喻到双关语等。读过《瓦尔登湖》的人都知道，梭罗特别喜爱使用双关语，在全书中俯拾即是，如果有兴趣的话，我觉得，读者不妨试着编成类似索引，的确耐人寻味。精彩绝妙的双关语，我在这里信手拈来一两个，仅供读者细细玩味。梭罗写到一个在瓦尔登湖没有钓到鱼的渔夫，管他叫作修道士（Coenobites），作者在此不仅暗示此渔夫乃是虔信宗教人士，而且我们读者要是稍加留意，听一听“修道士”这个英文词儿的发音，立时会发觉，其实，梭罗是在说：“你瞧，没有鱼上钩。”（See, no bites.）再说，他写到作为资本主义物质文明的标志——铁路时，既表示铁路的开通有利于人际往来、城乡交流，但对铁路建设破坏自然生态等，却又深表不满，就借“枕木”这个双关语写道：“如果一些人乐乐呵呵地乘坐火车在铁轨上驶过，那肯定有另一些人不幸地在下面被碾压过去。”他说“躺在铁路底下的枕木”，“就是一个人，一个爱尔兰人，或者说一个北方佬”，“他们可睡得很酣”。作者在这里通过英文枕木（sleeper）这个双关语，比喻那些为修造铁路卖命而又昏睡不醒、毫无觉悟的人。对于这些劳工，梭罗确实满怀同情，真可以说，哀其不幸，怒其昏睡不醒。总之，梭罗笔下那么多的双关语，我在译述时不由得一一加注，我想，说不定我国读者也会倍感兴趣。

从《瓦尔登湖》中的双关语，我们不禁联想到梭罗那种独特的幽默感。尽管当时文坛上很有权威的洛厄尔撰文说梭罗没有幽默感，不少批评家却反驳道：缺乏幽默感的倒是洛厄尔，而绝不是梭罗，因为人们在阅读《瓦尔登湖》时会发现字里行间都闪耀着梭罗的智慧光芒。他的幽默不见得都是喧哗的，就像喜剧性那样俗不可耐。梭罗的幽默感饱含着一种批评性的、亦庄亦谐的韵味，它不仅使读者看在眼里，自然心情轻松，乃至于忍俊不禁，而且还像斯威夫特、伏尔泰、马克·吐温或萧伯纳的幽默，发人深省。比方说，19世纪上半叶，新生的美利坚合众国立国还不太久，人们老是觉得自己脱不掉乡里乡气，一切时尚紧跟在欧洲后头，特别是以英国、法国马首是瞻，乃至于东施效颦也数见不鲜。因此，梭罗就在《瓦尔登湖》中写出了“巴黎的猴王戴上了一顶旅行帽，全美国的猴子便群起仿效”。读者不难揣想，美国人读到这类俳谐字句，管保暗自发笑，毋庸否认，这笑声里头还包含着梭罗把他们当作猴群的默认呢。总之，像上面这样连类不穷、涉笔成趣的诙谐幽默的词句在书中可谓比比皆是，梭罗就是通过它们来揭示：我们人类是何等愚蠢啊。

梭罗还擅长夸张手法。最好的实例就是当年《瓦尔登湖》初次问世时他在扉页上所写的题词：“我无意写一首闷闷不乐的颂歌，可我要像破晓晨鸡在栖木上引吭啼唱，只要能唤醒我的左邻右舍就好。”不言而喻，作者旨在说明自己不愿做什么闷闷不乐的哀叹，他要使自己写在书中的切身感受对人们多少有所裨益。反过来说，作者写在书里的是一首精神抖擞、乐观向上、歌唱生活的欢乐颂。这是全书的宗旨，气势豪迈而又言简意赅，原本印在卷首，意在引人醒目。不知何故，后来数以百计的《瓦尔登湖》版本几乎全给删去了，依我看，显然拂逆了作者的初衷。他有时还采用先扬后抑的手法，比方说，在《消极抵抗》的名篇中就是这样，他写道：“我衷心地接受这箴言——‘管得最少的政府是最好的政府’……我相信这箴言等于说——‘不管的政府是最好的政府’。”接着，梭罗就笔锋一转，对自己过分激烈的观点有所收敛，采用委婉的口吻说：“我不是要求即时取消政府，而是要求立即有个较好的政府。”从而表明了自己绝不是政府废除派的立场。但是，弦外之音，反过来说，政府要是逼迫人民去做违背自己意愿的事，人民就应该拥有消极抵抗的权利。《消极抵抗》一文，原先也是应乡民们诉求所做的讲演而写成的，旋后不胫而走，远播海内外。没承望梭罗这种单凭个人力量的“非暴力抵抗”的主张，极大地激发了世界各国仁人志士——比方说，圣雄甘地、列夫·托尔斯泰和马丁·路德·金——的灵感，显然产生不可估量的影响。迨第二次世界大战以后，“垮掉的一代”中最出名的小说家杰克·凯鲁亚克（其代表作是《在路上》）等人，也对当时尽管繁荣但无生气的美国文明作过真正的抗议。美国文学史家据此指出：他们就是继承了美国悠久而了不起的抗议传统，其渊源至少可以追溯到梭罗的风骨。

梭罗还在书中谈天说地、纵古揽今时，一边立论公允、痛斥时弊，一边又提出不少积极性的批评与建议，其内容十分广泛，涉及饮食文化、住房建筑、生态环境、学校教育、农贸渔猎，等等。他反对当时严重脱离实际、费用高昂、培养年轻学子的学院式教育，提倡“与同时代中最有教养的人交游，从而得到更有价值的教育，那是压根儿不需要付什么钱的”。显然，这是梭罗根据自己追随爱默生、获益匪浅的可贵经验而得出的结论，十分精彩有力，至今仍然启迪后人深省。他一贯主张生活简朴、社会公正，在书中这么写道：“我深信，如果人人都像我当时那样过简朴的生活，那么，偷窃和抢劫也不会发生。这样的事之所以发生，盖因社会上存在贫富不均。”寥寥数语一针见血地触及当时美国社会上贫富悬殊的要害。梭罗还根据个人耕作体验，认为“一年里头只要工作六周，就足够生活开支”，或者换句话说，一周之中只要工作一天，剩下六天时间，完全可以自由自在，安心读书，思考问题，或者从事艺术创作，等等。要知道，在当时，一周以内，人们六天工作，一天是安息日，这向来就是上帝的安排。梭罗身为基督徒，却大唱反调，主张工作一天，休息六天，岂不是大逆不道吗？反正在本书中，读者时不时会碰到类似上述的逆反言论，如果说梭罗是一个社会批评家，也是一点儿不过分。

梭罗在《瓦尔登湖》中用很大篇幅谈到人与自然和谐相处，人与草木鸟兽和谐相处，这样的精彩片段有许许多多，恕不一一列举。我打算日后另撰专文予以介绍。这里着重提一下，梭罗还主张社会内部各族群之间和谐相处。邃古以来，北美大陆的主人、原住民是各部落的印第安人，欧洲殖民者到达“新大陆”后不仅肆意残杀无辜的印第安人，使其濒临种族灭绝的境况，而且彻底毁掉了悠久的印第安文化与生活方式，还对印第安人持极端歧视的态度。殊不知梭罗乃是狷介之士，反其道而行之。他在书中常常笔酣墨饱地写到印第安人的种种美德，甚至说，即使是“野蛮民族”，美国人也“不妨学一学，也许大有裨益”，具体地说，就要学习各部落印第安人和墨西哥人的风俗文化，比如，“新果节”“辞旧迎新祭祀活动”，好像是在“蜕皮求新”“净化自己”，等等，试想远在一个半世纪以前，梭罗就具有上述真知灼见，确实值得世人们称道。

梭罗从年轻时起即好学不倦，博览群书。古希腊罗马文学、东方哲学和德国古典哲学对他都有影响，而爱默生的《论自然》等著述中的超验主义思想则给他较深的影响。超验主义思想的基本出发点就是反对权威，崇尚直觉；其核心是主张人能超越感觉和理性而直接认识真理。无奈梭罗是一个富有诗人气质而又注重实践的哲学家。他和爱默生虽然是师生关系，在哲学思想上有很多相同之处，但他们的思想观点却是和而不同。这主要是因为他们两人的个性与作风毕竟大异其趣，结果反而使他们日益疏远，越到后来，越难接近。爱默生偏重于哲理的思辨，而梭罗则力求将自己相信的哲理付诸实践，就是说要身体力行。有趣的是，以爱默生为代表的康科德派文人，也在小溪农庄和花果园地建立了一些公社，希望实现他们的理想，一边耕地，一边谈论哲学。惜乎这两个乌托邦社会都失败了。但是，梭罗主张人应该过一种有深刻内容的返璞归真的生活；他意志坚强地入住湖畔林居，根据个人生活体验写成的不朽之作《瓦尔登湖》，就是他通过自己身体力行而结出的丰硕成果，终于赢得超验主义《圣经》的美誉。

不言而喻，梭罗曾经从东方哲学思想中取得不少滋养与借鉴，从而丰富了自己独特的思想见解体系。值得注意的是梭罗对中国学术文化，尤其是儒家思想情有独钟。他在《瓦尔登湖》中旁征博引孔子、孟子等先秦儒家贤哲经典言论，总共有九处之多。博大精深的中国学术文化，崇尚自然、天人合一、民胞物与、仁者乐山、智者乐水，不仅成了梭罗在阐发自己的思想论点时有力的支柱，而且不经意间扩大了现代美国文化的思想视野。读到梭罗如此这般热衷地向美国人介绍孔孟之道、老庄思想，我想，我国读者也一定会很感兴趣。梭罗引经据典的全新诠释，实际上，不就是在重新发掘和激活中国传统文化，尤其是儒家经典文化所固有的独特的魅力和活力，从而顺势将其融合到美国文化，乃至于全球性文化中去吗？说到底，凡吾同胞每每一读完《瓦尔登湖》，掩卷深思，不难发觉，远在一个半世纪以前，梭罗在他的杰作的字里行间仿佛早就倾情赞同我国著名学者费孝通先生“各美其美，美人之美，美美与共，天下大同”的人类远大理想。

梭罗根据自己深信的超验主义观点，在书中就自然界四季更迭和精神复苏作出了极其精彩的描述。从章节上来看，《瓦尔登湖》一书是以春天开端，依次经历夏天、秋天和冬天，最后仍然以春天告终，好似生命轮回的写照，既是终点又是起点，生生不息。梭罗在书末讲到一个在新英格兰广泛流传的故事——从一个蛰伏六十多年之久的虫卵里孵化出一只健壮而又美丽的小虫子，再次强调世上任何力量扼杀不了生命的复苏，同样表达了他的无比乐观的人生态度。梭罗在结尾时所写下的隽语箴言，直至今日，依然令人对未来充满了希望：“遮住我们眼睛的亮光，对我们来说无异于黑暗。唯有我们清醒的时候，天光才大亮。天光大亮的日子多着呢。”

随着岁月流逝，梭罗的《瓦尔登湖》越来越受到世人的无比崇敬，曾被誉称为“塑造读者人生的二十五本书之一”（美国国会图书馆评语）。美国批评家伊拉·布鲁克甚至还说过：“在过去一百年里，《瓦尔登湖》已然成为美国文化中纯洁天堂的同义词。”不消说，英国著名作家乔治·爱略特更是慧眼识珠，远在当年《西敏寺周报》上就撰文指出：“《瓦尔登湖》是一本超凡入圣的好书。”严重的污染使人们丧失了田园的宁静，所以，梭罗这本书便被整个世界阅读和怀念。走笔至此，我猛地记起，《瓦尔登湖》于 1854 年出版之后，恩格斯写于 1873—1882 年的《自然辩证法》中，也曾言近旨远地告诫过世人这一段名言：“我们不能过分陶醉于我们人类对自然界的胜利，对于每一次这样的胜利，自然界都对我们进行了报复。”余外，不久前，由北京大学梁从诫教授领衔的我国有识之士在深圳举办自然论坛，在特意向我国广大读者郑重推荐的“十大自然读物”的书目中，梭罗的《瓦尔登湖》名列榜首，足见它确实是举世公认的一部不朽名著。说真的，梭罗写在书里的一字字、一句句，对上至国家决策人、下至草根百姓来说，都是恒久不变的警世箴言啊！我想，不管怎么说，当前全球生态环境仍在不断恶化，天上罕见一片蓝天、一丝和风，地上难觅一方净土、一泓清水，社会上贫富越来越悬殊，破坏自然生态环境的蛮横言行在某些地域依然甚嚣尘上，只要以上种种现象还没有得到彻底根除，在各个不同国家、各个不同民族，人们总要回首前尘，带着无限眷恋的心情，缅怀崇尚人与自然和谐的先驱，研读梭罗的这部不朽经典，从中不断地给自己汲取灵感、力量和希望。

Last, but not certainly least，习近平主席当年在访问美国演说中特别推崇梭罗及其杰作《瓦尔登湖》，端的是更显弥足珍贵。

潘庆舲

2007 年 1 月识于上海中山公园圣约翰名邸

2013—2023 年 8 月稍有增补

目次

省俭有方

写下面这些篇章，或者说写这里头大部分篇章时，我正形单影只地住在马萨诸塞州康科德[1]的瓦尔登湖畔树林我亲手搭建的一间小木屋里，离左邻右舍一英里，仅凭一双手养活自己。我在那里住了两年零两个月。现如今，我又是文明生活中的匆匆过客了。

要不是我的乡友们细致入微地探听我的生活方式，我本来不作兴向读者念叨私事，有渎清神，尽管有人会认为我的生活方式不可理喻，可在我看来并不尽然；而且，考虑到当时情况，我反而觉得非常合理。有人问我有些什么可吃的，我是不是感到孤独，我害怕不害怕，以及诸如此类的问题。另一些人则好奇地想知道我的收入中有多少捐给慈善事业了。还有一些拖家带口的人问我抚养了多少个贫困儿童。因此，我在本书中对上述某些问题作出回答，要请那些对我并不特别感兴趣的人多多包涵。大多数书里，都不使用第一人称“我”这个字儿。在这本书里，“我”将保留第一人称。“我”字用得特别多，就成了本书的一大特色。其实，不管哪本书，说到底，都是第一

---

1 马萨诸塞州（又译麻省），州府波士顿，位于美国东北部，北美移民最早登陆处。康科德是马州东部一小镇，梭罗的家乡，也是超验主义学派的活动中心。（拙译中所有注释，都是译者研修心得与旁征博引后编撰添加，以下恕不一一加注说明。）

人称在说这说那，不过我们往往把它给忘了。要是我既有自知之明又有知人之智，那我断断乎不会大谈特谈我自己的。不幸的是，我阅历很浅，只能局限于这一个主题。再说，我还要求每一个作家，迟早都能朴实无华、真心实意地写自己的生活，而不是仅仅写他听说过的别人的生活，写一些就像他从远方寄给亲人那样的书简，因为他只要真心实意地融入生活，一定是在离我十分遥远的地方。本书中这些篇章，也许对清贫学子特别适合。至于我的其他读者，他们会接受他们认为适合的那些部分。我相信，没有人会把撑破线缝的衣服穿上身，因为衣服只有合身，穿着方才舒服。

我想要说的事儿涉及更多的，倒不是中国人和桑威奇群岛人[1]，而是阅读以下这些篇章的，据说都是住在新英格兰[2]的读者诸君。就是说，有关你们的生存状况，特别是你们在当今世界上的外部状况或者现实环境，你们这个镇究竟是什么样儿，是不是非得坏成目前这个样儿，还能不能改善得好一些。我在康科德去过许多地方，所到之处，不管是商店、公事房，还是田野，依我看，居民们都在以形形色色惊人的方式苦修补赎。我听说过婆罗门的信徒在烈火中打坐，两眼直瞅太阳；或者说，身子倒悬于烈焰之上；或者说，侧转脑袋仰望苍穹，直到他们的身体无法恢复天生的姿态，这时脖子是扭曲的，除了

1　即今日夏威夷群岛人。

2　新英格兰，美国东北部（包括马萨诸塞州在内）六州总称，乃是英国清教徒最早移民之地。

流食啥都进入不了胃囊中去；或者说栖身在一棵树底下，今生今世把自己跟链子拴在一起；或者说就像毛毛虫，用自己的身子丈量各大帝国的疆土；或者说一条腿站在立柱顶端——即便是这些有意识的赎罪苦行，也不见得比我每天价见到的情景更不可置信，更令人触目惊心。赫拉克勒斯[1]的十二件苦差事与我的邻居们所经受的困苦相比，简直是小巫见大巫了。因为赫拉克勒斯毕竟只有十二件苦差事，好歹做完了就告结束；可是我从来没见过我的邻居们捕杀过任何妖魔鬼怪，或者服完过任何苦役。他们没有得到过像伊俄拉斯[2]那样的好友相助，用通红的烙铁把九头蛇的蛇头烧掉，不过九头蛇嘛，一个蛇头刚除掉，两个蛇头马上又长了出来。

我看到年轻人，亦即我的乡友们，他们继承了农场、房子、谷仓、牲畜以及各种农具，因为这些家产来得容易，但要舍弃却很难，此乃他们的不幸。他们还不如出生在空旷的牧场上，让狼喂养成人为好，那样他们就可以两眼更亮地看到他们应召去干活的田地是个什么样儿。谁让他们成为土地的奴隶？为什么有人只好含垢忍辱，有人却可以坐吃他们的六十英亩[3]收成？为什么他们一生下来就得开始给自己挖坟墓？他们本该像常人那样过日子，不妨把他们眼前所有这些劳什子甩掉，尽

---

1 古希腊和古罗马神话中的神，力大无比，曾不畏艰难，完成了十二件苦差事。

2 古希腊神话中的英雄人物，赫拉克勒斯的侄子，车夫与助手，帮助赫拉克勒斯完成第二件苦差事，即杀死九头水蛇和与前者结盟的螃蟹。

3 1 英亩约合 4 047 平方米。

可能把日子过好。我碰到过好多可怜虫，他们几乎被沉重的负荷压垮了，连气都透不过来，在生活道路上爬行，推动一座七十五英尺[1]长四十英尺宽的谷仓、从来不打扫的奥吉厄斯的牛棚[2]，祖传的一百英亩土地还得耕种、除草、放牧、护林！没有祖产继承的人，固然不被祖产继承而来的拖累所折磨，但他们却要拼命地干活，方能培育自己几许立方英尺的血肉之躯。

可是人们常在误导下辛勤劳作。人的音容才智很快被犁入泥土中，化成肥料。正如古书里所说，受一种似是而非、通称必然的命运支配，人们积累的财宝会遭到虫咬、锈坏，而且诱贼入室偷盗[3]。这是一个笨伯的一生经历，他们要是生前也许还不明白，那么在临终前准会明白。据说，丢卡利翁和庇娜是从头顶向身后扔石头才创造了人类[4]。——

> Inde genus durum sumus, experiensque laborum,
> Et documenta damus quâ simus origine nati.[5]

---

1 1英尺合30.48厘米。

2 源自古希腊神话，传说奥吉厄斯王的牛棚里有三百头牛，三十年没有打扫过，后来赫拉克勒斯用河水一天就给清扫干净了。

3 详见《圣经·新约·马太福音》第6章第19节："不要为自己积攒财宝在地上，地上有虫子咬，能锈坏，也有贼挖窟窿来偷。"第6章第20节："只要积攒财宝在天上，天上没有虫子咬，不能锈坏，也没有贼挖窟窿来偷。"

4 源自古希腊神话，丢卡利翁（普罗米修斯之子）与妻子庇娜逃脱了宙斯所发的洪水，夫妇俩从肩头向身后扔石头（即指大地母亲的骨头），石头变成男男女女，从而重新创造了人类。

5 原文为拉丁文，引自古罗马作家奥维德《变形记》第1卷第414—415行，意谓：人从此成为坚硬物种，历尽辛苦，给我们证明我们出身来历。

或者有如罗利[1]铿然吟咏过的诗句——

> 从此人心坚硬，任劳任怨，
> 证明我们的躯体源自岩石。

如此盲从荒谬的神谕，将石头从头顶往身后扔去，不看一看它们都掉落在了什么地方。

大多数人，即便在这个相对自由的国家，仅仅因为无知和误导，要应对的是虚假的忧虑，没完没了的粗活，却采撷不到更美好的生命果实。他们的手指，由于操劳过度，极其粗笨，而且一个劲儿颤抖，实在没法摘果子了。说真的，劳动的人没得闲暇休息，使身体得以日渐复原。他无法保持最洒脱的人际关系，他的劳动到了市场上就不免贬值。他除了做一台机器以外，哪儿有空去干别的什么来着。他怎么会记得自己是无知呢？他正是靠了无知才成长起来——尽管他时不时让自己的知识派上用场。有时我们应该无偿地让他得到温饱，并用我们的补品去使他恢复健康，然后才好对他评头论足。我们天性中最优秀的品质，好似水果外皮的粉霜，只有精心加以呵护方才保得住。可是，我们不管对待自己，还是对待别人，都缺失如此这般温情柔意。

---

1 罗利（Sir Walter Raleigh，1554？—1618），英国探险家、作家，早期美洲殖民者，颇具传奇色彩，著有《世界史》。

我们全都知道，你们里头有些人挺穷，觉得求生很不易，有时甚至连气都喘不过来。我毫不怀疑，你们里头读这本书的一些人，进餐后并不是都付得出钱来，或者说衣鞋快要穿烂，或者早已穿烂了也没钱添新的，即便如此，你们还忙里偷闲，阅读这几页文字，而这一点儿时间却是从你们的债主那儿借来或偷来的。你们里头好多人，一望可知，过的是多么卑微、鬼鬼祟祟的日子，反正我阅历丰富，看得一清二楚。你们老是身陷困厄，很想做一点儿事来还债，这是一个非常古老的泥坑，拉丁文叫作 aes alienum，亦即是指别人的铜钱，因为他们的钱币是用铜铸成的；你们生前，乃至于最后入土掩埋，使的都是别人的铜钱；你们老是说好还债，满口答应还债，明天就还，直到今天死了，债并没有偿还；你们竭力讨好求宠、获得惠顾，并且还使尽浑身解数，只图自己不吃官司坐大牢；你们撒谎，溜须拍马，选举投票，自愿被那套繁文缛礼框住，要不然，你们自己大吹大擂，营造一种稀溜溜的慷慨大方的氛围，以便说服你的邻居让你给他们做鞋子，制帽子，缝衣服，造马车，或者给他们代买食品杂货，反正为了防备日后生病而攒下点什么，没承望反倒把自己累得病倒了。你把一点儿钱塞到一只旧箱子里，或者在泥灰墙后头一只袜筒里藏过点什么，或者更加保险地塞进砖柜里，根本不管藏在哪里，也不管积攒多少。

有时候，我暗自纳闷，我们哪能如此轻率地——我几乎要说——致力于推行那种万恶不赦但不免有点陌生的所谓“黑奴制”，有那么多精明而诡秘的奴隶主在奴役南方和北方的奴隶。南方监工良心固然坏，北方监工良心更要坏，但是话又说回来，良心最最坏的还是你成为你自己的奴隶监工。胡扯什么人身上的神性！看一看大路上的车把式夜以继日地往市场赶，难道他心里还有什么神性在激动吗？他的最高职责是给驮马喂料添水！跟他的运货收益相比，他的命运算得了什么？他还不是在给一个炙手可热的乡绅赶车吗？他要什么神性来着？他要什么永世不朽？瞧他那副畏畏缩缩、鬼鬼祟祟的德行，整天价闹不清楚自己干吗胆战心惊，哪来什么不朽和神性，不过话又说回来，他仅仅是以奴隶和囚犯自居，给自己干的活儿挣个好口碑罢了。与我们的个人见解相比，公众舆论只是一个软弱无力的暴君。一个人如何看待自己，这就决定了，或者换句话说，指明了他的命运。甚至在西印度群岛各省谈论空想的自我解放——难道说就有威尔伯福斯[1]来实现吗？不妨再想一想，这块国土上的女士们，她们编织梳妆用的垫子，为世界末日作准备，对她们自己的命运却漠不关心！仿佛你尽管消磨大量时光，却对永生来说纤毫无损似的。

人们在绝望中默默地过日子。所谓听天由命，就是一种根深蒂固的绝望。你从绝望之城走向绝望之乡，还得拿水貂和麝鼠的勇气来安慰自己。甚至在人类所谓的游戏和娱乐底里，都隐藏着一种陈旧的却是下意识的绝望。两者里头根本没有玩儿

1 威尔伯福斯（William Wilberforce，1759—1833），从事殖民地奴隶解放活动的英国人，被后人认为思想超前。

的，因为只有工作之后才能玩儿。不过话又说回来，不做绝望的事才是智慧的一种特征。

我们使用教理问答式的语言思考什么是人生的宗旨，什么是真正的生活必需品和生活资料时，仿佛人们已经深思熟虑地选择了这种生活的共同模式，因为他们就是喜欢这种模式，而别的则一概不喜欢。其实，他们心里也明白，舍此以外，别无选择。但是，神志清健的人都知道日出山河清。捐弃我们的偏见，从来不算为时太晚。任何一种思考模式或者行为模式，不管它有多么古老，如无确证都是不可信的。今天人人附和或者予以默认的真理，明天却有可能成为谬论，而这种谬论只不过是缥缈烟雾，有人却坚信，那是雨云，会把甘霖洒向他们的农田。老人说你不能做的事，你不妨试一试，却发现你自己是能做的。老人有老办法，新人有新招数。古人也许不知道添上燃料，火苗儿就灭不了；新人会在火车锅炉底下放上一点儿干柴，就像鸟儿似的绕着地球飞转，正如老话所说：气死老头子。其实，老年人未必比年轻人更有资格做导师，因为老年人一生中获益的也不见得比失去的更多。人们几乎可以质疑，即使是最聪明的人，从生活中又能感悟出多少具有绝对价值的东西呢。说实话，老年人没有什么至关紧要的忠告可以给年轻人的，他们自己的经验如此不够完美，他们一生中又遭到如此惨败，他们必须承认那都是咎由自取；也许他们还有一些有悖于那种经验的信心，可惜他们已然不再年轻了。我在这个星球上已生活过三十多年，还没有听到我的长辈说过一句可谓有价值的，乃至于热诚的忠告。他们什么都没有告诉过我，也许他们对我说不出什么深中肯綮的话。这就是生活，一个在很大程度上我还没有尝试过的实验；他们倒是尝试过了，但对我丝毫无益。如果说我有什么自以为有价值的经验，我一定会想，这可是我的贤师们都还没有说过的呢。

有一个农夫对我说："你不能光吃蔬菜过活，因为蔬菜对骨头毫无营养可言。"于是，他虔诚地奉献一部分时间，给自己的骨骼系统提供滋养；他一边说，一边跟在耕牛后头，而他的那头耕牛就靠着蔬菜长成的骨头，正不顾一切障碍，使劲儿拖着他和他的耕犁往前赶。有些东西在某些人的圈子里，比方说，那些孤苦无助的重病人，确实是生命的必需品，但换了一个圈子，却仅仅成了奢侈品，要是再换一个圈子，则完全成了未知之物。

整个人类生活领域，不论山巅还是峡谷，在有些人看来，已被前人涉足过，所有问题也都被关注过。按照伊夫林[1]的说法："聪明的所罗门曾经下令，规定树与树之间应有的距离；罗马地方官也曾规定过，你可以多少次到邻居的地头上，去拾落下来的橡实而不算非法侵入，多少份橡实应归邻居所有。"希波克拉底[2]甚至给我们留下了如何剪指甲的方法，就是说我

1 伊夫林（John Evelyn，1620—1706），英国作家，皇家学会创始人之一，写过有关美术、林学、宗教等著作三十余部。他的《日记》一书见证了英国六十年来的政治、社会和宗教生活实况。

2 希波克拉底（Hippocrates，公元前460—前377？），古希腊著名医生，被誉为"医学之父"。

们的指甲应剪得不可过长，也不可过短，与手指头并齐。有人认为如此枯燥与无聊会将生活的多样化和欢乐消耗殆尽，这种看法毫无疑问如同亚当[1]一样古老。然而，人的各种能量从来还没有被估量过；我们也不应该根据任何先例来判断人的能量，毕竟人们尝试过的事委实太少了。不管你迄至今日经受过多大失败，“别难过，我的孩子，有谁会指派你去做你未竟之事呢”？

我们可以通过成千种简单的测试，来考验我们的生命：比方说，这是同一个太阳，它使我种的豆子成熟，同时也照亮了就像我们地球一样的整个太阳系。这点我只要记住了，就可以少犯一些错误。但我在锄豆子地时却没有这种想法。星星是好多神奇的三角形的尖顶点！宇宙间形形色色的宿或宫中，有多少相距很远的不同物种，却会在同一个时刻思考着同一个事物！如同我们的各种体制一样，大自然和人生也是形形色色。有谁能说清楚别人的一生会有什么样的前景吗？我们在一瞬间彼此两眼相望，难道说还有什么比这更伟大的奇迹吗？我们应该在一个钟头里经历这个世界上所有的时代；是的，经历所有时代中所有的世界。阅读历史、诗歌、神话吧！——我可知道，阅读别人的经验断断乎不像阅读历史、诗歌、神话那样令人惊讶而又增长见闻呢。

1　亚当（Adam），《圣经》中的人物，相传为人类始祖，详见《圣经·旧约·创世记》。

但凡我的邻居说是好的，大部分在我心目中却认为是坏的，如果说我有什么要反思，那也许是反思我太过循规蹈矩。莫非哪个恶魔缠住了我，让我的一言一行如此这般中规中矩来着？老人啊，那些最睿智的话儿你尽管念叨好了——你毕竟活了七十岁，活得还算体面——可我却听到一种不可抗拒的声音，要跟这一切离得远远的。一代人抛弃上一代的劳绩，就像抛弃搁浅了的船。

我想，我们可以笃笃定定地相信，比我们实际上相信还要多得多的事物。我们对自己的关怀能放弃多少，就能在别处诚心实意地给予他人多少。大自然既能适应我们的长处，也能适应我们的弱点。有些人无穷无尽地紧张焦虑，成了一种迹近不治的痼疾。我们生来就爱夸大我们所做工作的重要性，可是又有多少工作我们还没有去做！或者换句话说，我们万一病倒了，又该怎么办？我们该有多么谨小慎微！我们决心不靠信教过活，只要能不信教的话；白日里老是提心吊胆，晚上我们又违心地做祷告，把自己托付给未定之天。我们如此彻底真诚地被逼着过活，既要崇敬自己的生命，又要否认变革的可能性。我们说：这就是唯一的生活方式；但是，既然从一个中心可以画出好多好多半径来，那么，生活方式一样也有好多好多。一切变革都是奇迹，值得思考；而且又是分分秒秒都在发生的奇迹。孔子说过："知之为知之，不知为不知，是知也。"[1]既然有

1　引自《论语·为政》。

一个人将想象的事实归纳为自己所理解的事实，我敢预言说，所有的人最终都会在那个基础上打造他们的生活。

让我们略费片刻，思考一下，我在前文提及的麻烦和焦虑，十之八九是些什么，有多少需要我们烦心，或者至少还得小心应对。我们尽管置身于一种徒有其表的文明之中，但若能过上一种原生态的、开拓疆土的生活，还是颇有裨益，即使仅仅为了闹明白大量生活必需品是些什么，要用什么方法方可获得这些必需品；或者，甚至只消翻一翻商人的旧账本，看看人们在商店里买得最多的是什么，商店里存货是什么，也就是说，存量最大的杂货是什么。因为，时代固然在进步，但它对人类生存的基本法则并没有多大影响；就像我们的骨骼同我们祖先的骨骼相比，大抵也没有多大差别。

依我看，*生活必需品*，是指人通过自己的努力所获得的一切，或者换句话说，它从一开始（或者经过长期使用）就对人类生活变得如此须臾不可离，因此，没有哪个人，不管是出于野蛮、贫困，还是哲学上的缘故，试图不靠它，独个儿地过活，即使有这样的人，那也是寥寥无几。许多人认为，从这个意义上讲的生活必需品只有一种，那就是——食物。对大草原上的美洲野牛来说，那就是几英寸[1]长、可咀嚼的青草，可饮用的水，此外还要在森林里或者山阴处寻摸栖身之地。野兽需

1　1英寸合2.54厘米。

要的，不外乎是食物和栖身之地。在这个气候区，人的生活必需品可以极其精确地分为几大类：食物、住所、衣服和燃料；因为只有获得以上这些东西，我们方可自由自在地考虑真正的人生问题，并且有指望取得成功。人类的发明不仅有房子，还有衣服、熟食；也许是偶然发现烤火可以取暖，后来使用了火，起先被看成一种奢侈品，到现下围火取暖也成为一种必需品了。我们已看到，猫狗也都获得了这种第二天性。我们只要住处合宜，穿着适当，就能合理地保持体内的热量；可是，如果说我们的住处过暖，穿着过厚，或者燃料消耗过多，也就是说，外部的热量大大地超过我们体内的热量，那岂不是说在烘烤人体了吗？博物学家达尔文谈到火地岛[1]的原住民时说，他自己的随行人员穿得很厚实，围坐在火堆边一点儿也不觉得热，那时一丝不挂的化外之民[2]在离火堆老远的地方待着，达尔文大吃一惊地发现他们却被“烘烤得竟然汗流浃背”。同样，据说新荷兰人赤身裸体走来走去，若无其事似的，而欧洲人穿了衣服还冷得瑟瑟发抖。这些化外之民的体质铁硬和文明人的智质聪明，难道说不可以相互结合在一起吗？根据李比希[3]的说法，人体是一座火炉，食物即是维持肺内消耗的燃料。我们冷天吃得多些，热天就吃得少些。动物体内的热量是内部消耗缓慢的结果，内耗太快，就会出现疾病和死亡；或者换句话

1　火地岛位于南美洲南部，是以火地岛为主的岛群，分属阿根廷与智利。

2　化外之民，此处若按英文直译，则为野蛮人。

3　李比希（Justus von Liebig，1803—1873），德国化学家，以发展基因理论闻名于世。

说，由于缺乏燃料，通风装置出了毛病，火就会熄灭。当然，生命的体温与火是不能混为一谈的，但作为比喻也就只好到此为止。因此，从前文所述来看，动物生命这个词儿和动物体温这个词儿几乎成为同义词；因为食物可以被看成维持我们体内之火不熄的燃料——而燃料只不过用来煮熟食物，或者说从体外来增加我们的体温——此外，住处和衣服也只是保持由此产生和吸收的热量。

因此，就人体来说，最大的必需品就是保暖，保持生命的热量。我们为此就得何等含辛茹苦，不仅为了获取食物、衣服和住所，而且还要寻摸床铺，比方说，包括我们的睡衣，从鸟巢和飞鸟的胸脯上掠夺羽毛来打造这个住所里头的栖身之地，就像鼹鼠在地洞尽头拿杂草和树叶子做窝儿似的！穷人动不动就发牢骚，说这是一个寒冷的世界；我们的大部分疾病，不论生理上的也好，社会上的也好，我们干脆都归罪于饱受风寒。在一些气候区，夏天会给予人们一种天上乐园似的生活。那时节，燃料除了煮熟食物以外，也就不再是必需品了；在他看来，太阳就像是一团火，许多果实给太阳的光线煮熟了；一般来说，食物的品种繁多，而且又是唾手可得，衣服和住所已是完全用不着，或者说部分用不着。时下在这个国家，根据我的亲身经历，我觉得只要有几件工具：一把刀、一柄斧头、一把铁锹、一辆手推车，等等，就可以过日子了。对于饱学之士，另添一盏灯、一些文具，再加上几本书，这些均属次要的必需品，稍微花上几个铜子儿就能获得。然而，有些人不太聪明，跑到地球的另一边，到了蛮荒和肮脏的地区，一门心思地做上一二十年生意，为了谋生——就是说，为了追求舒适温暖——可到头来还是魂归新英格兰。奢侈的富人不只是得到令人舒适的暖和，而是暖热得太过反常；正如我前文所说的，他们的肉体是在被烘烤来着，不消说，是以很切合时尚的方式[1]在烘烤。

绝大多数奢侈品，以及许多所谓使生活舒适的物品，不仅不是必不可缺的，而且还极大地有碍于人类的进步。就奢侈和舒适来说，最聪明的人的生活，甚至比穷人过得还要简单、朴素。古代哲学家，不论在中国、印度、波斯，还是希腊，都是同一种类型的人，从外表看，他们比谁都穷，从内心看，他们却比谁都富。我们对他们了解得很不够。值得注意的是，我们毕竟对他们好歹有所稔知呢。近代改革家和他们的民族救星，他们也都是如此这般。一个人唯有站在我们称之为甘于清贫的有利地位上，方能成为人类生活的公正、睿智的观察家。不论在农业、商业、文学或艺术中，奢侈生活结出的果实也都是奢侈。时下哲学教授比比皆是，但哲学家却一个也没有。然而，教授是令人艳羡的，因为教授的生活曾经令人艳羡。做一个哲学家，不仅要有奥博的思想，乃至于建立一个学派，而且还要热爱智慧，按照智慧的要求，过一种简朴、独立、豁达大度与富有信心的生活。不仅要从理论上，而且还要在实践中，解决生活中的一些问题。大学问家和大思想家的成功，不是帝王式

1　原文为法文 à La Mode。

的，也不是壮汉式的，通常都是侍臣式的成功。他们一味随流徇俗，应对生活变化，他们的所作所为，实际上跟父辈们如出一辙，压根儿成不了什么顶天立地的人类始祖。那么，为什么人类一直在退化呢？是什么使得许多家族没落？奢侈导致国家衰亡，那它的实质又是什么？在我们自己的生活中，我们敢不敢说一点儿都没有奢侈味儿？即使在生活的外部形式上，哲学家也是处于时代前列。他不像他的同时代人那样饮食、居住、穿着和取暖。一个人既然做了哲学家，岂能没有比别人更好的方法来维持自己生命的热量呢？

一个人从我所描述的多种模式中得到了温暖，接下来他还想要些什么来着？当然不会是更多的同样的温暖，更多更丰盛的食物，更大更华丽的房子，更精美更大量的衣着，更多更持久更旺盛的炉火，等等。他获得了这些生活必需品之后，就不会再要那些剩余品，而要选择另外的东西了；那就是说，要摆脱卑微的劳动，开始度假，亲历生活中的奇遇。这儿泥土看来是很适合于种子的生长，因为泥土已使胚根向下延伸，随后又信心十足地使嫩茎不断朝上茁长。人既然那么牢牢地在大地上扎了根，为什么就不能同样恰如其分地升高到天空中去呢？——因为这是名贵植物的价值，是由远离地面、最终在空气和阳光下结出的果实来评定的，跟比较低等的菜蔬不可相提并论。那些菜蔬，哪怕是两年生的品种，也仅仅被栽培到根须长好为止，而上头枝叶通常都给剪去，因此，到了开花季节，人们多半认不得它们了。

我可不打算给那些坚强勇敢的人厘定什么规章，不论在天堂还是在地狱，他们都会专心于自己的事情；或许他们的住宅造得比富豪们的更豪华，挥霍得也更惊人，却并没有因此而赤贫如洗，真不知道他们究竟是如何生活的——如果说就像人们所梦想那样，确实有过这样的人的话；再说，我也不打算给下面那些人厘定什么规章，他们是从各种事物现状中得到鼓励和灵感，他们以恋人般的狂热珍爱现状——在某种程度上说，我想，我自己就是归属于这类人；还有，我也不想对那些不管在什么情况下都能安居乐业的人说些什么，反正他们都知道自己是不是安居乐业——我主要是向那些心怀不满的人说话，他们原本可以改善自己的生活，但他们老是徒然地诉苦说自己命运不济，时世艰难。有些人对任何事情都叫苦不迭，使人没法给予安慰，因为据他们自己所说，他们这是在尽他们的职责。在我心目中还有一种人，他们看上去很富，实际上却是各类人当中最穷的，他们尽管攒下了一点破铜烂铁什么的，却不知道如何使用它，也不知道如何摆脱它，就这么着拿金银给他们自己打造了一副镣铐。

我要是试图说一说，过去几年里，我是如何希望将自己的生活给打发过去的，也许会让多少有所了解实际情况的读者感到惊喜，当然也会让全然不了解的人吃惊，我只是稍微谈一谈我心爱的事儿就得了。

不管天色阴晴，也不管白昼黑夜，我任何时候都渴望及时改善自己眼下的境况，并在自己的手杖上刻下记号；站在过去与未来这两个永恒的真理的交会点上，恰好就是现在这个时刻，亦即脚尖抵着起跑线。请原谅我说话有些晦涩，因为我这个行当秘密要比大多数人的行当多得多，不是我存心要保密，而是我这个行当离不开这个特点。我很乐意把我所知道的一切都说出来，断断乎不在我门上写着“不准入内”的字样。

很久以前，我丢失了一条猎犬、一匹栗色马和一只斑鸠[1]，我至今还在追寻它们。我跟许多观光客念叨过它们，描述过它们的踪迹，以及它们对怎样的叫唤声会作出应答。我碰到过一两个人，他们听到过那条猎犬的吠声，也听到过马蹄声，甚至还看到过斑鸠消失在浮云后面；而且，他们看上去也急巴巴地想把它们找回来，好像是他们自个儿丢失了它们似的。

殷切期望着，不仅观看日出和黎明，如有可能，还可一睹大自然本色！无论寒冬酷暑多少个侵晨，左邻右舍还没有起来张罗这张罗那以前，我早就开始忙自己的事儿了。我有很多的乡友们，里头有天蒙蒙亮就往波士顿赶的农夫，也有出门干活去的樵夫，毫无疑问，他们都碰到过我一大早干完活儿回来。

说真的，太阳冉冉升起，我可从来没有具体地出过力，但是切莫怀疑，只要赶在日出之际到达现场，其意义就非同小可。

有多少个秋天，是的，还有多少个冬天，我是在镇外度过

---

1 此处栗色马与斑鸠，据研究者考证，是暗指已故的梭罗哥哥约翰与少女艾伦·西华尔，梭罗、约翰同时爱恋着西华尔，但后来梭罗终身未娶。

的，试图谛听风中有什么好听的，听后将它精准地播发出去！我为此几乎投入了我所有的资金，为了这笔生意，我顶着风儿东奔西跑，累得连气都喘不过来。要是风中有涉及两党政治的信息，那它肯定成为最新要闻刊登在《新闻报》上了。别的时候，我会守望在悬崖或者大树旁的观测台上，用电报发布新来的人的信息；或者傍晚时分在山巅上等待暮色徐徐降临，也许我会捕捉到一丁点儿什么的——尽管我捕捉到的从来就不多——何况这不多的东西如同“天粮”[1]似的会在阳光下消融殆尽。

有过很长一段时间，我是一家发行量不很大的杂志[2]的记者，编辑也从来不觉得我写的大量稿子可以刊用，反正作家们对此都有同感，我煞费苦心地写作，换来的只是痛苦。不过，就这件事来说，痛苦乃是它自身的回报罢。

好多年来，我自我指派为暴风雪和暴风雨的督察员，而且忠于职守；我还兼任测量员，测量公路以外的森林小道和所有交叉通道，确保它们畅通无阻；此外，我还测量过四季通行的峡谷桥梁，反正公众接踵而至，足以证实它们具有很高的利用率。

我还看守过镇上未驯化的牲畜，因为它们常常蹿过围栅逃逸，让一个恪守职责的牧人吃足苦头；我对农场里人迹罕至的角角落落也很注意；虽然我并不知道约那斯或者所罗门[3]今天

1 天粮（manna，亦译“吗哪”），古代以色列人抵达旷野获得从天而降的粮食，故称天粮。详见《圣经·旧约·出埃及记》第16章。

2 原文为Journal，意谓“杂志”“日记”，双关语。此处指作者自己写的日记，也可能是为超验主义俱乐部的杂志《日晷》撰稿。

3 均为《圣经》中的人物。

有没有在哪一个特定的地块干活儿，反正那跟我毫不相干。我给红色的越橘、沙地樱桃树、荨麻、红松和黑梣，还有白葡萄藤和黄色紫罗兰都浇过水，要不然它们在天气干燥的季节里就会枯萎不堪。

总而言之，我就这么着干过很长时间，我可以毫不夸张地说，我忠心耿耿地一门心思扑在我的工作上，直到后来事态越来越明显，我的乡友们压根儿不把我归入本镇公职人员之列，也不让我挂个闲职，拿一点儿菲薄的津贴。我做的账目，我可以起誓说，非常准确可靠，但从来没有人来核查过，更不用说获得同意，付了款，把账给结清了。好在我也没有把这件事儿放在心上。

此后没有多久，一个四处流浪的印第安人到我住处附近一个知名律师家兜售篮子。“你们想买篮子吗？”他问。回答是：“不，我们不要。”“天哪！”印第安人出门时大声嚷道，“你们是存心让咱们饿死，可不是？”看到他的勤奋的白人邻居日子过得如此红火——当律师只消把论据编好，就像变魔术似的，财富和地位就跟着来了——这个印第安人自言自语道：我要做点生意，我要编篮子，干这玩意儿我准行。他满以为，篮子编好了，自己也就大功告成了，随后该是白人向他买篮子来着。他可没有觉察到，他必须把篮子编得让别人买后觉得很值得；或者换句话说，至少让别人打心眼儿里认为买后很值得，要不然他还不如去编别的什么让人感到值得购买的玩意儿。我自己也编过一只质地精美的篮子，但我没法做到让人一看就感到值得买。可我却一点儿不觉得自己犯不着去编篮子，我心里琢磨的，不是如何让人感到值得来买篮子，恰恰相反，我心里琢磨的是如何避免篮子编好后非得卖掉不可。人们赞赏并认为成功的生活，也只不过是生活中的一种罢了。我们缘何要夸大一种生活，贬低另一种生活呢？

我发觉我的乡友们不大可能在县府大楼里给我一个职位，也不会给我一个助理牧师职位，或者别的什么生计，于是，我只好自谋出路，我要比往日里更加专注地把脸儿转向树林子，反正那儿的一草一木我全都熟稔。我决定立即开业，不必再像通常那样等到筹措的资金到位，不妨先动用我手边已有的那么一点儿微薄的积蓄。我到瓦尔登湖去的目的，不是因为那儿生活费用便宜或者昂贵，而是去经营一些私人业务，在那儿麻烦可以锐减到最少；要不然，由于缺乏业务常识，又没有做生意的才干而一事无成，难免做出惨不忍睹的傻事来。

我一直竭尽全力，务使自己获得严格的经商习惯；这些习惯对每个人都是不可或缺的。如果说你的生意是跟天朝帝国[1]打交道，那么，在塞勒姆[2]港海滨某处设置小小不言的一间账房，好歹有这么一个固定机构也就够了。你可以把国内生产的各种产品运出口，比方说，纯正的土产品，还有许多冰凌啦，松木啦，一点儿花岗岩啦，常用本国货船运走。这些都是赚钱

1　天朝帝国，指旧时中国。
2　塞勒姆，美国马萨诸塞州东北部一港口城市。

的买卖；事无巨细，你都得亲自过问；你又是一身数役，兼任领航员和船长，货主和保险商；你要买进、卖出，兼管记账，收到的信函要一一过目，发出的信件要自己拟写或者审阅；夜以继日地监督进口物品卸货；几乎与此同时，你要到沿海各地露露面——因为装货最多的大船往往都在泽西[1]海岸卸货的——自己做电报员，不知疲倦地发送到天涯海角，同时还要跟驶往海岸的所有船只通话；要源源不绝地给一个遥远而需求不断增长的海外市场发送货物；你自己要熟悉市场行情，了解各处战争与和平的前景，预测贸易和文明的趋向——利用所有探险活动的成果，使用新辟的航道和所有一切先进航海技术——要研究海图，认准各处暗礁、新灯塔和浮标的位置，对数图表要不断地校正，因为万一计算出了差错，本应抵达友好码头的船只往往会被礁石撞得粉碎——再有就是拉·贝鲁斯[2]的未知命运——要紧紧地跟上宇宙科学的发展，要研究从汉诺[3]和腓尼基人直到我们当代所有伟大的发现者和航海家、伟大的冒险家和商人的一生；最后，舱里的货物要时不时记清楚，你方才知道自己如何给货船选取特定航向。反正以下所述的种种问题，都会让你累得精疲力竭，端的是苦不堪言——比方说，什么利润啦，亏损啦，利息啦，还有什么净重计算啦，

---

1 此处指美国东北部新泽西。

2 拉·贝鲁斯（Jean-Francois de La Perouse，1741—1788），法国航海家，1785年受法王路易十六指派进行航海探险活动，在新赫布里底群岛以北美拉尼西亚的瓦尼科罗岛被当地人杀害。

3 汉诺（Hanno），约生活在公元前3世纪后半叶，迦太基航海家，一生富有传奇色彩。

诸如此类的问题，全都要有精确数字来测定，那就非得具备广博的知识不可。

我已想过，瓦尔登湖将会成为做买卖的好地方，不单单因为有铁路和采冰业，它还有诸多有利条件，把它们泄露出来，恐怕也不是上策罢；它是一个良好的港口，具备良好的基础。没有涅瓦河[1]那样的沼泽地需要填埋，尽管你还得到处打桩加固。据说涅瓦河只要发了大水，再加上西风和冰雹助虐，就会把圣彼得堡从地球的表面给冲走。

通常必备的资金还没有到位，我倒是先做起生意来了，因此，我打从哪儿可以获得像每一个这样的企业至今仍然不可或缺的资金，这个难题也许很不容易加以揣测吧。先说衣服，一下子就触及问题的实质。也许我们置备衣服时常常被爱好新奇、别人对它的看法所误导，就不太考虑衣服是不是实用。让那些有工作做的人记住穿衣服的目的，首先是保证维持生命的体温，其次是在大庭广众把一丝不挂的身子遮盖起来，然后他就可以作出判断，不用给衣柜里增添什么衣服，就能完成多少必需的或重要的工作。国王和王后有御用男女裁缝给他们制衣，但每一套衣服通共只穿一次，所以体会不到穿上合身衣服的乐趣。他们比披上干净衣服的特洛伊木马好不了多少。我们穿的衣服天长日久，已然与我们融为一体，而且由此凸显出穿衣人的性

1 涅瓦河，贯穿俄国圣彼得堡的一条著名大河。

格，直到我们舍不得把它们丢弃，而且如此正经八百，就像舍不得丢弃我们自己的躯体一样，所以老是一再延宕，仿佛想给它疗救一下似的。有人穿了带补丁的衣服，在我的心目中，并不是低人一等；但我也相信，一般人心急如焚，总想自己要穿着入时，或者至少要干干净净，没有补丁，至于他们有没有健全的良心，就不那么放在心上了。其实，即使衣服破了没给缝补，从而暴露出最大的缺点，也不过是显得此人大大咧咧罢了。有时候，我就用以下这种方法来测试我的朋友们——有谁肯穿一条膝盖上有补丁的，或者只是多了两条线缝的裤子？大多数人似乎都相信，他们要是穿了有补丁的衣服，就会把自己的前程全给毁了。他们宁可跛着一条腿进城，也不肯穿破裤子出门去。一位绅士要是在一场事故中腿受伤了，通常总有办法给予疗救。但是，如果他的裤腿在同样的事故中给扯破了，却是无法补救；因为他考虑的，不是真正令人可敬的东西，而是表面上受到人们尊敬的东西。我们认识的人屈指可数，认识的衣服和裤子却是不计其数。你给稻草人穿上你最时髦的一套内衣，可你自己却衣不蔽体地站在一边，有谁不马上向稻草人致敬吗？那天，我路过一块玉米地，走近那根穿衣戴帽的桩杆，一眼就认出了农场的主人。同我上次见到他时相比，他由于饱经风霜，似乎显得更加憔悴。我听说有一条狗，只要见到衣冠齐整的陌生人走近主人家门口，就会冲着他大声吠叫，但它却很容易被一个赤身裸体的小偷糊弄得一声不吭。人们要是被剥去了衣服，还能在多大程度上保住各自相对的身份地位，这是一个挺有意思的问题。如果说人人身上被剥去了衣服，你能肯定地说出在任何一群文明人里头，有谁是属于最尊贵的阶层吗？菲菲夫人[1]在她周游世界、从东向西的探险之旅中，当差不多快要抵达亚洲境内的俄罗斯，即将晋谒当地长官时，她说，她觉得自己非得脱去旅行服，另换穿着不可，因为她“现下是在一个文明的国度，在那里，人们是根据衣着穿扮来评定人的”。甚至在我们这个民主的新英格兰各城镇，谁只要不经意间发了大财，衣着奢华，宝马香车，照样也会赢得几乎所有人的尊敬。不过，那些如此这般尊敬的人，尽管人数极多，但都是不信上帝的人，说真的，应该派送传教士给他们，可不是吗？再说，衣服是一针一针地缝起来的，你会说，那是没完没了的活儿；反正一个女人的衣服，少说也是一辈子都做不完的。

一个终于找到了工作的人，上班时用不着穿什么新衣服；对他来说，有一身旧衣服就行了，即便是那套旧衣服在阁楼里已存放了不知有多久，积满了尘土。英雄穿旧鞋子的时间，要比英雄的仆从穿旧鞋子的时间长得多——如果说英雄也有过仆从的话——光着脚丫的历史要比穿鞋子的历史更久远，反正英雄定然应对裕如。唯有那些赴晚宴和进入议会大厅的人非穿新衣服不可，而且他们还得一套又一套地不断变换衣服，如同议会里头的人换了一拨又一拨。不过，如果说我的外衣和裤子、帽子和鞋子，一一穿戴起来，方才适合给上帝做礼拜的话，那

1　菲菲夫人（Mrs. Ida Pfeiffer，1797—1858），奥地利旅行家兼作家。

么，这些衣物照样也好给上帝做礼拜，可不是吗？有谁见过自己的旧衣服——他的旧外衣，其实早已穿烂了，变成原先一块块坯布，就算送给某个穷孩子都称不上什么行善不行善，说不定那个穷孩子还会拿去转送给某个比他自己更穷的人，或者也可以说比这穷孩子还要富的人，因为他没有这劳什子也照样过日子？我说，不论办什么事儿，如果需要的是新衣服，而偏偏不是穿新衣服的人，那我们就要小心提防了。要是没有新人，又恁地给他裁制合身的新衣服呢？如果说你有什么事要做，不妨还是穿上旧衣服去试试看。人们所企求的，并不在于穿着新旧，反倒是做事要帅，或者换句话说，做人要帅。不论旧衣服有多破、多脏，也许我们压根儿不该置备什么新衣服，我们还是如此这般我行我素，或者惨淡经营，或者扬帆远航，直到那时，我们方才觉得自己好像新人穿旧衣，依然故我，无异于新酒装在旧瓶子里。人的换衣季节，犹如飞禽更换羽毛，必定是人生中的一个转捩点。潜水鸟隐没在人迹罕至的湖边换羽毛。蛇蜕皮，蛹出茧，也是如此这般，全靠体内奋力苦斗，往外扩展；因为在我们看来，衣服至多只不过是外层薄膜和尘世烦恼罢了。要不然我们就会被发觉扯起虚假的船旗在航行，到头来不可避免地将被全人类以及自己的看法所唾弃。

我们穿上一件又一件衣服，好像我们是外长植物，靠外部添加而成长。穿在我们外面的，通常很薄的奇装异服，是我们的表皮，或者说，假的肌肤，并不是我们生命的组成部分，即便在这里那里给剥下来，都不会造成致命伤；我们经常穿着的厚一些的衣服，是我们的细胞外膜，或者说皮层；不过，我们穿的衬衫，却是我们的韧皮，或者说真正的树皮，一剥下来，肯定连皮带肉，以致人身俱亡。我相信，所有物种到了某些季节，都会穿上某种类似衬衫的东西。可取的办法有如下述：一个人穿着力求简单，就算在黑暗中两手也准能摸到自己，而且，他的生活不论从哪个方面来说都是如此紧凑扎实，有备无患，哪怕是敌人攻占了城市，他也能像古代哲学家一样，从容不迫，空手徒步出城。一件厚衣服等于三件薄的衣服一样派上用场，顾客可按照自己能接受的价格买到便宜的衣服。厚外衣好几年都穿不破，五块钱可买到一件，两块钱可买一条厚实的长裤，一块半钱买一双牛皮靴，两角半买一顶夏天的遮阳帽，六角两分半买一顶冬天的帽子，或者换句话说，只花很少的钱在家就可以制作一顶质地更好的帽子。有一个人穷虽穷，但一穿上用自己的辛苦钱置备的行头打扮，难道还会没有聪明人去向他表示敬意吗？

我要定做一件款式特别的衣服，女裁缝听了以后正经八百地告诉我：“现下人家不时兴这个啦。”话音里压根儿没有强调“人家”两个字儿，仿佛她引用的有如命运三女神那样毫无人情味的权威似的。我发现很难得到我要的款式，仅仅因为女裁缝不相信我说的话是真的，好像只不过是随便说说罢了。我听了这神谕一般的话儿，一瞬间陷入沉思，稍后才使这句话儿逐字地显得特别清晰，好让我悟出个中含意，以便发现人家和我有多大血缘关系，在一件跟我如此密切相关的事情上，人家究竟拥有多大权威；最后，我决定同样神秘兮兮地回答她，对“人家”两字同样压根儿没有加以强调，说：“不错，前一阵子人家是不时兴这个，可是眼下人家又时兴啦。”她要是没有量过我的特色，单单量了一下我的肩宽，仿佛我是一颗挂衣服的钉子，这样的量法又有什么用处呢？我们崇拜的不是美惠[1]三女神，也不是珀尔西[2]三女神，而是时髦这位女神。她纺线、织布、剪裁，具有百分之百权威。巴黎的猴王戴上了一顶旅行帽，全美国的猴子便群起仿效。有时候，我感到绝望，在这人世间原本一些非常简单朴实的事情都要靠人帮助方能完成。人们不得不首先经过一台强有力的压榨机，把他们的旧观念从里头挤压出来，他们两腿再也不能马上直立起来，那时候，人群中就会有人生出怪念头来，打从一个不知何时就存在那儿的卵子里头孵化出来的，即便烈火也都烧不尽它们，而你的一切辛苦全都打了水漂。不管怎么说，我们可别忘了，埃及有一种麦子是从一具木乃伊那儿一直传到了我们手里。

不论美国也好，或者其他国家也好，服装行业已然上升到了艺术的高度——上述这种说法，从整体上看，我认为不靠谱。眼下，人们还是能寻摸到什么就穿什么。如同搁浅船上的水手，他们在沙滩上能找到什么就穿什么，越过时空间距之后，不免彼此嘲笑对方身上化装舞会似的服饰。每一代人都在

1 古希腊神话中，司掌光明、欢乐和壮盛的三女神的总称。
2 古罗马神话中的命运三女神的总称。

嘲笑旧的时尚，同时又在虔诚地紧追新的时尚。我们见到亨利八世[1]或者伊丽莎白女王一世[2]的衣服，不免觉得好笑，仿佛这些都是食人岛上岛王和岛后的衣服。反正衣服一离开了特定身份的人，就会显得怪可怜兮兮，或者挺稀奇古怪。唯有以严肃的目光凝视穿衣人的真诚生活，方能抑制住嘲笑并对人们所穿的衣服肃然起敬。喜剧丑角在表演一阵阵急腹痛时，他的行头穿扮也不得不表达出这种痛苦的神态。士兵被炮弹打中，他那身上炸烂了的军服会顿时变成高贵的帝王紫袍[3]。

现如今，男男女女都喜爱新款式，这种既稚真又原始的趣味，使多少人摇着万花筒，眯起眼睛，不断窥看，能不能从里头发现今天这一代人所需求的那种独特的图样。那些制造商早就知道人们这种趣味是反复无常的。两种款式，不同之处仅仅是有几根线条在色彩上多少有点儿不一样，可是一款立时卖掉了，而另一款却在货架上无人问津，殊不知，过了一个季节，无人问津的衣服反而成了最时髦的热门货，反正这类事是屡见不鲜。相比之下，文身还算不上是人们所说的那么可怕的陋习。其实，文身也说不上野蛮，休管肌肤上花纹刺得很深，不可改变。

我不相信，我们的工厂制度是人们有衣可穿的最佳模式。技工们的状况日复一日地更加像英国的状况；这不足为奇，因

---

1 亨利八世（Henry Ⅷ，1491—1547），英国国王，以暴虐和生活糜烂著称，喜欢华丽服饰。

2 伊丽莎白一世（Elizabeth Ⅰ，1533—1603），英国女王，终身未嫁，以喜爱服饰华丽著称。

3 在古罗马，紫色被公认为是高贵的象征。

为据我所见所闻，原来他们的主要目的，并不是让人类穿得既好而又体面，而是，毫无疑问，为了公司要多多地赚钱。从长远看，反正人们心愿是什么，只好得到的也是什么。因此，既然立时不会遂心如意，他们心愿不妨还是更高些为好。

至于住处，我并不否认，现下已然成为一种生活必需品，尽管有例子说明，在比我们这儿更寒冷的地区，人们长期以来居无定所，也照样能生活下去。塞缪尔·莱恩[1]说："拉普兰人[2]身穿皮衣，头和肩套在皮袋里，就这样一夜又一夜地睡在雪地上——寒冷的程度会使身历其境的穿毛衣的人都给冻死。"他看见过他们就这么着睡在雪地里。但莱恩还补充说："其实，他们并不比别人更壮实。"不过，也许人类在地球上生活了没有多久，就发现住在房子里有诸多便利，以及家庭生活的舒适，这句话的原意可能表明对房子感到满足，而不是对家庭生活觉得满意。然而，在某些气候区，一提到房子，就会使我们联想到冬天和雨季；一年里头有三分之二的时间，用不着房子，只要一把遮阳伞就够了。因此，上述说法非常片面，间或适用罢了。在我们的气候区，从前到了夏季，差不多只盖一点儿被单之类就可过夜。在印第安人的记事里，一座棚屋象征着一整天的行程，树皮上刻画的一排棚屋，说明他们露宿已有过

1 塞缪尔·莱恩（Samuel Laing，1780—1868），英国作家。
2 拉普兰人，指居住在北欧，比如挪威、瑞典和芬兰一带的人。

多少次了。人生下来并不是肢体粗壮、身材魁梧，所以，他得设法让自己的活动天地缩小，用墙板打造一个与自己相宜的空间。人类早先赤身裸体，都在户外过活，大白天，赶上宁静而又暖和的天气，的确非常令人愉快；可是遇到雨季和冬天，姑且不说那毒日头，要不是人类赶快用房子把自己遮蔽起来的话，也许在萌芽状态早就给消灭了。根据传说，亚当和夏娃穿衣服以前就是用树叶遮蔽身体。每个人都想有个家，一个温暖的或者舒适的地方，先是生理上的温暖，然后才是感情上的温暖。

我们可以想象那个时候，人类还处在婴儿期，有些颇有魄力的凡夫俗子爬进岩洞里去寻摸庇护。从某种程度上说，每个孩子都是在开始重演这个创世记的历程[1]，喜欢待在户外，哪怕是雨天和冷天。孩子玩造房子，骑木马游戏，都是出于本能吧。有谁至今还会不记得小时候窥探一座叠岩，或者走近一个岩洞时引起的极大兴趣呢？这是一种与生俱有的渴望，我们最原始祖先把它的一部分遗留在我们体内。从岩洞开始，我们逐渐进步，依次使用棕榈叶屋顶、树皮和树枝屋顶，编织可撑开的亚麻屋顶、杂草和稻草屋顶，还有木板和木瓦屋顶，一直到石块和砖瓦屋顶。最后，我们反而不知道什么叫露天生活来着，我们的生活比我们所想到的更有家庭情调。从围炉来到田野，其间毕竟相距太远些了。如果说我们在未来的日日夜夜里没有任何遮挡把我们和天体隔开，如果说诗人不是在屋顶底下

1　此处意谓鸿蒙初辟，创造天地、万物。

那么高谈阔论，或者说圣人不再是一直宅在屋子里的话，说不定那该有多好啊。鸟儿在岩洞里不会歌唱，鸽子在鸽棚里不会觉得自己天真可爱。

但是话又说回来，要是有人设计建造一所住宅，他就得像我们新英格兰人那样精明一点，免得日后发现自己置身于一家感化院中，一座走不出去的迷宫中，一座博物馆中，一所济贫院中，一座监狱中，或者一座壮丽的陵墓中。先要想一想，如此这般的栖息处是不是非造不可。就在这个镇上，我看见过来自佩诺勃斯科特河的印第安人，住在薄棉布的帐篷里头，而四周围的积雪差不离有一英尺深了。于是我揣想，也许他们真的巴不得大雪下得更深些，好给他们挡挡风。我如何获得体面的生活，让我自由地从事正当的探索研究，这个问题在过去一直使我烦恼不已，可现在呢，多亏我对它变得有点儿麻木不仁了；过去，我常看见铁路旁边有一只大箱子，六英尺长、三英尺宽，夜里工人们把自己的工具就锁在里头。这使我想到：每一个生活艰难的人，不妨花一块钱，买这么一个箱子，在上面凿几个窟窿眼儿通通气，到了下雨和过夜的时候钻进去，随手把箱子盖合上，这么一来，他就有了自由，至少可以爱他所爱的，心灵也获得了自由。看来这不见得是个坏点子，断断乎不会遭人白眼的。你可以随心所欲，彻夜不寐，而且，不管什么时候你起身外出，也不会有哪个房东或者旅店老板盯住你要房租。为了给一个更大、更豪华的箱子付房租，许多人一直被困扰得快死了，而在这么一个小箱子里头，他们万万不会冻死的。我这话可不是在开玩笑。经济学是一门科学，尽管一直被人轻视，但是断断乎不能就这么着被去掉。一个穷年累月在露天过活的体质壮实的民族，从前在这里造过一所舒适的房子，几乎全部采用大自然提供的现成材料。马萨诸塞殖民地主管印第安人事务的负责人古金，曾在1674年写道："他们最好的房子，房顶都用树皮覆盖得非常齐整，紧密而又暖和；那些树皮是在树汁充沛的季节从树干上剥下来，趁树皮还发绿时，在沉重的原木压力下，把它们压成很大的薄片……稍微差一些的房子，房顶上覆盖的是用一种灯芯草编成的草席，同样也很紧密、很暖和，只是不像前一种好看……我还见到过，有一些房子，六十或者一百英尺长，三十英尺宽……我常住在他们的棚屋里歇夜，觉得就像在最棒的英国式住宅里一样暖和。"他还找补着写道：那些房子里头常把镶花的草席子铺在地上和墙上，各式器皿一应俱全。印第安人已经相当先进，在屋顶上开了洞孔眼儿，挂上一张草席子，用一根绳子牵拉，调节通风状态。这样的棚屋最多一两天就能造好，几个钟头内管保拆掉；每家都有这样一座棚屋，或者在这样的棚屋里头拥有一个单间。

在原始的状态中，每家都拥有一个说得上最好的住处，满足他们比较粗陋而又简单的需求；不过，我认为，我说下面这些话还是很有分寸的：虽然空中的鸟儿有窝[1]，狐狸有洞，野蛮

---

1 详见《圣经·新约·马太福音》第8章第20节："耶稣说，狐狸有洞，天空的飞鸟有窝，人子却没有枕头的地方。"

人有棚屋，然而，在现代文明社会里，居有其所的家庭却不到一半。在文明特别发达的大城市里，拥有住房的人只占全体居民的极小一部分。绝大多数人为这件遮蔽身体的外套每年都得支付房租，不管寒来暑往，那是不可或缺的，而这笔钱原本可以买一个村子里头的印第安人棚屋，如今却让他们一辈子挨穷受苦。在这里，我无意比较租房和买房之间孰优孰劣，但很明显，野蛮人拥有房子，是因为它的造价很低，而文明人通常租房子住，是因为他们买不起房子；从长远看，即便租房住，也未必一直租得起。但是有人回答说，贫穷的文明人只要付了这么一份租金，就有了房子住，这种房子同原始人棚屋相比，不啻是皇宫来着。一年的房租是二十五块钱到一百块钱，这是乡下的价格，却让他得到了历经好几个世纪改进后的成果，其中有宽敞的房间、洁净的涂料和墙纸，拉姆福德[1]式壁炉，抹上灰泥的立柱，软百叶窗帘，铜质水泵，弹簧锁，偌大的地下室，以及许多别的东西。可是，据说享受这些玩意儿的人，通常是一个贫穷的文明人，而享受不到这些玩意儿的野蛮人，却像野蛮人那样富有，这究竟是怎么一回事呢？如果有人断言文明使人类生活状况有了真正的改善——我认为这话是很对的，虽然只有聪明的人利用了他们的有利条件——那么，它必须说明：文明可以造出质量较好的住房，但又不会使房价反而太贵。所谓物价，其实就是我称之为一生的辛苦钱里头那个份

1　拉姆福德（Rumford，1753—1814），美国科学家，曾以发明通风良好的壁炉著称。

额，必须在交换物品时支付，要么立即支付，要么以后支付。附近这一带，一所普通房子造价大约要八百块钱，要积攒这笔钱，需要一个劳动者付出十年到十五年的生命代价，而且此人还得没有家室的拖累——按每个劳动者一天一块钱的价格来计算，反正有人收入多了，别人就会收入少了——因此，通常他必须花掉大半辈子的生命，方才挣得到他的一座印第安人棚屋。如果我们假定说他不买房而租房，那也只不过是两害相权取其轻罢了。野蛮人按照这些条件，拿他的棚屋去换取一座皇宫，难道说就是明智的选择吗？

拥有这多余财产，最大好处就是储存资金，以防未来不时之需，我认为，就个人而言，主要足够他支付自己的丧葬费罢了。也许人们猜想，我对储存的最大好处几乎说得一无是处。不过话儿又说回来，其实一个人也许用不着自己来掩埋自己。不管怎么说，这可指出了文明人和野蛮人之间一个重大区别；他们为了保存文明种族，使文明种族臻于完善，就给文明人的生活设计了一套制度，这无疑是为我们的利益着想，无奈个人的生活却在很大程度上受到损害。不过，我倒是想指出，我们为了得到眼前这种好处，已然作出了很大的牺牲；我由此还想到，我们原本不必遭受任何损失，照样也可以得到所有好处。你们说穷人总是和你在一起[1]，或者说父辈们吃过酸葡萄，孩子们牙齿还在发酸，这话究竟是什么意思？

---

1 详见《圣经·新约·马太福音》第 26 章第 11 节："因为常有穷人和你们同在。"

“主耶和华说，我指我的永生起誓，你们在以色列中必不再有用这俗语的因由。”

“看啊，世人都是属于我的；为父的怎样属我，为子的也照样属我。犯罪的他必死亡。”[1]

我一想到我的邻居，康科德的农夫们，他们的境况至少跟别的阶级的人一样好，我却发现他们里头十之八九已经辛苦了二十年、三十年，乃至于四十年，不外乎为了他们也许会成为他们农场的真正主人，这些农场通常他们都附带抵押权而继承下来，要不然就靠借贷买下来——我们不妨把他们劳动的三分之一当作他们的置房费——但是这笔钱通常他们还没有偿还哩。不错，那些抵押权有时超过了农场的价值，结果农场本身成了一大累赘，反正到头来总还有一个人来接受它，因为正如这个人所说，他对农场太熟悉了。我向评估官咨询时，吃惊地发现，他们不能一下子举出那镇上十多个无任何负担地拥有农场的人的名字来。如果你要了解这些农场的底细，不妨去银行问一问有关抵押的情况就得了。依靠在农场干活真的能支付农场债务的人，是如此之少，就算有的话，任何一个邻居都可以把这个人指名道姓地说出来。康科德能否找得出两三个这样的人，我可表示怀疑。人们谈论商人时说过，绝大多数，甚至百分之九十七的商人，肯定是要破产的，农场主也同样如此。不过，说到商人，他们里头有一个人倒是说到了点子上，他说，

1 这两段话引自《圣经·新约·马太福音》第 18 章第 3—4 节。

他们的破产八成儿并不是真正的亏本，而仅仅是由于诸多麻烦事，没有履行承诺之故；这也就是说，信誉道德垮掉了。可是，这么一来，问题简直糟透了，而且还会使人联想到，即便是剩下的百分之三的人说不定也拯救不了自己的灵魂，他们的破产，很可能比那些老老实实地破产的人更要糟糕。破产和拒付债务都是一块块跳板，我们的文明有好大一部分从这些跳板上一个劲儿腾跃，又不断在翻跟斗往上蹿，而化外之民却依然站在饥荒这块没有弹性的木板上。不过，一年一度在这儿举行的米德尔塞克斯牛展评，照例是兴高采烈，仿佛农业这台机器所有环节都运转自如。

农场主一直在想方设法来解决生活问题，无奈采用的方式却比问题本身更为复杂。为了得到一点蝇头微利，他居然投资做起了牲畜生意。他凭借娴熟的技巧，用细如发丝的套索设置一个陷阱，捕捉舒适和独立的生活，不料他一转身，自己的一条腿反而掉进了陷阱。他的穷根就在这里；而且，基于相同的原因，尽管我们被各种奢侈品所包围，但是如果跟化外之民的成千种舒适相比，我们都是一贫如洗的。正如查普曼[1]有诗写道——

这虚伪的人类社会——

---

1 查普曼（George Chapman，1559—1634），英国诗人、剧作家、翻译家和传教士，以翻译荷马史诗著称于世。此处引诗，参见他写的悲剧《恺撒与庞培》第5幕第2场。

——为了尘世的宏伟
天上种种安乐像空气般稀薄。

农夫得到他的房子，但并没有因此变得更富，倒是反而更穷了，惹他发火的恰好是他的房子。按照我所理解的来看，莫摩斯[1]反对密涅瓦[2]所造房子的理由是言之凿凿，令人信服；他说密涅瓦“没有把它造成一座可以移动的房子，如果可以移动，就能躲开坏邻居”。这种反对意见依然成立，因为我们的房子端的是一点儿也不实用，与其说我们住在里头，还不如说被关押在里头；要躲开的坏邻居，恰恰是我们自己可鄙的“自我”。我知道，在这个镇上，至少有一两户人家，他们差不多盼了一代人的时间，都想把郊区的房子卖掉，迁到村子里去住，无奈一直未能如愿以偿，到头来唯有一瞑不视，方能使他们彻底解脱。

就算大多数人最终能够拥有，或者说租用具备各种改进后设施的现代化房子吧。文明虽然一直使我们的房子得到改善，但它并没有使住在房子里头的人同样得到改善。文明打造了一座座皇宫，但要打造贵族和国王，可不是那么容易。如果文明人的追求并不比化外之民的追求更有价值，如果文明人所花去的一生中大部分时间，只是去获得那些粗劣的必需品和舒适的

1 莫摩斯（Momus），古希腊神话中的嘲弄与指责之神。
2 密涅瓦（Minerva），古罗马神话中的智慧女神。

生活享受。那么，他干吗非得拥有比化外之民更好的住所呢？

但是，那些贫穷的少数人又如何过日子呢？也许人们会发现，有一些人的外部境遇比化外之民好，还有一些人的外部境遇则成正比地比化外之民差。一个阶级的奢侈和另一个阶级的穷苦是互为消长的。一边是宫殿耸立，另一边则是济贫院和“沉默的穷人”。修建金字塔亦即诸法老陵墓的百万劳工，只能靠大蒜过活，死后也不见得会像模像样地得到殓葬。石匠给宫殿修飞檐添彩，夜晚也许就回到远不如印第安人棚屋的窝儿里。有人以为，在一个常常显示文明存在的国家里，绝大多数居民的生活状况，可能不至于降低到如同化外之民的生活状况那样，这就大错特错了。我说的是那些落魄的穷人，此刻还没有谈到那些落魄的富人。要了解这一点，用不着往远处看，只消看看我们铁路边上到处都有的简陋小木屋，或恐就是毫无文明改进的角落罢了；我每天散步时都看到，人们都挤在小窝棚里，整个冬天门儿都敞着，为了透进一点儿阳光，看不到有什么取暖火堆，那只能存在于他们的想象之中。姑且先说老年人和年轻人，他们的躯体由于长期挨冻受苦养成了蜷缩的习惯，所以永远地变了形，他们的四肢和官能也得不到正常发育。当然应该公正地看待这个阶级，正是由于他们的辛勤劳动，许多使这一代人享有盛名的工程方才得以完成。在英国这一世界特大济贫院里，名目繁多的技工们的状况，多少也是如此这般。要不然，我就给你说一说爱尔兰的情况吧，爱尔兰这个地方，在地图上标出为白人居住的开明地区。不妨把爱尔兰人的身体状况和北美洲印第安人，或者南太平洋的岛民，或者任何别的因为没有跟文明人接触而未退化的野蛮民族的身体状况比较一下吧。但是话又说回来，我毫不怀疑，野蛮人的统治者和文明人的统治者是同样聪明的。他们的状况只能说明，何等肮脏的东西可以和文明并存。现在我几乎不必提到我们南方各州的劳工，这个国家的主要出口产品都是他们生产的，而他们自己却成了南方的一种主要产品。不过，别扯远了，我还是只谈谈中不溜儿[1]的那一族人吧。

大多数人好像从来没有思考过，一所房子究竟是个什么样儿，他们原本不应该穷，实际上却穷了一辈子，仅仅是因为他们心里老想得到一所跟邻居一个样的房子。好像一个人只能穿裁缝给他量体制作的衣服，或者，由于逐步地甩掉了棕榈叶帽子或土拨鼠皮帽子，他就抱怨时世艰难，因为他实在没钱买一顶皇冠！要造一幢比我们住的房子更方便、更豪华的房子是有可能的，但是大家得承认，那样的房子反正谁都买不起。难道说我们应该老是琢磨如何寻摸到更多的这类东西，而不是有时候应该满足于少寻摸一些东西吗？那些可敬的公民，竟然如此正经八百地言传身教，开导年轻人要在老死之前多多置备些富余的乌亮的皮鞋啦，晴雨伞啦，还有空荡荡的客房，来招待子虚乌有的客人，这行不行呢？我们的家具干吗不可以简单一些，就像阿拉伯人或者印度人的家具那样呢？我们将民族的救

1 中不溜儿，方言词语，意谓中等的、适中的。

星尊称为来自天国的使者，给人类带来神圣的礼物，我想到他们时脑海里却恁地也想不出他们身后还紧跟着什么随从啦，或者什么满载时髦家具的车辆啦。或者，有人说，既然我们在道德上和智力上比阿拉伯人高出一筹，那么，我们的家具按说就应该比他们的更为复杂，我要是同意了以上说法——这种同意岂不是怪得出奇了吗？——那又会怎么样呢？目前，我们的房子里头堆满了家什，简直脏乱不堪，一个好主妇宁可让大量家具堆成垃圾坑，早上的活儿万万不可撂在一边不做。早上的活儿啊！在奥罗拉[1]的灿烂霞光里，在门农[2]的美妙琴声里，世人们早上的活儿该做些什么来着？我的案头上有三块石灰石，每天尚且还需要给它们掸去尘埃，简直把我吓坏了，而我脑海里的家具至今还没有掸去尘埃，于是，我在一气之下把它们都扔到窗外去了。那么，我恁地能拥有一座带家具的房子呢？我宁可坐在露天，反正草地上不会尘土成堆，除非人们已在那儿破了土。

贪图奢侈，挥霍成性，正是骄奢淫逸之徒开创的新时尚，众百姓趋之若鹜，唯恐落人之后。在一所人们所说的最佳旅店下榻的一个观光客，很快发现果然名不虚传，因为店主们把他当作萨达那珀勒斯[3]，他要是接受了他们的盛情款待，没多久他的阳刚之气管保消失殆尽。我认为，我们在火车车厢里，总是

1 古罗马神话中的曙光女神。

2 埃及底比斯附近阿孟霍特普三世的巨大石雕像，相传日出前会发出竖琴声，公元170年经罗马皇帝修复后却不再发声。

3 传说中的古亚述末代国王，约在公元前700年，以穷奢极侈、骄横不可一世著称于世。

喜欢把钱更多地花在奢侈的设施上，而不是花在安全和方便上，结果安全和方便付之阙如，车厢反而成了现代化客厅，里头有长沙发、土耳其式睡榻、遮阳窗帘，还有上百种别的富有东方情调的玩意儿，一股脑儿照搬到我们西方来了，其实，原先都是为天朝帝国的后宫嫔妃和六宫粉黛发明的，约拿单[1]要是一听到了这些个名字，管保羞惭得无地自容。我宁愿坐在一只南瓜上，为我一人所独占，也不乐意跟大伙儿一起挤坐在一个有天鹅绒坐垫的椅子上。我宁愿坐在一辆牛车上周游天下，来去自由，也不愿意搭乘什么花里胡哨的观光游览列车飞向天空，一路上呼吸着污浊的空气。

在蛮荒时代，人们的生活极其简单，而且，赤身裸体，那至少有一个好处——他依然是大自然中的匆匆过客。他吃饱睡足，振作精神之后，心里就琢磨自己重新上路。可以说，他住在这个尘寰的帐篷里，不是穿过峡谷，就是越过平原，或者攀登山巅。可是，瞧吧！人们已然成为他们的工具的工具了。从前肚子饿了就独自摘果子的人，如今成了一个农夫，而原先站在树底下庇荫的人，如今却成了一个管家[2]。现在我们不再支起帐篷过夜，无非是安居在大地上，把天堂都给忘了。我们信奉基督教，无非是把它当作改良农业的一种方法罢了。我们已然为尘世修建宅第，并为阴曹冥府修造坟墓。最美好的艺术作品

1 《圣经》中的人物，扫罗的儿子，大卫的朋友。

2 此处暗喻《圣经·旧约·创世记》中的亚当和夏娃。

里表达的，都是人类为自己摆脱上述这种精神状态而进行的搏斗，可是我们的艺术效果只是使这种低迷的精神状态变得安逸，而把较为高昂的精神状态忘得一干二净。在这个村子里，美术作品实际上没有立足之地，就算有什么作品已经传下来了，我们的生活、我们的房子和市街，也没法给它配置合适的底座。我们这儿连挂一张画的钉子都没有，要安装英雄或圣人的胸像的台架也没有。我一想到我们的房子是如何修造的，钱款已付清或者还没有付清，它们内部经济又是如何管理和如何支撑，就暗自纳闷，客人在赞赏壁炉上那些华而不实的摆设时，亏得地板倒是没有塌下去，让他打从地下室，一直落到某块硕骨铁硬的宅基地上。我不能不看到，这种所谓富有和优雅的生活，好像让人越级攀升的阶梯，我压根儿也欣赏不了那些点缀生活的艺术品，我已全神贯注在人们跳跃的高度上了；因为我记得，仅仅由于人的肌肉能达到的最高跳高纪录，还是某些流浪的阿拉伯人保持的，据说他们从平地跳过了二十五英尺高。如果没有人给予支持的话，即使跳到这样的高度，一定还会回落的。我首先要问问举止如此不合适的业主，是谁个在支持你？你是百分之九十七个失败者里头的一个，还是百分之三个成功者里头的一个？请回答我以上这些问题，随后，也许我会看一看你那些华而不实的玩意儿，发现它们原来是一些装饰品罢了。车子套在马前头，既不美观，也没有用处。我们用漂亮的饰物装潢房子前，务必把房子的墙壁剥掉一层皮，也给我们的生命剥掉一层皮，此外还得有出色的家政和美好的生活作为基础；可如今，审美观大抵都是在户外培育，那儿既没有房子，也没有管家。

老约翰逊[1]在他的《神奇的造化》一书中，谈到了这个城镇的最早移民，原来他与他们都是同时代人，他告诉我们："他们在某个小山坡上挖土修窑洞，作为自己最早的栖身之处，把泥土堆在原木上面，再在高头生起烟火来烘烤泥土。"他还说，那时候他们还没有给自己造房子，直到托上帝的福，让大地给他们带来面包，来养活他们。不料，第一年收成不大好，"有好长一段岁月，他们不得不减少自己口粮"。1650年，新尼德兰州[2]秘书，用荷兰文所写的、给希望移民到那儿的人提供的信息中，特别详细地介绍说："在新尼德兰的那些人，尤其是在新英格兰的那些人，最初没法按照他们的心愿修造农舍，他们只好在地上挖一个方形坑，像地窨一样，六七英尺深，长和宽只要他们合意就行，坑内四壁围上木板，又给衬上树皮或者别的什么材料，以防泥土从缝隙渗进来；就在这种地窨里，地面铺了木板，顶上用护壁板作天花板，架起一个圆杆子屋顶，再在圆杆子高头覆盖树皮或者绿草皮，这样他们就好一家子住在里头，既干爽而又暖和地过上两三个年头或者四个年头，而且，地窨里头还按照家庭人口多少，分隔成一些小小的单间，这也是不难理解的。在殖民地初创时期，新英格兰有

1　约翰逊（Edward Johnson，1598—1672），北美早期移民，历史学家。
2　北美原荷兰殖民地的称谓，即今日的纽约州等地区。

钱有势的人物，开头也都住在这种样式的房子里，是有以下两个原因：首先，不要因为修造房子浪费了时间，导致下一个季节粮食短缺；其次，不要让他们从本国带来的大批贫穷劳工感到灰心丧气。过了三四年，这儿四乡已适宜于耕种了，他们才花上好几千块钱，给自己修造漂亮的房子。”

我们祖先采取这种做法，说明他们至少是谨小慎微的，好像他们的原则就是首先满足当前最紧迫的需求。可是现在，最紧迫的需求得到满足了吗？我一想到给我自己寻摸一所豪宅就给吓住了，因为，可以这么说吧，这个国家与人类文化还是不相适应，我们至今还不得不把我们的精神面包削得更薄，甚至削得比我们祖先削过的全麦面包更要薄得多。这倒不是说，即便在初创时期，所有建筑装饰可以置之不顾，而是说让我们跟自己的生活息息相关的房子先装潢得美一些，有如贝类动物的内壁，可又不要有过之而无不及。可是，老天哪！我去过一两处这样的房子，方才知道他们室内装潢究竟是什么样儿。

今天，我们固然没有退化到再去住窑洞，或者住棚屋，或者去穿兽皮，但是接受人类的发明和工业提供的，也是来之不易的种种好处，那当然是再好不过了。在我们这一带，现在木板、木瓦、石灰和砖块，比适宜居住的窑洞要便宜得多，也更容易寻摸到；整根原木、大批量树皮，甚至高质量黏土或平坦的石板也都不难得到。我谈这个问题还算通情达理吧，因为我对它很熟悉，既有理论，也有实践。只要动一点儿脑筋，我们就可以对这些材料利用得更好，比时下那些豪富更加富有，使我们的文明成为一种福祉。文明人无非是更有经验、更加聪明的化外之民罢了。不过，还是让我赶紧做我自己的试验吧。

1845 年快到 3 月底的时候，我借了一柄斧子，来到瓦尔登湖畔树林子里，就在离我打算修造房子的最近处，开始砍了一些虽然高大，但是尚属幼龄的箭矢形白松，作为造房用木材。开了工就很难不向人家借这借那，不过，这么一来，让你的同胞们在你的惨淡经营中沾一点儿光，这也不失为最慷慨大方的善举吧。斧子的主人把斧子递给我的时候说，那是他的宝贝疙瘩哩，殊不知我归还他时，那斧子比我刚借到时还要锋利呢。我是在景色宜人的山坡上干活，那儿满山坡是松树林，透过松树林我望得见瓦尔登湖，还有一小块林中空地，在那里，松树和山核桃树像雨后春笋似的冒了出来。湖里的冰凌还没有融化，虽然有好几处化开了的窟窿，全是黑黝黝的颜色，湿漉漉的样子。我在那里干活的日子里，还稀稀朗朗地飘过好几回雪花；不过，在我出了树林子、打从铁路走回家的路上，只见大部分地方还是绵延不绝的黄沙堆，在灰蒙蒙的云气暮霭里微微闪光，铁路道轨则在春天艳阳之下闪闪发亮，我听到云雀、小鹟和别的鸟儿在歌唱，跟我们在一起迎接新的一年了。在春回大地的日子里，令人不快的冬天正在跟冻土一块儿消融，而蛰伏的生命则开始自我舒展。有一天，我的斧头从柄上脱落来，于是，我砍了一段碧绿的山核桃树枝做楔子，用石块把楔子嵌入斧头眼儿，稍后连柄带斧一块儿浸泡在湖水里，以便木头发胀，这时，我看见一条花蛇窜入水中，潜伏在湖底，显然毫无不适之感，竟然跟我待在那儿的时间一样长，或者大约有一刻多钟；也许它还没有从蛰伏状态中完全苏醒过来吧。依我看，人们之所以滞留在目前低级和原始的状态，也出于同样的原因吧。不过，如果说他们感受到万木之春的影响，使自己奋发起来，那么，他们必然会崛起，到达飘飘欲仙的人生最高境界。前一阵子，我在霜冻的清晨看见过小径上有好几条蛇，蛇体有些部位依然麻木，欠灵活，在等待太阳出来融化它们。4月1日下了雨，冰凌融化了，在浓雾弥漫的前半天，我听到一只失群的大雁在湖上四处摸索哀鸣，好像是迷了路，或者换句话说，又像是浓雾中的精灵。

就这么着，我连续干了好几天，砍伐树木，切削立柱和椽子，全靠我这柄小不点儿的斧子，既没有多少可以告知诸君，也没有什么学者式的思想，只是独个儿哼唱——

人们都说自己见多识广；
瞧啊，他们长出了翅膀——
艺术呀，科学呀，
还有一千种器械呀，
其实，只有刚吹过的风，
才是他们倾其所有的见闻。

我把主要木材砍成六英寸见方，大多数立柱只砍两边，椽子和地板木料只砍一面，其他几面保留树皮，这么一来，它们跟锯过的木料一样平直，而且还要结实。这时，我还借到了一些别的工具，所以，每一根木料都精心地开了榫眼，削好榫头。我在树林子里度过的白昼时间不是很长；我常常带着面包与黄油当午餐，正午时分，坐在我砍下来的碧绿松树丫枝上，读读原来包装面包与黄油的报纸，连面包上也散发着松香味，因为我的双手给涂上了厚厚一层的松脂。完工以前，我就成了松树的朋友，而不是仇敌，尽管我在松树林里砍过了一些树木，一来二去，却跟松树越发熟悉了。有时候，林中闲游的人被我的丁丁伐木声给吸引了过来，就会在我砍下的碎木屑堆头上跟我愉快地闲聊天呢。

我干活儿不是急吼吼，而是全力以赴，到了4月中旬，我的房子框架已做好，终于立起来了。我已然买下了在菲奇伯格铁路工作的爱尔兰人詹姆斯·科林斯的小木屋，里头的木板还可以利用。詹姆斯·科林斯的小木屋，人们都说是一所不同凡响的好房子。我去看房子时，他并不在家。我在屋子外头转了一圈，起初并没有被屋里头的人发现，因为窗子很深而又很高。这所小木屋不算大，有一个尖屋顶，别的也没有什么好看的，四周堆着五英尺高的垃圾，好像是一堆堆积肥。屋顶不少地方已被太阳晒得翘裂而且发脆，但它还是屋子里头最完好的材料。门槛没有了，不过，门板下头有一条常年可供母鸡们进出的通道。科林斯太太来到大门口，请我到小木屋里头去看看。我一走近小木屋，倒把母鸡们赶进屋子里去了。屋子里头光线很暗，地板八成儿都很脏，冷冰冰、潮腻腻，阴湿发黏，不由得令人浑身寒战，里边木板东一块、西一块的，惜乎已是经不起挪动了。科林斯太太点燃了一盏灯，给我看看屋顶里边和四壁内墙，还有一直延伸到床底下的地板，她提醒我可别踩到地窨子里头去，其实，那是一个有两英尺深的垃圾洞。拿她自己的话来说，小木屋的“顶上木板是好的，四壁木板是好的，还有窗子也是好的”——原来是两个方框框，近来只有猫咪打从这儿出出进进。屋子里有一只火炉，一张床，一个可以坐坐的地方，一个在这屋子里头出生的婴儿，一把丝绸遮阳伞，一块镀金边框的镜子，一只钉在橡木上新颖的咖啡磨，这些就是他们的全部家当了。旋后，这笔买卖很快就成交了，因为詹姆斯这时也回来了。当天晚上，我应付给他四块两毛五分钱，他呢，应该在转天清晨撤离，不得再把房子卖给别人：六点钟，小木屋产权归我所有。他关照我最好还是赶早搬过来，以免有人在地租和燃料上提出数目不清而又蛮不讲理的要求。他还向我保证说，唯一的麻烦就只有这个了。六点钟，我在路上就碰到他们一家人。那一大堆东西——床、咖啡磨、镜子和母鸡——他们的全部家当都在这儿，唯独猫咪没见到，原来它直奔树林子成了野猫，后来我听说，那猫咪踩进了诱捕土拨鼠的陷阱，最终成了一只死猫。

当天早上，我就动手拆卸这个小木屋，把木料上的钉子拔下来，随后一小车、一小车地运到了湖边，把木板铺在草地上，以便在阳光下晒白、复原。我驾车经过林间小道时，一只早起的画眉冲我鸣叫了一两声。一个名叫帕特立克的年轻人不无阴损地告诉我，说邻居爱尔兰人西莱，在装车的间隙趁机把仍然好用、笔笔直的、可以再派上用场的钉子，U 形钉和墙头钉通通装进自己口袋里去；等我回过去接班时，心里不免春思涌动，既有感慨而又满不在乎地望着那一片废墟似的场景，这时，西莱就站在一旁，说："没得什么活儿可干啦。"此时此刻，他正代表大伙儿作壁上观，使这种区区小事，看上去倒是很像特洛伊城众神[1]在大撤离。

我在南边的山坡上给自己挖了一个地窨子，以前土拨鼠曾在这儿挖过洞穴；我刨去漆树和黑莓的根，一直挖到几乎见不到植物痕迹的地方，亦即六英尺见方、七英尺深的一块优质沙土上，赶明儿不管冬天有多冷，土豆断断乎不会给冻坏。地窨子四壁装上搁板，所以没有砌上石块；反正阳光照不到地窨子里边，沙土始终保持不变。这个活儿只不过花了两个钟头。我对这种破土挖洞的活儿感到特别开心，因为差不多在所有的纬度上，人们只要动工挖洞，都会得到同样的温度。在大城市豪宅里至今仍有地窨子，他们在里面储存一些块根植物，有如古人那样，即便在上层建筑消失之后，后人还会在黄土里发现它遗留的凹痕。所谓房子，只不过是通往地洞的一道门廊罢了。

最后，到了 5 月初，我在一些朋友帮助下——其实并没什么必要，不外乎借此改善一下邻里关系罢了——就这么着，好

1　详见古希腊诗人荷马的史诗《伊利亚特》。

歹把房子的框架竖立起来了。当时有这些朋友[1]前来相助，就拿他们的声名来说，我端的感到无上荣幸。我相信，有那么一天，他们注定会出力相助修建许多更为高大的楼堂馆舍。7月4日，我开始住进我的房子了，当时木板安装才不久，屋顶也刚刚竣工，反正木板上下嵌边，都是精心地制作，紧密地扣在一起，防雨是万无一失的。镶嵌木板前，我已经在屋子的一端砌好烟囱的底座，所用的石块有两小车左右，全凭我的两只胳臂从湖边往山上搬过来的。入秋后锄过庄稼，赶在非生火取暖不可之前，我就把烟囱造好，因为前一阵子，我一大早起来，就在露天做饭的：这种方式，我至今依然认为，从某些方面来说，比通常的方式要更加方便，更加合意。要是我的面包还没有烤好前碰上刮风下雨，我就会拿几块木板，架在火堆上遮挡一下，自己则坐在木板下头看着我的面包，就这么着，我度过了多么开心的时光。在那些日子里，我手上的活儿挺多，书读得很少，不过，只要在地上有零星碎纸片什么的，甚至我的布衬垫或者台布，都会带给我实际上不逊于阅读《伊利亚特》时的乐趣。

我造房子固然很细心，不过要是更加细心一些，也许还要合算，比方说，一道门、一扇窗、一个地窖子、一间阁楼，从人的生理需求方面来看，要考虑到有什么样的基础，而且，我们在找到除了满足暂时需要以外更好的理由之前，也许永远不

---

1 据悉，这些朋友均为美国著名作家、诗人，如爱默生、阿尔科特和 W. E. 钱宁等。

会修建什么上层建筑物[1]了。人给自己造房和鸟儿筑巢，都是同样合情合理。有谁知道，要是人们都用自己的双手给自己造住房，简单而又朴实地给自己和家人提供食物，那么，富有诗情画意的才能就会得到普遍发展，这和鸟儿忙活时引吭高唱、响彻云霄一模一样。可是，天哪！我们倒是很像牛鹂和杜鹃，它们总是到别的鸟儿筑好的窝里去产卵，那叽叽喳喳的刺耳噪声，让路过的观光客听了大为扫兴。难道说我们就这么着把营造的乐趣永远让给了木匠师傅吗？在人类经验中，建筑算得了什么呢？在我的亲身经历中，从来还没有碰到过某某人在从事像给自己造房子这么简单而又自然的工作呢。我们全都归属于社会。但凡俗称九合一者[2]并不是单单指裁缝；传教士、商人和农夫，倒是也挺般配来着。这种分工究竟要分到哪儿才算到头呢？到了最后又会有什么结果来着？毫无疑问，别人也可以代我来思考思考吧；但是，如果说他思考是为了不让我自己思考，那就不可取了。

不错，这个国家有所谓的建筑师，至少我听说过有一位建筑师，此人有一种想法，建筑装饰要具有一个真理的核心，一种必要性，因此才有一种美，仿佛这是神灵给予他的启示。也许从他的观点看来，全都美得很，其实，他比半瓶子醋的业余爱好者只不过稍微高明一点罢了。作为建筑学领域里一位多愁

1　此处亦可指建筑物、舰船、铁路及桥梁等的上部结构或上部建筑。

2　古代英谚：Nine tailors make a man。“九个裁缝合成一个人”，意谓裁缝是九分之一的人，不是一个完整的人，而是人的组成部分，显然纯属贬词。

善感的改革者，他不是从基础上，而是从飞檐上入手。按照他的设想，只不过是琢磨如何把真理作为核心装进各种装饰里头，好比每块糖里头实际上都有一颗杏仁或者一颗葛缕子——尽管我觉得，没有糖衣的杏仁倒是更加有利于健康——可他并没有想到居民，亦即住在里头的人，如何把房子真正造得里里外外都很好，而且让各种装饰顺其自然就得了。哪个有理性的人会觉得，装饰只是表面的东西，纯属皮毛罢了？——好比乌龟有斑纹外壳，壳类动物有珠母的光泽，都要像百老汇的居民有他们的三一教堂那样，需要什么立约规定吗？不过，一个人跟他的房子的建筑风格无关，如同乌龟跟它的硬壳无关一样；一个士兵也犯不着那么无聊，把他骁勇无敌的确切色彩涂在军旗上。敌人一望可知，考验一到，他立时脸色煞白了。依我看，这个建筑师仿佛从飞檐上俯下身来，对住在里头的老粗们怯生生地嘀咕着半真半假的话儿，其实后者却比他知道得还多着哩。我现在见到的——何谓建筑学上的美，我知道，乃是从内部逐渐向外部形成的，迎合了居住者的各种需求和性格，因为只有居住者才是独一无二的建筑师——它来自不知不觉的真实与高贵，对于外表从来不予考虑；如果说此外还有什么类似这种的美注定产生的话，那么此前必定有过一种同样不知不觉的生命之美。这个国家最耐人寻味的住宅，正如画家都知道，通常是穷人那些毫无虚饰的简陋木屋和农舍；这些木屋和农舍之所以别具风姿，不是在外表上有什么与众不同的特色，而是因为住在外表好似贝壳的房子里头的居民生活；同样有趣的，还有市民建在郊外的那些箱子形状的木屋，他们的生活有如想象一样简单而又随和，他们并没有竭力追求什么住房的风格效果。绝大多数的建筑装饰都是形同虚设。9月间的一场大风就会把它们如同借来的羽毛[1]一样通通给剥光了，对住房实体则丝毫无损。地窨子里既没有橄榄又没有美酒的人，就算不懂建筑艺术也都无所谓。如果说在文学作品里也同样竭力追求什么装饰风格，那结果又会是怎么样？如果说我们的《圣经》设计师，就像我们教堂的建筑师那样，把大量时间花在飞檐上，那结果又会是怎么样呢？纯文学和艺术学以及它们的教授，都是这么着打造出来的。不消说，谁都很关心的是，这几根木条子究竟斜放在他上头还是底下，他那箱子形状的房子应该涂上什么色彩。说真的，要是他把那些木条子斜放，给房子涂色，那是很有道理的；但是，如果说精神一离开居民的躯体，那它也就无异于给自己打造棺材的材料——亦即造墓工程；而“木匠”不外乎是“做棺材的人”的另一种叫法罢了。有人说，你要是感到绝望或者对生活非常冷漠时，不妨从你脚下抓起一把泥土，给你房子涂成黄土色。他就想到了他那最终的狭仄的房子，可不是吗？不妨扔下一枚铜币，碰碰运气吧。想必他有的是好多好多闲暇时间！为什么你只抓起来一把泥土？最好还是用你的肤色粉刷自己的房子吧，让它颜色苍白或者为你感到羞愧。改进村舍建筑风格的一大创举！等你为我的住房装饰准备

1 源自寒鸦向孔雀借羽毛的寓言，喻指借来的漂亮衣服或不属于本人的荣耀，等等。

停当了，我一定会采用它们的。

赶在入冬之前，我已造好烟囱，房子两侧原先挡不住雨水，这时已钉上从原木上砍下来的薄片，这些薄片很不齐整，树汁又多，我不得不用刨子把它们的两边刨平。

就这么着，我有了一所严丝密缝、涂抹灰泥的木板房子，七英尺宽，十五英尺长，立柱有八英尺高，一个小阁楼、一间盥洗室，每一边有一个大窗子、两个活动天窗，房子一头有一个大门，大门对面有一只砖砌的壁炉。我造房的确切费用支出，只是按我采用的这些材料的通常价格，人工不算在内，因为造房的活儿是由我自己干的，现将清单开列如下：我之所以毛举细故，是因为很少有人说得出自己造房究竟花了多少钱，即使有的话，能把造房的各种各样材料费用单独列出来，一一加以说明，这样的人也是极少的——

木板	8.035 元 （大多数采用旧棚屋木板）
屋顶与两侧使用的旧墙板	4.00 元
板条	1.25 元
2 扇旧玻璃窗	2.43 元
1 000 块旧砖	4.00 元
2 桶石灰	2.40 元（买贵了）
发毛织物	0.31 元（买多了）
壁炉架铁料	0.15 元

钉子	3.90 元
铰链和螺丝钉	0.14 元
门闩	0.10 元
粉笔	0.01 元
搬运费	1.40 元（大多数自己驮）
总计	28.125 元

造房的所有用料有如以上所述，不过，原木、石料和沙子不包括在内，因为这几项材料我是按照政府公地上造房定居者应享受的权利取得的。我还搭了一小间披屋，主要利用造房剩余材料盖成的。

我打算给自己造一幢房子，论宏伟豪华，要盖过康科德的那条大街上任何一幢房子，只要它能像现下这个木屋那样使我喜欢，而造价却不超过前者的话。

由此，我发现，要想得到一个住处的学生，只要支付还不到现下每年所付房租的费用，就可获得一所他终生受用的房子。如果说我这话好像言过其实，那么我的理由是：我是为人类，而不是为自己夸耀；而且我的缺点和前后不一致并不会影响我的论述的真实性。尽管我有不少虚假和伪善之处——那就像糠秕很难跟麦子分离一样，我和别人一样为此感到遗憾——可是就这件事来说，我还是要自由地呼吸，挺直自己的腰板，这对身心来说都是一种莫大欣慰。我已决定赶明儿断断乎不低声下气地变成魔鬼的代理人。我将竭尽全力为真理说一句好话。在剑桥学院[1]，学生住宿的房间只比我自己那个木屋稍微大一点，每年租金却高达三十块钱，而那家公司[2]却顺便捞了一把，在一个屋顶底下并排修建了三十二个房间，由于邻居众多而又嘈杂，因此，居住者都觉得诸多不便而叫苦不迭，也许还不得不去住四层楼。我不禁想到，如果说我们在这些方面有更多的真知灼见，不仅教育的需求可以减少，因为，说真的，人们已经获得更多的教育，而且受教育要缴费这种现象多半也会消失。在剑桥或者别的什么学校，学生为了必须得到这些便利，他们或者别的什么人就要付出很大的生命代价，不过双方要是处理得当，那只要付出十分之一也就够了。那些最花钱的东西，断断乎不是学生最需要的东西。比方说，学费是一学期收费账单上重要的一项，可是，与同时代中最有教养的人交游，从而得到更有价值的教育，那是压根儿不需要付什么钱的[3]。建立一所学院的方式，通常是靠募捐，收进美元和分币，然而极端盲目地遵循分工的原则——其实，这种原则非得谨慎从事不可——招来了一个承包商，不料这个承包商把它当作投机生意来做，雇了一些爱尔兰人或者别的什么技工，果真奠基开工了，而到校上学的学生据说就不得不凑合着住了进去；为了这些失误，一代又一代的人不得不掏钱缴学费。我认为，如

1 哈佛大学最早名为剑桥学院。

2 指管理哈佛大学的董事会机构，一直沿袭至今。

3 梭罗一生追随誉称“美国文明之父”的爱默生，获益匪浅，在此说出了他的经验之谈。他在本节中谈论教育的观点十分精彩，至今仍发人深省。

果学生，或者说那些渴望从上学中受益的人，哪怕他们自己动手奠基开工，也会比上面这种做法好得多。学生就得到了他所垂涎不止的闲暇和安适，经常逃避人人必不可缺的任何劳动，但他只是得到一种可耻而无益的闲暇，而唯有让这种闲暇方能结出硕果的那种经历，偏偏没有得到。“可是，”有人说，“你这不是说学生不该用脑子，而是应该用双手去干活儿吧？”我的本意确实不是这样。我只是说学生很可能会有这么个想法；其实，我的本意是说，既然社会支持他们从事这么昂贵的活动，他们就不应该游戏人生，或者换句话说，仅仅是研究人生。而是他们应该认真地自始至终去历练人生。[1]青年人要是不赶快投入生活实践，恁地能更好地学会生活呢？我想，这就很像学习数学那样训练他们的心智。比方说，我要是希望一个孩子学一点艺术和科学，我就不愿走老路，那不外乎把他送到邻近某某教授那儿去，在那儿什么都教，什么都练，唯独生活艺术不教不练——教他从望远镜和显微镜下观察世界，从来不教他用肉眼来看世上万物；学了化学，却不懂得面包是如何做成的；学了力学，却不懂得这是如何得来的。发现了海王星周围好几颗新卫星，却没有发现自己眼睛里的微尘，或者说没有

1 梭罗这段话，诚然，言近旨远，但又不免令人费解。译者经反复思考，认为梭罗循循善诱，旨在告诫入学青年树立正确的人生观。大意是，在当今社会支持办学（纵然入学费用不菲）的语境下，你们年轻人要记住人的一生非常宝贵，切莫将入学当作儿戏，浑浑噩噩，虚度韶华，也不该仅仅子虚乌有，纸上谈兵，而是应该自始至终投身到社会生活实践中去千锤百炼，方能终身受益。作者语意恳切，可谓感人至深。

发现自己成了一颗什么漂泊无定的卫星；或者说他在一滴醋酸里观察各种怪物，却反而被他周围的怪物吞噬了。一个孩子一边从书本里尽量找到他所需要的知识，一边自己挖掘铁矿石，加以熔炼，终于给自己打造了一把折刀——而另一个孩子在大学里听过有关冶金学的讲座，同时又收到了父亲给他的一把罗杰斯牌折刀，一个月之后，这两个孩子里头，究竟是哪一个进步得更快呢？哪一个孩子的手指最有可能给折刀划破呢？……让我大吃一惊的是，我离开大学时就被告知，说我已经学过航海学了！——得了，我只要到港口去兜个圈儿，管保学到更多的航海知识。政治经济学，就算可怜巴巴的大学生都学过了，但说白了，只是被教过罢了，而生活经济学，那是哲学的同义词，甚至从来没有在我们学院里教授过。结果是学生一面在学亚当·斯密[1]、李嘉图[2]和萨伊[3]的政治经济学，一面却使他父亲陷入无法摆脱的债务之中。

我们的大学是这样，一百项“现代化改进设施”也是这样。对它们抱有幻想，但并不是总有积极进展。魔鬼因为他很早就向那些设施入了股，后来又不断增资，所以不断地在索取

1 亚当·斯密（Adam Smith，1723—1790），英国经济学家，古典政治经济学的代表人物，从人性出发，主张经济自由，反对重商主义与国家干预，主要著作有《道德情操论》和《国富论》等。

2 李嘉图（David Ricardo，1772—1823），英国经济学家，古典政治经济学的代表人物，主张自由贸易，提出劳动价值论，主要著作有《政治经济学及赋税原理》和《论农业的保护》等。

3 萨伊（Jean Baptiste Say，1767—1832），法国早期庸俗政治经济学的代表人物。

复利，一直到最后。我们的发明常常是一些漂亮的玩具，使我们分心，不能专注于严肃的事物。它们不外乎是对毫无改进的目标提供一些改进的手段，其实，这个目标早已达到而且很容易达到，正如通往波士顿或者纽约的铁路那样。我们急吼吼地兴建一条从缅因州直达得克萨斯州的磁性电报线路，可是缅因州和得克萨斯州之间，说不定压根儿没有什么重要信息需要沟通。这就好比一个男人，急巴巴地想见一个聋子贵妇人，可是一等到他被引见给这位贵妇人，她的助听器一端也放在他手里了，他却发现无话可说，你倒说说，大家尴尬不尴尬。仿佛主要目的，是要赶快把话儿说出来，而不是要说得合情合理。我们急于在大西洋底下修建隧道，让旧世界缩短几个星期时间到达新世界，殊不知传入美国人的偌大耳朵里的第一条消息，也许就是阿黛莱德公主得了百日咳。反正骑着马儿一分钟跑一英里的人，不会带来最最重要的消息；他可不是一个福音传道者，他跑来跑去也用不着吃蝗虫和野蜜[1]。我怀疑，飞童[2]有没有带过一配克[3]谷子到磨坊去。

有人跟我说："我纳闷你怎么不积攒一些钱；你喜欢旅游；你不妨搭乘汽车，今儿个就去菲奇伯格，见见世面呗。"可我想的却比这更聪明。我知道，最快的旅游者是安步当车的人。

---

1 此处指基督教《四福音书》作者之一约翰。《圣经·新约·马太福音》第3章第1—4节说：约翰在旷野里传道，他"身穿骆驼毛的衣服，腰束皮带，吃的是蝗虫、野蜜"。

2 指当时英国跑得最快的一匹有名的赛马。

3 英美重量单位，约2加仑，意谓"一大堆"。

我跟我的朋友说，我们不妨试一试，看看谁个先到达那儿。这段路程是三十英里，车费是九角钱。这差不多是一天的工资。我记得，工人在这条路上干活儿，一天只挣六角钱。得了，现在我开始步行，天黑之前到达那儿；一个星期以来，我一直保持这个速度行走的。这个时候，你是在挣车资，明天某个时间才能到达，或者说今儿个晚上也会到达，要是你运气好及时找到工作的话。其实，你这天并没有去菲奇伯格，而是绝大部分时间你都在这儿干活。所以说，就算这条铁路绕着全世界一周，我想，我总得赶在你前头；至于见见世面，多一点这方面的阅历，那我也只好跟你完全断绝往来了。

这是普遍的法则，没有哪个人能智胜过它，至于铁路嘛，我们甚至可以说，反正它有多长，就有多广。要想给人类修建一条环球铁路，无异于把这个星球表面全给铲平了。人们模模糊糊地觉得，仿佛只要坚持这种合股经营方式，用铁锹不停地挖下去，要不了多长时间，最后大家可以分文不花地搭乘火车，到达任何一个地方；不料，人们一窝蜂拥向火车站，乘务员高喊“大家上车吧”，这时火车黑烟四起，蒸汽密集喷发，方才会发现只有少数人登上了火车，其余的人却通通被火车碾压过去了——这就被称为而且确实也是“一次令人为之动怜的意外事故”。毫无疑问，挣到了车资的人，最后还是赶得上火车的，也就是说，如果他们还能活到那时候的话。不过话儿又说回来，他们到时候也许早就心情不佳，游兴阑珊。耗费生命中最美好的时光去挣钱，为了享受最不宝贵的时间里那一点儿可疑的自由，这使我想起了那个英国人，他最先跑到印度去发财，为了日后可以回英国，过上一种诗人般的生活。得了吧，他应该马上住小阁楼去。“什么呀！”一百多万爱尔兰人从四面八方的窝棚里大声惊呼道，“我们修造的这条铁路，难道说不是一个好东西吗？”是的，我回答说，是比较好，要不然你们干得会更差劲呢；不过，既然你们是我的哥们儿，我希望赶明儿你们过的日子能比这挖土活儿来得更美好。

我的房子落成之前，我希望通过诚实而又愉快的方式，挣到十块或者十二块钱，来应对我的额外开支，于是，我在房子附近大约二英亩半沙土地上种了点东西，主要是豆子，也种了一点土豆，还有玉米、豌豆和萝卜。整个地块总共十一英亩，大抵种植松树和山核桃树，上一个季度，一英亩卖到八块零八分钱。一位农场主说，这块地皮“没有啥用处，只好养几只叽叽叫的松鼠”。我没有给这块地施过肥，因为我不是这块地的主人，仅仅是个合法定居者，我也不指望再耕种这么多的地，就没有一下子把这块地都锄完。我在犁地时挖出了好几堆树桩头，可供我燃用好长时间，于是留下了小小儿圈待开垦的肥沃土地，入夏，一望可知，那儿的豆子长得分外茂盛。我房子后头那些枯死、多半卖不掉的树木，以及从湖上漂过来的木材，提供了我尚待补足的燃料。我还租了一套马匹犁地，雇了一个短工帮我耕地，虽然仍由我亲自扶犁。在头一个季度，我的农场开支，比方说，农具、种子和用工等，是十四块七角二分钱。玉米种子是人家送给我的。这实在也值不了多少钱，除非你种得太多。我收获了十二蒲式耳[1]豆子，十八蒲式耳土豆，此外还有一些豌豆和甜玉米。黄玉米和萝卜种得太晚了，一无所得。我农场的全部收入是——

	23.44 元
扣除支出费用	14.725 元
结余	8.715 元

除了我消费掉的和手头还存有的农产品以外，当时估算约值四块半钱——我手头的这笔钱，已超过了我没有种植的那一点儿菜蔬。经过全面考虑，那就是说，我考虑到人的灵魂和今天的重要性，尽管我的实验只占用了很短时间，不，也许正是由于时间很短，我相信，我当年的收成要比康科德任何一个农场主的都好。

第二年，我干得更欢了，因为我把所需要的土地全给铲平了，约莫有三分之一英亩。我压根儿没有被好多有关耕作的名著吓倒，其中包括亚瑟·杨[2]的著作，我从两年来的经验中认识到，一个人要是简朴地过日子，只吃自己种的粮食，而且吃多少种多少，不拿粮食贪得无厌地去交换更奢侈、更昂贵的物

1 英美容量单位，在英国为 36.238 升，在美国为 35.238 升。

2 亚瑟·杨（Arthur Young，1741—1820），英国农业科学的先驱，著有许多关于农耕的书。

品，那么，他只消种一两平方杆[1]的地就够了。这么一点儿地，用铁锹翻地要比用牛耕地更便宜，每次可更换一块新地，省得给旧地不断追肥，所有必要的农活，他只要在夏天抽空干一点儿就得了。这么一来，他就不会像今日里那样被和一头公牛、一匹马、一头母牛或者一头猪全给拴在一起了。我希望就这个问题说话力求不带偏见，因为不管它成功也好、失败也好，我对目前经济和社会措施都不感兴趣。我比康科德任何一个农人更要特立独行，因为我好歹没有给锁定在哪一所房子里头或者哪一个农场上，而是我可以随着自己的悟性行事，而悟性却是瞬息万变的呢。再说，我的日子已经比他们好多了，万一我的房子着火了，或者说我的农作物歉收了，反正我的日子还可以像往昔一样过得很不赖。

我常常这样想，不是人在放牛，而是牛在牧人，反正前者有更多自由。人与牛是在交换劳动。如果说我们考虑的只是必不可缺的劳动，那么，牛就具有很大的优势，它们的农场也是大得多。人做的一部分交换劳动，就是在六个星期里割草晒干，这可不是儿戏呢。当然，没有一个生活全面简单的民族，亦即没有一个贤哲民族，会犯下如此大错，竟让牲畜去劳动。说真的，过去从来没有过，将来也未必很快会有那么一个贤哲民族，就算有了，是不是令人满意，我也说不准。不管怎么说，我断断乎不会驯养一匹马或者一头牛，让它替我干任何它

1　度量单位，1 平方杆 =30.25 平方码。

可以干的活儿，唯恐自个儿会成为一名马夫或者牛倌；如果这样做了，社会好像成了赢家，难道我们能肯定说，一个人是赢家并不就意味着另一个人是输家，小马倌跟他的主人一样有理由感到满意吗？就算有些公共设施没有牛马的帮助便完不成，还让人们与牛马一起沾沾自喜，难道我们可以得出结论说，人们就不可能做出更加令人称道的事情来吗？人们在牛马的帮助下开始从事不仅仅毫无必要或者毫无艺术感，而且又奢侈又无聊的工作，那就有少数人不可避免地去跟牛马交换劳动，或者换句话说，少数人便成了最强者的奴隶。就这么着，人不仅给他内心的兽性工作，而且作为这方面的一种象征，还要给他身外的兽性工作。虽说我们已经有了许多砖块或石块砌成的房子，但是一个农人的殷富与否，仍然要看他的谷仓在多大程度上盖过了他住的房子。据说这一带最大的房子都给辟为耕牛、奶牛和马匹的厩舍，而且跟城镇里头公共建筑相比也毫不逊色；可是，这个县里可供信仰自由或言论自由的厅堂却绝无仅有。国家缘何偏偏不是用抽象的思维能力，而是要靠大兴土木来给自己竖立纪念碑呢？一部《福者之歌》[1] 比东方各国的所有废墟还要令人赞叹不已！楼塔和寺院是王孙公子的奢侈品。一颗单纯的独立的心灵不会听从任何王孙公子的旨意去干苦活。天才不是给予任何皇帝的定金，甚至连那有形的金子、银子或

1 《福者之歌》，印度古代叙事诗《摩诃婆罗多》中的一部分，以对话形式阐明印度教教义。

者大理石也都不是——就算是的话，也是微乎其微。请问，开凿这么多的石料到底是为哪般？我在奥卡狄亚[1]就没有看到有任何人在开凿岩石。好多国家都像疯了似的，痴心妄想留下大量石雕，让自己永垂不朽。要是他们付出同样的心血来打磨自己的风度，那又会是什么样呢？理智要比一座高得可攀月亮的纪念碑更值得流传下去。我偏偏喜欢岩石就留在原地不动。底比斯[2]的宏伟是一种庸俗的宏伟。一座有一百个城门的底比斯城，早就远离了人生的真正目标，远不如围绕老实人的田地的一杆长石头墙那么合情合理。野蛮的异教徒的宗教和文明修建了许多华丽的寺院，而被你们称为基督教的却没得修建些什么来着。一个国家所开凿的岩石，十之八九只供它的坟墓使用。它把自己给活埋了。说到金字塔，它们原本说不上是什么奇迹不奇迹，不过令人吃惊的倒是在于：有那么多人竟然如此忍辱负重，不惜耗尽自己的性命，为某个野心勃勃的傻瓜蛋修造坟墓，其实，这个傻瓜蛋还不如淹死在尼罗河里，随后把他的尸体喂狗，反而显得更聪明些，更有几分须眉汉子气派。也许我还可以给他们和他寻摸一些借口，可惜我没有这闲工夫。至于那些建筑师的宗教信仰和艺术爱好，倒是全世界都一样的，不管他们修造的是埃及的神庙，还是美国的银行。成本总是超过实用价值。主要动力是虚荣，对大蒜、面包、黄油的热爱则出

1　奥卡狄亚，古希腊一高原地区，后来在诗歌中常比喻为简朴的田园牧歌式生活。
2　底比斯，埃及尼罗河畔一古城，以石雕闻名，是世界著名古迹之一。

力相助。年轻有为的建筑师，巴尔科姆先生，悉心追随维特鲁威[1]，用硬铅笔和直尺设计了一张图纸，随后把它交给多布森父子采石公司。当三十个世纪[2]开始俯视它时，人类就开始仰视着它。说到你们那些高楼和纪念碑，这个镇上有过一个疯疯癫癫的家伙，要开挖一条通往中国的隧道，他已挖得很深很深，据他所说，他已经听到了中国的水锅和茶壶里煮沸的响声；不过我想，我可不会一反常态，去赞赏他挖的那个窟窿眼儿。许多人都关注着东方和西方的那些纪念碑——想要知道是谁造的。而我呢，倒是很想知道当时是谁不肯造的——是谁不屑于如此这般微末小事。不过，得了，还是回到我的各项统计上来吧。

当时，我在村子里又搞测量，又做过木工和各种各样打杂的活儿，反正我干过的行当跟我的手指头一样多，就这么着，我拢共挣到了十三块三角四分钱。八个月的伙食费，就是说，从7月4日到翌年3月1日，根据这八个月的时间估算的，尽管我在那儿住了两个多年头——至于我自己种的土豆、一点儿嫩玉米和豌豆都不算在内——结账当天留在手上的存货的价值也不算在内，合计：

大米	1.735 元
糖蜜	1.73 元（最便宜的一种糖精）

1　维特鲁威（Marcus Vitruvius，生活于公元前1世纪），古罗马著名建筑师，他的著作《建筑十书》对文艺复兴时期、巴洛克与新古典主义时期均产生了影响。

2　原文如此。

黑麦	1.047 5 元
印第安粗玉米粉	0.99 元（比黑麦便宜）
猪肉	0.22 元
面粉	0.88 元 （比印第安粗玉米粉贵，而且麻烦）

糖	0.80 元	所有试验均告失败
猪油	0.65 元	
苹果	0.25 元	
苹果干	0.22 元	
甘薯	0.10 元	
一只南瓜	0.06 元	
一只西瓜	0.02 元	
盐	0.03 元	

是的，我总共吃掉八块七角四分钱；不过，我不应该这样没羞没臊地公布我的罪愆，如果说我不知道我的读者里头有大多数人跟我有同样的罪愆，把他们的行为公之于众，恐怕还不见得会比我的好吧。第二年，我有时就逮几条鱼来充当正餐，有过一回我甚至还宰了一只糟蹋过我豆子地的土拨鼠哩——就像鞑靼人所说的，让它的灵魂正在转世来着——我却把它吃掉了，部分是为了进行验证；尽管它有一股麝香味道，它还是让我瞬间一饱口福；不过，我知道，长期享受这种野味是不可取的，哪怕你请村子里的屠夫将土拨鼠加工处理过也不行。

同一时期内，衣服和其他零星费用，尽管数目不大，却有：

	8.407 5 元
油和一些家庭用具	2.00 元

除了洗衣和缝补费用，因为这些活儿多半到外头去请人代劳，账单还没有收到——这些费用都是世界上这块地方必需开支的（即使稍微有些超支）——全部钱财支出是：

房子	28.125 元
农场的一年开支	14.725 元
八个月内食物	8.74 元
八个月内衣服及其他开支	8.407 5 元
八个月内油及其他开支	2.00 元
总计	61.997 5 元

现在，我是跟那些要谋生的读者说几句话。为了支付以上开销，我把农场上的产品出售了，收入计有：

	23.44 元
打短工挣得	13.34 元
共计	36.78 元

从支出中减去此数，还剩余 25.217 5 美元——这跟我启动时的那点钱相差无几，也就是我原本准备开支的金额，这是一方面——而另一方面，我从中获得闲暇、独立和健康，此外还拥有一座舒适的房子，我乐意住多久就住多久。

这些统计资料，看上去未免琐碎，好像没有多大意思，不过因为相当完整，也就有了一定价值。但凡我开支过的，我全都入了账。从上述账目中可以看出，单是食物一项，每星期就要花掉我大约两角七分钱。在此之后近两年里头，我的食物不外乎是黑麦和不发酵的印第安粗玉米粉、土豆、大米、少量的咸肉、糖蜜、盐和饮用水。像我这种对印度哲学精神情有独钟的人，以大米为主食，自然非常合适。为了应对一些净爱吹毛求疵的人的反对，我也不妨在此声明，要是我偶尔在外头用餐——正如过去我常在外头用餐那样，相信以后有机会我还会外出用餐——那往往有损于我的家用开支安排。不过我已经说过了，在外头用餐是常有的事，对这么一个比较声明，丝毫不发生影响。

我从两年的经历中知道，即使在这个纬度上，获得一个人所必需的食物，一点儿也不费事，真是令人难以置信；一个人饮食可以像动物一样简单，但仍然保持健康，孔武有力。我只是从玉米地里摘来一些马齿苋（拉丁文学名 Portulaca Oleracea），煮熟加盐，权当一顿正餐，方方面面都让我感到满意。我之所以附上它的拉丁文学名，是因为它名字虽俗，但味道可不错。请问，在和平的岁月里，日常的中午时分，除了品尝相当丰盛的煮熟加盐的嫩甜玉米，一个通情达理的人还会要求什么来着？就算我稍微变换一些花样，也不外乎迁就一下口味，并不是为了健康的缘故。但是，人们免不了经常挨饿，不是因为短缺必需品，而是因为缺乏奢侈品；我还认识一个心地善良的妇人，她认为自己儿子之所以一命呜呼乃是他只喝白水的缘故。

读者也许会看出来，我是从经济的视角，而不是从美食的视角来处置这个问题。读者也不会贸然拿我这种节食方法来做试验，除非他是一个肥佬。

最初我用纯质印第安粗玉米粉加盐做面包，做成地地道道的锄头玉米饼[1]，我把它们置放在一块墙面板上，或者一根我造房时锯下来的木棍上，然后移到户外的火堆上去烘烤；但是时常给烤煳了，还带着一股松树味儿。我也使用过面粉；到头来我却发现黑麦掺上印第安粗玉米粉一起烘烤，最方便，口味也最好。天冷的时候，连续烘烤好几个如此这般的小面包，就像埃及人小心翼翼地一边侍候，一边翻转正在孵化中的鸡蛋一样，倒是不失为一件趣事。它们是我烘烤成熟的真正谷物果实，在我的五种官能中，它们如同别的高贵的果实似的具有一种芳香，我用一块布把它们包起来，尽可能长时间地保存着这种芳香。我研究了不可或缺的古代面包的制作工艺，向有关权威人士求教，一直追溯到原始时代，首次发明未经发酵的

1　因原先将饼搁在锄头上烤熟而得名。

食品，那时人类从啖食坚果生肉的野蛮状态，首次达到了面包这种食物的滋味和优雅境界，随后，我从循序渐进的研究中，了解到据说就是那个偶然间发酵的面团教会了人们发酵的过程，自此以后经过各种发酵作用，我终于读到了“优质、味甜和有益于健康的面包”，这一生命的支柱。有人认为酵母是面包的灵魂，填充面包细胞组织的精神，像女灶神维斯太的圣火一样被虔诚地保存下来——我揣想，好几瓶珍贵的酵母最初还是“五月花号”[1]带来的，为美国立下了大功，它的影响至今仍然在上升、膨胀，波及四方，就像这片国土上麦浪在起伏荡漾——这酵母引子，我是从村子里定期而又准确可靠地取得的，直到有一天早上，我不知怎的把惯例给忘了，用开水烫坏了我的酵母；从这个意外事故中，我发现，其实酵母有没有也无所谓——因为我的发现是分析的经过，而不是综合的过程——自此以后，我就干脆把酵母给省掉了，尽管大多数主妇满怀热忱地劝说过我，不经过发酵，恐怕面包不太安全，而且还不利于健康；而老人们则预言说长此以往体力很快会衰退的。可我发现，酵母并不是必不可缺的成分，不用酵母，我就这么着照样过了一年，如今还不是好端端地活在这块充满活力的土地上。我很高兴，总算用不着口袋里老装着一只瓶子，有时，它会砰的一声爆裂了，瓶子里头的东西全给抖搂出来，让我好不尴尬啊。省掉了酵母，这样就更简便，质量反而更好。

1 “五月花号”，最早前往北美殖民地的英国清教徒所搭乘的船名。

人这种动物，与别的动物相比，更能适应各种各样的气候和环境。我也没有给面包里放过什么盐、苏打，或者别的酸性和碱性的东西。看来我是根据基督出生前大约两个世纪的马库斯·波修斯·卡托[1]的配方做面包。“Panem depsticium sic facito. Manus mortariutmque bene lavato. Farinam in mortarium indito, aquae paulatim addito, subigitoque pulchre. Ubi bene subegeris, defingito, coquitoque sub testu.”这段拉丁文，我的理解是：“揉面制作面包是这样的。洗净你的手和揉面长槽。把粗面粉投入长槽。逐渐加水，揉得要透彻。揉好后捏成面包的形状，最后加上盖子烘烤。”也就是说，在小烘锅里烘烤。全文没有一个字提到发酵的。不过，我也不老是使用这生命的支柱。有过一阵子，由于囊中羞涩，我有个把多月里没有见到过面包。

在这块适宜种植黑麦和印第安粗玉米的土地上，每一个新英格兰人都可以毫不费劲地生产出自己所需要的面包原料，而不必仰赖于价格波动的远方市场。无奈我们如今生活既不简朴，又缺乏独立性，在康科德，新鲜香甜的玉米粉在商店里几乎很少出售。玉米片和更粗一点的玉米，差不多没有人食用了。农场主把自己生产的谷物大部分都用来喂牲畜和猪，自己却出了高昂的代价，到商店里购买未必有益于健康的面粉。我想，我可以毫不费劲地种上一两蒲式耳黑麦和印第安玉米，因

1　马库斯·波修斯·卡托（Marcus Porcius Cato，公元前 234—前 149），古罗马政治家、作家，著有《史源》和《乡村篇》等，为拉丁文散文的开创者。

为前者在最贫瘠的地里都能生长，后者也用不着呱呱叫的土地。只要用手磨把它们碾碎了，没有大米，没有猪肉，也照样过日子；如果说我一定要用一些浓缩的甜味素，我通过实验发现从南瓜或甜菜里头就可以熬出一种非常好的糖蜜来；我还知道，我只要栽几棵槭树，也就更容易得到这种糖蜜；哪怕这几种菜蔬还在生长期间，我也可以利用各种替代品，取代我上面提到的那些东西。因为，有如祖先们歌唱的——

> 我们可以用南瓜、防风和核桃树叶，
> 酿成美酒，滋润我们的双唇。[1]

末了，说到盐，杂货里头的大路货呗。要想寻摸到盐，不妨借此机会到海边去走走，或者换句话说，完全不用盐，也许我还好少喝点水哩。反正我可没有听说过，印第安人会煞费苦心地寻摸盐。

就这么着，我避免一切买卖与物物交换，至少食物一项是这样。好在我已有了一个安身之处，剩下来的就是穿着和燃料这两项了。我现在穿的这条裤子，是在一个农人家里织成的——谢天谢地，人身上依然还有那么多的美德呢；因为我觉得，农人一下子降为技工，就像人降为农人，两者同样伟大，令人难忘。新来乍到乡间，燃料是一件够你伤脑筋的事。至于

1　据称选自约翰·华尔纳·巴伯尔的《历史诗选》(1839 年版)。

栖息之地，如果不让我继续住在依法可以占用的公地，那我不妨按我耕种过的那块土地出让价格——亦即八块八角钱，另外购置一英亩地。事实上，我倒是觉得，我在这儿居住后，使这块土地反而增值了。

有一拨不肯轻信的人，有时会问我诸如此类的问题，比方说，我是不是觉得自己光吃蔬菜就能活下去。为了立时揭示事物的实质——因为实质就是信念——我惯常这样回答说：哪怕我只吃木板[1]上的钉子，照样也能活下去。他们如果连这话都听不懂，那不管我该说多少，反正他们还是听不懂。就我而言，我很高兴，听说有人在做这种试验；比方说，有个年轻人做过半个月试验，拿他的牙齿当研钵，光啃连皮带穗的玉米过日子。松鼠族做过同样的试验，获得成功。人类对此试验很感兴趣，虽然有少数几个老妇人对此类试验力不从心，或者换句话说，在磨坊里拥有她们亡夫三分之一产权[2]，但她们说不定也会大惊小怪的。

我的家具——一部分是我自己打造的，其余部分没花过多少钱，所以也没有记账——包括一张床，一张桌子，一张写字台，三把椅子，一块直径三英寸的镜子，一把火钳，一个壁炉柴架，一把水壶，一只长柄平底锅，一个煎锅，一把长柄勺，

1 此处梭罗又是一语双关，原文中 board 既是木板，又是食品，以及供膳宿中的膳食。

2 按英美法律规定，丈夫未立遗嘱先亡故，其产权三分之一必须交付其遗孀。

一个脸盆，两副刀叉，三个盘子，一只杯子，一把勺，一个油罐，一只糖罐，以及一盏涂上日本油漆的灯。没有人会穷得只好坐在一只南瓜上。那就是苟且偷安呗。村子里的阁楼上，有许许多多我最喜欢的椅子，只要你喜欢，尽管拿走就得了。家具！谢天谢地，我能坐，我也能站，用不着家具仓库来帮忙。可是有人看见自己的家具——不外乎是一些少得可怜的空箱子——装在马车上，串乡走村，暴露在光天化日、众目睽睽之下，除了圣哲以外，谁会不羞惭得无地自容呢？这莫非是斯波尔丁[1]的家什啊！看过这么一车家具，我断断乎看不出它是属于一个所谓富人的呢，还是属于穷人的；这些家具的主人仿佛老是穷困潦倒似的。说真的，反正这样的劳什子，你越多，你就越穷。每一车装的好像都是十几个窝棚里头的东西；一个窝棚如果说是穷的，那它岂不是十几倍地穷。我们既然老是在搬家，干吗不甩掉我们的家什，甩掉我们的蜕皮；最后离开这个界域，到另一个置备新家具的界域，而把老家具通通给烧掉呢？这就像有人把所有的圈套都给扣在自己腰带上，只要他搬家经过我们撒下绳索的荒野时，不能不拽动那些绳索，从而给拽进了自己的圈套里去。他是一只走运的狐狸，尾巴给掐断在陷阱里。麝鼠为了逃命，就会咬断自己的第三条腿。难怪人已失去了自己的灵活性。有多少回他走上了绝路啊！“先生，恕

1 斯波尔丁（Gilbert R. Spaulding，1811—1880），美国某著名马戏团班主，他在美国率先带领马戏团坐火车四处演出。梭罗本人家具简陋，所以调侃那些家具就像马戏团变戏法的箱子。

我太孟浪，可你说的绝路是什么意思？”如果说你是一个预言家，不管什么时候碰到一个人，你都会看得出他所拥有的一切，还有好多他佯装不是自己的东西，甚至他厨房里的用具和破烂的零星杂物，他都要留着，舍不得给烧掉，仿佛他被拴在了它们轭上，使劲地拖着它们往前赶路。有一个人打从一个节孔或者一道门穿过去，而他身后的一车子家具却穿不过去，我说，此时此刻，这个人就是走上绝路了。我听说有个衣冠楚楚、外表壮硕的人，看上去很自由，万事齐备，没承望他说到自己“家具”不知道有没有保了险，就在这时，我不由得怪怜悯他的。“可我的家具该怎么办呢？”于是，我的快活的蝴蝶，就这么着被蜘蛛网纠缠在一起了。甚至还有这样一些人，多年来好像并没有什么家具，不过你要是细问一下，你就会发现，他在某某人家的谷仓里头储存好些家什来着。我看当今英格兰就像一个垂垂老矣的绅士，带着许许多多行李外出旅行，全是穷年累月节俭持家积下来的破烂玩意儿，就是没有勇气把它们给烧掉了；大箱子、小箱子、手提箱，还有大大小小的包裹。至少前头三样东西该扔掉吧。今日里就算身体不错的人，恐怕也不会拿了褥子[1]到处转悠，因此，我当然要劝告有病的人不妨丢下褥子，一溜小跑吧。我碰到过一个移民，扛着他那全部家当的包裹——看上去好像他脖子根后头长出来的一个巨

1 此处出典，详见《圣经·新约·马太福音》第9章第6节：有人用褥子抬着一个瘫子让耶稣治疗。耶稣对瘫子说道：“起来，拿你的褥子回家去吧。”

瘤——跌跌撞撞地走着。我觉得他怪可怜巴巴的，倒不是因为他总共只有这么一丁点儿，而是因为他还得扛着那个玩意儿。如果我也非得拖着圈套走路不可，那我就会小心留神，拖一个轻一点的，别让它夹住我的要害部位。但是，千万别让你的手掌进入圈套，也许这才叫作最乖觉。

顺便提一下，我可不会花钱去买什么窗帘的，我不需要把偷窥者的目光都给遮挡住，我反倒是乐意太阳和月亮往屋里头看一看。月亮不会使我的牛奶发酸，也不会让我的肉食发臭，而太阳也不会损坏我的家具，或者使我的地毯褪色，如果说这位朋友有时候太热情了，那我觉得不妨躲到大自然提供的帘子后头去，从开支上来说倒是更加划算，不必在家用账上另添一笔费用。有一次，一位太太要送给我一块草荐，无奈我屋子里头找不到让它铺开的空间，又没得时间在屋里屋外去抖搂它，我就只好婉谢了，宁可在我门前的草地上擦擦自己的鞋子底。最好是邪恶一露头就避而远之。

过后不久，我参加了一次教会执事动产的拍卖，因为他的一生好歹并没有白活——

> 人们做了恶事，死后免不了遭人唾骂。[1]

大部分东西照例都是很寒碜，打从他父亲在世时就开始积

1 引自莎士比亚的名剧《裘力斯·恺撒》第三幕第二场。朱生豪译《莎士比亚全集》第 8 卷，人民文学出版社 1978 年版，第 262 页。

存下来。这里头居然还有一条干绦虫。在他的阁楼和别的垃圾堆里躺了半个世纪之后，这些东西并没有给烧掉；岂止没有付之一炬，或者说火化销毁掉，如今还拿过来拍卖，换句话说，让它们的生命得以延续下去。街坊四邻急吼吼地聚拢来看看这些玩意儿，一股脑儿全给买下来，随后，小心翼翼地把它们搬进自家的阁楼和垃圾堆，让它们躺在那儿，直到各自家产进行清理时，它们另一次拍卖又开始了。人死了，不外乎复归尘土罢了。

某些野蛮民族的风俗，我们不妨学一学，也许大有裨益，因为他们至少每年从表面上看仿佛总要搞蜕皮求新似的活动；这是他们的处世理念，不管他们实际上有没有做到。正如巴特拉姆[1]描述穆克拉斯族印第安人的风俗那样，我们倘能也有类似辞旧迎新祭祀活动，或者换句话说，举办新果[2]节，岂不是很好吗？“一个小镇节庆活动，”巴特拉姆这么说道，“大家早就给自己准备好新衣服、新壶、新罐、新盘子，以及别的家用器皿和家什，把穿过的旧衣服和别的废物通通收拢来，打扫和清理他们的房子、广场和整个小镇，把这些旧东西，包括所有余粮以及其他旧物，一股脑儿扔到了一个公共的堆物垛上付之一炬。随后，大家服药禁食三天，全镇禁绝烟火。禁食期间，他们一概不进食，清心寡欲。这时大赦令宣布，所有罪犯都可

1 巴特拉姆（William Bartram，1739—1823），美国博物学家，著有《南北加洛拉纳旅行记》。

2 新果，指一个季节中最早成熟并收获的农产品，尤指用来祭神的瓜果。

以回到小镇上来——到了第四天早上，大祭司两手摩擦着干燥的木头，在公共广场上燃起新的火焰，镇上每户人家都从这里取得了新生、纯洁的火种。”

随后，他们品尝新的玉米和水果，一连三天载歌载舞，“后四天，他们接待毗邻镇上的朋友来访，共庆佳节，因为这些朋友也按同样的方式净化自己并且准备就绪”。

墨西哥人每过五十二年，也会在年底进行一次同样的净化活动，他们相信，只要每过五十二年，大千世界就会周而复始。

我几乎从未听说过比这更真诚的圣礼，也就是说，如同字典上厘定的，“一种内在的心灵美转为外在的可见到的神迹”。我一点儿都不怀疑，他们这种做法原先是由天意直接传授，虽然他们没有一部像《圣经》那样的宗教经典来记述这种启示。

五年多以来，我就这么着光靠双手劳动，养活了我自己，而且我还发现，一年里头只要工作六个星期，就足够支付我所有的生活开支。整个冬天，还有大部分夏天，我自由自在，安心读书。我全力以赴地办过私学，发现我的各项支出与我的收入基本相抵，或者略有超支，因为我不得不穿衣服、坐火车，更不用说还得有相应的思考和信仰，结果我的时间都在这件事上给耗费掉了。我教书不是为了我的同胞受益，而是为了自己谋食，所以这次办学失败了。我还试过做生意，但我发现，要想经商发财，就得花上十年时间，到了那时候，也许我正在赶去见魔鬼的路上哩。说真的，我发愁的是，到了那时候，我也许正在做所谓的好生意。从前，我在到处寻摸什么谋生之道时，由于依照朋友的愿望，脑海里不时浮现一些可悲的经历，已使我殚精竭虑，于是，我常常认真地想还不如干脆去捡拾浆果就得了；好歹这活儿我管保干得了，而且，那一点儿蝇头微利对于我也已足够了——因为我的最大本领乃是需求很少——这只需要一丁点儿资金，对我素常的情绪又极少抵触，我就这么冒傻气地思考着。我的朋友毫不犹豫地做起生意来了，或者换句话说，就业了，而我想自己这个职业倒是酷似他们的行当；整个夏天，我漫游于群山之间，路见浆果就捡了起来，稍后又漫不经心地把它们扔掉，好像在看守阿德墨托斯[1]的羊群。我还梦想自己不妨采集野草，或者用干草车辆运些常青树给喜爱树木的村民，甚至于运到城里去。但是从这以后，我方才明白，商业诅咒它经管的每一件事，就算你经营的是天堂的福音，还是躲不开商业对它的全部诅咒。

由于我酷爱某些事物，特别珍视个人自由，而且，我吃得起苦，又能获取成功，因此，我并不希望浪掷时光，去赚取华丽的地毯或者别的优质家具，或者味美可口的烹调术，或者修造一幢古希腊式或者哥特式的房子。这些东西要是有人居然唾

1 古希腊神话中的塞萨利国王，曾去海外寻找金羊毛的阿尔戈英雄之一，阿波罗替他看管过羊群。

手可得，得到之后还懂得如何使用它们的话，那我干脆让他们去追求就得了。有些人是“勤劳的”，似乎天生热爱劳动，或者也许因为劳动使他们避免去做更要不得的坏事来；对诸如此类的人，目前我还是无话可说。至于那些有了比现在更多的闲暇，却不懂得如何安排的人，也许我会奉劝他们可要比过去加倍地努力工作——一直工作到他们能养活自己，获得他们的自由身份证件。至于我自己，我发现，在所有职业中，打短工的人最独立不羁，特别是短工这个职业，一年里头只要三四十天，就可以养活自己了。夕阳西下时，打短工的活儿也告结束，随后他就自由自在，专心从事自己喜爱的但跟白天劳动毫不相干的事儿；可是他的雇主要做投机买卖，从这一个月到下一个月，反正一年到头连气都喘不过来。

总之，根据信仰和经验，我确信，一个人只要生活得简朴和明智，在这个世界上自立谋生，并不是愁肠百结的苦事，反而是一件赏心乐事；有如生活更为简朴的民族所追求的，至今还是不大自然的娱乐游戏。一个人要谋生，其实，犯不着汗流浃背，除非他比我还容易出汗。

我认识一个继承过好几英亩地的年轻人，他跟我说他觉得自己应该像我这样生活，如果说他有能耐的话。我并不愿意有人采用我的生活方式，不管出于什么理由；因为在他还没有学会我的生活方式以前，也许我已经寻摸到另一种生活方式；我倒是希望，在这个世界上，各不相同的人越多越好；可我又希望，每个人都要谨小慎微，寻摸和追求他自己的方式，而不是他父亲的、他母亲的或者他邻居的方式。年轻人可以造房，可以种植，可以航海，只要不阻挠他去做他告诉我他喜欢做的事就得了。仅仅从精确这一点来看，我们是聪明的，如同水手或者逃亡的奴隶两眼盯着北极星似的，就足以引导我们一辈子了。也许我们在预定期间到达不了我们的港口，可是我们断断乎不会偏离正确的航线。

在这里，但凡适用于一个人的，毫无疑问，更适用于一千个人，比方说，一所大房子，按比例来说，并不比一个小房子造价更昂贵，因为一个屋顶可以覆盖好几个房间，底下合用一个地窖子，一堵墙可分隔出好几个房间来，不过，我个人偏爱离群索居。再说，与其说服别人相信合用一堵墙的好处，你还不如自己动手造房，通常会更便宜。你要是跟别人合用一堵墙，固然更加便宜，但是合用的这堵隔墙一定很薄，说不定你的邻居人品不好，到时候他那半边墙坏了，也不会去修缮的。通常可行的那种合作，也是极其有限，而且是表面上的；就算有那么一点儿真正的合作，表面上也看不出来，是要有一种听不见的和谐。如果说一个人有信心，那他不论到哪儿都会跟同样有信心的人合作；如果说他没有信心，那他会像世界上其他的人一样，继续过自己的日子，不管他跟什么人做伴儿。合作好歹就是让我们生活在一起。最近我听说，有两个年轻人打算结伴环球旅行，一个人没得钱，一路上就在桅杆前和犁耙后头挣钱，而另一个人口袋里装着一张旅行支票。他们不论结伴也好、合作也好，一眼就看出来，都不会持久的，因为里头有一个人压根儿什么事都干不了。他们在路上碰到第一个怪逗人的危机时，果真就散伙了。最重要的是，我在上面说过的，单独出行的人可以今天说走就走，而结伴旅行却要等到另一个人准备就绪，也许还得等上老长老长时间方能动身上路。

不过，这一切都是非常自私的，我就听到过我镇上有一些人是这样说。我承认，直到现在为止，我很少致力于慈善事业。我有一种责任感，为此我作出了一些牺牲，其中包括行善的乐趣。有人施尽所有花招，劝我资助镇上一些穷困人家；如果说我没有什么事可做——因为魔鬼净给闲人找事做——也许我会试着做诸如此类的娱乐消遣。可是，每当我想到自己要肆意从事这方面活动，让某些穷人在各方面过得像我自己过的日子一样舒适，把让他们享受天堂般的生活作为一种义务，乃至于已经向他们提供了帮助时，没承望他们毫不犹豫地一致表示，他们宁愿继续贫困下去。我们镇上的男男女女已在想方设法，竭力为自己的同胞们谋福祉，我相信，这至少可以使人不去做没有人情味的事情。从事慈善事业，如同从事别的事情一样，非得具备天资不可。至于“做好事”，那是一种充满激情的职业。况且，我好歹也尝试过呢。看来也许挺奇怪，这种事不合我的脾性，因此我倒是对自己觉得很满意。也许我不应该故意回避自己这种特殊的职责，亦即社会要求我去做的拯救宇宙使它免遭毁灭的好事。我相信，在别的什么地方，确实有一种类似的，却又无限坚定的力量，至今仍在保护这个宇宙。不过，我断断乎不会阻拦任何一个人去发挥他的天才。这种事我自己是不做的，但是有人全心全意、毕其一生地去做了，我就会对他说，哪怕世人管它叫做坏事，他们很可能会有这样看法，可你们也一定要坚持下去。

我断断乎不是说我的情况特殊。毫无疑问，我的读者里头有许多人都会作出类似的辩白。在做某件事儿的时候——我不敢保证说我的左邻右舍会管它叫做好事——我会毫不犹豫地说我是一个首屈一指的雇工；但我干吗是首屈一指的雇工，这就要我的雇主去发现。我做什么好事，通常对好这个字儿的理解来说，一定是我的分外事，而且十之八九完全是我无意之中做的。人们几乎都这样说，你就照现在的样子，从自己身边开始，别指望成为更有价值的人，而首先要有一颗善心，才会去做好事。如果我完全仿效这种论调说教，还不如干脆这么说："去吧，先开始做个好人吧。"好像太阳用自己的火焰照亮了月球或者一颗六等星后，应该停下来，如同罗宾·古德费洛[1]一样，窥探每个村舍的窗子，使人疯疯癫癫，叫肉食变味，使黑暗变得可以看得见东西；而不是渐渐地增加它那宜人的热量和恩泽，直到它变得如此光芒四射，乃至于没有人能够仰望它的脸，随后，也就是说，与此同时，行走在自己的轨道上，绕着地球做好事，或者更确切地说，正如一种更为真实的哲学思想

1　罗宾·古德费洛，英格兰民间故事中净爱恶作剧的小精灵。

发现的，地球绕着太阳周转，从而得到了恩泽。法厄同[1]一心想以惠泽世人来证明自己乃是天神出身，就驾着太阳神的四马金车出游，仅仅走了一天，即越出轨道，把天堂下面市街上好几排房子给烧掉了，烤焦了大地表层，烧干了每个春天，打造了撒哈拉大沙漠，直到最后朱庇特[2]一声霹雳把他击毙在地上，而太阳却为他的死哀恸逾恒，整整一年没有发光。

行善走了味儿，那才是奇臭难闻。有如人的腐尸、神的腐尸一样。如果我确实知道有人要到我家来特意为我做好事，那我管保要逃命了，就像躲避非洲沙漠里所谓西蒙风[3]，干热灼人，刮得你嘴巴里、鼻子里、耳朵里、眼睛里全是沙土，直到把你窒息至死，我唯恐他冲着我做起好事来着——它的病毒会跟我的血液掺杂在一起。不——要是真的这样，我宁可遭灾受难，反而来得自然呢。就有这么一个人，在我看来算不上好人，尽管我肚子饿了，他会来喂饱我，我快冻死了，他会来捂暖我，我要是掉进水沟，他会把我拉上来。我不妨就找一条纽芬兰狗给你看看，它也样样做得到呢。从广义上说，慈善并不是泛爱同胞。霍华德[4]从他个人作为来说，无疑是极其善良而备受尊敬的人，而且，他的善行也已得到了善报；但就两相对

---

1 法厄同，古希腊神话中太阳神赫里阿斯的儿子，驾着其父的太阳车狂奔，差点焚烧整个世界，幸亏宙斯见状，用雷将他击毙，世界方才幸免于难。

2 朱庇特，古罗马神话中主宰一切的主神，统治众神，其地位相当于古希腊神话中的宙斯。

3 西蒙风，非洲和阿拉伯沙漠的干热风。

4 霍华德（John Howard，1726—1790），英国慈善家，因倡导监狱改革而闻名。

比而言，在我们最值得接受帮助的时候，霍华德们的慈善行为要是落实不到我们拥有最好的财产的这些人身上，就算有上百个霍华德，对我们来说，又有什么用处来着？我可从来没有听说过，有哪个慈善大会真心实意地提议过，给我或者像我这样的人做点好事。

耶稣会会士已被印第安人所挫败，这些印第安人在被绑住活活烧死之际，竟向行刑者提出了一些新的折磨方式。他们虽然肉体受苦，但并不屈服，有时候，他们对传教士所给予的安慰也无动于衷。你们应该奉行的法则[1]是，行刑时在他们耳边少说规劝之类的话，至于他们如何被折磨至死，倒是连他们自己都满不在乎。不知怎的他们反而用一种新的方式去爱他们的仇敌，对后者所做的一切罪愆几乎全给宽赦了。

穷人远远地落在你们后面，对你们来说是一种儆戒，因此，你务必给穷人他们觉得最需要的帮助。如果说你给钱，那你还得拿钱跟他们一块花掉，切不可把钱一扔给他们就完事了。有时候，我们会犯一些莫名其妙的错误。穷人尽管邋里邋遢、衣衫褴褛、举止粗俗，但有时候不见得都是处于饥寒交迫的境况。这多半由于他的个人爱好，而并不单单是他的命运多舛所致。如果你给了他钱，也许他会拿这钱去买更多的破烂衣

1 《圣经·新约·马太福音》第 5 章第 44 节："只是我告诉你们：要爱你们的仇敌，为那逼迫你们的祷告。"同书第 7 章第 11 节："所以，无论何事，你们愿意人们怎样待你们，你们也要怎样待人。因为这就是律法和先知的道理。"是故，被称为黄金法则。

服。我素常怜悯那些笨手笨脚的爱尔兰劳工，他们在湖上凿取冰块，身上穿着破衣烂衫，端的寒碜极了，而我尽管穿着比较干净、好歹入时的衣服，还是给冻得瑟瑟发抖。后来，有一个砭人肌骨的大冷天，一个落水的爱尔兰人来我家里取暖，我看到他脱下了三条裤子、两双袜子，这才见到了肌肤，一点儿没错，尽管这些裤袜简直肮脏破烂极了，可他还是拒绝了我要送给他的外衣，因为他已然有那么多里头穿的衣服。瞧他求之若渴的正是这次和衣落水[1]啊。于是，我就开始可怜我自己，我觉得，如果说有人要行善，那么，送给我一件法兰绒衫，要比送给他一家廉价成衣店倒是更加功德无量。有上千个人在砍罪恶的枝杈，只有一个人把罪恶之根给砍掉了，也许就是这个在穷人身上花的时间和金钱最多的人，通过他的生活方式正在造的孽也最多，虽然他千方百计想要加以补救，但到头来还是徒劳。正是假虔诚的蓄奴主拿出奴隶创造的利润的十分之一，给别的奴隶购买星期日的自由。有的人雇用穷人帮厨，来显示自己对穷人的慈悲心。要是他们亲自下厨房干活儿，岂不是更有慈悲心吗？你夸口说把自己收入的十分之一捐给慈善事业，也许你应该捐出收入的十分之九去行善，善始善终嘛。即使这样，社会收回来的也只有财富的十分之一。这归咎于财富占有者的慷慨大方呢，还是秉持正义的官员们的玩忽

1 原文 ducking，或恐又是一语双关，既有浸泡水中（即指身上棉织衣袜），又有闪避、逃离、潜逃之意。

职守？

慈善事业几乎可以说是人类赞赏备至的唯一美德。不，这委实对它估计过高了；没错，没错，恰恰是我们的自私才对它估计过高了。一个阳光灿烂的日子里，有一个粗壮的穷人，在康科德向我夸赞镇上一个市民，因为正如他所说的，这个市民对穷人很善良，而这个穷人偏偏就是他自己。人类里头善良的大伯大婶们，要比真正的圣灵父母更值得尊敬。有一次，我听到英格兰的一个才学兼优的牧师在话说英国，他先是列举了英国的科学、文学和政治领域的伟大人物，比方说，莎士比亚、培根、克伦威尔、弥尔顿以及牛顿等人，随后，他说到了英国基督教的英雄们，好像他的职业要求他务必如是说似的，他一个劲儿抬高基督教的英雄们，使他们凌驾于上述所有的伟人之上，成为伟人中的伟人。这些基督徒英雄就是佩恩、霍华德和弗莱夫人。人们一定都会觉得他在胡扯淡。那最后三位并不是英国的最佳男人和女人，也许只好算作英国的最佳慈善家罢了。

至于慈善事业应该得到的赞扬，我是不会加以贬损的。我仅仅是要求把公正给予所有用自己的生命和劳动为人类造福的人。我器重一个人并不是以他的正直与善行作为主要依据，因为两者不外乎是他的枝枝叶叶罢了。我们拿绿叶枯干后的草木做成药茶给病人喝，其疗效可说微乎其微，大抵被江湖医生所利用。我要的是一个人好比能开花结果，让芳香从他那里向我飘过来，成熟果子就在我们的交往中芳香四溢。想必他的善良不是局部的、短暂的行为，而是持久的、绰绰有余的，对他丝毫无损，但也是无意识的行为。这是一种掩盖万恶的善行。慈善家总是念念不忘，要把自己一文不值的悲悯给芸芸众生营造一种氛围，美其名曰同情心。我们应该广泛施与人们的是我们的勇气，不是我们的绝望；是我们的健康和安适，不是我们的病恙，而且还要小心莫让疾病通过感染四处蔓延。是从哪些南方平原上传来了号哭声？我们会给住在什么纬度上的异教徒送去光明吗？谁是我们会去救赎的那个纵欲无度而又残暴的人呢？如果有人得了病，他就不能行使自己的功能[1]，乃至于他肚子里还感到疼痛——因为同情发祥于肚子——那他就要着手改造——整个世界。作为宇宙的一个缩影，他发现，这是一个真正的发现，而且就是他发现的——原来世界一直在吃青苹果；事实上，在他的眼里，地球本身即是一只巨大的青苹果，想想该有多吓人，人类的孩子在苹果还没有成熟前就去啃它，多悬乎；他那个雷厉风行的慈善团体径直找到了因纽特人和巴塔哥尼亚人[2]，还拥抱了人口稠密的印度和中国的村舍；就这么着，经过好几年慈善活动，有权有势的人物却利用他达到他们自己的目的，毫无疑问，他治好了自己的消化不良症，地球的单颊或双颊都泛着淡淡的红晕，好像它正在开始成熟，而生活的粗鄙状态也已消失，重新恢复和美健康的原貌。我从来没有梦

1 此处功能，包括与人关系、社会关系，以及生理功能等。

2 居住在阿根廷中部、南部潘帕斯草原和巴塔哥尼亚高原的印第安人。

见过比我自己所犯更大的罪愆。我从来没见过，今后也不会见到——比我自己更坏的人。

我相信，让改革家如此这般悲伤的，并不是他对苦难中的人们表示同情，而是他自己心存愧疚，尽管他是上帝最神圣的儿子。让这一切纠正过来吧，让春天来到他身边吧，曙光在他的卧榻上升起来，他将毫无歉意地抛弃他的慷慨的朋友们。我不反对嚼烟草的原因，是我从来不嚼烟草；嚼烟草的人终究会自食其果，哪怕他已经戒绝；尽管我自己尝过别的东西也够多的，我还是可以表示反对。如果说你不慎上当，干过一些慈善活动，那就别让你的左手知道你的右手干过些什么，因为就算知道了也没有意思。救起溺水的人，系好你的鞋带。你还是悠着点儿，去做一些自由的劳动。

我们的举止言谈因随圣者交游而被毁掉了。我们的赞美诗中悦耳地发出亵渎上帝和永远容忍他的回响。也许有人会说，即使先知和救世主，也只是抚慰人们的恐惧，而不是肯定人们的希望。哪儿都没有对生命礼物表示简单而由衷的满意，以及令人难忘的赞美上帝的记载。所有的成功和健康使我受益，尽管它看上去多么遥远而不可企及；所有的失败和病恙使我悲伤，让我遭殃，尽管说不定它很同情我，或者我很同情它。如果说我们真的采用印第安人的、自然成长的、有魅力的，或者说合乎人性的方式来振兴人类，那么，先让我们自己简朴和美如同大自然一样，驱散悬在我们额头上的乌云，给我们体内的毛孔注入一丁点儿生命活力。再也不要做济贫院里教会执事的济贫助理，要努力成为一个值得世人敬重的人。

我在设拉子[1]萨迪[2]所写的《蔷薇园》里读到：“有人问一位哲学家说：主造了那么多高大、成荫、有名的树，为什么单把不结果实的柏树称为‘自由树’呢？他回答说：每一种树都有一定的季节，到了那季节，才会茂长，过了那季节，便会凋落。唯有柏树，不为时间所限，四季常青，所以叫作自由。”

暂存的一切不要贪求。
　哈里发的光荣已成虚无。
巴格达城外的江水万古长流！
　你应像枣树一样慷慨大度。
即使你是贫无所有，
　也应像柏树一样无拘无束。

1　设拉子，伊朗南部城市，古波斯文化中心，有许多大诗人陵墓，东北六十公里处有举世闻名的波斯帝国都城波斯波利斯遗迹。

2　萨迪（Saadi，1213—1292），波斯著名诗人，代表作有《果园》与《蔷薇园》，含有精深哲理性，在国内外产生深远影响。此处借用著名翻译家、老友水建馥译文，详见《鲁达基·海亚姆·萨迪·哈菲兹作品选》，潘庆舲、水建馥、邢秉顺译，人民文学出版社 1998 年版，第 338 页。

补充诗篇

贫困的矫饰

可怜巴巴的穷鬼，你实在太放肆，
要求在苍穹底下有一席之地，
你的破棚屋或者你的木桶
培养出一些懒惰或迂腐的德行，
在廉价的阳光下，或阴凉的泉水边
啃野菜和须根；在那儿你的右手
从心坎上扯去人类的热情，
美德之花在热情中灿然开放，
你已使人性坠落，又让感官麻木不仁，
像蛇发女妖[1]那样，将活人化成顽石。
我们并不需要这个沉闷的社会，
你在那儿务必自我克制，
我们也不需要那种不自然的愚蠢，
不知欢乐与悲伤；也不知道

---

1 古希腊神话中三个蛇发女妖之一，即戈尔戈（译音），面目狰狞，谁见到她，谁就会立即化成顽石。

你被迫使虚假消极的韧劲凌驾于
积极的韧劲之上。这低贱的一拨人
把他们的位置固定在平庸之辈，
成为你的奴性的心灵，可是我们
推崇这样的美德，承认节制，
勇敢慷慨的行为，庄严宏伟，
纵览一切的审慎，无边无际的
宽宏大度，还有那种英雄的美德
自古以来没有留下一个名称，
只有一些典型，比如赫拉克勒斯，
阿喀琉斯[1]，忒修斯[2]。回到你可憎的陋屋；
你看到了文明的新天地时，
仔细研究才会知道什么是最有价值。

托马斯·卡鲁[3]

---

1 阿喀琉斯，希腊神话中英雄人物之一，出生后被其母手握脚踵，倒提着浸在冥河水中，除脚踵外，浑身刀枪不入。

2 忒修斯，希腊神话中罗马国王，以杀死牛首人身的怪物米诺陶洛斯而闻名。

3 托马斯·卡鲁（Thomas Carew，1595—1645），英国骑士派诗人，著有长诗《狂喜》和爱情诗《诗集》等。此处题名是梭罗添加的。

我的住地；我的生活探索

到了我们一生中的某个时期，我们惯常把每一个地块都看成可以置业安家之处来加以考虑。就这么着，我把住地周围方圆十二英里以内的乡村通通考察过了。我在想象中已经接二连三地把那儿所有的农场通通买下来了，因为所有的农场都在上市待售，反正我心里对它们的价格一清二楚。我到过每一个农场主的场址，品尝过他的野苹果，跟他谈过庄稼，由他开出个价钱，把他的农场买下，稍后心里随便定下什么价钱，再把农场抵押给他，价钱甚至不妨定得高一些——通通都买下来，只是没有立契约——把他的话权当契约，因为我平素最爱闲扯——我精心培植了这些土地，从某种程度上说，也算是对他的栽培呗，我想，等我尽情享受得够了自己就离去，干脆让他继续耕种下去。这一经历使朋友们都把我看成了某种地产经销商。其实，不管我身在何方，我都可以在那里过日子，而且缘于我，在那里居住，那里的风景说不定还会熠熠生辉哩。何谓家宅，乃是拉丁文 Sede（座椅），意即邸宅、别墅——如果是一座乡村别墅就更好了。我发现好多宅子的选址，似乎不大可能很快得到改善，也许有人会觉得它离村子太远了，可我倒是觉得村子离它太远了。得了，我说，我就不妨住在那里：于是，我在那里，果真觉得仿佛一个小时内闪逝端的是弹指一挥间，反正寒来暑往，冬去春回，好不快活。这个地区的未来的居民，不管他们住房造在哪里，都可以肯定那里已有人捷足先登了。只消一个下午，管保把这块地辟成果园、林地和牧场，决定门前应该留下哪些优良的橡树或者松树，这么一来，从哪一个角度来看，每一棵枯萎的树木都会显得最美；然后，我暂且放下不管，让它闲置着，间或让它休耕，因为一个人心里总有许许多多事情，反正越是放得下来，也就越是富有。

我由于神思逸飞未免太远，乃至于被好几个农场拒绝了——拒绝正是我求之不得呢——但我从来没有让现实占有灼伤过自己的手指头[1]。迹近现实占有的那一次，是我购买霍尔维尔乡间住宅的时候，我已开始选种，还备好材料，打造一辆手推车，用来装卸种子；殊不知还没等到业主将契约交给我，他的妻子——每个男人照例都有如此这般的妻子——忽地变卦了，打算给自己留着，而他违了约就赔给我十块钱。说真的，当时我身上竟然只有一角钱，这可叫我算不上来，闹不清楚，我自己真的有一角钱，或者说有一个农场，或者说有十块钱，或者说我拥有了所有这一切。不管怎么说，我退回了他的十块钱，连农场也还给他了，因为这事我已经做得十分到家了；或者换句话说，我做得很漂亮大方，我还按照我的买入价把农场卖给他了。因为他不是很富裕，我还送给他十块钱，但是我照旧拥有我的一角钱、种子以及打造手推车的木料。我因此发现

1　此处喻指因为管闲事而吃苦头。

我自己一直手头从容，这么做也无损于我的贫穷。但是我毕竟留住了那里的风景。而且打这以后，我每年都把它生产的果实带走，用不着手推车。至于风景——

> 我是眺望全景的皇帝，
> 我的权利毋庸争议。[1]

我经常看到一个诗人，欣赏了农场里令人叫绝的风景就离去了，而脾气急躁的农场主还以为他拿走的只是几个野苹果罢了。殊不知诗人已写了诗吟咏他的农场，而农场主多少年来都还蒙在鼓里呢；这么一道令人艳羡的无形栅篱，已经把农场圈了起来，把它的牛奶挤了出来，取其精华——奶油，然后通通拿走，留给农场主的是撇去了奶油的奶水。

依我看，霍尔维尔乡间住宅的真正魅力，在于它是全然遁世隐退之胜地，离村子有两英里远，最近的邻居也在半英里开外，好大的一块地把它和公路隔开了；它以一条河划界，据农场主说，春天里河面上升起了大雾，霜冻也就不见了影子，不过，这可跟我完全风马牛不相及。农舍和谷仓都是灰不溜秋，破败不堪；坍塌失修的栅篱，仿佛在我和早先的居民之间相隔了如此悠久岁月；那些苹果树早已中空，长满苔藓，还被兔子

1　据考证，此处引自英国诗人考珀（William Cowper，1731—1800）的《也许是亚历山大·塞尔柯克所写的诗》。

啃咬过；由此可见，与我比邻而居的将是何许人也；不过，最主要的倒是我回忆到早岁溯河而上时，望见那华屋依稀掩映在茂密的红枫树丛里，还听得到打从那儿传过来的家犬的吠声。我急吼吼地把它买了下来，等不及业主把那些石块搬走，把树身早已中空的苹果树砍掉，把牧场上长出来的小白桦树连根铲掉，总之，等不及业主进一步收拾停当了。为了享有上述那些优点，我就索性一不做、二不休吧；如同阿特拉斯[1]一样，把整个世界扛到我肩膀上——我从没听说过他得到了什么回报——一切全由我自己操办，自然没有什么别的动机和借口，只等钱款付清，平安无事地拥有霍尔维尔乡间别墅。因为我一直知道，只要我让它自由发展，它就会带来我预期得到的最丰美的收成。但结果呢，如同我在前文所说的一样。

因此，有关大规模耕作一事（至今我一直在侍弄着一个园子），我所能说说的仅仅是种子，我早已准备好了。很多人以为种子也会与时俱进。我并不怀疑时间是能分得出好与坏的，到了最后我真的要下种时，我想大概总不至于让我大失所望吧。但是，我要一劳永逸地告诉我的伙伴们：你们要尽可能长时间地生活得自由自在，无牵无挂。不管禁锢你的是农场也好，还是县里大牢也好，反正两者都差不离。

老卡托——他的《乡村篇》乃是我的“栽培者”——我见到他的唯一译本把以下这段话译得简直不知所云——其实，他

1　阿特拉斯，古希腊神话中用肩膀扛着天的大力神，意喻身负重担的人。

是这样说的："你想要购置一座农场，脑子里务必多想想，切莫急吼吼地就买下；也不要怕累、怕麻烦，不去多看看，更不要以为绕着它转了一圈儿就够了。如果说农场真的不错的话，那里你去得越是勤，你就会越是喜欢它。"我想，我是不会急吼吼地买下来的，反正我能活多久，就绕着它转多久，即使一瞑不视了，也要先掩埋在那儿，说不定最终它会使我获得更多乐趣哩。

现在谈的是我下一个这类实验，我打算描述得更加详尽；为了方便起见，我把这两年的经验合二为一地来写。我已说过，我无意写一首闷闷不乐的颂歌，可我要像破晓晨鸡在栖木上引吭啼唱，只要能唤醒我的左邻右舍就好[1]。

我住进树林子的第一天（也就是说，开始日日夜夜地在树林子里过日子），碰巧正是独立日，亦即 1845 年 7 月 4 日，当时我的房子还没有竣工，自然抵御不了严冬，只好凑合着遮挡一下风雨，既没有抹泥灰，也没有砌烟囱。墙壁采用的是饱经风雨侵蚀的粗木板，缝隙很大，入夜以后就让人感到冷丝丝的。经过劈削后的笔直的白色立柱，以及刚刚刨过的门窗的框架，使小屋子显得洁净而又有一点儿透风，特别是大清早，木头都吸足了露水，让我浮想联翩，莫非到了正午时分，一些鲜

1　梭罗意在说明不愿做什么闷闷不乐的哀叹，他要使自己写出的感受能对他人多少有点益处。作为全书的宗旨，梭罗在《瓦尔登湖》首次问世时，即将这一题词印在扉页，以警示世人。

美的树胶会从木头里渗出来。在我的想象之中，屋子里整整一天或多或少都保留着黎明时分那种氛围，让我回想到前年观光过的一间山上小屋。那间小屋通风良好，又没有抹过泥灰，适宜接待一位云游四方的神仙，在那里女神也不妨拖曳长裙。打从我的屋顶吹过的风，有如横扫山脊的风发出时断时续的音调，或者说就是人间乐曲从天上落下的几个片段。晨风永不停歇地吹拂，歌颂创造天地万物的诗篇始终不绝如缕；惜乎听者寥寥无几。奥林匹斯山[1]普天下比比皆是，但能悟出个中奥妙之人却屈指可数。

过去，除了一条小船，我拥有的独一无二的房子只是一顶帐篷，夏日出游时我偶尔使用过，如今已经卷好，仍然放在我的阁楼上；但是那条小船几经转手，早已沉没在时间的溪流里了。今日里有了这个颇具质感的栖身之处，我定居在人世间也算有了很大的改善。这小屋虽说有点儿单薄，却有一种赛过晶体的氛围环绕着我，而且还跟我这个营造师息息相通。它还有点儿像一幅素描轮廓图。我不必到门外去呼吸新鲜空气，因为屋子里的空气依然新鲜如故。我坐在门后与置身门外都差不离，即使在阴雨天也一样。《哈利梵萨》[2]说："居无鸟，犹如食无味。"诚然，我的住所并非如此这般，因为我发现自己突然与鸟儿们比邻而居；这可不是捉来一只鸟儿，把它幽禁起

1 奥林匹斯山，据传是众神之家，意谓天堂乐园。

2 印度成书于公元5世纪的梵文叙事诗《摩诃婆罗多》的附录，记述毗瑟拿（Vishnu）的化身克利须那（Krishna）的事迹和教义。

来，而是我把自己关在屋子里与鸟儿做伴。我跟它们中最最接近的，不仅有常在花园和果园里飞来飞去的鸟儿，而且还有更加富有野趣、更加扣人心弦的林中鸣禽——比方说，画眉、鸫鸟、红莺、田雀、三声夜莺，以及许多别的鸣禽，它们从来没有过，就算有过，也极其难得向村民们吟唱过什么小夜曲。

我住在一个小湖边上，离康科德以南约莫一英里半，地势比它稍高些，位于它和林肯[1]之间那一大片树林子里，往南再走两英里，乃是我们唯一的遐迩闻名的胜地——康科德战场[2]；不过，我这儿的位置在树林子里来说比较低，半英里开外的湖岸，如同别的地方一样，都被树木所掩盖，却成了我看得到的最遥远的地平线。在头一个星期里，不管什么时候，我凝望小湖，在印象中都觉得它是一个山上之湖[3]，高踞在山的一侧，它的湖底远远地高于别的湖泊。太阳冉冉升起时，我依稀看见它正在蒙蒙夜雾中卸妆，湖面上这里那里渐渐地看得见微波粼粼或者晶莹如镜的景象。这时，雾气像幽灵似的，悄无声息地四处旁逸，消失在树林子里，如同夜间秘密集会正在散场一样。雾水悬挂在树梢头，如同悬挂在山的两侧一样，到了比往日更晚的时分，仿佛还迟迟不肯消退似的。

8 月里，和风细雨停歇时，小湖就成了我最珍贵的邻居，

1 美国有好多个以林肯命名的村镇。此处指马萨诸塞州的林肯镇，在康科德东面不远。

2 独立战争中，北美人民第一次与英国交战的战场。此战役发生于 1775 年 4 月 19 日。

3 山上之湖，有时亦可译为天池。

这时，空气和湖水平静极了，可是天上却乌云密布，下午才过了一半，俨然傍晚时分的寂静，画眉在四下里啼唱，隔岸隐约可闻。如此这般的小湖，从来没有比这个时刻更平静的了；小湖上空部分清朗的氛围很稀薄，被乌云所遮掩而黯然无光；水中却浮光闪闪，倒影绰绰，自成一片下界天国，更加值得珍视。从附近一个刚被砍掉树木的小山上，举目眺望小湖的南岸，端的是景色宜人；山与山之间有一处凹口，挺开阔，于是形成湖岸，两座小山坡向下倾斜，使人联想到仿佛有一条溪涧，穿过树木茂密的峡谷，朝那个方向倾泻而下，其实，那里并没有什么溪涧。就这么着，我从邻近碧绿群山之间和之上，眺望地平线上呈现天蓝色的远方和崇山峻岭。真的，踮起了脚尖，我能望得到西北角一些更蓝、更远的山脉顶峰，那些纯蓝色或恐都是浑然天成吧。此外，我还望得见村子里区区一隅。但是换个方向，即使还是这个视角，因为被四周树木所围住，我就什么也看不到。你住地附近最好有水，因为它有浮力，会使地面浮起来。哪怕是小小的一口水井，也有这么一点儿好处，当你俯瞰水井时，会发现地球并不是连绵的一大片，而是孤立的岛屿。这一发现如同井水可以冷藏黄油一样重要。从这个山巅举目眺望小湖对岸，萨得伯里草地在发大水期间，我分明看得出草地骤然升高了，也许是云蒸霞蔚的峡谷所呈现的海市蜃楼吧，犹如盆底一枚硬币，小湖那一边的大地看上去赛过薄薄的一层外壳，因为有一小片横穿而过的涧水而像孤岛似的漂浮起来。这时，我方才恍然大悟，我的住地原来就是干旱地区。

从我的门口抬眼望去，视野虽窄，但我一丁点儿都没有逼仄之感。我的想象的骏马仍有任意驰骋的天地。长满低矮的橡树丛的高地，从小湖对岸升起，一直逶迤到西部的原野和鞑靼人的大草原[1]，给所有流浪人家提供了广阔的天地。“人世间再也没有比自由地欣赏一望无际的地平线的人更快活。”——达摩达拉[2]就这样说过，当时他的牛羊需要更大的新牧场。

地点和时间都已变换，我住的地方离宇宙的那些最吸引我的区域更近了，离历史上最吸引我的那些时代也就更近了。我住的地方跟天文学家夜间观测的许多区域一样遥远。我们习惯于想象：在天体的某个遥远而神圣的角落，仙后座五亮星后面，远离喧哗和烦恼，总有一些罕见的令人愉快的地方。我发现，我的小屋实际上就是这么一个遁世之地，属于万古常新、没有被玷污过的宇宙的一部分。如果说定居在这些地方，靠近昴星团或者毕星团，靠近牵牛星或者天鹰星，是颇有意思的话，那我就真的住在这种地方，或者换句话说，如同那些星座一样，远离我早已抛在后面的浊世尘俗，有如一缕微光闪烁不定，照亮着我最近的邻居，仅仅在没有月亮的夜晚方才看得见。我住的地方就是创造宇宙万物中的一隅——

1　鞑靼人的大草原，泛指欧亚两洲之间鞑靼人居住地区，但无一定区域，因为鞑靼族属游牧民族。

2　达摩达拉亦即克利须那的别名，印度神话中三大神之一，毗瑟拿的第八化身。梭罗这段话引自印度叙事诗《哈利梵萨》。

世上有过一个牧羊人，
他的思想就像高山那样。
他在山上的一群羊，
时时刻刻把他来喂养。[1]

如果说牧羊人的羊群总是游荡在比他的思想还要高的牧场上，那么，我们对牧羊人的生活该会作何感想呢？

每一个早晨一定少不了令人愉快的缘由，使我的生活与大自然本身一样简朴，也许我可以说，跟大自然本身一样纯真。我一直崇拜曙光女神奥罗拉，论虔诚不让希腊人。我起身很早，在湖中洗澡；那是一门虔诚的功课，也是我做得最地道的事儿之一。据说，成汤王的浴盆上刻着如下文字："苟日新，日日新，又日新。"[2] 我懂得个中深意。黎明带回来了英雄时代。天刚蒙蒙亮，我坐在敞着的门窗边，一只蚊子在我屋子里看不见也想象不到地飞呀飞，它那微弱的嗡嗡声，就跟任何歌颂美名的号角声一模一样，使我深受感动。这是荷马的安魂曲；其本身乃是人们感悟中的《伊利亚特》和《奥德赛》，吟唱着它的愤怒与漂泊四方；其中不乏气凌宇宙的情怀，只要不被禁止[3]，总是宣扬着世人的无穷活力与生生不息。早晨是一天

1 英国詹姆斯一世时期一位无名诗人所写的诗。梭罗可能引自托马斯·伊万斯（Thomas Evans）编《古民谣》（*Old Ballads*，1810）一书。

2 我国商代成汤王，又称武汤，商代开创者。据《礼记·大学》记载，成汤王曾将上文刻于浴盆，用以自戒。也有人说出自汤之《盘铭》。

3 "只要不被禁止"（Till forbidden）乃是印刷厂商称活广告的行话。

中最耐人寻味的时段，是一觉醒来的时刻；那时候，我们一点儿没有睡眼惺忪的样子，至少在个把钟头里，我们不管白天黑夜里常有昏昏沉沉的部分感觉也都苏醒过来了。如果说我们不是由我们自己的天性守护神唤醒的，而是由某个仆从呆板地用肘子给捅醒的，如果说我们不是由我们自己的新生力量与内心的渴望，以及天上的仙乐与空中的芳香唤醒的，而是偏偏被工厂的上班钟声所唤醒——反正没有灵感的白昼是不会把我们带到比我们睡前生活层次更高些的地方去的；那么，这样的白昼即使美其名曰白昼，也不会有多少期盼可言。倒是黑暗反而会结出果子来证明自己有能耐，一点儿也不比白昼逊色。一个人如果不相信每一天都有一个他还没有滥用过的、更早更神圣的黎明时刻，那他对生命早已绝望，正在寻摸一条沉沦黑暗的道路。感官的生活部分间歇之后，人的灵魂，或者更确切地说，是人的器官每天都会散发出新的活力，他的天性守护神又会试探他能打造出何等高贵的生活。我敢说，凡是令人难忘的事情都在黎明时刻的氛围里发生。《吠陀经》[1]里说："万知醒于晨。"[2]诗歌与艺术，以及最优美、最难以忘怀的人类行为，全都来自这样一个时刻。所有的诗人和英雄，如同门农[3]一样，都是曙光女神奥罗拉的子孙，常在日出时分弹奏着他们美妙的

1 《吠陀经》，印度婆罗门教的经典，共四卷。

2 "万知醒于晨"，意谓早晨是一天之中的最佳时辰，犹如我国谚语："一日之计在于晨。"

3 门农，古希腊神话中的人物，曙光女神奥罗拉的儿子，在著名的特洛伊战争中被浑身刀枪不入的阿喀琉斯所杀害，宙斯却又赐予他永生。

音乐。对那些与太阳同步齐驱的、思想灵活和生气勃勃的人来说，一天之中的任何时刻都是——早晨。这跟座钟报时、人们持什么态度和干什么活儿都毫不相干。早晨就是我醒来时，心里不觉有了一个黎明。德行上改正自新就是力戒倦意。人们倘若不是昏睡不醒，那他们所作的自己一天的记述缘何如此这般差劲儿呢？论计算能力，他们可都不是如此差劲儿。他们要是没有昏睡不醒的话，本来会做出一番事情来的。好几百万人能非常清醒地从事体力劳动；但是一百万人里头只有一个人能非常清醒地从事有成效的知识劳动，一亿人里头只有一个人可以过着富有诗意或神圣的生活[1]。清醒才是真正地活着。我还从没见到过一个非常清醒的人。如果见到了，我又该如何正视他呢？

我们必须学会自己苏醒，使自己保持清醒，不靠机械的帮助，而是寄厚望于黎明，就算我们在酣睡之际，黎明也不会抛弃我们。通过有意识的努力，人们毫无疑问有能力提高他们的生活质量，我没有看到比这更令人振奋的事实。能绘制某一幅画，或者塑造一座雕像，或者美化几个物事，都是很了不起的；不过，要是能塑造和描绘出那种恰到好处的艺术情调，可以使我们赏心悦目，那就更加辉煌无比了。能影响当今生活的品质，乃是艺术的最高境界。每个人身负重任，务使他自己的一生，乃至于它的细枝末节，都很值得他在最庄严紧急之际的

1　这么一大段话，意谓普天之下净是为生活而生活的人，而真正领会生活真谛的人却寥寥无几。

沉思默祷。如果说我们拒绝了，或者耗尽了我们所得到的这样微不足道的信息，那么，神谕就会清清楚楚地告诉我们如何方能把这事做好。

我到树林子去，是因为我希望自己有目的地生活[1]，仅仅面对生活中的基本事实，看看我能不能学会生活要教给我的东西，免得我在弥留之际觉得自己虚度了一生。我不希望过行尸走肉[2]的那种生活，诚然，生活是那么珍贵；我也不希望自己退隐林泉，与世无争，除非出于万般无奈。我想深入地生活，汲取生活中的全部精髓，要坚强地生活，像斯巴达人[3]一样，摈弃所有一切跟生活不搭界的东西，办事果断而有魄力，不妨让生活处于区区一隅，使生活条件降到最低限度，如果说生活被证明是毫无价值的，那么就要闹清楚整个毫无价值的真相，随后昭告世人；或者如果说生活是崇高的，那就以亲身经历去体会它，在我的下次出游时能对它作出真实的描述。在我看来，大多数人对生活都吃不准，闹不清楚是属于魔鬼还是属于上帝；他们却又颇为草率地下了结论，认为人的主要目的，乃是“赞美上帝，永享神佑”[4]。

1 意谓不要庸庸碌碌地虚度一生。

2 梭罗在此处暗喻没有理想，无所作为，糊里糊涂混日子，毫无生气的这类人，是故，译成行尸走肉，或恐恰如其分地表达了作者的心声……至希读者方家不吝赐教。

3 斯巴达，古希腊奴隶制城邦，古代斯巴达人素以生活简朴、严谨、刻苦、耐劳而著称。

4 引自《新英格兰初级读物》（*The New England Primer*）的宗教教义部分。这一段表达了梭罗对生活的看法及其进入树林子的目的。

可是我们的生活仍然毫无价值，好像蚂蚁似的；虽然古代寓言告诉我们，我们早已变成人了[1]；我们好像侏儒俾格米人似的在跟天鹤[2]打仗；这真是错上加错，补丁摞补丁[3]了。我们最优美的德行，这时却成了多余的，不可避免地令人可鄙。我们的生活已被琐碎事儿消耗掉了。一个诚实的人除了数数自己的十个手指头以外，几乎用不着再计算更多数字，或者换句话说，在极端情况下至多再加上他的十只脚指头，其余不妨算统账就得了。简朴、简朴、简朴！[4]我说，最好你的事情只有两三件，而不是一百件或者一千件，数到半打即可，干吗非要一百万呢？不妨在你的大拇指指甲上记账就得了。在这惊涛骇浪的文明生活的大海中，一个人要想生存，就得对如此这般的乌云密布、暴风骤雨、流沙险滩、一千零一件事通通要考虑到[5]，如果说他不是让船沉没，自己潜入海底，不通过船位推算抵达目的港的话，诚然，他必定是一个了不起的精于计算的达人，终于达到了预期的目的。简化，简化吧！用不着一日三餐，必要时一餐就够了；用不着上一百道菜，五道菜足矣；余下的事儿按比例递减。我们的生活像德意志联邦，由许

---

1 在希腊寓言中有一个故事讲到审判阿依库斯曾劝他父亲——主神宙斯把蚂蚁变成人。

2 荷马在《伊利亚特》第3卷中，把特洛伊人比喻为与俾格米人作战的天鹤。

3 此处原文既指用手或如棒球等硬的一击，兼有给……打补丁之意，是故，译为补丁摞补丁。

4 这是梭罗的一句名言，强调生活不要奢侈，不要多为琐事所累。

5 此处意谓许许多多的事情要考虑。“一千零一”源自《一千零一夜》书名，形容数量极多。

许多多小州组成，相互之间的边界永远在变动，即使德国人也不能随时把准确的边界告诉你。这个国家尽管有其所谓的内部改进——顺便说一下，全是外表的和肤浅的——它本身就是这么一个难于操作、过分臃肿的庞大机构，里头塞满了附属单位，从而落入了自己设置的陷阱，又因为缺乏计算和崇高的目标，都给奢侈和挥霍毁掉了，就像国内上百万人家一样；对于一个国家，如同上百万人家一样，唯一疗救的办法就是推行严格的经济措施，过一种比斯巴达人更加简朴的生活，并使生活的目的渐臻高尚。当今生活太放荡不羁了。人们以为国家必须有商业，出口冰块，通过电报对话，一小时驱车三十英里，毫不怀疑人们是不是都做得到。至于我们的生活过得应该是像狒狒呢，还是像人一样，那反而说不准。如果说我们不是打造枕木[1]，锻造钢轨，夜以继日地工作，而是徒劳无益地空忙活来改善生活，那么，有谁会去修造铁路呢？如果铁路没有造好，我们又如何能及时到达天堂呢？不过话又说回来，如果我们守在家里，只管自己的事儿，那么，又有谁需要铁路呢？我们并没有乘坐铁路，倒是铁路在乘坐我们。难道你们没有想到过：那些躺在铁路底下的枕木是些什么吗？每一根枕木就是一个人，一个爱尔兰人，或者说一个北方佬，铁轨就铺在他们身上，他们身上又给黄沙所覆盖，列车平平稳稳地打从他们身上疾驶过

1 此处“sleeper”系双关语，意指“枕木”又比喻那些为修造铁路卖命而又昏睡不醒、毫无觉悟的人。由此可见，梭罗对铁路这一资本主义物质文明的标志所怀有的不满情绪，在本书中多处表达出来。同时，他对修造铁路的劳工却又深表同情。

去。我告诉你，他们可睡得很酣。每隔几年，又一批新的枕木铺在铁轨底下，火车却从上面碾过；因此，如果一些人乐乐呵呵地乘坐火车在铁轨上驶过，那肯定有另一些人不幸地在下面被碾压过去。要是他们碾过一个梦游者——一根错位的多余的枕木——把他给吵醒了时，他们会突然停车，为此大声嚷嚷起来，仿佛是在法庭上表示反对。我很高兴地了解到，每隔五英里铁路就有一队养路工，以保证那些枕木（沉睡者）平躺在路基（床）上，这个事实本身说明，这些枕木（沉睡者）有时候会松动（再爬起来）。

我们为什么要生活得如此匆忙，如此浪费生命呢？我们还不如在挨饿之前干脆饿死就得了。常言道，及时缝上一针，日后省缝九针，可是今天他们就缝了一千针，只是为了省缝明日的九针[1]。至于这种做法，我们可得不到任何效果。我们得了圣·维特斯[2]的狂舞病，不可能使我们的头脑保持清静。我要是在堂区[3]钟楼下拉了几下绳子，好像报火警似的，就是说，钟声还没有大响起来，在康科德郊外农家的任何一个人——尽管今儿个早上借口说过多少回他如何忙得不可开交——或者说，还有孩子、妇女，我敢说，管保撂下手头的活儿，循着钟声一溜小跑过来，说实话，他们跑来的主要目的，不是从大

1 意谓事倍功半。喻人们从事无谓劳动，对人的精神毫无裨益。

2 圣·维特斯，古代西西里岛上的一个贵族之子，患有狂舞病，后被奉为这些疯症的救主，并把这些疯症称为圣·维特斯狂舞病。

3 堂区（郡下的分区，有教堂和牧师）；堂区的全体居民或全体教徒；英国行政堂区（乡村的基层行政单位）；美国路易斯安那州的堂区，相当于其他州的县。

火中抢救财物，八成儿是来作壁上观，因为大火早已烧起来了，反正大家心里知道这火可不是自己放的——干吗不来看看大火是如何被扑灭的，如果不用费什么劲儿的话，那就帮个忙救救火；是的，哪怕堂区礼拜堂本身着了火，或恐也会是如此这般的。一个人吃过午饭，刚睡过半个钟头午觉，醒来后抬头就问："有什么消息没有？"仿佛别人都在给他站岗放哨似的。有的人吩咐道，每过半个钟头把他叫醒，毫无疑问，也并没有什么别的目的；稍后，作为回报，他们把自己做的梦胡扯给别人听。睡了一夜醒来，新闻之须臾不可离，如同早餐一样。"请告诉我，这个地球上某某地方发生过的有关某某人的新闻，好吗？"——他一边喝咖啡，吃面包卷，一边看报纸，得知这天早上瓦奇托河[1]上，有一个人的眼睛给挖掉了；可他从来不想一想，此时此刻，他就生活在世界这个深不可测的大黑洞里，自个儿的一只眼睛也早已失明[2]了。

就我来说，没有邮局，我觉得反正也能凑合着。我想，只有极少的重要信息需要邮局传递。说得更确切些，我一生中至多也只收到过一两次信是值得邮递的——这还是我多年前写过的话。通常，一便士邮资的制度，其目的是你正经八百地给一个人一便士，就得到了他的想法，结果呢，你得到的往往是一

1 瓦奇托河（The Wachito River，又名 Ouachita），红河的一条支流，源自阿肯色州，流入路易斯安那州。

2 传说在美国肯塔基州的大山洞里发现过无视力的鱼类，梭罗在此将世界比喻为这种尚未探明的黑山洞，把这种人比喻为洞中的盲鱼，含有极大讽刺挖苦之意。

个玩笑。我敢说，我从来没有在报纸上读到过任何难以忘怀的新闻。如果说我们读到有一个人遭到拦劫了，或者说被谋杀了，或者说死于非命了，或者说一幢房子给火烧了，或者说一条船沉没了，或者说一艘轮船爆炸了，或者说一头母牛在西部铁路上给撞死了，或者说一只疯狗被杀掉了，或者说入冬后出现一群蝗虫——那我们就不用再读别的什么玩意儿了。其实，有一条新闻就够了。如果说你对原则早已了如指掌，你干吗还要去管多如牛毛的实例及其应用呢？在哲学家看来，一切所谓的新闻，全是闲扯淡，编辑新闻和阅读新闻的都是一些喝茶闲聊天的老妇人。然而，不少人对这种闲扯淡却乐此不疲。前几天，我听说有那么多人蜂拥到一家报馆，想打听最新收到的国外消息，把报馆的好几个大玻璃窗都给挤碎了——那条消息，我倒是认真地琢磨过，脑筋活泛一点的人管保在十二个月前或者十二年以前就可以准确无误地写好了。比方说西班牙，只要你知道如何将堂·卡洛斯和公主[1]，堂·彼得罗、塞维利亚和格拉纳达这些字眼儿不时地、恰如其分地写上去就得了——自从我读报以来，这些字眼儿也许有了一点儿变化——如果没有别的乐事可供报道时，不妨扯一扯斗牛吧，这可是千真万确的新闻，把西班牙的现状或衰敝现象向我们作了出色的报道，如同报上这个标题底下那些最简洁明了的报道一样。至于英国呢，

1　1839 年，西班牙斐迪南国王去世，堂·卡洛斯和堂·彼得罗二人为王位展开了竞争，结果伊莎贝拉公主于 1843 年被封为西班牙女王。

来自那个地方的最新要闻，几乎还是1649年的革命；如果你早已知道英国谷物每年平均产量的历史，那你再也用不着关心这类事了，除非你仅仅为赚大钱做投机生意。如果有人不看报就能下断语，那么，国外说真的没有发生过什么新鲜的事儿，即便是法国革命也不例外。[1]

何谓新闻！要知道什么是万古长青的事情，那才是最重要的。“蘧伯玉（卫大夫）使人于孔子。孔子与之坐而问焉。曰：‘夫子何为？’对曰：‘夫子欲寡其过而未能也。’使者出。子曰：‘使乎！使乎！’”[2]在周末，昏昏欲睡的农夫们的休息日里——星期日正是含辛茹苦的一周的结尾，不是新的崭新壮观的一周的开始——传教士偏偏向他们耳朵里灌输的不是冗长乏味的布道，而是一个劲儿发出惊雷般的吼声：“停——停住！干吗看上去很快，其实却慢得要死呢？”

伪善和谬见被推崇为最健全的真理，现实却成了虚悬幻象。如果说人们都尊重现实，不为幻梦所欺，那么，我们的生活与现在的生活相比，将是其乐无穷，犹如“天方夜谭”。如果我们只尊敬那种不可避免的和有权利生存的事物，那么，音乐和诗歌将会在街头激起回响。只要我们从容和聪明，就会看出，唯有伟大而优秀的事物方可永久而绝对地存在——些微的恐惧和些微的乐趣只不过是现实的影子罢了。现实总是令人振

1 意指对一个不看报的人来说，国外并无什么新闻，连法国革命也等于没发生过似的。

2 引自《论语·宪问》。

奋，令人崇敬。人们闭目微睡，任凭各种假象欺骗，到处确立和巩固日常生活的例行习惯，其实后者仍然建立在纯粹虚幻的基础之上。儿童模仿成年人活动做游戏，比成年人更加清楚地认识到生活的真正规律与关系，成年人虚度一生，但自以为比儿童聪明得多，因为他们有经验，也就是说，他们有过失败的经验。我在一本印度的书里头读到："有一位王子，从小被赶出了他出生的城市，由一个樵夫收养，就在这样的环境里长大成人，一直自以为属于他生活其中的化外之民。他父亲手下的一个大臣发现了他，把他的身世告诉了他。他对自己出身的错误想法终于得以冰释，他知道自己原来是一个王子。所以，"这位印度哲学家接下去说，"由于身处的环境，这个人对自己的出身产生误解，直到某个圣洁的老师向他说明真相，这时他方才知道自己是婆罗门[1]。"我发觉，我们新英格兰的居民过着这种中不溜儿的生活，是因为我们的视野还穿透不了事物的表象。我们把似是而非的东西当作真实的东西。如果有一个人走过这个村镇，看到的只是现实，那么，你不妨想一想，米尔德姆街[2]将会走向何方？如果他给我们描述他在那儿看到的种种现实，那么，我们对他描述的那个地方恐怕就认不得了。瞧一瞧礼拜堂，或者县府大楼，或者监狱，或者商店，或者住宅，在真正凝视它们之前，你倒说说看，它们真的是什么样儿，反

1 印度教有三位主神：梵或梵天（Brahma），又译婆罗门，是创造之神，亦指众生之本或智慧的象征；毗瑟拏（Vishnu）是保护之神；湿婆（Siva）是毁灭之神。

2 米尔德姆街，当时康科德镇上的商业中心。

正在你的描述中它们都会化为乌有。人们尊重遥远的真理，是在现成体制之外，在最遥远的星辰后面，在亚当之前，在最后那个人之后[1]。永恒中确实存在真理和崇高。然而，所有这些时代、地点和事件，都在此时此地[2]。上帝之伟大已在此时此刻达到极致，断断乎不会随着时代消逝而显得更加神圣。我们只有永不间断地融入和开挖我们周围的现实，方能懂得什么是崇高，什么是高贵。宇宙经常顺应我们的观念；不管我们走得快还是走得慢，反正道轨已给我们铺好了。让我们毕生怀有这种设想吧。诗人或艺术家从未有过如此美好高尚的设想，但至少他的某些后代赶明儿将它付诸实现。

让我们像大自然那样从容地度过一天，莫让掉在道轨上的硬果外壳和蚊子翅膀造成出轨。让我们黎明即起，用或者不用早餐，心平气和，泰然自若；让人来人往，让钟声响起，让孩子们啼哭——决心好好地过日子。为什么我们要认输，随波逐流呢？让我们不要饮食无度，佳肴珍馔就像浅滩，有着可怕的激流和旋涡。闯过了这一险关，你就平安无事，剩下的是下山的路了。莫让神经松弛，借助黎明的活力，朝另一个方向起航，就像尤利西斯[3]一样，把自己绑在了桅杆上。如果火车头

---

1 上帝创造了亚当和夏娃之后才开始有了人类。因此，亚当是人类的先祖。此句用亚当指人类诞生之前，用最后那个人（the last man）指人类消亡之后，旨在说明当今人们只重视远古和遥远的将来，而不重视现在。

2 意指不必到过去或将来去寻求真理，真理就在眼前。

3 荷马史诗《奥德赛》里的英雄人物，为了抵制海上女妖塞壬（Siren）美妙歌声的引诱，让人把自己绑在桅杆上，避免了上当受骗、人船俱亡的惨剧。此处梭罗告诫人们要像尤利西斯抵制塞壬一样，不为七情六欲所动。

拉响了汽笛，就让它拉响吧，直到它的响声沙哑。如果钟声响起，我们干吗要拔腿就跑？我们还要琢磨琢磨，听听它们像是什么乐曲。让我们安下心来工作，涉足于全球泛滥的污泥浊水一般的舆论、偏见、传统、谬见和表象之间，穿越巴黎、伦敦、纽约、波士顿、康科德、教堂、国家、诗歌、哲学与宗教，一直来到了一处坚硬的底层和牢固的基石，我们可以管它叫现实，稍后说，现实就在这儿，没错；你可以在这个支点[1]之上，在山洪、冰霜与火焰之下，开始在这个地方，建造一道墙，或者建立一个国家，或者安全地竖起一根灯柱，或者一台测量仪器，不是尼罗河水位测量仪器，而是一台现实测定器[2]，让未来的各个时代可以知道，虚假和表象有如山洪般积聚下来，该有多么深。如果你直立着，面对事实，你就会看到事实的两面都闪烁着阳光，好像这是一柄古代阿拉伯人使用的双刃短刀，感觉到它那利刃正在剖开你的心脏和骨髓，于是你便欣然告别人生[3]。生也好，死也好，我们渴求的仅仅是现实。如果我们真的一瞑不视了，就让我们听听自己喉咙里发出的咯咯声，感觉到四肢冰冷吧；如果我们还活着，就让我们忙自己的事儿去吧。

时间只是可供我垂钓的小溪流。我饮用的是小溪里的水；但我一边饮水，一边看见小溪底层的沙土，发觉它是多么浅

1 原文为法文 Point d'appui。

2 这是作者根据前者类比臆造的词，意为“现实测定器”，用来鉴别真伪。

3 告别人生，意即一旦真理在握，死也甘心。

呀。溪水悄悄流去，然而永恒长存。我会尽情痛饮；我会寻摸到布满鹅卵石般星星的苍穹。我连“一”都数不出来。我不认得字母表的第一个字母。我常引以为憾，觉得自己还不如初生时聪明了。智力是一把刀，它能洞察缝隙，剖开万物的奥秘。我不希望自己双手忙于可有可无的事情。我的头脑是手和足的象征。我觉得自己所有最佳才能都凝聚于此。我的本能告诉我，我的头脑是一个开挖的器官，就像有些动物用它们的鼻嘴和前爪挖洞，我要用它去挖自己的洞，穿过这些山峦，开辟自己的道路。我想，最富有的矿脉埋藏在这儿附近的地方。因此，利用占卜杖[1]，根据升腾的雾气，我作出断定:就在这里我着手开矿[2]。

1　占卜杖，据称可以用来探寻矿脉或水源等的一种叉形木杖。

2　此处表明作者隐居林湖之间的目的以及探求生活真谛的信念。

阅 读

择业时如果考虑得周全一些，也许所有的人大抵会做学者和观察家，因为大家对两者的性质和命运，不消说，都感兴趣。为我们自己或者后代积累财富，成立家庭或者创建国家，乃至于沽名钓誉，凡此种种，我们毕竟都是凡夫俗子；但在探究真理时，我们却是不朽的，也不必害怕变故或意外。最古老的埃及或印度的哲学家，给神像撩开了一角面纱，那颤悠悠的衣袍至今还往上撩着。我凝视着它如同当初那样的灿然荣光，因为当初显得如此勇敢的是附在他身上的我，而如今回顾这一幻觉的是附在我身上的他。衣袍上一尘不染；从神灵被显示以来，时间并没有流逝而去。我们真正在改进的，或者说可以改进的那个时代，既不是过去，又不是现在，也不是未来。

我的住地跟一所大学相比，不仅更适宜于苦思冥想，而且更适宜于认真阅读。尽管我阅读的书都在一般流通图书馆范围以外，但是我受到在全世界流通的图书的影响，却比以往任何时候更多，那些书最早是写在树皮上，如今时不时地抄在亚麻布纸上。诗人米尔·卡玛·乌丁·马斯特[1]说：“静心打坐，任

---

1 米尔·卡玛·乌丁·马斯特，据说是18世纪波斯诗人。

凭神思驰骋在心灵世界；我从书中得到了莫大好处。一杯美酒足以使人陶醉，我读深奥学说如饮玉液琼浆，其乐无比。”整个夏天，我将荷马的《伊利亚特》放在桌子上，反正只是偶尔看过几页。起初，我手上有忙不完的活儿，我既要把房子造好，同时又要锄豆子地，使我不可能读更多的书。但赶明儿可以读得更多些的前景，始终支持着我。我在工作之余读过一两本浅显的谈旅行的书，后来我自己都脸红了，我不禁反躬自问，此时此刻，我究竟置身在何方。

学者可以阅读希腊文的荷马或埃斯库罗斯[1]的原著，不会有放荡或奢侈的风险，因为学者读了原著多少会仿效诗篇中的英雄人物，把他们的清晨时间奉献给他们的诗章。这些英雄诗篇，即使用我们的母语印出来，在当前日渐衰退的时代，也常常会变成一种僵死的文字；因此，我们必须孜孜矻矻地寻摸每一个词儿、每一个诗行的原意来，以我们固有的智慧、胆识和气量细心琢磨出它们的弦外之音。现代廉价而多产的印刷业，尽管出版了那么多翻译作品，却一点儿也没有使我们更加接近那些古代的英雄作家。他们看上去依然寂寞，他们被印出来的文字跟从前一样稀奇古怪。你年轻时花去珍贵的光阴，去学一种古代语言，哪怕学到几个词语，也是值得的，因为它们是从街头巷尾的俚俗生活里提炼出来的，具有

1 埃斯库罗斯（Aeschylus，公元前 525？—前 456），古希腊三大悲剧作家之一，据说写过八十多个剧本，现存仅七个，其代表作是《被缚的普罗米修斯》和《阿伽门农》。

恒久的联想和激励。农夫听了几个拉丁文词语，就记在心上，时常念叨着，并非徒劳。有时候，人们说过，古典作品的研究好像最终会让位于更加现代化的实用研究；但是，富于进取心的学者还是始终不渝地研究古典作品，不管它们是用什么文字写出来的，也不管它们是如何古老。古典作品乃是人类最高贵的思想的记载，舍此以外，还能是什么来着？它们是唯一的不朽的神谕，对大多数现代质询都会作出哪怕是特尔斐和多多那[1]也从没给予过的解答。也许我们不妨暂且不去研究大自然，因为她毕竟老了。读好书，就是说，要读实至名归的理想的书，这是一种高尚的锻炼，这种累得读者筋疲力尽的锻炼，超过当今时尚的任何运动锻炼。它要求读者经受如同运动员经受过的训练那样，几乎毕生矢志不渝、苦心修炼。书本是经过审慎思考后而又含蓄严谨地写出来的，所以阅读原著也务必如同写作原著一样。即使能说原著所用的那个国家语言也还不够，因为口语与书面语（亦即听到的语言与阅读的语言），两者有显著的差异；口语通常都是瞬息万变的，仅仅是用一种声音，一种俚俗方言，几乎有点儿野腔野调，我们多少有点儿笨口拙舌似的，不知不觉地从母亲那儿学会这种口语。至于书面语呢，它是在口语的基础上渐臻成熟的经验总结；如果说前一种是我们的母语，那后一种就是我们的父语，一种含蓄而又洗练的词语，它的含意光靠耳

1　古希腊两城市，前者有阿波罗神示所，后者有宙斯神示所。

朵还听不出来，为此，我们必须重新投胎方能学会这种词语。在中世纪，仅仅会说希腊语和拉丁语的老百姓，出身的偶然因素使他们没有资格读天才们用这两种语言写成的作品；因为这些作品不是用他们知道的希腊语或拉丁语写成的，而是用洗练的文学语言写成的。希腊和罗马更高贵的语言，他们还没有学会，在他们看来，这些高贵的语言写出来的书只不过是一堆废纸，他们反而看重廉价的当代文学。但是，一俟欧洲好几个国家获得他们自己的语言，虽然粗俗，但很鲜明，达到他们的文学崛起的目的已是绰绰有余，初始的学问也随之复兴，学者们能够鉴别遥远的地方的古代珍藏了。过去罗马和希腊的群众不能听懂的作品，经过好几个世纪之后，已有少数学者在阅读，而且至今也只有少数学者在阅读。不管我们多么赞赏演说家偶尔迸发出滔滔不绝的辩才，最高贵的书面语，也通常还是隐藏在转瞬即逝的口语之后，或者凌驾于转瞬即逝的口语之上，如同繁星闪烁的苍穹隐藏在转瞬即逝的浮云后面。繁星就在那里，能看到它们的人就可以识读它们。天文学家始终不渝在解释它们，观察它们。它们不会散发出像我们日常口语和模糊词语的气息。演讲台上的所谓辩才，一般说就是文学习作中的修辞。演说家凭借转瞬即逝的灵感，向他面前的听众和那些能够倾听他的人演讲；可是，作家需要更宁静的生活，那些激发演说家灵感的人群和事件，反而使他分神，所以说，他是向着人类的心智说话，向着任何时代一切能理解他的人说话。

难怪亚历山大大帝[1]远征时，还要在他的宝匣里带上《伊利亚特》。书面文字是文物珍遗中的精品。它比其他艺术品跟我们更加亲密，同时也更加具有普遍性。它是最贴近生活本身的艺术作品。它可以被翻译成各种文字，不仅供人们阅读，实际上还可以朗诵，朗朗上口——不仅描摹在画布上或者镌刻在大理石上，而且从生活本身的话语中脱颖而出。古代人思想的象征变成了现代人的言语。两千个盛夏就像赋予希腊的大理石雕刻品一样，已赋予希腊文学的丰碑更加成熟的金灿灿的秋天色彩，因为它们将自己的静谧、圣洁的氛围遍及世界各地，保护它们不受时间侵蚀。书是世界的珍宝，各个国家都可以世代相传。最古老、最优秀的书，自然应当置放在每户人家的书架上。它们可没有什么理由求情，但当它们开导与激励读者时，读者却通情达理，不会拒不接受它们。它们的作者不论在哪个社会，都成了富有魅力的天然的贵族，对人类产生的影响远远地超过国王和皇帝。目不识丁，也许还瞧不起别人的商人，由于苦心经营获得了他垂涎已久的闲暇和独立，跻身于富有和时尚的阶层，最后，他不可避免地会转向更高级，却又高不可攀的天才和知识精英的世界，此时此刻，他方才感到自身文化底气不足，自己的全部财富无非显示了虚荣和缺憾；于是，为了进一步证明自己还算头脑清醒，他煞费苦心地让他的子女们获

1 亚历山大大帝（Alexander the Great，公元前356—前323），古代马其顿国王（公元前336—前323年在位），继位后先征服希腊、埃及和波斯，后入侵印度，建立亚历山大帝国。

得他深感匮乏的知识文化，也就这么着，他却成了一个家族的始祖。

那些没有学会阅读古典作品原著的人，对人类历史知识肯定非常欠缺。显而易见，这些古典作品一直没有现代语的译本，除非我们的文明本身可以当作诸如此类的转录抄本。荷马的作品至今还从来没有用英文印行过，埃斯库罗斯的也没有过，甚至维吉尔[1]的也都没有——这些大师的作品，写得这么优雅、这么坚实、这么壮丽，几乎宛若晨曦；后来的作家，不管我们如何赞赏他们的天才，但能与这些古典作家笔下的精美、完整、不朽的英雄诗篇相媲美的，就算有，也是寥寥无几。那些从来不知道它们的人，仅仅谈到把它们干脆忘掉就得了。等我们有了学问和才识，能够阅读它们、欣赏它们时，他们的这些话也就很快给忘掉了。当我们称之为古典作品的遗产，以及比古典作品更古老、更古典，却又鲜为人知的各国经典著作积累得越来越多时，梵蒂冈教廷里堆满了《吠陀经》《阿维斯陀古经》[2]和各种《圣经》，以及荷马、但丁和莎士比亚的作品，而且后继的世纪不断将它们的胜利纪念品提供给世人公开讨论，到了此时此刻，那个时代方才真的是富丽辉煌。有了这么一大堆精品，也许我们就有最终登上天堂的希望。

---

1 维吉尔（Virgil，公元前 70—前 19），古罗马诗人，作品有《牧歌》19 首，《农事》4 卷，代表作是《埃涅阿斯纪》。他的作品对欧洲文艺复兴和古典主义产生了巨大影响。

2 《阿维斯陀古经》，古波斯琐罗亚斯德教（我国古籍中称祆教，俗称拜火教）的圣书。

伟大诗人的作品，迄今人类还没有读懂呢，因为唯有伟大的诗人方能读懂它们。阅读这些作品的水平，只是像众人观望星辰，至多是从星象学的视角，而不是天文学的视角去观察研究。大多数人学会阅读，仅仅为了得到一丁点儿方便，有如他们学会阿拉伯数字，只是为了记账，免得做生意时上当受骗；对于作为一种高尚的智力练习的阅读，他们就知之甚少，乃至于一无所知了；但是，从高尚的意义上来说，唯有这样方才算得上是阅读，断断乎不是像奢侈品那样吸引我们的阅读，也不是使我们更高贵的官能昏昏欲睡的阅读，而是恰恰相反，我们不得不踮起脚尖[1]去阅读，把我们最警觉、最清醒的时光奉献给阅读。

我想，我们认识字母以后，就该阅读最好的文字作品，而不是永远重复念叨 a—b—ab，以及单音节的词儿，像四五年级的小学生似的，一辈子坐在最低年级最前排的座位上。大多数人只要自己能够阅读，或者听别人阅读，就心满意足了，或许他们还坚信有了一本好书《圣经》里的智慧也差不离，于是，他们在生命的剩余岁月里，在所谓轻松阅读中，浪费自己的才能，无所事事地度过余生。我们的流通图书馆里，有一部多卷本的作品，名叫“小读物”，我想恐怕是我没有去过的一个小镇的名字。有那么一些人，就像鸬鹚和鸵鸟，各种各样食物都能消化，甚至在暴食一顿荤腥之后，照样也消化得了，因为他

1　意谓心情急切，期待殷切。

们不让东西白白地给浪费掉。如果说别人是供应这种饲料的机器，那么，他们就是阅读这种饲料的机器。他们读过了九千个关于西布伦和赛弗罗尼亚的传说故事，说他们如何相爱，过去从来没有人像他们那么相爱过，而且他们真正相爱的过程也不是一帆风顺的——反正不管怎么说，他们如何相爱，被绊倒在地，再站起来，继续相爱！某个可怜巴巴的倒霉鬼如何爬到了教堂的尖顶上，但愿他从来没有爬到钟楼高头就好了；现在，既然毫无必要地让他爬到了尖顶那儿，这位兴高采烈的小说家却使劲儿敲起钟来，让全世界的人都赶过来听，哦，老天哪！瞧那个小子如何下得来！依我看，全球小说世界里有的是这一类向上爬的英雄人物，他们还不如把这些人物写成风信子鸡好了，如同他们过去常把英雄人物置身于星座之中一样，让风信子鸡在那里不停地旋转，直到生锈为止，莫让它们下地来胡闹，打扰老实人。下一回，这位小说家敲钟时，就算那座礼拜堂烧掉了，我也照样岿然不动。“一部中世纪传奇故事，《踮起脚尖跳上船的船长》，是写《叽里咕噜乱说一通》的著名作者的最新奉献，按月连载，欲购从速。”读着这一切，他们满怀有如原始人的好奇心，眼睛睁得像盘子似的，而且胃口特别好，也用不着担心有损胃壁，犹如一个四岁大的小伢儿坐在板凳上，看两美分一本烫金封面的《灰姑娘》——可是，他们读后，反正我看得出，他们在发音上、语气上、重音上，都没有什么长进，在题旨的提炼或修饰上也没有学到什么技巧。阅读的结果是视力模糊，生死攸关的循环凝滞，一切智能衰退，仿佛蜕了皮似的。这类姜汁面包，差不多每个烤箱里每天都在烤出来，而且烤得比纯正小麦面粉或者黑麦加粗玉米粉做的面包更卖力，同时也更加对路适销。

那些最好的书，即使是所谓的好读者，也不阅读。我们康科德的文化又算是什么来着？甚至英国文学中最优秀的作品或者说顶呱呱的好书，尽管作品里头的单词大家都能读懂，也能拼写，可是这个小镇上除了极少例外，人们对这些好书一概不感兴趣。哪怕是在大学里读过书、算得上受过所谓文科教育的人，不管在这里或者在别处都一样，对英国经典作品实际上也是知之甚少，或者说一无所知；至于记载人类智慧的书籍，比方说，古代经典著作和各种圣经，只要愿意了解它们的人都很容易得到这些书籍，惜乎只有极少数人肯下力气去阅读它们。我认识一个中年伐木工，订阅了一份法文报纸，他说不是为了看新闻（因为他对新闻不屑一顾），而是为了“让自个儿不断练练法语”，因为他出生在加拿大。我问他，在这个世界上，他觉得自己能做的最好的事儿是什么，他回答说，除了法语之外，还得下功夫把英语也学好。受过大学教育的人，一般说来所做到的，或者想做的，也就是如此这般，他们订阅英文报纸就是出于这个目的。一个人刚刚读过一本也许是最好的英文书，可他能寻摸到几个可以一起就这本书交谈交谈的人？或者假定说，他刚刚读完一部希腊文或者拉丁文的经典作品，即使所谓的文盲都知道要对它赞扬一番；可他却寻摸不到一个可以一起聊聊的人，就只好对它保持沉默了。一位大学教授如果擅长破解希腊文中的各种疑点，也就相应地擅长破解一位古希腊诗人的才智和诗篇中的深奥之处，并且相应地将这种情投意合的同感传授给那些灵敏和满怀豪情的读者；可惜这样的教授在我们的大学里头确乎绝无仅有；至于神圣的经文，或者说人类的各种圣经，这个镇上又有谁能把它们的名字向我一一道来呢？大多数人都不知道，唯独希伯来这个民族拥有一部经文。任何一个人，为了拾到一枚银币该有多费劲儿；可是这儿有的是赛过黄金的文字，那是古代最聪慧的人说出来的，其价值是历代智者都向我们证实过的——殊不知我们学的只不过是一些简易读物、识字课本和班级点名记分册，离校后读的是“小读物”和专门给孩子和初学者看的故事书；我们的阅读，我们的交谈和思想，水平非常之低，跟小人国里的侏儒倒是很般配来着。

我倒是巴不得结识一些比康科德本土出生的更聪明的人，他们的名字在这儿几乎鲜为人知。难道说我会听到过柏拉图的名字，却从来不去读他的书吗？好像柏拉图是我的同乡，可我却从来没见过他——好像他跟我比邻而居，可我从来还没听到过他说话，或者从来没有倾听到他那智慧的隽语。但实际情况又是如何呢？柏拉图的《对话录》，包含着他的不朽思想，就搁在书架上，可我从来还没有读过它哩。我们是教养不良、粗俗无知的文盲。文盲有两种——一种是我镇上目不识丁的老乡，一种是只读过儿童作品和适合极低智力读物的老乡，这两种文盲究竟有什么显著区别，我承认，我还看不出来。我们应该像古代圣贤一样优秀，但我们首先要知道他们是如何优秀的。我们是一群小山雀[1]，在智力的飞跃中只比日报专栏稍微高出一点儿。

并不是所有的书都像它们的读者一样单调乏味。书里头的文字也许就是针对我们的境况而说的，我们要是果真倾听到了，并且有所感悟的话，那么，它们会比清晨或春天更加有利于我们的生活，而且还有可能使我们看到事物已然面目一新。有多少人因为读了一本书，从而开启了他一生中的新纪元。一本书既能诠释我们的奇迹，又能揭示新的奇迹，这本书也许就是为我们而存在的。当今好多说不出来的事情，我们也许会发现在别处已经给说出来了。这些问题使我们感到困惑和不知所措，也同样让所有聪明人碰到过；一个问题都没有给漏掉，每一个人都要根据自己的能力，用自己的话儿和自己的生活，对这些问题一一作出回答。再说，有了智慧，我们将学会宽宏大量。康科德郊外某农场，有一个孤独的雇工，曾有过第二次出生和特殊的宗教经历，因为他相信自己由于信仰，进入了静穆庄重和遗世独立的境界，也许他会觉得上面的话儿是不真实的。但是好几千年以前，琐罗亚斯德[2]就走过了同样的道路，也有过同样的经验；然而，琐罗亚斯德很有灵性，知道这是普遍现象，因此善待众邻居，据说甚至还在人间发明并首创了拜

---

1 此词或恐又是一语双关，意谓智力较低的族群。

2 琐罗亚斯德（Zoroaster，公元前 628？—前 551？），在我国古籍中称“苏鲁支”，古波斯琐罗亚斯德教创始人，据传他二十岁时离家隐修，后对波斯多神教进行改革，创立祆教。

神活动。那么，就让那位孤独的雇工谦逊地与琐罗亚斯德亲密交谈吧，并在所有圣贤的宽容思想影响下，与耶稣基督本人亲密交谈吧，让“我们的教会”被大水冲垮吧。

我们夸口说，我们属于19世纪，正在迈着比哪个国家都要快的步伐前进。可是，想一想这个村镇为自己的文化所做的又何其微不足道。我可不想去恭维我镇上的乡友们，也不想他们来恭维我，因为这样一来，我们谁都不会有长进。我们应当像公牛那样需要刺激——受驱赶——方才会快快跑。我们已有一个相当像样的公立学校[1]的体制，惜乎仅仅是为婴儿开设的；不过，冬天就有个处于半饥饿状态的吕克昂学府[2]，近来还有根据政府建议开办的一个小小的图书馆，除此以外，却没有我们自己的学院。我们花在肉体的食粮或者肉体的病患上的钱，要比花在精神食粮上的钱多得多。现在该是我们创办不同凡响的学校的时候了，该是一个个村子都成为大学的时候了，村子里老年居民——如果说他们确实那么富裕的话——就有闲暇成为各大学里的研究员——可以在晚年进行大学文科研究。难道说世界上永远只有一个巴黎（大学）或者一个牛津（大学）吗？难道学生们不可以寄宿在这里，在康科德的蓝天底下接受文科教育吗？难道我们不可以出资聘请某个阿伯拉尔[3]来

1　美国公立学校，一般包括中小学部，但有时也仅仅有小学幼儿部。

2　古希腊亚里士多德在雅典创办的学府，现在一般指讲演场所。

3　阿伯拉尔（Pierre Abelard，1079？—1144），中世纪法兰西经院哲学家、逻辑学家和神学家，他的《神学》一书被指控为异端而遭焚毁。

给我们讲学吗？天哪！我们净是忙于喂牛、开店，好长好长时间没上学校了。我们的教育挺惨的，被淡然置之。我国的村镇在某些方面应该取代欧洲的贵族的地位。它应该是美术的赞助人。它可富得很。它欠缺的就是宽宏大量和优雅。在农场主和商人觉得重要的那些事情上，它肯一掷千金，而对更有知识的人认为更有价值的事，如果要它出钱，它却认为那是乌托邦的空想。感谢好运或者政治，这个村镇花掉一万七千块钱造了一幢市政厅暨公共活动大楼，但要它这个空壳里头装进名副其实的内涵，比方说，一丁点儿活色生香的妙语风趣，就算过了一百年，它也不肯花这么多的钱。为了冬天开办吕克昂学府，每年募捐一百二十五块钱，其实比镇上同样数目的任何筹款都要花得更有意义。我们生活在 19 世纪，为什么不该享受 19 世纪提供的种种好处呢？我们的生活为什么还过得如此这般乡里乡气呢？如果我们看报纸，为什么不跳过波士顿的荒诞低俗的八卦新闻，马上订阅世界上最好的报纸呢？——不要吮吸“中立派系”报纸的奶头，或者咀嚼新英格兰这儿的“橄榄枝”[1]。让各种学术团体来我们这儿作报告吧，我们将要看看他们是不是真的知道一点儿什么。我们为什么要让哈珀兄弟图书公司和雷丁出版公司[2]代替我们选择读物呢？这就好比趣味高雅的贵族，在他周围的一切必然有利于自己的文化修养——比方说，

1 一份卫理公会周报（名字）。

2 此处指设在纽约和波士顿两地的出版商。

天才—学问—风趣—书籍—绘画—雕塑—音乐—哲学的工具，等等；那就让村镇也这么着吧——不要只请一个教师、一个牧师、一个司事，不要只办一个堂区图书馆，不要只选三名市政委员，就算万事大吉了，因为我们的清教徒前辈移民[1]，就是仰仗以上这些人物，在荒凉的岩石上挨过了寒风凛冽的冬天。集体行动是符合我们制度的精神；我坚信，随着我们经济状况日益兴旺发达，我们的财力一定会比贵族更雄厚。新英格兰可以出资聘请世界上的哲人贤达来教育开导她，要他们膳宿在这里，让我们完全摒除粗野的乡气。这就是我们想要的不同凡响的学校。让我们拥有的是高贵的村镇居民，而不是贵族。如果必要的话，我们宁可在河上少造一座桥，绕着多走一些路，但在我们周围黑暗无知的深渊上，至少架起一座拱桥吧。

1　指 1620 年到达北美创立普利茅斯殖民地的英国清教徒。

闻 籁[1]

然而，我们所谈的不越出书本范围，尽管这些书是经典精品；我们读的只是一种特殊的书面语言，它们本身无非是方言土话；我们险些把另一种语言给忘掉了，那是一种所有事物不靠比喻就能说出来的语言，唯独它最丰富，也最标准。公开发表的东西倒是很多，但印成书的却很少。从百叶窗里透进来的亮光，只要百叶窗全给打开了，就再也没人记得了。任何一种方法或训练，也都无法替代永远保持警觉的必要性。一门历史，或者哲学，或者不管选得如何之精的诗歌，或者是顶呱呱的社会，或者是最令人艳羡的生活常规，如果跟永远着眼于可预见之物的准则相比，又都算得了什么来着？你乐意仅仅做一个读者，或者是一个学者，还是做一个预言家？不妨预测一下你的命运，看一看你的面前是什么，就径直迈向未来吧。

第一个夏天，我没有读书，我锄豆子地去了。不，我做的常常比这个还好哩。有时候，我真舍不得把眼前美好的时光奉献给任何工作，不管是脑力工作，还是体力工作。我喜欢给自

---

1 籁，此处指自然界发出的声音。我国唐代诗人常建写有“万籁此俱寂，惟闻钟磬音”的名句（《题破山寺后禅院》）。亦可参见《庄子·齐物论》。

己的生活留出更多空间。夏天一清早，惯常洗过澡之后，有时我就独坐在洒满阳光的门口，从日出一直到正午，出神冥想，置身于松树、山核桃树和漆树丛中，四下里一片孤寂和宁静，唯有鸟儿在近处歌唱，或者悄没声儿地掠过我的小屋，直到夕阳余晖照在我的西窗上；或者远处的公路上，观光客的车马的辚辚声隐约可闻，这时我方才不禁想起了流光易逝。在这些季节里，我就像夜间的玉米一样在成长，它们比任何手干的活儿都要神妙得多，事实上，不但无损于我的生命健康，反而使我延年益寿。我这才悟出东方人所谓玄思和赋闲是什么意思了。其实，我并不在乎韶光的流逝。白昼走在前头，仿佛为了照亮我的工作；刚才还是早上，可是瞧吧，一晃眼就是晚上，令人难忘的事儿并没有完成。我可不是像鸟儿似的歌唱，我是在默默地笑看着自己的好运纷至沓来。麻雀落在我门前的山核桃树上一个劲儿啭鸣，而我呢，有时也会暗自发笑，要不然就遏制住自己的笑声，生怕也许它会从我的巢中听到。我心目中的日子，并不是指一个星期里头的哪一个日子，没有用异教徒的神祇来命名的[1]，也没有被分割成一个小时，一个小时，让座钟的嘀嗒声使你烦躁不安；因为我的生活就像普里[2]印第安人，据

1 英文中一个星期里的每一天，都是以某个神的名字演变而来的，比如，星期二，Tuesday 由 Tiu's day 演变而来，是阴暗神提尔（Tiu）的名字；又如星期三，Wednesday 由 Weden's day 演变而来，是战神瓦丹（Woden）的名字，等等。总之，除了星期六来自古罗马农神萨图恩（Saturn）以外，星期二、三、四全部来自古代斯堪的纳维亚神话，故被梭罗称为异教徒。

2 此处指巴西印第安人，附录引文摘自菲菲夫人的《一位女士周游世界》。

说普里人的“昨天，今天和明天只用一个词儿，他们用手所指的方向来表示三者的不同含义，比方说，用手指向后面表示昨天，指向前面表示明天，指向头上表示今天”。这在我镇上的乡友们看来，毫无疑问，纯属无稽之谈；但是，如果让花鸟按它们的标准来估量我的话，那我应该说是无懈可击的。人必须寻找自我需求，信哉斯言。顺应自然的日子是非常平静的，很少会指责他的好逸恶劳吧。

有一些人为了娱乐消遣只好外出上剧院，与人交际应酬，相形之下，我在自己的生活方式里至少就有这么一点儿好处：我的生活本身已成了我的娱乐，而且还历久常新。它是一个多幕剧，没有结局。如果说我们确实想要过上好日子，按照我们学到的最新最佳的方式来管理生活，那么，我们断断乎不会被百无聊赖所困扰。紧紧地跟随你的天性，它会时时刻刻给你展示一个崭新的前景。在家里干活儿乃是一种令人愉快的消遣。屋子里地板脏了，我就起个早，把家具一股脑儿搬到屋外草地上，床和床架码成一堆，往地板上一洒水，再撒上一些湖里的白沙，稍后用一把扫帚擦洗得白白净净；等村民们刚刚吃过早饭，太阳已经把我屋子里晒得干透时，我就可以把家具搬回去，而我的沉思默想几乎没有中断过。我喜滋滋地看到，我的全部家当在草地上很抢眼，码成了一个小垛堆，活像吉卜赛人的行李似的；而我的那张三条腿桌子，置放在松树与山核桃树底下，桌子上的钢笔和墨水我全都没有取走。它们看样子也高兴到屋外去，还不乐意搬回去哩。有时候，我心里真巴不得在它们上头支起一顶帐篷，我就安坐在那儿，看着太阳映照在它们上头，听听微风吹拂着它们，真的太有意思了；熟稔的家什在屋外看上去要比在屋子里更加耐人寻味。小鸟落在附近的树枝上，永久花[1]长在桌子底下，黑莓的藤蔓缠绕着桌子腿；松果、栗子以及草莓的叶子俯拾即是。仿佛它们这些形态就这么着转化为我们的家什，桌椅、床架子——因为我们的家什原先就来自这些草木之间。

我的小屋坐落在一个小山坡上，紧挨着一大片树林子的边缘，四周围长满幼小的北美油松和山核桃树，离湖大约六杆[2]远，有一条狭仄的小路从山脚下直通湖边。我的前院里，长着草莓、黑莓、永久花、狗尾草、一枝黄花、矮橡树、沙樱、乌饭树和落花生。临近5月底，沙樱（拉丁文学名 Cerasus pumila）在小路两侧缀满了娇嫩的花朵，短短的花梗周围宛如一簇簇伞状花丛，入秋后沉甸甸地垂着个儿大又好看的樱桃，形成花环似的在闪闪发光。感谢大自然的恩赐，我品尝过它们，尽管它们并不好吃。漆树（拉丁文学名 Rhus glabra）在我屋子周围疯长，第一季度就长高了五六英尺，把我砌好的一堵矮墙都给拱了起来。它那阔大、羽状的热带树叶子，望过去尽管有点儿怪，但还是招人喜爱。暮春时节，硕大的蓓蕾突然从仿佛死掉的枯枝上冒出来，像变魔术似的长成了淡雅嫩绿的柔

1 永久花，花朵干枯后色状均不变的植物，尤指某些蜡菊属植物。
2 杆，美国长度单位。1 杆约有 5.5 码。

软枝条，直径倒有一英寸；有时候，我坐在窗子跟前，由于它们漫不经心地猛长，树杈不堪重负，我会听到咔嚓一声，一根鲜嫩的树枝有如一把扇子冷不丁坠落，其实这时一丝儿风都没有，是给它自己的重量压断了。8月间，漫山遍野的浆果，在它们的开花时节，吸引了许许多多野蜜蜂。浆果渐渐地也染上了鲜艳的天鹅绒般的深红色，同样因为不堪重负，它们柔软的枝条也都给压断了。

今年夏天的一个午后，我坐在窗子边，一群鹰在我的林中空地上空来回盘旋；野鸭子一个劲儿在疾飞，三三两两地映入我的眼帘，或者闲不住地落在我的屋子后头白皮松枝头上，当空叫唤；一只鱼鹰在波平似镜的湖上，啄了一圈涟漪，叼走了一条鱼；一只水貂打从我门前的沼泽地悄悄地溜出来，在湖岸边逮住了一只青蛙；芦苇鸟常在这里那里飞落，莎草实在不堪重负，也都给压弯了；在末了的半个钟头里，我听到了火车轰隆轰隆的响声，一会儿沉寂下去，一会儿又响了起来，就像鹑鸡（拉丁文学名 Tetrao umbellus）翅膀在扑棱着似的，把观光客从波士顿带到乡间来。我可不像那个孩子与世隔绝，听说，那个孩子被送往这个村镇东头的一个农夫家里，但他委实太想家，没有多久就出逃，又回到了自己家里，这时他的鞋后跟都给磨破了。他从来没见过如此这般沉闷而又偏僻的地方；那里的老百姓全跑光了；老天哪，你甚至连口哨声都听不见！我怀疑马萨诸塞州眼下也还有没有这么一个地方——

我们的林子真的变成了
飞箭般铁路的一个靶垛，
宁静的平原上和谐之音，
原来就是——康科德。[1]

菲奇伯格铁路离我住地南边大约一百杆处，与湖边毗连。通常我沿着它的堤道走到村里去，在某种程度上说，我就是通过这条线路才跟社会有了联系。货运列车上来回跑全程的那些人，常常向我点头打招呼，仿佛我是他们的老相识，毕竟过往时看见我的次数太多了，他们显然以为我是个雇工；那得了，我就算是个雇工吧。反正我也很乐意在地球轨道上的某个路段当一名养路工。

不管寒冬酷暑，火车头的汽笛声穿过我的树林子，好像一只盘旋在农夫院子上空的苍鹰在尖声叫唤，告诉我有许多浮躁不安的城市商人正在来到这个村镇的周围，或者说，有富于冒险精神的乡村商人正在从相反方向来到了这里。他们来自同一条地平线，于是彼此大声发出警告，让对方闪开让道，这种警告声音有时候两个村镇都听得到。乡村哪，瞧，你们的杂货已来了；老乡哪，你们的粮食已来了！现如今没有哪个农人还能独立地生活，敢对它们说一个“不”字。于是，乡下人的哨

1　在英文中和谐之音和康科德是同一个单词——concord，端的是一语双关，由此可见梭罗写书的初衷。引诗作者为梭罗好友——诗人小钱宁。

子叫起来了，这就是你们付给它们的代价！像长长的攻城槌[1]的原木，以每小时二十英里的速度向城墙冲过去，里面座椅多得不计其数，疲惫不堪、负担沉重的城里人都可以入内就座了。乡村置备了如此巨大笨重的厚礼，向城市送去了座椅。印第安人山上长满浆果的乌饭树全给采伐殆尽，盛产越橘的草地也被耙平，果实都运到城里去了。棉花上来了，布匹下去了；丝上来了，毛织品下去了；图书上去了，可是写作的智力却下降了。

我看到那火车头，拖着一长溜车厢，像行星运转似的往前驶去，或者不妨说，像一颗彗星，看上去它的轨道不像可以转回来的曲线，观看的人不知道它按照哪种速度、朝着哪个方向驶去，还会不会再折回到这轨道上来；火车头喷出的水蒸气，如同一面旗帜，缀着金环银环，飘浮在后面，就像我看到过悬浮高空的好多羽绒般的云朵，一大块、一大块地徐徐舒展，熠熠生辉——仿佛这个周游四方的半人半仙、吞云吐雾的怪物，马上会把夕阳西沉时的天空当作火车的号衣似的。我听到这匹铁骑吼声如雷，使群山响起了回声，它的铁蹄震撼着大地，鼻孔里不时喷火吐烟（我可不知道，在新的神话中，人们会收进什么样的飞马与火龙），看来大地终于添了新的一族，不愧为大地的居民。如果说这一切确实都像看上去的那样，人们通过

1 古代西方一种攻城的兵器，早期火车车厢均用原木制成，故此处以原木比喻火车车厢。

役使风、土、水、火四大要素，达到崇高的目的，该有多好！如果说飘浮在火车头上空的云是创英雄业绩时洒下的热汗，或者说像悬浮在农田上空的云一样惠及苍生，那么，四大要素和大自然本身都会乐意为人类效劳，做人类的护卫者。

清晨时分，我远望列车通过时的心情，如同我眺望日出时一样。日出倒也不见得会比列车更准时来着。火车正在驶往波士顿，长长的一条云带在它后面延伸，越升越高，升上苍穹，刹那间遮住了太阳，并让我远处的田野隐没在一片阴影中，俨然一列天上火车，而近旁的那列拥抱大地的小不点儿的火车，只不过是矛枪上的小小倒钩罢了。今年入冬后有一天早上，那匹铁骑的厩主起身挺早，借着山间星光给它喂料，开始套车，而且那么赶早地生起火来，给它体内供热，让它及时上路。反正干这种事儿像老八辈时一样简单就得了！赶上积雪很深时，人们给它穿雪鞋，用巨大的铁犁在群山之间辟开一条路，直达沿海地区；而在上面行驶的列车就像一台播种机，把所有浮躁不安的人们和价格浮动的商品，当作种子撒在了乡间。这匹火驹整天价在乡间飞驶，只有主人歇息时方才停下来。子夜时分，我也会被它的铁蹄声和哼哧哼哧不服的喷气声所惊醒，这时，它正在远处森林峡谷里，碰到了冰雪交加等险情，直到晨星初现时才回到马厩，殊不知既没有休息，也没有打个盹儿，又马不停蹄地上路了。要不然在傍晚时分，我听见它在马厩里释放出白昼过剩的精力，使自己的神经松弛下来，肝脑也静下来一两个钟头，好让那铁骑合眼眯着睡了。但愿这项事业能持之以恒、毫不疲倦，而又英姿勃勃、威风凛凛，该有多好！

远离城镇、人迹罕至的一些森林，过去唯有猎户大白天才进入过，如今那些灯火辉煌的特等客车，在漆黑的夜里风驰电掣般驶去，里头的人们却一无所知；此时此刻正停靠在村镇或者城市的某个灯光灿烂的火车站，有上流社会人士云集在那里，下一站却停靠在迪斯默尔沼泽[1]，把猫头鹰和狐狸都给吓跑了。列车的离站、到站，如今成了乡村日常生活里头等大事。它们来来去去，既定期而又准时，汽笛声打老远就听得见，农夫们常常据此来校准钟表，这么一来，一个管理完善的机制使整个国家井然有序。自从发明了火车以来，人们在遵守时刻方面不是有所改进吗？人们在火车站里说话和思想的节奏，不是比在驿站里头更加快了吗？火车站里仿佛有着通上了电流的氛围。火车站所创造的种种奇迹，使我感到惊奇；原先我满以为，我的一些邻居断断乎不会搭乘如此快捷的交通工具到波士顿去，可是现在，钟声一响，他们管保都到了站台上。仿照“铁路方式”办事儿，眼下已成了口头禅；有关权威机构屡屡提醒人们不要挨近铁路道轨，对于这种真心诚意的告诫还是值得记取的。这种事既不能向闹事群众宣读“取缔闹事法”勒令散去，也不能向骚乱群众朝天开枪。我们已然创造了一个命

1 迪斯默尔沼泽，位于弗吉尼亚州东南部和北卡罗来纳州东北部沿海平原上，几乎无法越过，逃亡的奴隶经常藏身此地。

运女神——那就是从不扭头的阿特洛波斯[1]（不妨给你的火车头命名为"阿特洛波斯号"吧）。人们一看公告就知道，几点几分将有哪些弩箭射向罗盘上某一个具体地点；反正它从不干预别人的事，而孩子们上学则走另一条专线。因此，我们生活得更加笃悠悠了。我们就这么着，人人都可以培养成退尔[2]的儿子了。空中有的是看不见的弩箭。每一条路都是通向命运之路，只有你自个儿的路例外，那就得了，还是走你自个儿的路吧。

我之所以对商业啧啧称赞，是因为它有进取心、有勇气。它不会两手十指交错地紧握着向朱庇特祈祷。我看见这些人每天在忙着做生意，好歹都是有胆识和满足的表现，干得比他们想象的多得多，说不定比他们精心设计的还要出色呢。在布埃纳维斯塔[3]前线能坚守半个钟头的那种英雄气概，固然我也觉得很感动，但是，让我深深地为之感动的，还是在铲雪机里过冬的人们那种坚定、愉快的精神；他们不仅具有拿破仑认为最难得的凌晨三点钟打仗的勇气，而且断断乎还不肯早早休息，硬要顶到暴风雪停住之后，要不然就在他们的铁骑的筋骨都给冻僵之后，他们这才躺下睡觉。这天大清早，特大风雪还在肆虐，简直冷得人们的血液快给冻结了，我从他们呼出的水汽冻

1 阿特洛波斯（Atropos），古罗马神话中的命运三女神之一，司职剪断生命之线。

2 退尔（William Tell），瑞士传说中反抗奥地利统治的英雄人物，为争取民族独立而斗争，被迫用箭射放在他儿子头上的苹果，结果获得成功，儿子安然无恙。

3 布埃纳维斯塔，墨西哥一地名，1847 年曾经是战场。

结后形成的雾堤里，听到火车头发出被蒙住了的钟声，宣告列车开来了，没有误点，根本不管来自新英格兰北部的暴风雪百般阻挡；我看到了那些铲雪人浑身披雪挂霜，他们正低着头仔细察看那铲雪板底下翻起来的，可不是雏菊和田鼠洞穴，而是像内华达山脉的巨砾，堪称天外之物。

商业是令人出乎意料的自信、安详、机灵、有进取心，而且还压根儿不知疲倦。它所采用的方法都很自然，乃是许多充满幻想的事业和感情用事的实验所不可企及的，因此才获得出色的成功。一列货车打从我身边轰隆轰隆地驶过，我不由得顿觉心旷神怡，我闻得到从长码头到香普兰湖一路上货物散发出来的气味，使我想起了异国他乡，想起了珊瑚岛、印度洋、热带地区，乃至于广袤无边的环球世界。我看到了棕榈叶，来年夏天，不知有多少新英格兰浅黄色发丝的头上会戴着它；我还看到了马尼拉的大麻、椰子壳、旧绳索、黄麻袋、废铁和锈钉子，就在此时此刻，我觉得自己更像一个世界公民了。这一车子的破船帆要是拿去造纸、印书，也许会使阅读更加容易，也更为有趣呢。有谁能够像这些破船帆那样，把它们亲自经历过惊涛骇浪的历史如此绘声绘色地写下来呢？它们就是压根儿不用改正的校样。缅因州森林里的木材从这里运走，因为有些木材已经运走了，或者被锯成板料，上次发大水时没有出海的木材，每一千根涨了四块钱，松木、云杉和雪松——质量分为一等、二等、三等和四等，可前不久木材拢共只有一个质量标准，价格常在熊、驼鹿和北美驯鹿的价位之上波动不定。稍后，轰隆轰隆驶过的是托马斯顿[1]石灰，第一流货色，将被运往遥远的山区让它逐渐熟化。至于这一袋袋的破布，真可以说五颜六色，质地好坏都有，乃是棉花和亚麻落到了最惨的境地，也是衣着穿戴的最末下场——它们的图案时下再也没得人啧啧称赞了，除非是在密尔沃基[2]，因为那些色彩抢眼的衣物，英国的、法国的，或者美国的印花布、方格布、平纹细布，等等，既有富人家的，也有穷人家的，都是从四面八方集拢来，将要变成一种颜色的纸，或者仅仅色彩深浅不一的纸，说不定在那纸上面会写出一些真实生活的故事，有的写上层社会，有的写底层社会，不过全是根据事实来写的！这一节闷罐车散发出咸鱼的腥味，强烈的新英格兰商业味道，让我回想到大浅滩[3]和渔业的情景。咸鱼——谁没有见过？彻头彻尾是为了芸芸众生腌制的，断断乎不会使它变质，让持续蒙恩[4]的圣人们都感到脸红。有了咸鱼，你可以扫街、铺路、砍劈柴；卡车司机本人与他的货物也好拿它来遮阳避雨——还有商人在铺号开张时把一条咸鱼悬挂在店门上当招牌，正如某个康科德商人做过的一样，到头来连老主顾都说不准它究竟是动物、菜蔬，还是矿物，不过它依然洁白得像雪花呢。要是你把它放入锅里煮，煮出来的准是一条味道好极了的咸鱼，可供周末晚餐时食

1 托马斯顿，地名，位于南缅因州。

2 密尔沃基，美国威斯康星州东南部一港口城市，濒临密歇根湖。

3 大浅滩，北美纽芬兰岛东南广阔的大西洋浅滩，为世界大渔场之一。

4 加尔文神学所谓持续蒙恩，指上帝的预定选民注定会持续蒙受恩典直至得救。

用。接下来是西班牙的皮革，依稀可辨那牛尾巴举向空中还在旋转，有如这些公牛当初奔驰在西班牙本土大草原一样——一种执拗的典型，证明一切与生俱有的缺憾是如何没有希望和不可救药啊。说实话，在我了解一个人的脾性后，我承认，在目前生存状态下，我并不指望它变好或者变坏。正如东方人所说的："一条狗尾巴可以加热、烫平，用带子绑住，花费了十二年精力，到头来它的本性还是改不了。"类似这些尾巴如此根深蒂固的本性，唯一的根治办法，就是把它们制成胶汁，我相信，通常它们都可派这样的用场，发挥黏性的作用。这里有一大桶糖蜜或者白兰地，即将运往佛蒙特州卡廷斯维尔市，交给约翰·史密斯先生，格林山区的商人，他是给邻近本人林中空地的农夫们来办进口货的，此刻也许他站在舱壁高头，心里琢磨着近期到岸的几批货物，会如何影响他的货价，眼下告诉他的顾客们，说他巴望下一趟火车会运来第一流货色，其实，这话在今儿个早上以前，他给他们念叨过已然有二十遍呢。甚至还在《卡廷斯维尔时报》上登过广告。

这批货物运走了，另一批货物运来了。我被一阵飕飕声所惊醒，于是放下书本，抬眼只见一些长长的松树，好像插上翅膀飞过了格林山区和康涅狄格州；这些松树是在遥远的北方山里砍下来的，飞箭似的在十分钟内穿过了城镇，人们还来不及再看上一眼——

它就成为一根桅杆，

竖立在大旗舰上。[1]

听吧！运牲畜的车开来了，装着千山万岭的牛羊，什么天上的羊圈啦，马厩啦，牛栏啦，什么手持牧杖的放牧人啦，赶着羊群的小羊倌啦，除了山里牧场以外，全都来了，一眼望去，好像被9月里的秋风从山上吹下来的落叶在打旋儿。空中充满牛羊在哞哞咩咩的叫声，公牛们在猛撞乱挤，仿佛正在驶过的是一座放牧牛羊的山谷。那只老的带头羊只要铃铛一响，高山真的像公牛似的在欢跃，小山冈有如小山羊在蹦跳。列车有一节车厢都是放牧人，此刻和他们放牧的牛羊几乎平起平坐，他们虽然下了山冈，可还是手持那根没有用处的牧杖，好像它就是他们司职的标志。但是，他们的牧羊狗上哪儿去了？这对牧羊狗来说，可是大溃散呀；它们完全被甩掉了，它们的嗅觉也不灵了。我仿佛听到它们在彼得博罗山后头狂吠不已，或者在格林山区西坡上气喘吁吁地奔走呢。它们不会跟着牛羊一块被宰割。它们的职责也到尽头了。它们的忠诚和机灵眼下不管用了。它们灰溜溜地回窝去了，也许干脆豁出去，与狼和狐狸结盟。你的牧羊人生涯就这么着随风而去了。但是，钟声响了，我可得离开轨道，让列车驶过去——

铁路依我看是什么呢？

1　引自英国著名诗人约翰·弥尔顿（1608—1674）的《失乐园》。

我断断乎不去张望
它的尽头在何方。
它填高一些沟壑，
又给燕子筑好堤岸，
它让黄沙满处飞扬，
又叫黑莓随地生长。

可是我穿过铁路，就像我走过树林子里的小道。我断断乎不会让火车的黑烟、蒸汽和嘶嘶声污染了我的眼睛与耳朵。

如今，列车已经远去了，躁动的世界也随着列车远去了，湖中的鱼儿再也感觉不到火车的隆隆声，可我却感到了分外孤寂。漫长的午后，偶尔从远处公路上隐隐约约传来的一辆车或是一组车马的轻微响声，这才会干扰了我的沉思吧。

有时，赶上星期天，顺风的时候，我听到钟声，来自林肯、阿克顿、贝德福或者康科德的钟声，听起来柔和悦耳，俨然是自然的旋律，回荡在旷野上，端的是美极了。在遥远的树林子上空，这种旋律平添了一种颤动的微弱声响，仿佛地平线上的松针就是竖琴上的琴弦，正在轻轻地拨弄着似的。凡此种种音响，哪怕在最远处，只要听得见，都有一种同样的效果，赛过七弦琴上的颤音，就像迢迢远方的山脊，由于大气介于中间，被抹上了淡蓝色，望过去格外令人悦目。我觉得这次传来的是一种在微风中越传越悠扬的旋律，与树林子里每一片叶子和松针喁喁私语后，风儿又吸收部分声音，经过变调，在一座山谷回响之后再传到了另一座山谷。这种回响在某种程度来说，就是初始的声音，具有神奇的魅力。它不仅仅重复了钟声里值得重复的部分，而且部分还有着树林子里的声音，以及林中仙子低吟的昵语和乐音。

傍晚，树林子尽头、远处的地平线上，传来牛的哞哞声，很甜美动听，开头我会误认为是某些滑稽说唱团[1]在演唱，因为有时我听到过他们唱的小夜曲，也许此刻他们正好吟游在山谷之间；可是听着听着，我很快失望了——失望之余，我还是略感欣慰——因为那声音渐渐地拖长，变成了酷肖牛叫那种廉价的、原始状态的音乐。我这样说绝不是在挖苦那些年轻人，而是恰恰表示我对他们的歌唱很欣赏，我说，我分明听得出来他们的歌声与哞哞声差不离，不过，说到底，两者无疑都是天籁，你说是不是？

夏天有过一些日子，每天傍晚七点半，火车很准时驶过以后，三声夜莺唱过半个钟头的晚祷曲，就落在我门前的树桩上，或者落在我的屋脊上。每天晚上，日落以后，在某个特定时间五分钟内，它们就开始鸣叫，几乎跟座钟一样准确。真是机会难得，我渐渐地熟悉了它们的习惯。有时，我听到同时有四五只三声夜莺，在树林子各个不同地点啼唱，偶尔一只鸟儿唱的比另一只鸟儿差了一小节，而且离我又是那么近，我不仅听得出每一个音符之后的咯咯声，而且时常听到一种独特的嗡

1　在美国，有些白人饰黑人做滑稽演唱节目活动。

嗡声，就像一只飞蝇落进了蜘蛛网，只不过比飞蝇的响声稍微高一些。有时候，一只三声夜莺会从好几英尺远的树林子飞过来，绕着我飞来飞去，就像被一条绳子拴住了似的，说不定是我挨着鸟蛋太近了吧。它们彻夜通宵时断时续地啼唱，而且常在黎明前和黎明即将来临之际，它们的歌唱又跟过去一样富于极大乐感。

别的鸟儿静下来时，叫枭开始鸣叫，像哭丧妇似的发出老八辈子的呜——噜——噜。那种凄叫声，颇有本·琼生[1]的遗韵。聪明的子夜女巫！它不像诗人们笔下 tu—whit tu—who 那么真实和率直，不过，正经八百地说，那是一支异常肃穆的墓畔小曲，像一对自杀的恋人在阴曹冥府的树林子里，不知怎的想起了生前恋爱的苦与乐，少不得彼此安慰一番。然而，我特别爱听它们的哀鸣，它们阴惨惨的应答，沿着树林子一侧不停地啭鸣；有时，让我联想到音乐和鸣禽；仿佛那就是音乐的饱含泪水的阴暗面，不得不歌吟的悔恨和哀叹。它们都是一些堕落者的幽灵，低落的情绪，忧郁的预感，以前它们有过人的模样儿夜游四方，净干黑暗勾当，如今它们早已罪孽昭著，它们吟唱哀歌，祈求赎罪。它们使我全新地感觉到，我们共同居住的大自然真是丰富多彩、兼容并包。哦——哦——喔——哟——哟——哟——我压根儿还没出生——生——生——生——过！湖的这一边，有一只夜莺哀叹道，在焦灼的绝望

1 本·琼生（Ben Jonson，1572—1637），英国著名诗人与剧作家，与莎士比亚齐名。

中来回盘旋，在灰溜溜的橡树上寻摸到新的栖息处。稍后，湖的另一边，传来了回响：我压根儿还没出生——生——生——生——过！那回响充满着发颤的真挚的感情，甚至从遥远的林肯那边的树林子也隐隐约约传来回响——还没有出生——生——生——生——生过！

余外，还有一只哑哑鸣叫的猫头鹰冲着我唱小夜曲哩。在近处听，也许你会觉得这是大自然中最忧郁的鸣叫声，仿佛它想让这种声音使人们临终之前的呻吟固定不变，并使它永远留在它的歌吟之中——这是凡人弥留之际留下可怜而又微弱的声音，他把希望留在了身后，在进入黑黝黝的幽谷时却像动物似的号叫，还带着活人的抽泣声，由于某种咯儿咯儿之声挺动听，但听着听着反而更加可怕——我想模拟那种声音时，不觉发现自己一开始念出了这种咯字音，正好表明：一切健康的勇敢的思想都已得了坏疽时，一个人的心灵达到了胶凝似的发霉变质阶段。它使我想起了盗尸鬼、白痴和疯子的号叫。可是此时此刻，从远处的树林子传来了一声回应，由于离得远些，听起来倒是真的挺悦耳——呼——呼——呼——呼啦——呼；说实话，那种声音只会给人带来许多愉快的联想，不管听它的时候，是白天还是夜晚，是夏天还是冬天。

可喜的是我这儿有猫头鹰。让它们为人们做些白痴般的疯狂号叫吧。这种声音最适宜于昼光照不到的沼泽地和幽暗的树林子，使人联想到大自然中还有一个幅员辽阔而尚待开发的领域，人类至今依然没有发现。它们代表全然的朦胧状态和人人都有的没得满足的思想。太阳整天价照在一些原始的沼泽表面上，这里只见云杉林立，松萝地衣长满树身，小鹰在上空来回盘旋，黑头山雀在常春藤里头叽叽喳喳，野鸭子和野兔子则在底下潜行；可是此时此刻，一个更阴郁、更合适的白昼来临了，一种迥然不同的生物已经苏醒过来，在那里充分表达了大自然的意旨。

夜深以后，我听见远处车辆打从桥上轰隆隆地开过——这种声音在夜间听起来显得格外遥远——我还听到了犬吠声，有时我能听到远处牛棚里传来一头忧郁的母牛的哞哞声。与此同时，环湖岸边震荡着牛蛙的叫声，它们是冥顽不灵的古代酒鬼和纵酒欢闹之徒的精灵，依然不知悔改，在它们冥河般的湖上放声轮唱——但愿瓦尔登湖上凌波仙子们原谅我作这样的比喻，因为这里尽管没有水生植物，但青蛙遍地都是——它们倒是乐于遵循古老宴席上狂欢乱叫的规则，虽然它们的声音越发沙哑了，显得正经八百，于是嘲笑欢乐，美酒也失去了醇味，仅仅成了灌饱它们腹部的液体，朦胧醉意断断乎不会淹没往昔的记忆，只会使它们肚子里胀饱，顿觉沉甸甸、胀鼓鼓的。那个大佬儿牛蛙，下巴颏儿支在心形叶子上，好像在垂涎的嘴角底下挂了一块餐巾，它在北岸底下豪饮了一口过去瞧不起的水酒，就把酒杯向后头传递，同时一迭连声地吆喝道：特尔——尔——尔——乌恩克，特尔——尔——尔——乌恩克，特尔——尔——尔——尔——乌恩克！这一声口令马上从远处的水面重复后又传了过来，那是另一只职位稍低的牛蛙满意地喝下一口酒后发出同样的口令；这一声酒令在湖边绕了一周，司酒令的牛蛙很满意，大声喝道：特尔——尔——尔——乌恩克，于是，每一只牛蛙依次重复着同样的声音，一直传递给那只喝得最少、漏水最快、肚子最瘪的牛蛙，传递中一点儿没出错；稍后，酒杯一回又一回地往下传递，直到太阳将晨雾驱散时为止，这时，只有那只长老牛蛙还没有喝醉跌进湖里，[1] 而且时不时地喊着特尔——尔——尔——乌恩克，等待回应，但到头来还是徒劳。

我可说不准，在我的林中空地上听到过公鸡报晓，我觉得养只小公鸡还是值得的，哪怕仅仅把它当作鸣禽，为了听听它的打鸣儿也好。公鸡从前是印第安人的野鸡，在所有的鸟类中，它的鸣叫声当然最出色，要是它们还没有被驯养成家禽的话，它们的鸣叫声会很快成为我们森林中最有名的声音，胜过鹅的嘎嘎声和猫头鹰的哀鸣声；然后，不妨想一想吧，每当公鸡嘹亮的啼唱停歇时，母鸡就会咕咕地欢叫着来填补这个空当！难怪人类将这种鸟儿列入家禽类呢——更不必提鸡蛋和鸡腿了。冬天的早上，漫步在群鸟繁衍生息的树林子里，听听野公鸡在枝头打鸣儿，那么清脆又嘹亮，方圆好几英里以内，大地为之震响，把别的鸟儿微弱的鸣叫声通通给淹没了——你就可想而知！它会使整个国家处于戒备状态。谁不会早早儿起

---

1 梭罗在本书中常用一语双关手法，使文章更加生动，富有活力。此处仿英文成语 under the table（意谓烂醉，或醉后不省人事），所以说，既有烂醉状态，又有跳入湖里的动感。

床，一天比一天地起得更早，直到他变得说不出来的健康、富有与聪明呢？全世界的诗人在赞美他们本国鸣禽的同时，全都赞美过这种异国他乡鸟儿的乐音。全世界哪个地方对勇敢的雄鸡来说都相宜。它甚至比本地产的禽鸟要略胜一筹。它历来体质很好，音色洪亮，精神永不衰萎。即使航行在大西洋和太平洋上的水手，也都会被它的啼唱声所唤醒；殊不知它那嘹亮的啼唱声，却从来没有使我从睡梦中醒来。我没有养狗、猫、牛、猪，也没有养母鸡，也许你会说我这儿缺失家禽的声音；其实，我这儿也没有搅拌奶油的声音，没有纺车的声音，甚至没有水壶煮沸时的声音，没有咖啡壶的咝咝声，更没有孩子们的哭闹声，等等，给予我一些慰藉。一个抱残守缺的人，也许就这么着发了疯，乃至于郁郁闷死。墙里头连耗子都没有，因为它们通通饿死了，或者宁可说，从来就没有被诱饵所吸引过——只有松鼠在屋顶上和地板底下走动，三声夜莺落在屋脊上，北美蓝色樫鸟在窗下尖叫，兔子和土拨鼠在屋子底下窜动，叫枭或者猫头鹰栖在屋子后头，野鹅或者爱笑的潜水鸟掠过湖面，余外还有狐狸会在夜间吠叫。甚至云雀或黄鹂，这些温和的鸟儿，从来都还没有造访过我的林中空地。院子里没有公鸡的啼唱，也没有母鸡的聒噪，你会说，那压根儿不像个院子！但是一无遮拦的大自然，直接延伸到了你的窗子跟前。一片新生的树林子在你的窗下，野黄栌树和黑莓藤蔓爬进了你的地窖子；挺拔的北美油松因无生长空间，触碰到屋子的木板而嘎吱嘎吱作响，它们的根须也延伸到宅基地下头。大风刮来的，不是天窗或者窗帘，而是你屋子后头松树的残枝断杈，或者连根拔起的松树，可供燃料之用。大雪中不是没有通向前院大门的小路——而是压根儿没有门——没有前院——没有通往文明世界的路！

离群索居

这是一个多美的傍晚，周身仅有一个感觉，每一个毛孔都浸透喜悦。我以怪得出奇的自由，在大自然里走来走去，已与大自然浑然一体。我脱去外衣，只穿衬衫，漫步在多石的湖边，天气虽有凉意，多云又有风，我也没有发觉有什么特别诱人的景物，可周围一切于我可以说异常相宜。牛蛙的聒噪迎来了黑夜，吹皱了湖水的微风传来了三声夜莺的啭鸣声。桤木和杨树枝叶摇曳多姿，我岂能无动于衷，几乎连气都喘不过来？然而，就像湖水一样，我心中宁静只有一些涟漪，而没有激起波涛。晚风吹起的一些微波，湖面依然波平似镜，离暴风雨还远着哩。虽然天色已黑，风还在树林子里呼呼作响，波浪还在拍岸，一些动物还在用自己的乐音，为另一些动物催眠。没有十全十美的宁静。野性十足的动物并没有安歇下来，这时正在捕捉猎物呢；狐狸、臭鼬、兔子，这时也在田野上、森林里游荡着，一无畏惧。它们是大自然的巡夜人——是连接生机盎然的白昼的链环。

我回到屋里，发现已有好几位访客来过，他们都留下了自己的名片，有的是一束鲜花，有的是一个常春藤编的花环，有的是用铅笔在一片黄色胡桃木叶子上或者小木片上留下的名字。他们难得入林一游，常把树林子里的小玩意儿，拿在手里一路把玩，离去时，有的故意，有的出于偶然，就留在了寒舍。有一位把柳树皮剥了下来，编成了一枚戒指，丢在我的桌子上。我外出时访客有没有来过，我总能知道，不是折断树枝或者青草弯斜了，就是地上有他们的鞋印，一般来说，根据他们留下的一些雪泥鸿爪，比方说，有的丢下一朵花，有的抓来一把青草却又给扔掉了，哪怕是远到半英里开外的铁路边上方才扔掉呢；或者有的人抽雪茄或者烟斗，人去了烟味儿还不散，根据烟斗的香味，反正我都能说出他们的性别、年龄或者性格。岂但如此，我往往能推断出，六十杆开外的公路上，有一个观光客打从那里经过。

我们周围的空间，一般来说很宽敞。我们的视域断断乎不会就在咫尺之间。茂密的树林子并不是就在我们家门口，湖泊也是如此，通常都是间隔着一块空地，由于我们经常使用，对它很熟悉，我们还好歹将它占有，用栅篱围了起来，仿佛向大自然要求收回来似的。如此浩瀚无比、好几个平方英里内人迹罕至，但是遭人类遗弃的大森林，我凭什么要据为己有呢？离我最近的邻居少说也有一英里之遥，而且，除非登临小小的山顶，在我住地方圆半英里以内，不管从哪个方向看，都看不见一所房子。我的视域全给树林子包围起来了；抬眼远望，只见一边是与湖接界的铁路，另一边是一道沿着林地公路的围栏。但从大体上说，我住的地方就像在大草原上一样孤独。这个地方离新英格兰，委实就像离亚洲或者非洲一样遥远。实际上，我倒是有我自己的太阳、月亮和星星，还有一个完全属于我自己的小小天地。入夜以后，从来不会有观光客打从我屋子跟前经过，或者叩响我的门，我端的就像混沌初开时最早的那个人或者最后的那个人；除非到了春光明媚的季节，经过漫长的严冬间隔之后，有些人会从村子里来这儿钓条鳕——说白了，在瓦尔登湖里，他们钓得更多的是他们自己的天性，不外乎用黄昏给鱼钩权当诱饵罢了——不料他们很快就开溜了，通常鱼篓子里几乎一无所获，却“把整个世界留给了黄昏与我”[1]，而夜晚的黑色核心还从来没有被任何人类邻居亵渎过。我相信，人们一般说来还是有点儿害怕黑夜的，尽管巫婆全给吊死，基督教和蜡烛也都给引进过来了。

不过，有时候，我会切身感受到，在大自然中不论任何场合，都能跟最甜蜜、最温柔、最天真和最鼓舞人的朋友结交，乃至于对愤世嫉俗的可怜人和最忧郁的人也不例外。但凡生活在大自然之中，心智还健全的人，就不可能会有极度的忧郁。对于健康而无邪的耳朵，暴风雨无非是风神埃俄罗斯[2]式的乐章罢了。任何事情确实无法迫使一个简单而勇敢的人产生一种低俗的悲哀。我在享受四季给予的友情时，我相信，不管什么事情都不能使生活成为我的累赘。蒙蒙细雨滋润了我的豆子地，让我今天待在家里，但我并不因此感到讨厌、发愁，反

1 源自英国诗人格雷（Thomas Gray，1716—1771）的名诗《墓园挽歌》。此处引用著名学者卞之琳先生的译文，详见王佐良主编《英国诗选》，上海译文出版社1988年版。

2 埃俄罗斯，古希腊神话里的风神。

而还觉得很好呢。下雨天，固然我不能下地锄豆子，可是，下了雨远比我锄地更有价值。如果说雨老是下个不停，使地里种子和低洼地的土豆都给烂掉了，那对高地上的草还是有好处的，既然如此，岂不是对我也有好处。有时候，我常拿自己跟别人作比较，看来天上诸神对我特别垂青，比我应得的还要多着呢；仿佛我有一张授权担保证书在他们手上，而别人却没有，因此，我得到了上天特殊的指引和保护。我可不是在恭维我自己，不过，很可能倒是他们在吹捧我。过去我从来没有感到孤独，或者换句话说，丝毫没有被孤独感压抑过，不过有一回，那是在我进入树林子几周之后，我有过一阵子怀疑，对于一种宁静而健康的生活来说，有个近邻相互交往是不是须臾不可离。其实，独处并不是令人愉快的事情。与此同时，我又意识到自己的情绪有一点儿失常，不过好像我也预知自己会恢复正常。我正在冥思苦想之际，纷纷细雨飘落下来了，我猛地意识到，与大自然默默地一来二往，没承望会如此甜美、如此友好，在每一滴淅沥的雨声中，在我屋子周围每一个声音和每一个景点中，都有一种无穷无尽和难以表述的友情，有如一种支援我的气氛，使我原先与人毗邻而居的念想已然一无可取，打那以后，我也断断乎不会再有那种想法了。每一根细小的松针都富有同情心，仿佛渐渐长大，成了我的朋友。我清晰地意识到，即使在我们通常称之为野蛮、沉闷的地方，都有某种与我有缘的感觉，而且，与我最亲近的血缘、最富有人情味的，并不是一个人或一个村民，因此，从今以后，不管身在何方，我断断乎再也不感到陌生了——

> 悲恸使哀伤的人过早衰竭；
> 生者在尘世间，来日无多，
> 托斯卡的美丽女儿啊！[1]

我曾经有过一些最美好的时光，是在春秋两季持续暴风雨时，上午或午后，我困坐在屋子里，听着暴风不停地咆哮和大雨瓢泼之声，却给了我些微慰藉；暮色过早四合，迎来了一个漫漫长夜，其间就有千丝万缕思绪仿佛及时生根，徐缓舒展开来。来自东北角的滂沱大雨，使村子里每一幢房子都经受了考验，女仆们手提拖把和水桶，站在门口拦截大水进屋，这时我坐在小屋门背后，那是唯一的一道门，至此我方才深深地体会到它有力地保护了我。在一场大雷雨中，闪电击中了湖对岸的一棵高大的北美油松，自上而下劈出一道螺旋形状的凹槽，很显眼而又匀称，有一英寸多深，四五英寸宽，就和你在手杖上凿开的凹槽一模一样。前天，我打从它那儿经过，一抬眼就看到了那个标记，我不禁大吃一惊，那是八年前一个吓人的、不可抗拒的霹雳留下来的痕迹，现在看上去比从前还要清晰。人们常跟我念叨说："我想，你在那里准会感到很孤独，总想和人们更接近一些吧，特别是在下雨、下雪的日日夜夜里。"我

1 引自詹姆斯·麦克弗逊的《奥西安》(1762)。

按捺不住很想就这么着回答——我们居住的整个地球，充其量只不过是宇宙中小小不言的一个点儿。那边天空中的那颗星星，连我们的天文仪器还压根儿估量不出它有多大，你想想，它上面的两个相距最远的居民又能有多远的距离呢？那我怎么会觉得孤独呢？我们这个地球难道不也是在银河系吗？你提的这个问题，我觉得，并不是最重要的问题呀。什么样的一种空间，才是把人与人们隔开，让他感到孤独呢？我发觉，两条腿不管怎么使劲儿走，也不能让两颗心挨得更近些。我们的住地最想靠近的是什么地方？当然不是人多的地方，什么车站啦，邮局啦，酒吧啦，礼拜堂啦，学校啦，杂货店啦，烽火山啦，五点区啦[1]，因为这些地方人群杂沓；而是更乐意接近我们生命不竭之源泉——大自然，我们从自己全部经历中发现，我们的生命源自大自然，就像长在水边的柳树，它的根须也向水边延伸一样，人的天性不同，因此情况也殊异，不过，聪明的人就是在这样的地方挖他的地窖子……有一天晚上，在去瓦尔登湖的路上，我赶上一位镇上乡友，他已积攒了所谓的“一笔很可观的资产”——虽然我对此从来还没有正面地了解过——他赶着两头牛到市场去，问我恁地会心血来潮，把生活中那么多的安逸全给放弃了。我回答说，我非常确信，我真的很喜欢这样的生活；我说这话可不是闹着玩儿的。就这么着，我回家，上

1 烽火山在波士顿，五点区在纽约，都是人口密集的居住区，前者为富人区，后者为穷人区，但人口拥挤是共同特点。

床安歇了，撇下他在黑暗泥泞中朝着布莱顿走去——或者换句话说，朝着光明城[1]走去——说不定他在清晨某个时刻就会赶到那儿了。

对一个死者来说，任何觉醒或者复活的前景，不管在什么时间、什么地点，都是无足轻重。也许会发生这种情况的地点总是相同的，对我们的感官来说有着难以形容的欢欣。我们大多数人都拿一些无关的、倏忽的枝节当作大事去做。实际上，它们才是使我们分心的原因。离万物最近的是创造一切的力量[2]。其次挨近我们的是最庄重的法则,在不断起作用。再次挨近我们的是把我们创造出来的那个工匠[3],而不是我们雇用的工匠，虽然我们特别喜欢跟他唠嗑来着。

“鬼神之为德，其盛矣乎！”

“视之而弗见，听之而弗闻，体物而不可遗。”

“使天下之人，斋明盛服，以承祭祀，洋洋乎如在其上，如在其左右。”[4]

我们都是一种试验的对象，我对这种试验还颇感兴趣呢。在这种情况下，难道说我们干脆不要这个流言蜚语的社会——用自己的思想来鼓舞我们自己就不行吗？孔子说：“德不孤，

---

1 此处又是一语双关，因为布莱顿（Brighton）和光明城（Bright-town）在拼写与发音上相近。

2 此处指神、神灵。

3 此处意指上帝。

4 详见《中庸》第 16 章。

必有邻。”诚哉斯言。

有了思考，我们就会心智健全，欣喜若狂。通过心灵有意识的努力，我们就可以超然独立于各种行动及其后果之外；世间万物，不管好坏，都像激流似的打从我们身边逝去。我们还不是浑然一体地融合于大自然之中。也许我是急流中的一块散流板，或者就是从高空俯瞰它的因陀罗[1]。看一场戏很可能感动我；另一方面，一件看似与我更加休戚相关的真事，却未必感动我。我只知道我自己是作为一个有实体的人而存在的；也可以说，就是反映我的思想和情感的舞台；我很清楚自己有一种双重性，因此，我可以远远地看待自己，就和看待别人一模一样。不管我的经验该有多么生动有力，我都意识到自我的一部分的存在及其批评，从某种程度上说，却又不是自我的一部分，而是一个旁观者，并不分享我的经验，而至多只是注意到我的经验；这就像他再也不是你，也不可能是我。等到人生的戏——也许是一出悲剧——一演完，观众也就散场了。就观众来说，它是一种虚构，仅仅是一件充满想象力的作品。有时候，这种双重性极其容易使别人很难跟我们做邻居、交朋友。

我发现，一天之中大部分时间独处，乃是有益于身心健康的。有人做伴儿，就算是最好的伴儿，没多久也会感到厌倦、无聊。我爱独处。比孤独更好的伴儿，我从来还没有发现过。我们置身在国外稠人广众场合，大抵比待在自己家里更加

1　因陀罗，古代印度神话中大地之神和风暴之神，司雷雨。

孤独。一个人在思考或者工作的时候，总是独个儿的，让他乐意在哪儿就在哪儿。孤独不能用一个人跟他的同伴们隔开多少英里来衡量。剑桥学院拥挤的小屋里，真正勤奋学习的学生，就像沙漠里的游方者[1]一样孤独。农夫可以整天价在田地里或者树林子里独个儿干活，要么锄草松土，要么砍伐树木，丝毫不感到孤独，因为他有干不完的活儿；但是他晚上一回到家里，却不会独个儿待在屋子里，任凭自己胡思乱想，而是非得上“看得到老乡”的地方去乐一乐，而且，照他的想法，那是对他一整天孤独的补偿；因此，他暗自纳闷，学生恁地就能夜以继日地独个儿待在屋子里，一点儿都不觉得烦闷和“忧郁”；可农夫并没有懂得，尽管学生待在自己屋子里，却是在他自己的田地里干活儿，在他自己的树林子里砍树呢，正如农夫在他自己的田地里和树林子里一样；随后，学生也要寻求同样的娱乐消遣，寻求同样的社交活动，尽管这些活动形式也许会更浓缩些。

社交活动通常没有多大价值。我们相聚的时间十分短暂，还来不及从对方那儿获得任何新的有价值的东西。我们每日三

1　游方者，波斯语译音达尔维什（Dervis），旧译托钵僧、苦行僧似欠妥。它与古代波斯苏菲（Sufi）思想密切相关。苏菲派提倡禁欲苦修，克己忍让，力戒骄傲，达到与主合一。波斯大诗人安萨里（1005—1088）在《心声》曾作具体描述：“达尔维什外表庄重平静，内心不急躁浮动；不慕荣名，受辱不惊；无所谓和解，因与人无争；达尔维什饮水在井，大饼在于冥冥（此处意指要走路乞讨）；达尔维什心无思虑，袋无黄金。这种心境只凭一袭破袍，只凭花言巧语无法获得；要获得这种幸福，需有一颗明智的心作艰苦探寻。”苏菲派有时又译成神秘派。

餐会面时，彼此之间只不过重新尝尝我们固有的那种陈旧、发霉的奶酪味道。我们不得不同意这么一套规则，亦即所谓的礼仪和礼貌，务使这种经常的会晤彼此都能包涵些，以免公开发生冲突。每天晚上，我们相聚在邮局、在交谊会、在篝火周围；我们住得太挤，相互干扰，彼此之间说话吞吞吐吐，我想，就这么着，我们相互之间失去了一些敬意。当然，所有重要而开心的聚会，倒也不见得非要天天举行不可。想想工厂里那些女工——她们断断乎不会独处，就是做梦，她们也不孤独呢[1]。如果说一平方英里以内只有一个居民,正如我住的地方一样，那也许就会好得多呢。反正人的价值并不在于他的皮肤，我们可犯不着相互接触。

我听说过，有一个人在树林子里迷了路，他又饿又累，倒在一棵树底下快要咽气了，由于极度虚弱，他那病态的想象力，让他看到周围全是奇形怪状的幻象，还都信以为真，这么一来，他的孤独也就随之消失了。同样，只要身心健康、孔武有力，我们可以从类似的、更正常的、更自然的社交活动中不断地感到欣慰，从而知道我们断断乎不是孤独的。

我屋子里就有好多好多伴儿，特别是在早晨，还没有人来探访的时候。让我先作几个比较，也许有的可以描述出我的一些境况。我并不觉得比湖中大声喧笑的潜水鸟更孤独，而且，我也不觉得比瓦尔登湖本身更孤独。我倒想问问，那孤独的湖

1 当年麻省不少纺织厂雇用一些女孩子，让她们住在工厂集体宿舍，拥挤不堪。

又有谁做伴？可是，在它水天一色的湖上，并不是蓝色的魔鬼，而是蓝色的天使。太阳是孤独的，除非天上乌云密布时，有时候看上去好像有两个太阳，不过有一个是幻日[1]。上帝是孤独的——但是魔鬼呢，他倒是一点儿也不孤独；他就有好多哥们儿；他还有大队人马来着。我不见得比牧场上一朵毛蕊花或者蒲公英更孤独；或者换句话说，我也不见得比一片豆叶子、一棵酢浆草、一只马蝇，或者一只大黄蜂更孤独。我也不见得比磨坊溪、风信子、北极星、南风、4月间的阵雨、1月里的融雪，或者新居第一只蜘蛛更孤独。

在漫长的冬日夜晚，满天飞雪，大风在林中呼啸时，早年开拓者、原先的业主，偶尔会过来看看我，据说当年他开挖过瓦尔登湖，并用石头围起来，环湖还栽上了松树；他给我讲过往昔逸闻，以及新近的故事；就这么着，我们俩好歹度过一个欢乐的夜晚，倾心交谈，挺开心，而且还愉快地交换了一些看法，即使并没有苹果和苹果酒助兴——这个绝顶聪明而又幽默的朋友啊，我可非常喜爱他，他知道的秘密，甚至比戈菲或华莱[2]还要多着哩。纵然人们都说他已死了，可谁都说不出他给掩埋在哪儿。余外还有一位老太太，住在我处附近，人们八成儿都见不到她，有时候，我倒是喜欢上她那座芳香四溢的百草园去散步，采撷一些药草，听听她讲述的寓言故事，因为她具

1　幻日，与太阳同高度的某明亮之点，通常呈现彩色。

2　戈菲（William Goffe）与华莱（Edward Whalley）均为审判并对查理一世行刑的法官。在英国大革命中，他们是克伦威尔的得力将领，后逃往美国新英格兰。

有举世罕见的禀赋，她的记忆可以追溯到远比神话更悠久的时代，她老人家善于引经据典，说得出每个寓言的来历，以及它是根据哪一个事实而来的，反正这些事儿一件件、一桩桩都在她小时候发生过的。这位脸色红润、精力充沛的老太太，不管什么天气、什么季节，她总是兴高采烈，说不定她会比她的子女们活得还要福寿绵长哩。

太阳、风雨、夏天、冬天——大自然的纯真和恩惠是难以描述的——它们永远提供这么多健康、欢乐，还有这么多同情，它们始终给予我们人类，而且如果说有人为了正当理由而感到悲伤，那么，整个大自然都会为之动怜：太阳就会黯然无光，风会像人们一样呜咽叹息，云端会凄然落泪，树木会在仲夏季节枯萎落叶，披上了丧服。难道说我不该和天上人间具有心灵感应吗？难道说我自己在一定程度上原本不也是略有几许叶子和菜蔬吗？

是什么药丸使我们保持健康、宁静和满足的呢？不是我的或者你的曾祖父的药丸，而是我们的曾祖母大自然的万能草药，她仰仗这些草药而青春永驻，她的寿命比同时代那么多“老派尔”[1]都绵长，她靠消灭脂肪维持健康。我们有时看到浅长的黑色大篷车上拉来好多药瓶子，里头装的是江湖郎中蘸着冥河水和死海的水泡制而成的药水；而我的灵丹妙药，当然，

1 全名托马斯·派尔（Thomas Parr），据说是英国的老寿星，活了三个世纪（1483—1653），以“老派尔”著称于世，诗人约翰·泰勒曾写诗赞美过他。

不是这样的，说白了，就是让我深深地吸上一口纯净的清晨的空气。清晨的空气啊！如果说人们在一天的源头喝不到这种泉水，得了，那我们就得把它们灌装在瓶子里，拿到店铺里去，卖给这个世界上那些早上来不及订购的人们。但是请记住，就算在最冷的地窖子里，它也只能保存到正午，你还得早早地把瓶塞打开，然后随着曙光女神奥罗拉的脚步西行。我并不崇拜健康女神许革亚[1]，这位老草药医神埃斯科拉庇俄斯的女儿，在纪念碑上，她总是一只手抓住一条蛇，另一只手拿着一只杯子，那条蛇有时候还会喝杯子里的水。我宁愿崇拜朱庇特的司酒赫柏[2]，她是朱诺[3]和野莴苣的女儿，她能使天上诸神和人类返老还童。也许她是地球上唯一健壮、健康、健全的少女，不论她走到哪里，那里就是明媚的春天。

1 许革亚（Hygeia），古希腊神话中的健康女神。

2 赫柏（Hebe），古罗马神话中的青春和春天女神。

3 朱诺（Juno），古罗马神话中的天后，主神朱庇特之妻。相传她吃了过量野莴苣，就生下了赫柏。

来　客

我想，我跟大多数人一样很喜欢交际，而且随时做好准备，像水蛭似的吸引住任何一位血气方刚的上门人客。我自然不是隐士，我要是有事去酒吧，那我很可能比那些泡酒吧的常客待的时间还要长着哩。

我的屋子里备有三把椅子：一把独处时用，两把给友人来访时坐，三把交往活动时用。要是来客很多，始料所不及，也还是用三把椅子招待他们，不过，通常他们都在屋子里站着，节省空间。巴掌大的一个小房间，居然能容纳那么多男男女女，端的令人吃惊。有一回，在我的屋顶下，来了二十五个或者三十个灵魂，外加他们的躯体，可我们在分手时，常常还不觉得相互之间挨得那么近。我们有许许多多房子，不管公产的还是私产的，照例都有多得简直数不清的房间，宽敞的厅堂和储藏名酒与和平时期军需品的地窖子，依我看，住在里头的人好像只不过是寄生在屋子里的一些蛀虫。我吃惊地看到，在特雷蒙、阿斯托，或者米德尔塞克斯酒店[1]门前，侍应生通报来客时，活像一只滑稽可笑的耗子，打从宾客们经过的游廊那儿爬出来，眨眼间又钻进了过道上的另一个窟窿

1　它们分别是在波士顿、纽约、康科德的有名酒店。

里去。

我的屋子这么小，有时也有一些不便之处，那就是说，我们高谈阔论重大思想时，客人和我相互之间很难保持适当距离。你的思想需要足够的空间，方可准备扬帆启程，按照一两条航线驶行，最后到达目的港。你那思想的子弹万万不可打偏、跳飞，这样方能稳准地直达听者的耳朵里，要不然它就会从听者的脑袋一侧擦过。再说，我们的句子也需要空间，便于渐次展开，排列成行。个人，就像国家一样，必须有合适的、宽阔的天然边界，乃至于有一个相当大的中立地带。我发现，跟友人隔湖交谈，端的是一种奢华的享受。在我的屋子里，我们相互之间挨得太近，说话反而听不清楚——可我们又不能让话音压得太低，要不然别人就听不到；这就像你把两颗石子扔进了平静的水面，因为石子挨得太近，彼此的涟漪都给搅乱了。如果我们仅仅是惯于大声聒絮的人，那么，我们不妨站得更近些，紧紧地挨在一起，感受到彼此的呼吸，倒也没有什么；可是，如果我们讲话很含蓄，富于思想性，那么，我们最好还是相互间隔得更远一点儿，以便我们的活力和朝气有机会散发出去。我们中间每一个人都有一些不可言传、只能意会的话语，要是喜欢与之进行最亲密的交流的话，那么，我们不仅要默不作声，而且身体往往还要间隔得远些，使我们怎么也听不到对方的声音才好。按照这个标准，大声说话只是为了方便那些耳朵背的人；不过有好多美好的事情，如果大声嚷嚷，那我们就怎么也表述不出来。只要谈话的声调开始越发崇高、庄严，我们就会把椅子渐渐往后挪，挪得远远的，挪到对面屋角落里的墙根前，到了那会儿，常常觉得房间不够大了。

不过话又说回来，我“最好”的房间，我的客厅，就是屋子后面那片松树林，随时准备接待来客，而且太阳几乎很难得照到地毯上。入夏以来，贵宾来访时，我就带他们上那儿去。有一位不可多得的管家早已打扫过地板，还给家具掸去了尘土，样样东西都拾掇得井然有序。

如果来客只有一位，有时他就跟我共进便餐，我们一边交谈，一边搅动玉米粥，或者瞧着一块面包在火上渐渐膨胀、渐渐烤熟，反正两人话语声不绝于耳。万一客人来了二十个的话，就在我的屋子里歇息，用餐一事只好免谈了，也许我有足够两个人吃的面包，无奈这会儿吃饭仿佛成了一种禁忌的习惯，我们自然而然地实行禁食了。这断断乎不会使人觉得怠慢客人，倒是反而不失为处理最妥当、考虑最周到的一种办法。物质生活受到耗损，通常急需加以补救，但在当时却出奇地滞后了，好在生命的活力还能挺得过去。就这么着，不管来二十个人，还是一千个人，我照样都能接待；如果说有人一面看到我正好在家里，一面离开我屋子时却饿了肚子，不免感到十分扫兴，那么，有一点他们可以肯定，至少我也是爱莫能助啊。建立新的更好的风俗习惯，取代旧的风俗习惯，原本一点儿不难，尽管许多管家对此表示怀疑。你的声誉好不好，并不取决于你是否请客吃饭。就我来说，我不时拜访人家，我从来都没有被什么赛柏勒斯[1]吓住过，倒是设宴款待我的人反而使我退避三舍；我想，这是一种非常客气兜着圈子的暗示，要我往后再也别去麻烦他。我想，赶明儿我断断乎再也不去这些地方了。我引为自豪的是，有一位客人在一张权充名片的黄澄澄胡桃木叶子上，留下了斯宾塞[2]的几行诗，我就不妨拿它来做我的陋室铭——

到了那里，他们挤满了小屋子，
不寻求那里原来没有的娱乐；
休息赛过宴会，一切悉听尊便。
崇高的心灵真乃最大的满足。

后来担任普利茅斯殖民地总督的温斯洛[3]，偕同一个伙伴，安步当车穿过森林，对马萨索伊特[4]作礼节性的访问。他们到达马萨索伊特的棚屋时又累又饿，受到马萨索伊特酋长的热情款待，可是那一天却只字未提进餐一事。黑夜来临，不妨援引

1 赛柏勒斯，古希腊神话中，保卫冥府入口的有三个头的猛犬。

2 斯宾塞（Edmund Spenser，1552—1599），英国著名诗人，以长诗《仙后》著称于世，他的诗歌艺术的卓越成就对后世英国诗人产生了深远影响。

3 温斯洛（Edward Winslow，1595—1655），北美普利茅斯殖民地的开拓者，后来连任三届该殖民地总督，1620 年乘“五月花号”船移居新英格兰，为英国清教徒移民领袖之一。

4 马萨索伊特（Massasoit，1580—1661），北美万珀诺亚格印第安人首领，各部落的大酋长，1620 年白人乘“五月花号”船抵达普利茅斯后，他与移民订立和平协议，彼此友好相处，直至他逝世。

他们自己的话来说：“他让我们睡在他自己与妻子的床上，他们睡在一头，我们睡在另一头，这床仅仅用木板搭成，离地一英尺高，上面铺了薄薄的一条席子。他手下的两个部属，因为没有地方睡，也挤在我们身边；本来我们一路上已经够劳累，没承望下榻在这儿，竟然让我们更加劳累不堪。”转天一点钟，马萨索伊特“带来两条给他逮住的鱼”，个儿有鳊鱼的三倍那么大；“两条鱼就放在水里煮，至少有四十个人在等着分而食之。好歹大多数人都吃到了。两夜一天，我们只吃上这么一顿饭；要不是我们俩中间的一个人买到了一只鹑鸡，我们一路上风尘仆仆，简直都在禁食”。他们一来没得食物可吃，二来因为“野人们的野蛮歌声（他们经常就这样唱着歌儿不知不觉地睡着了）”也睡不好觉，生怕自己说不定也会晕倒了，所以，他们趁自己还有点力气走路时就动身，好赶回家去。说到住宿，确实亏待了他们，虽然他们所碰到的诸多不便，无疑已属款待贵宾的礼遇；不过，就吃食一事来说，依我看，印第安人所做的真是极妙的一招。他们自个儿也是一点儿吃的都没有；他们倒是很聪明，知道向客人一再道歉也代替不了食物；所以，他们就干脆勒紧裤带，只字不提了。后来，温斯洛又去拜访了他们，真巧，赶上他们丰收季节，因此再也不存在食物匮乏了。

至于人，差不离到哪儿都有的。我在林中居住期间，接待过的客人比我一生中任何时候都要多；我的意思是说，我虽然独居深林，但依然不乏知音。我在林中接待过好几个朋友，林中的环境比任何地方都要好得多。不过，很少有人是为了一丁点儿的小事来找我的。在这方面，由于我住得离镇很远，仅仅这一段距离就把我的朋友给筛选了出来。如今，我已退隐到孤独的汪洋大海深处，虽然还有好多社会河流汇合入海，但就我的需求来说，只有最优良的沉积物麇集在我周围。此外，还有地球另一面尚待探索、尚待开化的各种证物，也随之漂流到了我跟前。

今儿个早上，要不是一位真正的荷马式的或者帕菲拉格尼亚[1]式的人物，还会有谁光临我的小屋呢——他的名字，端的是名如其人，富有诗情画意，惜乎我不能如实写在这里——一个加拿大人，专门伐木，制造标杆，一天能给五十根标杆凿出洞眼儿来；他的狗逮住了一只土拨鼠，于是，他就拿它来做他的最后的晚餐。他也听说过荷马其人其诗，而且，“要不是因为有了那几本书”，他可真“不知道怎么个把下雨天打发过去”，尽管好多个雨季过去了，也许他压根儿还没有读完过一本书。他那遥远的老家堂区内，有一个牧师懂得希腊文，曾经教过他读《圣经》里头的诗篇；现在我就得给他翻译了，他手里拿着那本书，阿喀琉斯在责备愁容满面的帕特洛克勒斯[2]：“帕特洛克勒斯，你干吗哭得泪汪汪，像一个小姑娘似的？”

1　古希腊的一个边区村落，濒临黑海，小亚细亚北部。

2　古希腊神话中人物，在特洛伊战争中被赫克托耳所杀害，后阿喀琉斯为他复仇。底下引用的是荷马《伊利亚特》中的一段诗。

要不你从毕蒂亚那儿听到什么消息？
据说阿克托之子麦诺提俄斯还活着，
爱考斯之子帕琉斯也在密耳弥冬人那里，
他们不论谁死了，我们都会心痛如绞。

他说："写得真棒。"在他腋下夹了一大捆白色橡树皮，是他这个星期天早上替一个病人捡的。"我想，今儿个做这种事，总不会有什么坏处吧。"他说。他觉得，荷马是一位大作家，尽管荷马的诗里写了些什么，他并不知道。比他更简单、更本色的人，恐怕很难觅到了。罪恶与疾病，已给世人思想上投下了如此阴暗的色彩，但在他看来，仿佛压根儿不存在似的。他大约有二十八岁，十二年前，他离开加拿大和他父亲的家，到美国来打工，想挣点钱买个农场，也许是在他老家买吧。他是从最粗糙的模子里铸造出来的；身材壮实而不太好动，但举止还算文雅，粗脖子晒得黑黝黝的，头发也乌黑而又乱蓬蓬，蓝眼睛有些昏昏欲睡、没精打采，不过偶尔却会发出富有表情的闪光来。他头上戴着一顶扁平的灰色布帽子，身上披着一件肮脏的本色羊毛大衣，脚蹬一双长筒牛皮靴。他是吃肉大王，经常用一只铁皮桶，带上他的午饭，走过我的屋子，到两英里开外去干活儿——因为他整个夏天都在砍伐树木——他带的都是冷肉，常常是冷土拨鼠肉；他的腰带上用绳子挂着一只粗制陶罐头，里头装上咖啡，有时他还会让我喝一口。他很早就过来了，穿过我的豆子地，不紧不慢，笃悠悠去干活儿，逼肖北方佬。他干活儿不想伤了自己元气，即使挣到的钱只够吃住，他也满不在乎。他经常把饭菜撂在灌木丛里，万一他的狗在半路上逮住一只土拨鼠，他就往回走一英里半路，把土拨鼠煮熟，放在他借宿的房子的地窖子里；不过在这以前，他曾经琢磨过半个钟头，想一想能不能把土拨鼠浸在湖里，万无一失地浸到天色黑下来——反正对于这一类问题，他就是喜欢长时间来回琢磨。一大早，他路过的时候总会说："这儿有的是鸽子啊！赶明儿我不用每天去打工啦，那我光打猎，管保想吃肉就有肉吃啦！——什么鸽子啦，土拨鼠啦，兔子啦，鹑鸡啦——我的天哪！一星期的肉食，我管保一天以内搞定。"

他是一个熟练的伐木工，整天价痴迷于砍伐树木这门子工艺。他贴着地面将树木齐根砍倒，这么一来，日后新长出来的树苗会更加茁壮，雪橇也可以从树茬上头滑过去；他不是把树根先砍去一大半，再用绳子将整棵大树拉倒，而是把大树砍到只剩下细细的一根，或者薄薄的一片，最后只消用手一推，大树就倒下了。

他之所以使我感兴趣，是因为他是那么安静，那么孤寂，而内心又是那么快乐，两眼流露着喜悦和满足的神情。他的欢声笑语中没有掺杂别的成分。有时候，我看到他在树林子里砍伐树木，他会笑吟吟地跟我打招呼，那种心满意足的劲儿简直没法形容。尽管他英语讲得也很好，但他跟我打招呼时用的却是带着加拿大腔调的法语。我走到他身边时，他会撂下手头的活儿，好不容易抑制住内心的喜悦，躺在被他砍倒的松树边。

他把松树里层的树皮剥下来，卷成小球儿，把它放在嘴里，一边咀嚼，一边说说笑笑。他浑身真有使不完的劲儿，有时碰到想着想着不知怎的会引他发笑的事，他就会哈哈大笑，倒在地上连着打滚儿。眼看着他周围的树木，他会大声嚷道："我的天哪！在这儿砍砍树，我已开心死啦；天底下最棒的乐子我也不稀罕。"有时候，他闲下来了，就会带着小手枪，整天价在树林子里，一边溜溜达达，一边以固定的间隔时间鸣枪向自己致敬，净给自己寻开心吧。入冬以后，他生了火，中午时分就在火上用小壶热他的咖啡，他坐在一根原木上头吃午餐时，无冠山雀有时会飞过来，落在他的胳臂上，啄着他手里的土豆；他说他"很喜欢身边有些小东西"。

在他身上最发达的乃是阳刚之气。论体力和满足，他可以跟松树和岩石称兄道弟。有一回，我问他溜溜儿干了一天活儿，到了夜里有时觉不觉得很累；他露出正经八百的神情，回答说："天知道，我活了大半辈子，从来就没觉得累过。"反正在他身上，智力亦即所谓的"灵性"还是在沉睡中，就和婴儿时一模一样。他接受过只是采用天真的、无效的方式进行的教育，天主教神甫就是采用这种方式来开导土著的；而采用这种方式，小学生永远达不到有自我意识的境界，仅仅达到了信任和崇敬的程度，这个孩子并没有经过培养而长大成人，他依然还是个小伢儿罢了。大自然创造他时赋予他健壮的体魄，使他乐天知命，并在方方面面尊敬他，信任他，做他的后盾，这样他就可以和孩子一模一样，一直活到七十岁。他生性是如此这般率真，不谙世故，因此，就用不着正儿八经地来介绍他，犹如你大可不必向邻居介绍土拨鼠一样。他得慢慢地认识自己，就像你得慢慢地认识自己一样。他可不会装腔作势。他干了活儿，人家给他钱，这就帮助他不愁温饱；但他从来不跟人们交换看法。他是那么单纯，而且天生卑微——如果说胸无大志的人可以叫作卑微的话——这种卑微在他身上既不是明显的品质，也不是他自个儿能意想得到的。聪明一点的人，在他心目中，几乎成了天上诸神。如果你告诉他，如此这般的一个大人物正要驾到，那他会觉得如此至关重要的事肯定跟他不搭界，犯不着自己去瞎操心，还不如干脆把他忘掉就得了。他从来没有听到过人家赞扬他。他特别尊重作家和传教士。他们的言传身教，使他惊叹不已。我告诉他，说我写过不少作品，他想了好半天，以为我是在说写字，因为他自个儿也能写一手好字。有时候，我看见他把老家堂区的名字写在公路旁雪地上，字体挺漂亮，还标上正确的法语重音符号，由此我方才知道他曾经打从这里走过。我问他是不是想过把自己心里的感想写下来。他说他倒是给不识字的人念过和写过一些来往信件，但从来没有试过写写自己的感想——不，他写不了，他可不知道一开头应该先写点什么，这真的要他的命，写的时候还得留意切莫把单词给拼错了！

我听说，一个知名的聪明人兼改革家问过他，他乐意不乐意这个世界发生变革；不料，他却惊讶地哈哈大笑，因为这个问题他过去从来都没有考虑过，“不，这个世界我可喜欢来着”。哪个哲学家跟他闲扯一下，准会受到许多启发。在陌生人看来，他仿佛对人情世态一窍不通；然而，有时候，我在他身上却看到了一个我前所未见的人，我真不知道，他是像莎士比亚那样聪明，还是像小伢儿一样单纯天真；我也不知道他是富有诗人的才气呢，还是愚笨透顶。一个镇上的乡友告诉我，说他亲眼看见他头戴一顶紧绷绷的小帽儿，笃悠悠地穿过了村子，还独自吹着口哨，让人不由得想起了活脱脱一个假扮的王子。

他拢共只有一本历史书和一本算术书，他特别擅长算术。前一本书在他看来乃是一部大百科全书，他认为那里头包含了人类知识的精华，在很大程度上也确实如此。我喜欢问问他对当前种种改革问题有何看法，对此他从来都能作出最简单、最实际的回答。反正这样的问题，他过去还从来没有听说过。没有工厂，你觉得行不行？我问他。过去他一直穿的就是家庭手工织的佛蒙特灰布，他说，还不是挺好嘛。那么没有茶和咖啡呢，你觉得行吗？除了水，这儿还供应什么饮料来着？他说，他常常把铁杉叶子泡在水里，他觉得热天喝上它，可比水还要好哩。我问他没有钱，行不行呢，他举例说明，钱给人带来的便利，他的表述富于哲学意味，竟然跟货币起源和“Pecunia”[1]词源不谋而合。如果说他的家产是一头牛，现在他想到商店里去买些针线，可是每次买这么一点儿针线，都要拿牛的一部分去做抵押，他就觉得既不方便，又很难办到。他可以替许多制

1　拉丁文 Pecunia 意谓“金钱”。词根 Pecus，原意是“牛”，作者由此引出以下例子。

度作辩护，这可比哲学家还高明，因为他的说法都跟他本人直接有关，他指出了它们如何盛行的真正理由，他并没有胡思乱想出什么别的理由。有一回，听了柏拉图关于人的定义——没有羽毛的两足动物——还听说，有人拿来一只公鸡，把毛全给拔掉了，管它叫作“柏拉图的人”，他当即说明，公鸡的膝盖的弯曲方向跟人类不一样，这可是人与公鸡的一个重大区别。有时，他会大声嚷道：“我可多喜欢侃大山啊！天哪，我可以侃上溜溜儿一天呢！”有一回，我已有好几个月没见过他了，问他对今年夏天有没有新的想法。“老天哪，”他说，“一个像我这样爱干活的人，要是他有过一些想法，而且又能念念不忘的话，那他就一定会干得不赖的。也许跟你一起锄地的人想要和你比试一下呢；天哪，那你就得一门心思扑在锄地上，心里想的只是杂草来着。”在这种场合，有时候他会抢先问我有没有什么改进来着。入冬后有一天，我问他是不是常常感到自我满足，希望在他的内心能有一种东西，来取代外部的牧师，达到更高的生活目的。“满足啦！”他说，“有人满足于这件事，有人满足于另一件事。有人已经要啥就有啥，也许会满足于背烤着火，肚子顶着餐桌，打坐一整天，我的天哪！”可是，哪怕我使尽花招，我怎么也没找到他看待事物时所持有的教会观点；仿佛在他心目中的最高境界，就是简单方便，有如你指望化外之民会觉察到的那样；这一点，实际上，大多数人都是如此这般。如果我建议他不妨改进一下生活方式，那他只是回答说，太晚了，来不及啦，好一副毫无遗憾的表情。但是话又说回来，他可彻底信奉忠诚，以及诸如此类的美德。

从他身上可以觉察到，有某种确实存在的独创性，不管它多么微乎其微，而且，我偶尔还发现过他在独自思考，表达自己的意见，真是难得见到，但我甚至乐意在哪天跑上十英里路去观察这种现象，这无异于重温一下许多社会制度的起源。虽然他有时迟疑不决，也许还不能有棱有角地表达他自己，但是，他在话语之间常常隐含一种不俗的见解。不过话又说回来，他的思想非常原始，而又沉浸于他那粗犷不羁的生活之中，虽然要比仅仅有学问的人的思想更有出息，但还是没有成熟到值得报道的程度。他说过，在生活的最底层，尽管他们出身低微，而又目不识丁，说不定也不乏天才人物，他们总是有自己的见解，从不装作自己什么都知道的样子；人们都说瓦尔登湖深不见底，好歹他们就像瓦尔登湖一样，尽管也许显得有些浑浊不清。

许多观光客偏离游览路线，特意过来看看我和我的室内摆设，而且还为登门造访找个借口，说是要讨一杯水喝。我告诉他们，我喝的是湖里的水，用手指着湖，还借一把舀水勺给他们。我虽然离群索居，但每年仍免不了有人来看我，我想，大抵是在每年 4 月 1 日左右，人人都想出门踏青吧；我好歹交了好运，尽管我的来客里头有一些稀奇古怪的人物。来自济贫院或者别处的弱智族，也跑来看我；不过，我总是竭力使他们的全部智力都施展出来，向我说说心里话；在这种场合，智力往往成了我们谈话的主题；我也从中获益匪浅。说实话，我发现，他们里头有些人倒是怪聪明的，一点儿不比所谓教会执事济贫助理或者市镇管理委员会成员逊色；我觉得，现在该是他们相互易位的时候了。说到智力，我认为弱智与大智并没有多大区别。有一天，一个头脑简单但人很随和的贫民特地过来看看我，过去我倒是常常见到他和别的一拨人仿佛当作栅篱似的，要么站在，要么坐在地头的栲栳[1]上，照看着牛和他自个儿不至于走失，这一回，他却表示自己要像我一样生活。他流露出非常单纯、真实，以及远远超出了，或者还不如说低于一般的所谓的“自卑”的神情，告诉我说他自己“缺乏才智”，“缺乏才智”就是他说的原话。上帝把他打造成了这副德行，可是他认为，上帝关心他，就和关心别人一模一样。“我一向就是如此，”他说，“打从我小时候起，我就是这个样子；我脑瓜儿从小就不管用，我跟别的孩子不一样；我的脑子可不灵啦。这是上帝的旨意，我想。”而他就在我跟前，证实了他说的话没错。我觉得，他是一个很玄乎的谜。我难得碰上一个这样大有希望的人——他说的话儿都是那么单纯，那么诚恳，那么真实。说真的，他越是显得谦卑，反而越是高贵。起初我并不知道，这是一种聪明策略取得的结果。这么看来，在这个弱智贫民所建立的真实而又坦率的基础上，我们的交谈倒是可以达到比跟智者交谈还要好的效果。

1 原文为蒲式耳（bushel），谷物容器，与我国旧时农村栲栳（亦即笆斗）相似。

我还有一些来客，通常他们也算不上什么城市贫民，其实，他们应该都算是贫民，而且不管怎么说，他们理应称作世界贫民；这些来客吁求的不是你的殷勤好客，而是你的乐善好施；他们急巴巴地期盼着你的帮助，他们一开头就说明来意，他们已经发了狠，就是说，他们断断乎不帮助自己了。我要求来客可别饿着肚子来看我，虽然说不定他们有世界上最好的胃口，也不管他们又是如何得来的。慈善事业的对象，可不是来客。尽管我又开始张罗自己的事儿，回答他们的问话不免越发冷淡，越发怠慢，殊不知有些客人还是不明白他们的访问早已结束了。候鸟迁移的季节，来我这儿访问的，智力程度殊异的人几乎都有。有些人智力较高，他们就不知道该如何加以运用；一些逃亡的奴隶，一举手、一投足，活脱脱像仍在种植园里似的；他们有如寓言中的狐狸时时听到猎犬在追踪它们，苦苦哀求地直瞅着我，仿佛在说：

> 哦，基督徒，你会把我送回去吗？

这些人里头，有一个真正逃亡的奴隶，我帮着引导他朝北极星的方向逃去。有的人只有一个心眼儿，就像带着一只小鸡的母鸡，或者像带着一只鸭子的母鸭；有的人私心杂念特别多，脑子里乱糟糟，就像那些要照料上百只小鸡的老母鸡，个个都在追逐一只小虫子，每天在晨露中管保丢失一二十只——到头来都变得羽毛蓬乱，遍体疥癣；有的人光有想法而没有长腿，像一条智力不俗的蜈蚣，使你浑身起鸡皮疙瘩。有人建议不妨置备一本签名簿，供来访者留下自己的名字，就和怀特山[1]那儿一模一样；可是，天哪！我的记性非常好，用不着那个玩意儿。

我不能不注意到我的来客的一些特点。少男少女和少妇通常好像挺喜欢到树林子里去。他们看湖水，看野花，消磨时光。一些商人，乃至于农场主，他们想到的只是孤独和生意经，认为我住得不是离那儿太远，就是离这儿太远，实在诸多不便；尽管他们说过，他们偶尔也喜欢到树林子里溜达溜达，其实，一望可知，他们并不喜欢。那些焦灼不安的人，他们的时间通通拿去谋生或者维持生活；那些上帝不离口的牧师，仿佛他们拿这个话题当成他们的专利品，因此对所有别的意见也就难以容忍了；医生、律师，以及那个不安分的女管家，在我外出时，她会窥探我的碗橱和床铺——要不然某某太太怎地会知道，我的床单就没有她家的床单干净呢？——还有那些年轻人，再也不算年轻了，他们却认为跟着各行各业的老路走，这才最保险，他们都说我当前的生活境况不会有多大好处。得了！问题正好就在这里。体弱多病的，以及胆子小的人，不管年龄、性别如何，想得最多的是疾病、意外和死亡；在他们看来，生活似乎充满了危险——其实，只要你不去想这想

1　怀特山，美国阿巴拉契亚山脉的一部分，位于新罕布什尔州北部，其主要山峰以美国历届总统的名字命名，故有“总统之峰”的美誉。

那，又哪来危险不危险呢？——他们认为，一个谨小慎微的人应该精心选择最最安全的地区，因为在那里，有一位 B 大夫[1] 可以随叫随到。在他们看来，“村子”按字面来讲，就是一个 Community[2]，意谓共同抵御的联盟，你不妨想一想，他们连去采摘乌饭树浆果时都要捎带着医药箱。这就是说，一个人活着，总会有死亡的危险；只是由于此人活着跟死去无甚差别，这种死亡的危险因此也就相对地减少了。一个人在家中闭门打坐，其实，跟外出跑步一样，都有危险。最后，还有一种人，他们自命为改革家，所有来客里头就数他们最最讨厌，他们还以为我是一直在歌唱——

> 这就是我亲手修造的屋子；
> 这就是住在我造的屋子里的人；

可是他们并不知道第三行诗是——

> 正是这些家伙烦死了
> 住在我造的屋子里的人。

我不怕捉小鸡的凶鹞，因为我没有饲养小鸡；但是我怕捉人的

1　此处指康科德的一位名叫约西亚·巴特利特（Josiah Bartlett）的医生。

2　英文 Community，意谓村子或社区，有时也译“共同体”。在拉丁文里，com 意谓“共同”，munity 意谓“抵御”。

凶鹞。

撇开最后这种人，我还有一些更加令人愉快的来客。孩子们来这儿采摘浆果，铁路工人穿着干净的衬衫，星期天早上来遛弯儿，渔夫和猎户、诗人和哲学家，总而言之，一切老实巴交的朝圣者，为了自由的缘故，全都来到树林子里，他们真的把村子甩在了身后，我已准备好欢迎词："欢迎，英国人！欢迎，英国人！"[1] 因为我已然跟这些同道打过交道。

1 据说这一欢迎词，就是当年英国清教徒移民抵达普利茅斯时，萨莫塞特部落印第安人所说的。

种 豆

这时，我种下的豆子，一排排地加在一起足足有七英里长，亟待锄草松土，因为最末一批还没有播完，头一批种的豆子却已长势喜人，的确是不好再延宕下去了。这在赫拉克勒斯看来纯属区区小事，干得如此投入，如此富有自尊心，究竟有什么意义，我可不知道。久而久之，我爱上了我种下的一排排的豆子，其实，我也要不了那么多的豆子。它们让我眷恋着大地，因此我有无穷的力量，就像安泰[1]似的。可是，我干吗要种豆子呢？只有老天爷知道。整个夏季，我就这么着出奇地忙活——在大地表层的这个地块上，原先只长委陵菜、黑莓和狗尾草之类，还有甜味野果子和好看的花儿，可现在却只长豆子了。我从豆子那儿能学到些什么，而豆子又能从我这儿学到些什么呢？我珍爱它们，给它们锄草松土，从早到晚照看着它们，这就是我在白天的工作。它们的叶子宽大，挺好看。我的助手就是滋润这片干旱地块的露水和雨水，地块本身含有一定的肥力，但大部分却是贫瘠和枯竭的。我的敌人是虫子，在冷天，八成儿是土拨鼠。土拨鼠把我一英亩的四分之一的豆子都

1 安泰（Antaeus），古希腊神话中的人物，力大无比，只要身体不离开土地，就能百战百胜，后被赫拉克勒斯识破，将他举至空中掐死。

给吃光了。可是话又说回来，我又凭什么权利铲掉狗尾草，毁掉它们自古以来的百草园呢？反正剩下的豆子，过不了多久，就会茁壮成长，足以应对新的敌人了。

如今，我还清晰地记得，我四岁那年从波士顿迁移到我这个家乡，穿过这些树林子和这个地块，来到了这个湖边。这是铭刻在我记忆里最久远的景象之一。今儿个晚上，我的笛子唤醒了荡漾在这个湖上的回声。松树林依然屹立在那里，都比我岁数要大得多哩；或者说，有的松树已被砍掉了，我就用它们的根茬来煮饭，新的松树却在四周围长出来，在新生儿眼里别有一番景象。在这片牧场上，从同一丛多年生根部，长出了几乎清一色的狗尾草，甚至我最后还给我儿时梦境中神话般的风景披上了盛装。要知道我来到这里后所产生的影响，不妨看看这些豆子叶、玉米大叶子和土豆藤蔓就得了。

我种了大约两英亩半高地；由于这个地块上的树木约莫在十五年前被砍伐过，我自个儿挖出了两三考得[1]的树桩，也就没有施过任何肥料；但在夏天，我锄地时挖出过一些箭头来，由此可见，远在白人开垦土地之前，一个已经消失了的民族曾经定居在这里，而且还种植过玉米和土豆，因此，在某种程度上来说，为了好收成，他们已经使地里肥力消耗殆尽。

---

1 考得（cord），木材的计量单位，通常为128立方英尺，约3.62立方米。作者在书中多处使用英制，以此说明美国受英国殖民影响很大，同时告诫国民应尽快建立本国计量制度。

土拨鼠和松鼠还没有来得及窜过大路，或者说太阳还没有冉冉升上那片矮橡树林之前，我就开始在我的豆子地里除掉那些高傲的杂草，并用泥块压在它们上头，尽管农夫们反对我这么做——但我还是奉劝诸位，赶在晨露未消去之前，尽可能把你所有活儿干完。大清早，我光着脚丫子干活儿，像一个雕塑家在沾满晨露的碎沙土里摆弄着泥巴，但到了后半晌，太阳直晒得我脚上起了水泡。太阳照着我给豆子锄草松土，在黄澄澄的沙砾构成的高地上，在长十五杆的一排排绿油油的豆苗里，慢悠悠地来回走动，一头连着一片矮橡树林，到时我会在那儿歇一会儿凉，另一头通向一块黑莓地。我每锄一个来回，青翠的浆果颜色不知怎的就会变得更深一些。锄掉杂草，给豆秆周围培上土，鼓励我种下的豆苗儿快点生长，让这块黄土地是以豆叶和豆花，而不是以苦艾、芦管、狗尾草来表达它的夏日情思——这就是我的日常工作。因为我既没有牛马相助，也没有雇短工或者童工帮忙，更没有采用改良农具，我干的活儿非常慢，这么一来，我就跟豆子相处得格外亲昵。反正用手干活，哪怕到了做苦工的份儿上，也许断断乎算不上赋闲的最坏形式吧。它含有一种万古不灭的真谛，对学者来说，乃是一种堪称典范的成果。对那些走过林肯和韦兰德一路西行、不知去向的观光客来说，我就是一个*劳苦的农夫*[1]；他们悠闲地坐在马车上，两个肘子搁在膝盖上，缰绳松散地下垂，像花饰一

1　原文为拉丁文 agricola laboriosus。

样；我呢，是株守家园，净跟泥巴打交道的乡巴佬。但是用不了多久，他们既不会看到，也不会想到我的家园了。大路两旁有很长一段路，只有这块地才是耕地，因此，他们也就特别留意。有时，在这块地里干活的人会听到观光客更多说三道四的话儿，其实并不是存心说给他听的，他们评头论足地说："豆子种晚了！豌豆也种晚了！"——因为别人已经开始锄地了，我还在下种——可我这个牧师般的下乡种地的人，却压根儿还没想到过这些呢。"玉米嘛，我的伙计，只能算饲料；玉米只能算饲料呗。""他住在那儿吗？"那个身穿灰色上衣、头戴黑色圆顶礼帽的人说；于是，那个脸相难看的农夫喝住他那听蹓的老马问道：犁沟里没得肥，你在这儿干什么来着？他就建议我不妨撒一点儿烂泥屑粒，或者废料，或者草木灰，或者灰泥都行。可是，眼前有两英里半长犁沟，只有一把锄头替代马车，用两只手在干活儿——说到别的什么车和马，我打从心里就反感——而烂泥屑粒离这儿很远才有呢。车辚辚，马萧萧，观光客打从这儿经过，拿我的豆子地和他们一路上所见过的庄稼，扯高嗓门儿来作比较，这方才让我知道我在农业世界中的地位了。原来这块地没有列入科尔曼[1]先生的报告。不过，顺便说一下，大自然在更荒凉的、未经人类改良的地头上所产出的谷物，有谁去估算出它们的价值呢？英格兰干草的收成，倒是有人细心地称过重量，乃至于它的湿度、硅酸盐和碳

1　科尔曼（Henry Colman，1785—1849），当时麻省的农业专员。

酸钾，也都一一计算过；但是，在所有的山谷、林中洼地、牧场和沼泽地里，都生长着丰富而又多种多样的谷物，只不过是人们还没有去收割罢了。我的豆子地，仿佛介于野地与被开垦的土地之间；犹如有的国家是开化了，有的国家是半开化，还有的国家则是蛮荒或者野蛮的，我种的地块堪称半开化，虽然这不是从坏的意义上来说的。那些豆子乐哈哈地回到了我栽培它们的野生的原始状态，我的锄头还给它们演奏了一支瑞士牧歌[1]。

离这儿不远，有一棵白桦树，树顶上有一只棕鸫——有人喜欢管它叫作红歌鸫——在歌唱，溜溜儿唱了一早上，很高兴跟你做伴，要是你的地块不在这儿，它就会飞到另一个农夫的地头上。你在下种时，它就会给你助兴，唱道："点种，点种——盖土，盖土——往上拽，往上拽。"反正这儿种的不是玉米，就算有像它这样的敌人在一旁，也还是挺安全的。也许你会暗自纳闷，它这一连串绕口令，它这个业余的帕格尼尼[2]在单弦或者二十根弦上演奏的曲子，跟你的种豆子又有什么关系来着。可是，你宁愿听它唱下去，也不去滤掉灰烬或者灰泥。这是最便宜的一种顶级肥料，我完全信得过。

我用锄头在地头上翻出新土时，不知怎的把远古时代在这一片蓝天底下居住过，却没有历史记载的民族所遗留的灰烬也

1 原文为法文 Rans des Vaches。

2 帕格尼尼（Niccolo Paganini，1782—1840），著名意大利小提琴家和作曲家，其创作与演奏艺术举世闻名。

给翻出来了，他们打仗和狩猎时用过的小型器具，都在方今盛世重见天日。它们和别的天然石块掺杂在一起，有些石块上留有印第安人用火烧过的痕迹，有些是烈日暴晒留下的，还有一些陶器和玻璃碎片，是近代的拓荒者带来的。我的锄头碰撞石块时会叮叮当当作响，这怪好听的响声在树林子和半空中回荡，有它跟我做伴，我的劳动即时产生了无法估量的收获。我锄的不再是豆子，而且锄豆子的也不是我；当时我不免为之动怜而又骄傲地记起来——如果说我还记得不错的话——我的朋友们都到城里听清唱剧去了。在那阳光灿烂的下午，夜莺在我头顶上空盘旋——有时，我的活儿会溜溜儿干上一天——它好像是在我的眼里的一粒沙子，或者说在天空的眼里的一粒沙子，它时不时哗的一声尖叫，向下俯冲，仿佛天空一下子被扯破了，最后被扯成了碎布似的，但苍穹却依然天衣无缝似的；只见满天空都是小精灵，它们在光秃秃的沙土地上，或者在山顶的岩石上产卵，却很少有人看见它们；它们优美、纤长，好像湖上皱起的涟漪，又像被风一吹、飘浮在空中的树叶子；大自然里有的是如此这般的亲缘吧。鹰是波浪的空中兄弟，它在波浪之上一边掠飞，一边察看，它那翩跹空中的翅膀，像在酬应着大海那原始的还不会飞的翼尖。或者有时候，我看见一对鹞鹰在高空盘旋，一上一下交替翻飞，一近一远如影随形，仿佛它们是我自己的思想的化身。或者说我给一群野鸭子吸引住了，眼看着它们从这座树林子飞向另一座树林子，带着一点儿嗡嗡响的颤音，急匆匆地飞去；或者说，有时候，我的锄头从腐烂的树根底下挖出了一条花斑蝾螈[1]，瞧它那样儿蔫不唧的，又古怪、又丑陋，颇有埃及和尼罗河的痕迹，却又跟我们是同一个时代的。我傍着锄头歇息时，这些天籁美景不管在地头上哪个地方，我都听得到、看得见，乃是乡间独特的无穷的乐趣的一部分。

赶上节庆日，城里礼炮齐鸣，传到树林子里如同打气枪似的，一些军乐声偶尔也会这么传过来。远在城外的豆子地里，在我听来，那大炮的响声仿佛马勃菌在爆裂；万一有军队出动，而我又一无所知，有时我整日价惘然若失，感到地平线那儿在发痒，像得了病似的，仿佛马上会发疹子，要么是猩红热，要么是马蹄疮，直到后来和风吹过田野，吹到韦兰德公路，很快给我捎来了"民兵"的信息。远处隐隐约约传来了嗡嗡声，听上去好像谁家的蜜蜂在倾巢出动，邻居们依着维吉尔的办法，拿出家里头最响亮的器皿叮叮当当敲了起来，一个劲儿召唤它们回归蜂房去。直到那叮当之声听不见了，嗡嗡声也随之消失，最宜人的和风也不会再捎来什么好消息，我方才知道他们已把最后一只雄蜂安全地引回米德尔塞克斯蜂房，此时此刻，他们就一门心思扑在蜂房里头满满当当的蜂蜜上了。

我感到骄傲，知道马萨诸塞州的自由和我们国家的自由已是安如磐石；于是，我回过来又去锄地时，怀着一种难以表述的自信，愉快地继续干我的活儿，泰然自若地对未来充满了

1 古代西方神话中的火怪形象，又称火蜥蜴、火蛇、火精。

希望。

却说有好儿支乐队同时在演出，那听起来仿佛整个村子就成了一只大风箱，所有的房舍交替地在喧嚣之中，好像一会儿鼓了起来，一会儿却又瘪掉了。有时候，传到树林子来的乐曲，却是真正崇高和激动人心的，还有那歌颂英名的喇叭声，而我不知怎的觉得自己仿佛真的要捅死一个墨西哥人[1]过把瘾呢——这些微末小事，我们为什么总要容忍来着？——我在四处寻摸土拨鼠和臭鼬，很想显一显我的骑士精神。这些军乐的旋律听上去好像远远地在巴勒斯坦，我想起了十字军在地平线上行进，村子上空的榆树梢头都给震得微微摇曳和颤动。这是了不起的一天；尽管林中空地上空和平日里一模一样，还是一望无际的苍穹，反正我看不出有何差别。

我种下豆子以后，老是跟豆子打交道，久而久之，就积累了不俗的经验，那不外乎是下种啦，锄地啦，收割啦，挑拣啦，扬场啦，出售啦，如此等等——所有活儿就数最末一种特别棘手——也许我还要加上一个吃，因为我先得尝尝豆子的味道。我下了决心，要把豆子了解透彻。豆子正在生长的时候，我常常从清晨五点钟开锄，一直干到中午收工，这天剩下的时间，一般就忙别的事儿去了。不妨想一想，一个人与各种杂草打交道，相互之间居然会如此这般亲密，你说怪不怪——这类

1　梭罗写这段话时，很可能是在美国发动侵略性的美墨（墨西哥）战争期间。由此可见，作者虽然离群索居，但依然关心天下大事。

事说起来怪麻烦的，反正干活的时候，不消说，麻烦多多——毫不留情地捣毁杂草的纤弱组织——用锄头仔细区分出良莠之别，先把这一种草通通除掉，然后小心翼翼地去培养另一种草。那是罗马苦艾草——那是猪猡草——那是酢浆草——那是芦苇草——揪住它，往上拔，然后把根须翻过来，在烈日之下暴晒，别让根须留在阴凉处，要不然它就翻个身竖立起来，过不了两天又会长得碧绿，活像韭葱似的。一场持久战，对方不是鹤，而是杂草，这些特洛伊人[1]有太阳和雨露给它们助阵。豆子每天看见我肩扛锄头来救它们，痛歼它们的敌人，使战壕里头填满了枯死的杂草。许许多多身强力壮、趾高气扬、比战友们高出整整一英尺的赫克托耳[2]，全都倒毙在我的武器跟前，滚进尘土里去了。

夏日里，我的同时代人里头，有一些人在波士顿或者罗马献身于美术，另一些人则在印度苦思冥想，还有一些人在伦敦和纽约做生意，而我却跟其他的新英格兰的农夫们在一起，致力于农事。这倒不是说我想要吃豆子，因为我这个人天性上属于毕达哥拉斯[3]派，至少在种豆一事上确实如此，休管这些豆

1 古希腊神话中写到特洛伊城被埃及人围攻，埃及人因久攻不下，就将一木马弃于城外，特洛伊人误以为围兵撤走，便把木马拖进城内，木马肚子里的埃及士兵乘夜袭击特洛伊城成功。

2 古希腊神话中的英雄人物，即前面译注中特洛伊城的英雄，后被阿喀琉斯所杀害。

3 毕达哥拉斯（Pythagoras, 公元前 582—前 507），古希腊哲学家、数学家和毕达哥拉斯教团的创始人，提倡禁欲主义，认为数为万物的本原，促进了西方数学和理性哲学的发展。据说毕氏本人是不吃豆子的。

子能煮成粥，或者用于投票[1]，或者拿去换大米；也许将来有一个寓言作家用得着，哪怕仅仅是为了比喻和表达……得了，反正总得有人在地里干活儿。总的说来，这是一种难得的娱乐消遣，要是持续时间太长，也许就会浪掷时光了。虽然我没有给豆子地施过肥，也没有把周围杂草全部锄掉，但我对锄草松土总是很卖力气，到头来也还得到了回报。“说真的，”正如伊夫林所说的，“任何混合肥料或是别的什么肥料，都比不上用铁铲不停地锄草松土。”“土地，”他还在别的地方找补着说，“尤其是新鲜的泥土，里头有某种磁力，可以吸引盐、能量，或者美德（你管它叫作别的什么也无妨），赋予土地以活力，因此，我们就靠围绕土地的一切劳动，来养活我们自己；一切粪肥和别的秽物只不过是这种改良的替代品罢了。”再说，这是一块闲置的土地，早已耗尽肥力，变得非常贫瘠，正在享受安息日；或者就像凯内尔姆·迪格比爵士[2]想到过的，它已从空气中吸收了“生命的元气”。我收获了十二蒲式耳豆子。

不过，人们抱怨说科尔曼先生的报告里主要谈乡绅农场主的昂贵试验。为了更加详尽起见，我就把我的开支列表如下——

---

1 没想到一个半世纪前的北美，也像我国旧时农村选举时让选民们用豆子来投票，计算出候选人获得的选票数。

2 凯内尔姆·迪格比爵士（Sir Kenelm Digby，1630—1665），英国海军军官和作家，宫廷大臣，曾率领私掠船在今土耳其伊斯肯德伦击沉法国船只，著有《论肉体的本质》等哲学著作。

锄头一把	0.54 元
犁地、耙地、开沟	7.50 元（费用太贵）
豆种子	3.125 元
土豆种子	1.33 元
豌豆种子	0.40 元
萝卜种子	0.06 元
栅篱白线	0.02 元
耕马和三小时短工	1.00 元
收获时雇用车马	0.75 元
共计	14.725 元

我的收入（Patrem familias vendacem，non emacem esse oportet[1]）来自：

售出九蒲式耳十二夸脱[2]豆子	16.94 元
五蒲式耳大土豆	2.50 元
九蒲式耳小土豆	2.25 元
草	1.00 元
茎	0.75 元
共计	23.44 元

1 原文为拉丁文，源自卡托《乡村篇》，意谓一家之主应善于销售，不该只顾进货。

2 夸脱，英、美计量液体或干量体积的单位。用作干量单位时等于 1/32 蒲式耳，英制约等于 1.137 升，美制约等于 1.101 升。

盈余（就像我在别处说过）　　8.715 元

以上就是我种豆经验的结果。大约在 6 月 1 日，种下那种常见的小小的白色豆子，每行长三英尺，间距十八英寸，排列成行，都是精心挑选新鲜的、浑圆的、没有掺杂的种子。首先要注意提防虫害，没有出苗的空当要补种。然后注意提防土拨鼠，因为要是地头上没遮没挡的话，嫩叶子一长出来，土拨鼠一到，那里就会被啃得精光；再说，娇嫩的卷须一蹿出来，土拨鼠马上注意到，就像松鼠一样笔直地坐在那儿，把蓓蕾和嫩豆荚一股脑儿啃光。不过，最最要紧的是，如果你想躲开霜冻，使作物能卖个好价钱，那么，你就得尽量早点收割；这样一来，也许你就不会受到很大损失。

我还获得以下更多的有益经验。我自言自语道，下一个夏天，我可不想花费那么大的劲儿去种豆子和玉米，而是要播种诸如诚实、真理、简朴、信仰和纯真这一类的种子，只要这些种子还没有失落，我就要看看它们会不会在这片土地上生长，能不能以较少的劳力与肥料来养活我自己，因为它的肥力肯定没有消耗到不好长这些庄稼。唉！我就是这么着跟自己说的；可是，眼下又一个夏天过去了，而且一个又一个夏天全都过去了，我不得不告诉你，读者啊，我所播种的种子，如果说它们确实是那些美德的种子，却通通给虫子吃光了，或者说丧失了它们的活力，所以也就没有抽芽生根。一般来说，人们只能逼肖他们的父辈一样勇敢，或者换句话说一样胆怯。这一代人务必在新年来临时种下玉米和豆子，就像印第安人好几个世纪前所做的，同时又教会了第一批移民那样做，仿佛这是命里注定似的。前几天，我看见一个老人用铁锹正在挖洞，少说也挖了七十次，可他自己并不打算躺在里头，真让我大吃一惊！新英格兰人为什么不可以尝试一下新的生意，不该过分看重他的谷物、他的土豆和草料，还有他的果园——何不去种植别的作物来着？我们为什么偏要如此这般关心豆种，而压根儿不关心一代新人呢？我前面提到过那些品德，我们都认为要比别的产品更为珍贵，但是它们大部分已经烟消云散了，如果说我们看到一个人，发现那些品德却在他身上扎根、生长，这时我们真的应该感到满意和欢欣呢。如今沿着大路来了这么一些深奥莫测而又不可言喻的品德，比方说真理或正义，尽管它们数量极少，然而品种却是新的。我们的驻外大使们应该奉命把诸如此类的种子寄回国内，而我们的国会应该帮着把那些种子分发到全国各地去种植。我们对真诚千万不要拘礼。我们千万不要用我们的卑劣行为来相互欺骗、相互凌辱、相互排斥，如果说已有了高贵与友谊的核心的话。我们相见时不应该就这样忙忙叨叨。大多数人我压根儿没见过，因为他们好像没得时间；他们在为自己的豆子忙乎呢。我们可不要跟老是埋头苦干的这种人打交道，他们在歇乏时拿锄头或者铁锹权充拐棍傍靠着，看上去不太像一只蘑菇，但仅仅有一部分破土而出，有点儿竖立起来，像燕子飞落下来，在地上行走似的——

说话时，他不时将翅膀舒展，
展翅欲飞时，却又收拢起来。[1]

这么一来，我们怀疑莫不是在跟一个天使对话来着。面包不见得总是给我们滋养；但面包对我们总是有好处，让我们的关节不会僵硬，使我们肢体柔软，心情愉快，乃至于我们不知道受到什么病痛时，认识到人类或大自然的宽宏大量，分享到任何纯净和崇高的欢乐。

古代的诗歌和神话，至少使我们联想到，农事曾经是一种神圣的艺术；惜乎我们对它往往操之过急，掉以轻心，乃至于大不敬；我们的目标不外乎拥有大农场、大丰收。我们没有节庆日，没有列队祈祷，没有庆典仪式，乃至于我们的耕牛展示大会以及所谓的感恩节也不例外。本来农夫就是通过这些形式来表示他这个职业的神圣意义，或者借以追溯农事的神圣起源。现在引诱他的却是酬金和酒宴了。他供奉祭品的神祀，不是谷神刻瑞斯[2]和尘世的主神朱庇特，而是阴曹冥府的财神普路托斯[3]。我们谁都摆脱不了贪婪、自私和卑劣的习惯，把土地视为财产，或者换句话说，视为获得财产的主要手段，因此，风景变得寒碜，农事跟我们一起被贬损，农夫们过着最卑

1 诗句引自英国宗教诗人夸尔斯（Francis Quarles，1592—1644）的《牧羊人的神示》第 5 首颂歌。
2 刻瑞斯，古罗马神话中的人物，为谷物和耕作的女神。
3 普路托斯，古罗马神话中的财神。

微的生活。他对大自然的了解，跟强盗对大自然的了解如出一辙。卡托说，农业的利润是特别虔诚和正当的（Maximeque pius quaestus），按照瓦罗[1]的说法，古罗马人“以同一个名字称呼地母和刻瑞斯，认为从事耕作的人过着一种虔诚和有益的生活，认为只有他们才是农神萨图恩[2]王的遗民”。

我们常常忘了，太阳照在我们的耕地上，跟照在草原和森林上毫无二致。它们都反射和吸收太阳的光线，前者只是太阳每日运转时看到的美妙图画中的一小部分。在太阳看来，大地全都耕耘得如同花园一样。因此，我们就得相应地充满信任和宽宏大量的情怀，接受它的光与热的恩泽。我珍视豆种和当年的秋收，那又怎么样呢？这一片宽阔的土地，我守望了这么长时间，宽阔的土地并不认为我是主要的耕作者，反而撇开我，自以为受到给它浇水、让它发绿、使它更加适宜于生长诸如此类来自大自然的影响罢了。这些豆子结出的果实，并不是由我一人收获。它们有一部分不就是为土拨鼠生长的吗？麦穗儿（拉丁文学名 Spica，古拉丁文里是 Speca，源自 Spe，意谓“希望”），不应该是农夫唯一的希望；它的核儿或者谷物（Granum，源于 Gerendo，意谓“生产”），也不是它产出的全部。那么，我们的庄稼怎么个会歉收呢？难道说我们不应该为杂草的丰盛而感到高兴吗？因为杂草的种子不也是鸟儿的食粮

1 瓦罗（Marcus Terentius Varro，公元前 116—前 27），古罗马学者和讽刺作家，著作甚丰，现仅存《论农业》等书。

2 萨图恩（Saturn），古罗马神话中的农神，相当于古希腊神话中的克洛诺斯。

吗？至于大地的产出能不能填满农夫的谷仓，相对地说，也就是无伤大雅的事。真正的农夫犯不着焦灼不安，就和那些松鼠对树林子里今年结不结栗子压根儿不放在心上一模一样；真正的农夫每天完成自己的劳动，并不要求地里产出的成品一股脑儿归他所有，他心里想的是，他奉献出的不仅是他的第一个果子，而且还有他的最后一个果子。

村 子

锄草松土之后，我上午也许看看书，要不然写点什么，通常我在湖里再洗个澡，游过一个小水湾，好歹洗掉我干活后一身污垢，或者说消去了读书留下的最后一道皱纹；下午我就绝对自由了。每天或者隔天，我就溜溜达达到村子里去，听听那些没完没了的闲言碎语，有些是口口相传的，有些是各报相互转载的，如果采用顺势疗法小剂量接收，端的是令人耳目一新，有如枝叶萧瑟、青蛙啾鸣似的。正如我漫步在树林子里，爱看鸟儿和松鼠一样，我漫步在村子里，也爱看大人小孩；可我在村子里头听到的不是阵阵松涛，而是车辚辚的喧嚣声。从我的小屋朝一个方向看去，只见河边草地上有块地方，麝鼠在那儿出没无常；在那边地平线上，榆树和悬铃木树荫下，有一个村子，那儿都是忙人，让我感到怪得出奇的是，仿佛他们原本就是草原犬鼠，要么各自蹲在洞穴口，要么窜到邻家去闲扯淡。我经常到村子里去观察他们的生活习惯。依我看，这个村子活像一个庞大的新闻编辑室；在村子的一边，给它撑门面的，就像当年斯达特街[1]上的雷丁出版公司，人们经营干果或者葡萄干，或者食盐和粗面粉，

1　斯达特街，美国波士顿的金融中心，有时也译州府街。

以及其他杂货。有些人对头一种商品，亦即新闻，胃口特别大，消化器官特别棒，他们可以一辈子坐在通衢大街上一动也不动，听那些新闻慢慢地沸腾起来，然后窃窃私语，像地中海的季风冲着他们吹过去，或者说，好像吸入了乙醚，只管产生局部麻醉，对疼痛全无感觉了——要不然有些新闻听起来往往让人觉得怪痛苦的——但对人们意识还是毫无影响。我在村子里四处转悠时，数见不鲜的乃是一排排这样的活宝，或者坐在梯子上晒太阳，身子稍微前倾，两眼时不时露出色眯眯的表情，一个劲儿在东张西望；要不然两手插在口袋里，身子靠在谷仓墙头上，有如女像柱似的，仿佛就靠他来支撑那座谷仓。他们素常待在户外，一阵风里头有些什么什么都听得出来。这些个都是头一道碾磨得最粗糙的磨坊，所有的闲言碎语首先在里头粗粗地消化一遍，方可倒入室内比较精细的给料漏斗里。我观察到，村子里最富有活力的是食品杂货店、酒吧间、邮局和银行；此外，就像机器中必不可缺的配件，摆在适当的地方，照例有一座钟、一尊大炮和一辆救火车；为了充分发挥男人们的潜力，村舍全是面对面地按巷子排列，这样一来，每一个观光客势必受到夹道鞭打，村子里男女老少都好揍他一顿。那些住在离巷口最近的人们，最先看到别人，也最先被人看到，又是第一个出手揍观光客的人，不消说，为了他们的地段付出了最高昂的代价；住在村外的零散人家，在他们那儿开始出现一段段很长的豁口，观光客可以越墙而过，或者踅进小道，就这么着溜之乎也。因此，这些人家付的土地税和窗户税[1]也就微乎其微。为了招徕观光客，四下里都悬挂着幌子；有的幌子一看就令他胃口大开，比方说，小酒店和酒窖里边的吃食店；有的幌子迎合顾客喜好，比方说，绸布衣装店和珠宝店；还有一些幌子，专门瞄准头发，或者脚丫子，或者裙子，比方说，理发店、鞋子店，或者裁缝店。余外，还有更吓人的是，他们老是邀请你挨门逐户地家访，在这些场合，少不了有一大拨看热闹的人。在大多数情况下，我都能奇迹般地化险为夷，或者我冷不丁勇往直前，毫不犹豫地冲着目的地走去，这一招真值得向那些受到夹道鞭打的人推荐；或者让我一门心思扑在崇高的事儿上，就像奥菲士[2]，“弹着他的七弦琴，高声歌唱天上诸神的赞美诗，将塞壬[3]的声音都淹没，从而转危为安”。有时候，我突然出走，谁都不知道我上哪儿去了，因为我平素不大拘礼，在围栅的豁口前断断乎不会老是迟疑不决。我甚至还习惯于突然间闯到别人家里去，主人照例会很好招待我，就在了解一些要闻以及最新精选的新闻以后，知道某些已经平息下去的事态、战争与和平的前景，以及世界各国能不能持久地团结一致，等等，旋后，我便抄着后面的小路滑脚溜

---

1 窗户税，英王威廉三世创设，将巨大战争开支转嫁于民，当时北美移民常为抗税泥封窗户，反对宗主国敛钱苛政。

2 奥菲士，古希腊神话中的人物，诗人和歌手，善弹七弦琴，弹奏时，猛兽俯首，顽石点头。

3 塞壬，古希腊神话中的人物，半人半鸟的女海妖，以美妙的歌声蛊惑过往的海员，让驶近的船只触礁沉没。

掉，又遁入树林子里去了。

每当我在城里待得很晚了，自己才又动身回到黑夜之中，特别是在漆黑一团、风暴骤起的夜晚，我从一个明亮的乡间客厅或者演讲厅扬帆起航，肩上扛着一口袋黑麦或者印第安粗玉米粉，直奔我在树林子里温馨的港湾，外头一切都给扎得挺紧实，脑子里装满欢乐的思想，径直来到了甲板下，只让那个外部的我掌着舵，要不然赶上一帆风顺的时候，我干脆连舵也全给拴住了，这是十分愉快的。我在航行的时候，在船舱的火炉边，我不知怎的心中涌起许多令人欣慰的思绪。虽然我遇到过好多次骇人的风暴，但不管是什么天气，我可从来没有失事过，也从来没有泄气过。就是在平常的夜晚，树林子里也都要比大多数人所想象的更加黑暗。在伸手不见五指的夜晚，我不得不经常抬起头来，看看小路上头树与树之间的缝隙，以便认清我走的路径；而且走到了没有车辙的地方，我还得用我的两脚来探索我刚踩出来的模糊不清的小道，要不然用我的双手摸一摸我所熟稔的树木来辨别方向，比方说，从两棵松树之间穿过，它们的间距就不会超过十八英寸。有时候，赶上黑咕隆咚而又闷热潮湿的夜晚，我就这么着老晚才回到家，两眼看不见的道路，我只好用脚丫子来探路，一路上懵懵懂懂，仿佛是在做梦似的，直到我伸出手去打开门闩，这才算清醒过来，却怎么都回想不起来，这一步一步自个儿是怎么着走回来的，我想，也许我的身子，在它的主子丢弃它以后，还会寻摸到回家的路，好像用不着帮忙，手总是摸得到嘴巴一样。有过好几回，某个来客很难得地待到了晚上，赶上这天夜色漆黑得出奇，我不得不领他到屋子后头的那条车道上，指给他看他要去的方向，并且关照他，给他领路的是他的脚，而不是他的眼睛。一个黑黝黝的夜晚，我就这么着指点过两个湖上垂钓的年轻小伙子上路。他们俩住在离树林子大约一英里开外，不消说，熟门熟路呗。殊不知，过了一两天，他们里头的一个人告诉我，说他们在自己的住所附近来回转悠了大半夜，直到天光大亮才回到了家，这当间下了几场大雨，树叶子都湿透了，他们自然也被淋得浑身湿透了。我听说，赶上哪天夜里特别黑，像一块黑布，正如俗语所说，可以用刀子一块一块割下来，在这种时候，有好多人就算走在村里小道上也都会迷路，有些人住在郊区，赶着马车到城里去采购，只好在那儿投宿过夜了；有些绅士和女士出门访客，才走了还不到半英里路，只好用他们的两脚来探路，连什么时候该拐弯都不知道。不管在什么时候，在树林子里迷路，都是一种惊人、难忘的宝贵经历。暴风雪刮起时，哪怕是在大白天，走在一条熟稔的老路上，也会晕头转向，闹不清哪条路通往村子。尽管他知道自己在这条路上走过了多达一千次，可是路上的特征就是一点儿都记不得，反而觉得怪陌生的，好像是西伯利亚的一条路呢。入夜以后，困惑当然更是说不尽、道不完。我们平日里随意溜达时，经常地，虽然又是无意识地，像领航员一样，根据某些熟悉的灯塔和海角往前驶行；我们万一偏离了自己惯常的航线，脑海里仍然留下了邻近某些海角的印象；除非我们完全迷路了，或者换句话说，转了个身——因为你在这茫茫大地上，只要闭上眼睛转一个身，管保迷失了方向——我们这才领略到大自然的浩瀚和奇诡了。不管来自梦乡，还是心不在焉，每一个人醒来时，都得经常不断地了解罗盘上指针的方向。除非我们迷了路，或者换句话说，除非我们失去了这个世界，我们这才开始发现我们自己，认识到我们的处境，以及我们各种联系的无限内涵。

头一个夏季快要结束时，有一天下午，我到村里鞋匠那儿取一只鞋子，我被捕了，坐了大牢，因为正如我在别的地方说过的[1]，我没有缴税，或者换句话说，不承认这个国家的权威，因为这个国家在参议院门前把男人、女人和儿童当作牛羊一样买卖。我是为了别的事才到树林子里去的。可是，不管一个人走到哪里，他们那些肮脏机构就跟到那里，追踪他，抓住他，只要他们能够做到，总要强制他回到属于他们那个绝望的共济会式的社会中去。诚然，我本来可以强烈地进行抵抗，多少会有一些效果，我本来也可以“像杀人狂似的”反对社会；但我宁可让这个社会“像杀人狂似的”来反对我，反正这个社会已是绝望的一方了。不过话又说回来，第二天我就被释放了，拿到了我那只修补过的鞋子，及时返回林中住地，还在美港山上大啖一顿乌饭树蓝色浆果。我从来没有受到过任何人骚扰，只有那些代表国家的人除外。除了那张存放我的文稿的写字台以

1 此处指梭罗的著名文章《消极抵抗》。该文曾引起极大反响。

外，我既不上锁，也不上闩，更没有给我的门闩和窗户钉上过一颗钉子。反正不管白天也好，黑夜也好，我从来不锁门，即使我有时出门一连好几天；乃至于第二年秋天，我去缅因州树林子里住过两个礼拜也没有锁门。但是，我的小屋子却备受人们尊敬，这倒是胜过有大队士兵守卫在我的屋子四周围。疲惫的漫游者尽管可以上我这儿休息，围着火炉取暖，而文学爱好者不妨翻看我桌子上的几本书，聊以自娱，要不然，那些富有好奇心的人，会打开我的碗橱，看看我的午餐剩下些什么，预测晚餐又将如何。虽然各个阶层有很多人都来过瓦尔登湖，可我并没有因此感到诸多不便，什么东西也没有丢失过，只缺了一本小书，那是一卷荷马的作品，也许这书皮很不值当地烫了金，我相信，一准是我们志同道合的一个哥们儿捎走的。我深信，如果人人都像我当时那样过简朴的生活，那么，偷窃和抢劫也不会发生。这样的事之所以发生，盖因社会上存在贫富不均。蒲柏[1]翻译的荷马作品，会很快得到适当的传播——

Nec bella fuerunt,
Faginus astabat dum scyphus ante dapes.

世人只要山毛榉碗时，

1　蒲柏（Alexander Pope，1688—1744），英国著名诗人，擅长讽刺，善用英雄偶体，尤以翻译荷马史诗《伊利亚特》和《奥德赛》著称。

那就再也不会有战事。

子为政，焉用杀。子欲善而民善矣。
君子之德风，小人之德草。草上之风，必偃。[1]

1 引自《论语·颜渊》。

湖

有时候，我对人际交往和闲言碎语，乃至于我所有乡友全都腻透了，于是，我就去比我惯常的住所更远的西边漫游，进入这个乡镇人迹更加罕至的地域“新的树林子和新的牧场”；要不然，夕阳西沉时，在美港上以黑果和乌饭树蓝色浆果充当晚餐，随后再捡起来一些浆果，以备好几天食用。这些果实的真正美味，是采购它们的买主和出售它们的种植者断断乎不会品尝到的。要想品尝它们真正的味道，只有一个办法，可惜很少有人采用过。你要是真想了解黑果的美味，不妨问问牧童或者鹑鸡就得了。从来没有采摘过乌饭树蓝色浆果的人，自以为品尝过它们的美味，这可是一种常见的错误。正宗的黑果从来没到过波士顿，尽管它们都长在波士顿的三座山[1]上，但在当地却鲜为人知。在运往集市时，这种果子的芳香和精髓，连同它那鲜艳的色泽一起耗损殆尽，却成了人们果腹的食品。只要永恒的正义还在人世间，地地道道的黑果断断乎不会从乡村的山上运到城里去。

干完一天的锄地活儿后，我偶尔也会跟某个无耐性的朋友做伴；此人一早就来湖边垂钓，静悄悄的，一动也不动，像一

1 位于波士顿的三座山，即科普斯山（Copps）、堡垒山（Fort）和灯塔山（Beacon）。

只鸭子或者一片漂浮的树叶子，而且，实行过形形色色的人生哲学之后，并在我来到之前，他大抵已得出了结论：他属于老派的修道院住院修士[1]。有一位岁数稍大的人,是个顶呱呱的渔夫，各种木工活儿样样精通，他见到我搭建的房子给渔民提供方便，觉得很高兴；我看见他坐在我门口打理钓丝，同样也很高兴。我们偶尔会一起泛舟湖上，他坐在小船的这一头，我坐在小船的另一头；无奈我们之间很少说话，因为近年来他耳朵聋了，可他偶尔冷不丁哼起一首圣诗来，却与我的人生哲学不谋而合。我们的神交完全是一种扯不断的和谐融洽，回想起来比真的用话儿交谈令人更加神往。我在找不到人说话的时候，照例用桨把叩打自己这一侧的船舷，发出阵阵回响，在周围的树林子里激起一圈圈传得越来越远的声浪，和动物园里管理员激起野兽吼叫声一模一样，最后，每一个树木葱茏的峡谷和山坡全都在发出咆哮似的。

在暖洋洋的傍晚时分，我常坐在小船上吹笛子，看见鲈鱼一直在我周遭游来游去，仿佛被我的笛子声迷住似的。月光在螺纹条状的湖底徐缓移动，湖底山林的残缺倒影隐约可见。早先，我不时有点儿猎奇似的来到这湖上，都是在夏天黑幽幽的夜间，跟一个朋友在水边生了一堆篝火，认为火光也许会吸引住鱼群，我们又用挂满诱饵的钓线逮了好些条鳕；我们就这么

---

1 此处也是梭罗惯用的一语双关的手法。英文为 coenobites，意谓修道士，如果我们稍加注意这字的发音，就会发现“See，no bites”意谓“你瞧，没有鱼上钩”。

着钓呀钓的，直到夜深的时分，把燃烧中的木头高高地抛向天空，它们像冲天焰火，从高处坠落湖里，呲的一声巨响就熄灭了，一瞬间我们完全处于黑暗之中，只好摸索着行走。就这么着，一边摸黑行走，一边吹吹口哨，我们终于又来到人们三五为群的地方。可是现在，我在湖岸上已然有了自己的家。

有时候，我就在村子里某个客厅待到这户人家都歇息去了，方才动身返回树林子，并且，多半是为了第二天的饭食问题，深更半夜在小船上、月光下垂钓好几个钟头鱼，听猫头鹰和狐狸在唱它们的小夜曲，还不时听到近处不知名的鸟儿的尖叫声。这些经历对我来说弥足珍贵、难以忘怀——在水深四十英尺处抛了锚，离岸约莫有二三十杆远，有时好几千条小鲈鱼和银色小鱼团团围住了我，在月光下用它们的尾巴使湖面上出现了涟漪；于是，我用一根亚麻钓线，跟深居在四十英尺水下、素常在夜间出没的神秘鱼儿默默传神；或者有时候，我乘着夜间轻柔的微风在湖上漂游，小船后头拖上六十英尺长的钓线，时不时感到钓线在轻轻抖动，表明一个生命正在钓线那端觅食，浑然摸不清楚在那边这个愣头愣脑的玩意儿的意图何在，所以也不能立时让自己拿定主意。到了最后，你慢慢地把钓线往上拉，两手交替地拉呀拉的，瞧，一条鲴鱼[1]一边吱叫着，一边全身扭动着给拉到了半空中。特别是在漆黑的夜间，正当你神思驰骋、漫无边际之时，却感觉到了这微弱的颤动，

1 此处尤指盛产于美国东部的云斑鮰。

打断了你的梦想，把你和大自然又给连在了一起，岂不怪哉！那就像我接下来会把钓线甩向空中去，如同我将钓线往下甩向密度并不比空气更大的水里去似的，这么一来，我仿佛用一个钓钩却逮到了两条鱼似的。

瓦尔登湖的风景只好算粗线条，尽管很美，还是说不上壮观；不经常光临或者不在湖边居住的人，对它也不是特别关注；然而，瓦尔登湖以它的深邃纯净著称于世，值得对它详尽描述一番。原来它是一口清澈而黛绿的井，半英里长，周长一又四分之三英里，面积约有六十一英亩半；松树和橡树林中央，有一股终年井喷的泉水，除了云雾和蒸发以外，压根儿看不到它的入水口和出水口。周围的山峦陡然耸立，高出水面四十到八十英尺，虽然在东南角高达一百英尺，在东端更是高达一百五十英尺，绵延大约四分之一英里或者三分之一英里。它们清一色都是林地。我们康科德境内的水域，至少具有两种颜色，一种打老远就望得见，而另一种更接近本色，在近处方才看得出。第一种更多取决于光线，随着天色而变化。在天气晴朗的夏天，从不远处看去，湖面呈现蔚蓝色，特别在水波荡漾的时候，从很远的地方望过去，水天一色。赶上暴风雨的天气，水面有的时候呈现深石板色。不过，据说海水在大气层中看不出有什么变化的情况下，却是今天蓝，明天绿。白雪皑皑时，我看到过我们这儿河里，水和冰几乎都是草绿色。有人认为蓝色是“纯净水的颜色，不管它是流动的水，还是凝固的冰”。反正直接从小船上看湖面，倒是看得出非常不一样的颜色。瓦尔登湖一会儿蓝，一会儿绿，哪怕是从同一个视角看过去。瓦尔登湖位于天地之间，自然兼具天地之色。从一个山顶上望过去，它映现出蓝天的色彩，而从连岸边的沙子你都看得到的近处看，它却呈现出先是淡黄色，继而淡绿色，同时逐渐加深，终于变成了全湖一致的黛绿色。在有些时候的光线下，哪怕是从山顶上往下俯瞰，毗邻湖岸的水色也是鲜灵灵的绿色。有人认为，这是草木青葱反照的缘故，但在铁路道轨沙坝的映衬下，湖面依然是绿幽幽的；待到春天还没有叶茂成荫，这时湖光山色也不外乎是天上的湛蓝色与沙土的黄褐色掺在一起的结果，堪称瓦尔登湖彩虹般的色彩。入春以后，湖上冰层因受从湖底折射上来的，又透过土层传来的太阳热量而变暖，于是首先被融化，在中间仍然冻结的冰凌周围，形成了一条狭窄的小河。正如我们的其他水域一样，每当天色晴朗、水波潋滟之时，水波表面会从合适的角度映现出蓝色的天空，或者由于糅合了更多亮光，如果从稍微远点望过去，湖面仿佛呈现比天空本身更深的湛蓝色；此时此刻，泛舟湖上，从各个不同的视角观看水中倒映，我发现了一种无与伦比的不可名状的淡蓝色，有如浸过水的变色丝绸或者隐约可见的利剑青锋，却比天空本身更具天蓝色，它与水波另一面原有的黛绿色交替闪现，只不过后者相对来说显得有点儿浑浊罢了。那是一种类似玻璃的绿里泛蓝的色彩，跟我的记忆里的一模一样，有如冬日夕阳西沉时从云层里呈现出一片片蓝天。反正举起一玻璃杯水，往亮处看，它里头好像装着空气，一样没有颜色。不言而喻，一只大玻璃盘子是略带一点儿绿色的，据制造玻璃厂商说，是玻璃“体厚”的缘故，但同样都是玻璃，块儿小的就没有颜色了。至于瓦尔登湖该有多少水量，才会泛出绿色，我倒是从来没有验证过。人们径直俯视我们河里的水，河水是乌黑的或者深棕色，而且如同大多数湖里的水一样，会给洗湖浴的人蹭上一丁点儿淡黄色；但瓦尔登湖水却是如此纯净，赛过水晶，使洗湖浴的人躯体洁白，有如大理石一般，而且怪得出奇的是，此人的四肢给放大了，同时也给扭曲了，产生了一种骇人的效果，值得米开朗琪罗[1]好好研究哩。

湖水如此晶莹剔透，一眼就看得到二十五英尺或者三十英尺深的湖底。你光脚踩水，可以看见好多英尺深水下，有成群的鲈鱼和银色小鱼，它们也许只有一英寸长，但是前者一道道的横向花纹倒也很容易辨认出来，你会觉得，它们必定是苦行修炼的鱼种，才到那里寻摸生计的环境。好几年前的冬天里，有一回，我在冰层上凿洞钓狗鱼，我上岸时把我的斧子扔回冰层去，不料，仿佛神差鬼使似的，只见那柄斧子在冰层上滑出去了四五杆远，正好掉进一个冰窟窿里头去了，那儿水深二十五英尺。我出于好奇心，伏倒在冰层上往那个冰窟窿里头瞧一瞧，只见那柄斧子侧向一边，斧柄朝天竖起，随着湖水的

1 米开朗琪罗（Michelangelo，1475—1564），意大利文艺复兴时期雕塑家、画家、诗人、建筑学家，代表作有雕塑《大卫》《摩西》，壁画《最后的审判》等。

脉动来回摆动，要是我不去打扰它的话，本来它说不定会在那儿就这么着直立下去，晃呀晃呀，随着时光流逝，直到斧柄烂掉为止。我就在斧子的上方，用我带来的冰凿子又凿了一个窟窿眼儿，用我的刀子砍下我在近处寻摸到的最长的一根白桦树枝，枝头上打了一个活结套，随后小心翼翼地把它放下去，套住斧柄上凸起的一块疙瘩，用系住白桦树枝的一根绳子往上拉，就这么着把那柄斧子给拉上来了。

湖岸是由一长条好似铺路用的滴溜滚圆的白色石子筑成的，除了一两处小小沙滩以外，在许多地方都非常陡峭，纵身一跃就会落到没顶深的湖水中；要不是湖水晶光锃亮得出奇，你断断乎看不见湖底，除非湖底在对面升了起来。有人认为，瓦尔登湖是湖深没有底的。湖水不论在哪儿也不浑浊，偶尔观湖的人还以为湖底压根儿连水草都没有，至于看得见的草木，除了不久前被水淹过的、原本不属于湖的那些小小草地以外，哪怕是再仔细地查看，也确实看不到菖蒲或灯芯草，连一朵百合花都没有，不管是黄色的还是白色的，至多只有一两片心形叶子和河蓼草，说不定还有一两片眼子菜；反正置身水中的人也许压根儿都看不出来；这些水生植物，如同它们赖以生长的湖水一样洁净、晶莹透亮。岸石延伸入水有一两杆远，湖底就是清一色的沙子了，只有在最深的地方通常会有一点儿沉积物，也许是历经好多个秋季树叶飘落、沉淀腐烂的缘故，甚至在仲冬时节，鲜绿色的水草也会随着铁锚一起浮出水面。

往西大约两英里半，在一个名叫九英亩角的地方，我们还有一个类似瓦尔登这样的湖，那就是白湖。虽说方圆十几英里以内的湖泊十之八九我都很熟稔，可我还没有见过第三个湖具有如此纯净赛过井水的水质。这湖水也许古往今来各民族全都饮用过、赞赏过、测量过，随后各民族也就相继消失了，唯独这白湖水依然碧绿澄清。断断乎不是间歇性泉水[1]！说不定在亚当和夏娃被逐出伊甸园的那个春天早晨，瓦尔登湖原本已然存在了，甚至就在那个时候，随着薄雾弥漫和南风拂面而来的是一场蒙蒙的春雨，打破了湖上的平静，飞来了成群的鹅和鸭子，它们全然不知道亚当和夏娃被逐出伊甸园一事，觉得能有如此这般纯净的湖水，它们早就心满意足啦。即使在那个时候，这个湖已开始时涨时落，湖水碧绿澄清，呈现出今日里的色彩，仿佛具有蓝天的特征，成为世上独一无二的瓦尔登湖和天上露珠的蒸馏器。谁知道，有多少种无人记得的民族文学作品把这个湖称为卡斯塔利亚泉[2]？要不然在古代神话中的黄金时代[3],又有多少山林水泽的仙女们曾在这里居住过？这就是康科德戴在自已桂冠上最晶莹剔透的宝石。

不过，率先来到瓦尔登湖的人，说不定留下了他们的足迹。我很惊讶地发现，陡峭的山坡上有一条逼仄的小路，环绕湖边，甚至还通过湖边被砍伐过的茂密树林。这条小路的走势

1 一年中多次干涸或基本上干涸的泉水。

2 古代神话传说中位于帕纳萨斯山的一座泉，被认为是诗歌艺术灵感的源泉。

3 古希腊罗马作家将宇宙史划分为几个时代，黄金时代即指完美时代。

有时忽上忽下，有时却又跟湖岸若即若离，也许和这儿的人类一样古老，由当地土著猎户一步一步踩踏出来；此后，今日里这块土地的居住者就时不时不知不觉地在那上面行走。入冬以后，刚下过一场小雪，你站在湖中央望过去，这条小路显得特别清晰，犹如一道连绵起伏的白线，不但没有被杂草和枝条遮盖住，哪怕在四分之一英里开外的好多地方，还是特别显眼。可是一到夏天，就算你站在近处，也不见得能看清楚。从某种程度上说，看上去好像白雪用清晰的白色高凸浮雕把它翻印出来了。说不定有一天这儿会兴建别墅，装点庭院，类似这样的一些痕迹或恐还会保留下去。

湖水时有涨落，但不管它有没有规律或者周期，都是无人知晓，尽管有好多人惯常会不懂装懂。一般说，湖水冬天高，夏天低，这和大气的潮湿干燥并没有相应关联。我还记得，倘若跟我住在湖边时相比，湖水什么时候落下去一两英尺，什么时候涨上去一两英尺，什么时候又会涨上去至少五英尺。有一条狭长的沙洲径直延伸到湖中，沙洲一边的湖水非常深，离主岸六杆远，大约在 1824 年，我在这沙洲上煮过一锅海鲜杂烩浓汤，时隔二十五年，要想再煮也是不可能了；另一方面，我已告诉过我的朋友们，说几年之后，我常驾着小船到隐蔽在树林子幽深处的小湾里去钓鱼，离他们知道的湖岸才不过十五杆远，可现在那儿早已变成了一片草地。他们听后老是不大相信，可是湖水两年来不断在上涨；现在，1852 年的夏天，比我住在那里时高出了五英尺，或者换句话说，相当于三十年前的水位高度，岂不是又好到那块草地上去钓鱼了。从外表看，水位落差有六七英尺；可是从周围群山流下来的水量并不大，水位上涨一定是跟影响深处泉源的原因有关。就在同年夏天，湖水又开始回落了。令人瞩目的是，湖水这种时涨时落，不管它有没有周期性，好像都需要好多年方能完成。我曾经观察到一次湖水上涨和两次湖水部分回落，我估摸，再过十二年或者十五年，湖水又会回落到我过去所了解的低水位了。东端一英里的佛林特湖，因湖水流入和流出而时有涨落，那些介于两者之间的小湖，则和瓦尔登湖的水情大致相仿，近来也和后者一样涨到了它们的最高水位。根据我的观察，白湖的水位也是如此。

瓦尔登湖水位时涨时落，间隔时间很长，至少起到这样一种作用，湖水处于这种很高的水位，已有一年左右，尽管环湖行走不易，但从上次涨水以来，沿湖长出来的灌木丛，以及诸如北美油松、白桦树、桤木、大齿杨等树木通通给冲走了，等到水位再次回落时，就留下光秃秃的湖岸；因为瓦尔登湖跟许多湖泊和每天水位有涨落的河流不一样，水位最低时，湖岸偏偏最干净。邻近我住房的湖边，一长溜高达十五英尺的北美油松全被冲走，好像用杠杆给掀翻了似的，从而止住了它们向湖岸的扩展；这些树木躯干的大小，表明上次湖水上涨到这种高度以来已有多少个年头了。通过这种涨落，瓦尔登湖确认自己对湖岸拥有所有权，因此，*湖岸上的胡子*仿佛通通给剃光了似的，使那些树木不能凭借所有权来侵占湖岸。这些瓦尔登湖的嘴唇上连一茎胡子也都长不出来。湖水时不时地舔着自己的下巴颏儿。湖水涨高时，桤木、柳树和槭树淹没在水中的树根周围，都浮起大量纤维似的红色根须，长达好几英尺，高出地面三四英尺，一个劲儿来保护它们自己；我知道，湖岸那一带有一些高高的乌饭树灌木丛，通常不结果子，但在这种条件下倒是反而会结出丰硕的浆果来。

这湖岸恁地会被铺砌得如此齐齐整整，难免有人百思而不得其解。我镇上的乡友们都听说过这么一个传说，岁数最大的人们也告诉过我，说他们年轻时就听说过，古时候印第安人曾在这儿一座小山上举行一次帕瓦仪式[1]，那座小山一下子升高，耸入苍穹，有如现在这湖深深地沉入大地一样；根据他们的说法，他们做了许许多多亵渎神灵的事，尽管这些罪行印第安人从来都没有做过，可是正当他们这么着闹得来劲的时候，这座小山东摇西晃起来，突然下沉，只有一个上了年纪的女人逃了出来，她的名字叫瓦尔登，于是，瓦尔登湖就这么着照她的名字叫开了。有人推想，小山撼动时，这些山石从山坡上滚落了下来，形成了今日里的湖岸。反正有一点完全可以肯定的是，早先这儿没有湖，而现在有了一个湖；这个印第安人的传说，与我前头提到的那位古代原住民的说法并不矛盾，因为此人清晰地记得，他初来该地时，带着一根神杖，只见一片薄薄的雾

---

1 北美印第安人祈求神灵治病或保佑战斗、狩猎等胜利而举行的一种仪式，通常伴有巫术、盛宴、舞蹈等。

气从草地上升腾起来，那根榛木神杖自始至终指着下方，于是他决定在这儿挖一口井。至于那些岸石，好多人仍然认为，倘若归诸群山波动的原因，也未必能解释清楚；不过据我细心观察，这同一种石头在周围的山上显然俯拾即是，因此，人们不得不用这些石头在离瓦尔登湖最近的铁路两侧筑起护墙；再说，湖岸越陡峭的地方，石头也越多；可惜的是，这对我来说再也不是什么神秘兮兮的事了。反正我已寻摸到了铺砌石头的人。如果说瓦尔登湖这个名字不是来源于某一个英国地名——比方说，萨夫伦·瓦尔登[1]——的话，那么，你就不妨揣想，这个湖原来叫作"围而得"湖[2]。

这个湖依我看就是一口现成的井。一年之中有四个月，湖水冰冰冷，如同湖水一年到头纯净一样；我揣想，这时候湖水就算不是镇上最好的，少说也得跟别的湖一样好。入冬后，凡是暴露在空气中的水，都要比避寒保暖的泉水和井水更冷些。我从下午五点钟一直坐到转天中午，亦即 1846 年 3 月 6 日，寒暑表上温度有时是华氏 65 度，有时是华氏 70 度——部分是照在屋顶上的阳光的缘故吧——湖水放在我屋子里的温度是华氏 42 度，或者换句话说，比从村中最冷的一口井里刚汲取上来的水还低一度呢。同一天，沸泉的水温是华氏 45 度，亦即经测试过的各种水中最最温暖的度数，不过，据我所知，到了

1 萨夫伦·瓦尔登（Saffron Walden），英国名城剑桥以南一城镇。

2 此处原文 walled-in，意为"用墙围起来"，发音与 Walden 相似，故中译文湖名亦按音译。

夏天，这水算是最冷的水了，因为这时候浅层的不流动的地表水，并没有和它混合在一起。再说，在夏天，大多数暴露在阳光下的水都很暖和，可是，瓦尔登湖因为很深，从来不会像前者那样变得很暖和。在最暖热的天气里，通常我把一桶水放在地窨子里，让它在夜里冷却下来，一直保持到转天；尽管有时我也到邻近的泉水边去汲水。过了一个星期，水还像刚舀上来时一样好，一点儿水泵的气味都没有。要是有人夏天到湖边露营一周，只消在他帐篷的阴凉处把一桶水深埋几英尺，管保用不着冰块这类的奢侈品了。

人们在瓦尔登湖里逮住过一些狗鱼，有一条重达七磅[1]，姑且先不谈另有一条鱼飞快逃跑时，把一卷钓线都给捎走了；渔夫没有看到它，估摸少说也有八磅重；逮住过的还有鲈鱼和条鳕，其中有的每条重达两磅以上；还有银色小鱼、鳊鱼（拉丁文学名 Leuciscus pulchellus）或者太阳鱼，数量很少的欧鳊，以及一两条鳗鱼，其中有一条重达四磅——我之所以说得特别详细，是因为一条鱼的身价通常只好指靠它的重量，而这两条鳗鱼却是我在这儿听说过的独一无二的鳗鱼——此外，我还模模糊糊地记得一条小鱼，长五英寸，两侧银灰色，脊背泛绿，从它的特征上看有点儿像鲦鱼，我在这里提到它，主要是为了把事实和寓言联系起来。不过话又说回来，这个湖里并不盛产鱼类。狗鱼虽说不算多，却成了这个湖的一大骄傲。有一

1　1 磅约合 453.59 克。

回，我趴在冰层上，看到狗鱼至少有三种类型：一种又长又扁，铁灰色，酷肖从河里逮住的那样；一种金灿灿的，泛着绿色闪光，在很深的水域里，乃是这儿最常见的鱼；还有一种是金黄色，形状和前一种相似，只是两侧有深褐色斑点或者黑色斑点，间杂着一些淡淡的血红色斑点，活脱脱像鲑鳟鱼。这种鱼按拉丁文学名称为 Reticulatus（网状）不够贴切，还不如管它叫作 Guttatus（斑斓）为好。这些鱼全是肉头结实，看上去比它们的模子要重得多。银色小鱼、条鳕和鲈鱼，还有所有栖息在这个湖里的鱼类，确实要比生长在别的江河湖泊里的鱼类更干净、更漂亮、更结实，因为这里的湖水更纯洁，人们一眼就能把它们区别开来。也许很多鱼类学家可以利用它们来培育新的品种。这个湖里还有一些品种干净的青蛙和乌龟，以及数量极少的淡菜；麝鼠和水貂也在这儿留下了它们的痕迹，偶尔一只周游四方的香龟都会到此一游。有时候，我一大早推船离岸时，不知怎的会把夜间藏身在船底下的大香龟给惊动了。春秋两季，鹅鸭成群，往往在这儿出没无常；白肚皮的燕子（拉丁文学名 Hirundo bicolor）在湖上轻轻地掠过，还有一些斑鹬（拉丁文学名 Totanus macularius）整个夏天净在石头湖岸上“晃来晃去”。有时候，我还会惊起了栖息在湖边白皮松枝头上的一只鱼鹰；可我不知道海鸥有没有来过这儿，如同它们常去美港一样。潜水鸟到这儿来至多每年一次。现在常到这儿来的，全是一些不同凡响的动物。

赶上风平浪静的天气，你坐在小船上，可以看到，湖的东头沙滩附近那一带，水深八英尺至十英尺，还有在湖的别处，也可以看到一些圆形堆垛，高约一英尺，直径六英尺，由比鸡蛋个儿还小的圆石子码成，周围全是光溜溜的沙子。起初你会纳闷，这是不是印第安人故意在冰层上堆叠这些圆石，待到冰层融化时，就一块儿沉到了湖底；可是，这些圆石码得太齐整匀称，里头有些圆石显然也太新鲜，不像人工堆叠。它们与河里找到的石子一模一样；反正这儿既没有胭脂鱼，也没有七鳃鳗，我可闹不清楚那些圆石堆是由哪些鱼码起来的。也许它们就是银色小鱼的窝儿吧。这些圆石堆给湖底平添了几分喜人的神秘感。

湖岸错落有致，一点儿都不单调。在我的心目中，西岸是犬牙交错的深水湾，北岸较为险峻，而南岸呈扇贝形，很漂亮，一连串岬角相互交叠，不由得使人想到岬角之间还有好些人迹罕至的小水湾。湖水边沿耸立的群山之间，有一个小湖，从小湖中央放眼四望，你会欣赏到在森林映衬下从来没有过的绝妙的美景；因为森林映在湖面的倒影，不但形成了最佳的前景，而且，迂回曲折的湖岸，也成为它的最自然、最宜人的边界线。这儿与板斧砍出来的林地不一样，与毗邻湖边的耕地也不一样，既无斧凿的痕迹，又无不完美之感。树木享有充分的空间可向水边扩展，每一棵树都冲着这个方向伸展出最富有活力的枝杈。在这儿，大自然编织了一道天然的花边，一眼望去，从湖边低矮的灌木丛蜿蜒向上，一直可以望到那些参天树木。在这儿，你看不见有什么人工痕迹。湖水冲洗堤岸，有如一千年前一样。

湖——在天然景色中最美、最富有表情的就数它了。它是大地的眼睛；人们观湖，可以掂量出他自己天性的深浅。湖畔的水生树木，仿佛是给它镶边的修长的睫毛，而四周树木葱郁的群山和峭壁，则是它的悬挑的浓眉了。

9 月间的一个下午，风平浪静，薄雾迷蒙，湖对岸的轮廓显得模模糊糊，此时此刻，站在湖的东头平坦的沙滩上，我方才恍然大悟，“湖面如镜”这种说法究竟是从何而来。你要是把头倒转过来看湖，湖就像一条最精致的薄纱悬挂在峡谷上空，在远方松林的映衬下闪闪发光，把大气一层一层地分隔开来。你会觉得，你可以从它底下衣不沾湿地走了过去，一直走到湖对面的群山那里，而掠过湖面的燕子也可以在湖上栖息。有时候，那些燕子果真向它俯冲下来，好像一时失误，稍后方才恍然大悟。你朝西边湖岸抬头望去，不得不举起两手遮住自己的眼睛，挡开地地道道的阳光和从水中反射上来的阳光，因为这两种阳光同样亮得耀眼；你要是用挑剔的眼光，在这两种亮光之间审视湖面，就会看到它端的是波平如镜了；余外，只见一些贴水掠飞的昆虫，遍布整个湖面，彼此错开相同间距，在阳光下飞来飞去，在水面上产生了可以想象到的最精美的闪光来；也许间或还有一只鸭子在梳理自己的羽毛，或者，正如我前面说过的，有一只燕子贴水低飞，快要碰到水面似的。也许打从远处望去，一条鱼儿在半空中画出了一道三四英尺的弧线，在它跃出水面时映出一道闪光，在它钻进水里时又映出了一道闪光；有时候，这一道银光闪闪的弧线还会整个儿显现出来；要不然，也许有一根蓟草漂浮在湖的什么地方，鱼儿冲它一跃，湖面上也会激起一圈圈涟漪。这时，湖面像熔化的玻璃，冷却了但还没有凝结，里头绝无仅有的尘埃也显得纯洁而优美，可谓白璧的微瑕。你经常会看到一片更光滑、更幽暗的水域，仿佛有一张看不见的蜘蛛网，把它和别的水域截然分开，成为水上仙子在那儿憩息的水栅。你从山顶上可以俯看到，几乎所有的水域都有鱼儿在跳跃；在这波平似镜的水面上，只消一条狗鱼或者银色小鱼在捕食一只小虫子，就会把整个湖面的平静给搅乱了。真是神极了，这么简单的一件事，却显现得这么精巧——这种鱼类伤生害命的案件真相终于水落石出[1]——我打老远高头就清晰地看到一圈圈直径为六七杆的涟漪在四周围扩散。你还会看见一只水蝽（拉丁文学名 Gyrinus）在平滑的水面上不停歇地滑过去了四分之一英里；它轻轻地在水面上犁出了波纹，两道分叉线形成了明显的涟漪，可是长足昆虫在水面上滑行，却不会留下看得见的涟漪。湖面上一掀起波浪，长足昆虫和水蝽连影儿都见不着了。但是，赶上风平浪静的日子，它们就会离开自己的避风港，好像探险似的，凭着一时冲动，打从湖边出发，一个劲儿往前方滑行，直到滑完全程为止。入秋后晴朗的一天，坐在高高的山头的树桩上，沐浴

1 这一典故出自英国诗圣乔叟《女修道士的故事》与《修女与神甫的故事》中的短语“终会水落石出”（Morde wd out）。

在温煦的阳光里，俯瞰瓦尔登湖景，仔细捉摸那一圈圈涟漪，一刻不停地雕刻在有着天空和树木倒影的水面上，要不是这些涟漪在晃动，连水面也都看不见呢——这真的是令人舒心的快事啊！在这么浩渺的水面上，什么干扰都没有，即使有一点儿，也很快就会缓解消失，让人安静下来，好像在湖边汲取一壶水，颤动的水波流到了岸边，一切复归平静。鱼儿从水中跃起，小虫子落到了湖里，不外乎通过一圈圈涟漪和优美的线条表述出来，好像这是泉水不断地在向上震颤、井喷。是它的生命在轻轻地搏动，是它的胸脯在上下起伏。那是欢乐的激动，还是痛苦的战栗，全都说不清楚。湖上好一派安谧的景象啊！人类的劳动如同在春天里，又在闪闪发光。是啊，每一片叶子、每一根枝条、每一颗石子、每一张蜘蛛网，到了午后时分都在闪闪发光，宛如春天早晨它们身上沾满的露珠似的。船桨或者小虫子的每一个动作，也都会发出闪光；听那船桨的欸乃声，该有多美啊！

赶上 9 月或 10 月里这么一天，瓦尔登湖俨如十全十美的森林明镜，四周镶上圆石子，依我看，这些圆石子十分珍贵，可谓稀世之宝。说不定地球上再也没有一个湖，会像瓦尔登湖这样纯美，同时又这样浩渺。邈邈乎来自天上的水啊！它不需要护栏。多少个民族来了又去了，都没有玷污过它。它是一面石头砸不碎的镜子，它的水银永远不会消退，它的镶边金饰大自然还在不断修补呢；风暴、尘垢，都没法使它永远光鲜的表面黯然失色——这一面镜子，凡是不洁之物落在上头立时会沉下去，被太阳底下的雾气掸去尘埃，刷洗干净——这是一块拂尘布——往上面呵一口气也都留不住，只管自己直升到高空，宛如悬浮在湖上的朵朵白云，同时又清晰地倒映在湖面上。

泱泱的湖水，让空中的精灵出没无常。它不断从天上接受新的生命和旨意。它实质上是在充当天地之间的媒介。大地上只有草木随风摇曳，而水自身却被风儿吹起一圈圈涟漪。从一缕或者一片闪光里，我看得出风儿在轻轻地吹拂。我们能够仔细俯视湖的表面，真是匪夷所思。说不定我们将来终究也会像这样仔细俯视天空的表面，发觉一个更玄妙的精灵打从它上面掠过呢。

10月的后半个月，严霜降临，长足昆虫和水蝽终于销声匿迹；再往后到了11月，风平浪静的日子里，通常湖面上绝不会被什么玩意儿激起涟漪来。11月的一个下午，持续好几天的暴风雨终于停了下来，但天上仍然阴云密布，雾气迷蒙，我观察到瓦尔登湖上令人出奇地光溜溜，连湖面都很难辨认出来；它虽然反射不出10月里光艳艳的色彩，却映照出了周围群山在11月间的暗淡色调。我尽可能轻轻地划着小船过湖，可是我的小船激起的波纹却一直扩散到我看不见的远方，使湖里的倒影泛出弯弯曲曲的形状。我抬眼观望湖面，隐隐约约看见远处星星点点的微光闪烁不定，就像一些在水上掠过的虫子躲过严霜之后却在那儿扎起堆来了，或者说，也许湖面过于光溜溜，连泉水从湖底往上井喷，也依稀可见。轻轻地荡起双桨，来到了那些地点，我吃惊地发觉，四周全是数不尽的小鲈鱼，大约有五英寸长，在碧绿的湖水里呈深铜色，它们在湖中嬉戏，经常跃到水面上来，激起一圈圈涟漪，有时还会留下一些小小泡沫。在如此透明、好像无底、映现云彩的湖水中，我好像乘着气球悬浮在空中，鲈鱼们则游来游去，依我看，如同在空中飞翔似的，它们俨然是一群鸟儿打从我的下方或左或右穿过，它们的鳍有如全部撑开的风帆。瓦尔登湖就有好多这样的水族，显然它们要在严冬还没有落下冰帘、遮住它们头上广阔的天光之前，充分利用一下这个短暂的季节；有时，它们给湖面呈现出些许细纹模样儿，好像只是一丝微风拂过湖面，或是洒下几滴雨点罢了。我漫不经心地渐走渐近时，它们大吃一惊，猛地拍击湖水，甩着尾巴激起了水花来，好像有人拿着一根刷子似的枝条在击水，眨眼间它们都躲到湖水深处去了。最后，湖上一起风，雾霭渐浓，浪儿开始翻滚，鲈鱼们比前时蹿得更高，半拉个鱼身一下子蹿出了水面，形成上百个黑点子，每一条都有三英寸长。有一年，即使迟至 12 月 5 日，我还看到水面上有一些水花，以为一眨眼就要下大雨了，空中雾气弥漫，我急吼吼坐到划桨的位置上，冲着家径直划去；这时好像雨已经越下越大了，虽然我脸颊上还丝毫没有感觉到，可我估摸自己管保会淋成落汤鸡了。殊不知蓦然间那些水花连影儿都看不见了，原来水花是鲈鱼们激起来的，我的划桨声吓得它们潜入深水里去了，我目睹它们成群消失，渺无影踪；就这么着，我衣不沾湿地度过了这一个下半天。

有一位老人，将近六十年前，每当森林四周围已是黑咕隆咚的时候，经常光临湖边，他告诉我说，那些年头他有时还看到湖上挺闹猛的，鸭子和其他水禽在湖中戏水，有好些多老鹰在上空来回盘旋。他是来这里钓鱼的，划着一只他在岸边寻摸到的破旧小划子。这小划子是由两棵白皮松中间凿空，打造在一起，首尾两端都给砍得方方正正。它那个样式很难看，但是管用，已有好多个年头了，后来进了水才泡烂，也许就沉到湖底去了。他可不知道那小划子是谁家的；得了，它就算是属于瓦尔登湖吧。老人常常把山核桃树皮绞在一起，权当他的锚链。还有一个在革命前就住在湖边的老人，跟他念叨过，说这湖底有一只铁箱子，老人还看见过呢。有时候，那只铁箱子还会漂浮到岸上来；不过，要是你一挨近它，它就又下沉到深水里去，立时渺无影踪。听到那只破旧的小划子的来历，我很高兴，它替代了那种印第安人的小划子，尽管两者木材相同，但是前者做工稍微好看一些；说不定它原先只是岸边的一棵树，后来倒伏在湖水里，漂浮过二三十年，成为最适合在这湖里行驶的船只了。记得我早先观察湖水深处时，就看到湖底隐隐约约躺着好多好多巨大树干，也许是从前被大风刮倒，要不然是最末一次砍伐后给扔在了冰层上，因为反正那时节木材很不值钱；殊不知现如今这些树干十之八九都不见影儿了。

我头一次在瓦尔登湖上划船时，环湖全是茂密、高大的松树和橡树林，在湖的一些小水湾里，葡萄藤蔓爬过了湖沿的树木，形成了一个个凉亭，小船可以打从它底下穿过。形成湖岸的那些群山很陡峭，那儿有很多参天树木，你要是从西头往下俯瞰，这里看上去就像一座圆形剧场，可供某些林中仙子演出。年轻的时候，我就在那儿消磨过好多时光；我像风儿一样随心所欲，漂浮在湖面上，把我的小船划到湖中央，自己仰卧在座位上，在一个夏天的上午，似梦非梦，半眠半醒，待小船撞着了沙滩，我方才惊醒过来，于是站了起来，看看命运之神将我推向什么样儿的湖岸了；在那些日子里，赋闲乃是最诱人的事业，它的产出也最丰富。我让好多个上午都悄悄地溜过去，觉得还是把一天当中最珍贵的时间就这么着消磨掉为好；因为，就算我没得钱，但我却富有阳光明媚的时光和凉爽歇夏的日子，供我尽情享受；我没有把时光更多地浪掷在工场里或者在教师的讲台上，对此我也并不后悔。可是，自从我离开湖岸以后，伐木者对树木越发乱砍滥伐，往后好多岁月里，再也不能在林间小道上徜徉了，也不可能打从枝杈之间偶尔看到湖水了。我的缪斯女神[1]要是从此沉默了，谅她也是情有可原。树林子全给砍光了，你恁地还能指望鸟儿们歌唱吗？

湖底的树干、古老的独木舟和环湖的幽深的树林子，如今都见不着了，村民们就连湖坐落在哪儿也不知道，他们想的不是来这湖里沐浴和掬饮，却要把它的水——这少说也该像恒河一样圣洁的水啊——通过管道引进到村子里去，好让他们洗碟刷盘来着！只消拔去一个软塞，或者拧一下龙头，就用上了瓦尔登湖水！这酷肖魔鬼的铁马，它那震耳欲聋的巨响，整个村

1 古希腊神话中掌管文学艺术，特别是诗歌的女神。

镇上都听得见，它的脚丫已经把沸泉给搅浑了，再说，也正是它，把瓦尔登湖畔所有树林子都给吞噬了。这匹特洛伊木马，肚子里藏了成千个人，全是经商的希腊人琢磨出来的！这个国家的勇士，摩尔府上的摩尔[1]在哪儿？应该迎头赶到“底普卡特”[2]，将复仇的长矛对准这个骄横的害人精的肋骨直捅进去吧。

不过话又说回来，据我所知，在所有的特色中，或许就数瓦尔登湖的特色最好，保持它的纯洁性，也是令人叫绝。许多人都被比喻为瓦尔登湖，但这一美誉只有少数人受之无愧。尽管伐木者把环湖的树木大片大片地先后都给砍光了，爱尔兰人在湖边搭建了他们的陋屋，铁路已经侵占了湖的边缘地带，冰商还来这儿凿取过冰块，但瓦尔登湖本身并没有变化，依然是我年轻时目睹过的湖水；变化了的反而是我自己了。瓦尔登湖里有过数不尽的涟漪，恒久不变的波纹却一道也没有。瓦尔登湖永远年轻，我可以伫立在湖畔，看一只燕子俯冲下来，将一只小虫子从湖面上叼走，如同在往日里一样。今夜，我不禁又触景生情，仿佛我几乎没有跟它朝夕相见长达二十多年之久，这就是瓦尔登湖——好多年以前我发现的那同一个林中之湖；去年冬天在湖边砍掉了一个树林子，今年春天又一个树林子就会傍湖拔地而起，依旧生机勃勃；同样的思绪如同在往日里一

---

1 据传，摩尔是古代英国传说中的屠龙英雄人物。

2 底普卡特，原文为 Deep cut，意谓深深地砍下去。

样从湖面上喷涌上来——这对湖本身与湖的创造者来说，是同样源源不绝的欢乐和幸福，是的，对我来说可能也是如此。不消说，瓦尔登湖是一位勇士的杰作，他这个人心里是没有诡诈的[1]！他亲手把这湖水围住了，在他的思考中使湖水得以深化和澄清，并在他的遗嘱中将它传给了康科德。我从它的湖面上看到了他来此拜访它时同样的倒影活灵活现；我差不离要说：瓦尔登，是你吗？

我断断乎不会梦想
去雕饰一行诗；
唯有住在瓦尔登湖旁，
我方可走近上帝和天堂。
我是圆石堆砌的湖滨
高头轻轻地吹过的风；
在我的掌心里
是湖里的水和沙，
湖的最幽深的胜地
却耸立在我的脑海里。

火车从来没有停下来观赏一下瓦尔登的湖光山色；不过，

1 《圣经·新约·约翰福音》第 1 章第 47 节："耶稣看见拿但业来，就指着他说：'看啊，这是个真以色列人，他心里是没有诡诈的。'"

我揣想，火车上的司机、司炉和司闸员，还有那些持有月季票的旅客，他们倒是常常将湖上美景看在眼里，其实，观赏瓦尔登湖景色，就数他们最地道。司机在夜间开车并没有忘记它，或者说，司机的天性并没有忘记它，而在大白天，司机至少会对静谧、纯洁的湖光山色投以一瞥，就算它仅仅是惊鸿一瞥，也足以把斯达特街[1]和发动机上的污垢冲洗得干干净净。有人提议，不妨管瓦尔登湖水叫作“圣水一滴”。

我已说过，瓦尔登湖的进水口和出水口都是看不见的，但它一边和佛林特湖遥相呼应，间接地连在一起，佛林特湖水位比较高，有一连串小湖打从那儿流过来；它另一边又显然直接和康科德河连在一起，而康科德河水位较低，也有一连串类似的小湖当间穿过，在某个地质时期也许河水泛滥过，只消稍微开挖一下——无奈上帝禁止开挖——它还是可以流到这儿来。如果说瓦尔登湖像林中隐士一样如此这般克制而又简朴地生活了那么悠长岁月，从而获得如此神奇的纯洁性，那么，佛林特湖较为不洁的湖水一旦和瓦尔登湖水搅浑在一起，或者换句话说，瓦尔登甘美的湖水给白白地浪费掉，流入了海洋，谁能不为之惋惜不已呢？

佛林特湖，或称沙湖，位于瓦尔登湖以东一英里的林肯附近，是我们这儿最大的湖和内海。佛林特湖面浩瀚，据说占地

1　参见前注，即麻省首府波士顿市内一条大街，以金融中心著称于世。

一百九十七英亩，湖中渔产也更丰富；不过，水位比较浅，水质也不太纯。穿过树林子溜溜达达上那儿去，常常是我的一大消遣。哪怕是仅仅感受一下那好不痛快地吹拂在脸颊上的清风，仅仅是看一看此起彼伏的水波，仅仅是追怀一下海员们的生活，那也算是不虚此行吧。入秋后起风的日子里，我去那里拾过栗子，那时坚果都掉在水里，又给水波冲到了我脚跟边；有一回，我正沿着芦苇丛生的岸边爬行，灵动的浪花飞溅在我脸上，我碰见了一条破船的残骸，船舷没有了，在灯芯草丛里几乎给人留下只有一个平底的印象；不过，船的模型还是轮廓分明，仿佛是一大片烂透了的睡莲叶子，依然有棱有角。这是人们在海岸上可以想象到的令人印象深刻的船骸，里头还包含耐人寻味的寓意。这个时节，湖岸上不外乎是腐殖质土壤，很难看出真面目来，到处长满了灯芯草和菖蒲。这个湖北端的湖底沙滩上，涟漪留下的痕迹，常常使我赞赏不已；湖底受到水的压力变得异常坚硬，涉水者走在上面就更有具体感受；单行生长的灯芯草呈现波浪形条纹，跟湖底的涟漪痕迹合辙儿，一排又一排，仿佛是波浪把它们栽植的。在那里，我还发现了好多奇形怪状的球体，分明是由细草或者根须，也许还有谷精草所组成的，其直径从一英寸半到四英寸不等，倒是很完美的圆形物体。这些球体在湖底沙滩浅水里来回冲荡，有时还被湖水卷到了湖岸上。它们要么是铁硬的草团，要么就是中间带着一点儿沙子。开头，你也许会说，它们是被波浪冲击而成的，如同鹅卵石一样；但是，最小的球体仅有半英寸长，尽管质地粗糙跟大的球体相同，但它一年之中只要一个季度就长大成形了。再说，我还怀疑，波浪所起的作用，不是在打造，而是在损坏早已抱成团的物体。这些球体一旦干透了，它们的形状依然可以保存相当长的时间。

佛林特湖！我们给它起的名字，没承望会如此寒碜呀。邋里邋遢、傻里傻气的农夫，竟然在这水天一色的湖中开垦农场，恶狠狠地把湖岸糟蹋得不堪入目，他凭什么权利用自己的姓氏给它命名来着？好一个刮皮的吝啬鬼，天底下他最爱的是一块美元或者一枚闪亮的分币的反光，从中他可以看到自己那张厚黑的脸；他甚至把栖息在湖上的野鸭子都看成入侵者；由于长期惯常贪婪掠夺，他的手指已经变得弯曲而又尖硬，就像哈比[1]的鹰爪——因此，这个湖名我觉得挺别扭。我上那儿去，断断乎不是去看他，也不是去听别人念叨他；他从来没有看见过这个湖，也没有在这个湖里洗过澡；他从来没有喜爱过这个湖，从来没有保护过这个湖，从来没有说过这个湖的一句好话，更没有感谢过创造了这个湖的上帝。给这个湖命名，还不如干脆采用在湖中戏水的鱼儿的名字，或者在湖上出没无常的飞禽或者走兽的名字，或者傍湖生长的野花的名字，或者用一个他们的身世和湖的来历交织在一起的野人，乃至于野孩子的

1 哈比，古希腊、古罗马神话中一怪物，它的脸及身躯似女人，而翼、尾、爪似鸟，残忍、贪婪、掠夺成性。

名字；断断乎不要采用他这个人的姓氏，因为除了同他意气相投的邻居或者立法机构发给他一张契约以外，他对这个湖并没有所有权——他这种人心里想的只是这个湖值多少钱；他在湖上的出现，说不定只会使环湖滩地横遭灾祸；他这种人只会使湖周围的土地潜力全给耗尽了；他这种人唯一感到遗憾的是，这儿不是盛产英格兰干草或者越橘的草场——在他的眼里，这确实没有什么可补偿的——所以，只要湖底的淤泥可以卖钱，他认为，即使把湖水排干也行。反正湖水再也不会叫他的水磨转动，他也并不觉得观赏湖上景色是一种莫大的荣幸。对他的活计，以及他那个样样东西明码标价的农场，我是不屑一顾的；他这种人会把风景，甚至还有他的上帝，通通拿到市场上去拍卖，只要他从中有利可图的话；其实，他到市场上去，说白了，就是为了他的那个上帝；在他的农场上，什么玩意儿都不会长出来；他的地里长不出谷物，他的草场上见不到花儿，他的果树上不结果实，反正长出来的是金币；他喜爱的并不是他的果子的美；他觉得，他的果子只有变成了美元，这才算成熟了。得了吧，反正我安于穷虽穷，其实真富的生活。农夫们越是贫困，越是得到我的敬意和关注——贫困的农夫们。亏它还是个模范农场！农场里的房子，就像粪堆上长出来的真菌，住房啦，马厩啦，牛棚啦，猪圈啦，不管是干净的，还是不干净的，全都连在一起！人就像畜生似的挤在里头！赛过一大块油渍，散发出粪肥和奶酪掺和在一起的气味！在一个高度文明的社会阶层里，连人的心脑都给沤成了粪肥！仿佛你上教堂墓园去种土豆！原来模范农场就是这个德行。

不，不；如果说最优美的景点要冠以人名，那就不妨采用最高贵的精英人物的名字。让我们的湖拥有真正的名字，至少要像伊卡罗斯[1]海那样，在那里，一次“勇敢的尝试”至今仍在海上回响着。

鹅湖，湖不太大，坐落在我去佛林特湖的路上；美港是康科德河的一个大水湾，据说面积大约有七十英亩，在西南角一英里处；白湖，约莫有四十英亩，离美港有一英里半之遥。这些就是我的湖乡[2]。这几个湖，连同康科德河，成了我日夜享受的水上特区；夜以继日，年复一年，它们把我送去的那些谷物都给碾成了粉。

自从伐木者、铁路和我玷污了瓦尔登湖之后，在我们这儿所有的湖里头，最诱人的湖——哪怕不是最美丽的——堪称林中瑰宝的，也许就数白湖了——好一个可怜巴巴的湖名，是由于它太平凡吧，得名于其水质极其纯洁，抑或是源于沙子的颜色。反正不管从哪个方面来说，白湖与瓦尔登湖乃是孪生兄弟，只不过它要稍微小一些。它们相似之处非常之多，你会说它们在地底下一定是连在一起的。白湖也有同样的圆石湖岸，

1 伊卡罗斯，古希腊神话中的一个人物，雕塑家戴达勒斯的儿子，与其父双双以蜡翼粘身飞离克里特岛，因为飞得太高，蜡翼被阳光融化，坠落爱琴海而死。

2 又译湖区，因当年英国大诗人华兹华斯、柯勒律治等人写诗歌咏的原址位于英国西北部湖泊而著称于世。

湖水也是同样的颜色。正如瓦尔登湖，赶上热得邪门的酷暑天气，透过树林子，俯瞰湖中一些水湾（它们虽然算不上很深，但因湖底的反光，染上了一层色彩），白湖的水也平添了一种雾蒙蒙的淡绿的，抑或是海绿的色彩。好多年前，我常去那里采沙，用小车运回来做砂纸，后来我还持续不断地去过那里。有一个常去白湖的人提议，不妨管它叫作“绿湖”就得了。也许还可以称它为“黄松湖”，理由如下：大约在十五年前，你会看到一棵油松的树梢头，不断往外伸向深水的上空，离湖岸竟有好多杆远呢。这种松树并不是什么名贵品种，但在这附近一带的人都称之为黄松。有人甚至还认为白湖原先下沉过，从前在这里有过一片原始森林，这棵黄松就是其中的一棵。我发现，甚至远在1792年，在马萨诸塞州历史学会藏书馆里，就有一位公民写过一部《康科德地形图志》，这位作者谈到了瓦尔登湖和白湖后，找补着说：“白湖的水位很低时，在湖心那里可以看到，有一棵树，树根虽然在离湖面有五十英尺的深处，但看上去仿佛生长在眼下所在的地点；树梢头已被摧折殆尽，被摧折之处直径据测算有十四英寸。”1849年春天，我和一个住在萨德伯里、离湖最近的人闲聊，他告诉我，正是他在十年或许十五年以前把这棵树给拽了出来的。就他记忆所及，这棵树离湖岸有十二杆或者十五杆远，那儿水深约莫有三十英尺或者四十英尺。当时正是严冬季节，他上半天在湖上凿冰，决定午后请邻居们帮忙，把这棵老黄松树给拽出来。他先在冰层上锯开了一条渠道，径直通向湖岸，随后用一头牛把老黄松树拔起来，再拖到了冰层上；殊不知这活儿还没有多大进展，他大吃一惊地发现，这棵树却是树根朝天，枝条的根茬反而朝下，那小的一头牢牢地在沙质的湖底扎了根。那大头的直径约莫有一英尺，他原先指望能寻摸到一根可开出上等锯材的原木，没承望它已腐烂透顶，只配当作劈柴生火，如果说拿它来做燃料的话。当时，他的披屋里头还有一点儿木头。那上头还有斧痕和啄木鸟的喙痕呢。他认为，那可能是湖岸上的一棵死树，后来被大风刮倒在湖里，树顶被水浸透了，树底部分还是很干燥的，分量又很轻，因此浮上了水面，倒栽着沉了下去。他父亲年届八旬，记不起来那棵树打从什么时候就不见影儿了。现下可以看到也许湖底依然还有一些好粗的原木，由于湖面上水波不断在荡漾，它们看上去就像硕大无朋的水蛇在游动似的。

白湖很少让渔船玷污过，因为湖里可引诱渔夫的生物少得可怜。既没有洁白的睡莲（因为它需要淤泥），也没有常见的菖蒲；在纯净的湖水中，稀稀落落地点缀一些蓝幽幽的菖蒲，它们好像都是从沿岸四周湖底石滩上一跃而起似的。到了6月间，蜂鸟就来这儿探访，那蓝幽幽的叶片和蓝幽幽的花朵，特别是它们在湖中的倒影，与海蓝色的湖水显得格外和谐。

白湖与瓦尔登湖是大地上的两大块水晶——“光之湖”。如果说它们是永远凝固的、小得可以拿捏的东西，也许它们早被奴隶们带走，如同宝石一样，点缀在帝王的头上了；幸而它们是液体，烟波浩渺，永远惠及我们和我们的子子孙孙。可惜我们自己并不赏识它们，却去追求什么什么科依诺尔[1]大钻石。它们端的是太纯洁，断断乎没有市场价值，而且它们不含污垢。倘若跟我们的生活相比，它们不知道要美好得多！倘若跟我们的性格相比，它们不知道还要透明多少呢！我们从来没听说它们有过什么微瑕。倘若跟农家门前鸭子在戏水的池塘相比，它们不知道该有多美啊！瞧，洁净的野鸭子上这儿来了。大自然啊，还没有一个居民能好好赏识她呀。金嗓子彩鸟配上鲜花真乃琴瑟和谐，令人艳羡，但是，又有哪个少男少女能与大自然的粗犷华丽之美珠联璧合、相得益彰呢？大自然远离尘嚣，独自欣欣向荣。还胡扯什么天堂不天堂！亏得你们玷污了大好河山。

1 原产自印度的一颗大钻石，重 191 克拉，1849 年后被英国夺走，成为英王王冠上的宝石。

贝克农场

有时，我漫步到松树林，松树林耸立着像寺院，或者像海上装备齐全的舰队，树枝像波涛起伏，又像涟漪闪闪发光，看到那么柔和苍翠的浓荫，德鲁伊特们[1]也会摈弃他们的橡树林，专程来到这些松树林下顶礼膜拜了；有时，我漫步在佛林特湖畔的雪松树林，那些参天大树上挂满了灰白色的蓝莓，树干越长越高，移植到瓦尔哈拉殿堂[2]前倒是十分相宜；而杜松的藤蔓盘绕交错，果实累累匝地；有时，我信步来到沼泽地带，只见白杉上倒悬着花彩似的松罗地衣，满地都是伞菌，它们是沼泽地众神的一张张圆桌子，而分外美丽的香菌则点缀在树根周围，像蝴蝶、像彩贝，也像植物峨螺；那儿长着石竹和山茱萸，红色的桤木浆果活像小精灵的眼珠子；就算是最坚硬的树木，也会被蜡蜂啃成累累凹痕而毁掉；可野冬青的浆果，端的是美极了，令人看了流连忘返；还有好多好多别的不知名的野生禁果，也都是光艳夺目，挺诱人，味儿太美了，凡夫俗子是断断乎没尝过的。我一次又一次地去访问的，不是哪一位学者，倒是在这一带十分罕见的一棵棵不同凡响的树木，它

1 古代凯尔特人中有一批有学识的人，担任祭司、教师、法官或巫师、占卜者等职。据说，他们崇拜橡树林。

2 北欧神话中诸神兼死亡之神奥丁接见战死者英灵的殿堂。

们远远地耸立在牧场的中央，或者生长在树林子或者沼泽地的深处，或者生长在小山冈顶上。比方说，黑桦木，我们就有一些漂亮的标本，它的直径达两英尺。与黑桦木同一纲目的，还有黄桦木，披着宽大的金色外衣，跟黑桦木一样散发着香味儿。还有山毛榉，长得那么洁净脱俗，周身呈现靓丽的地衣色彩，所有细部全臻完美无缺；这一种树，除了散在各处的标本，在这一带我知道唯有这样小小的一片树林子，树身倒是相当可观，据说还是那些被附近山毛榉坚果引诱过来的鸽子所播下的种子呢；你一劈开这种树木，只见银色的颗粒闪闪发光，煞是好看。此外，还有椴树、鹅耳枥树（拉丁文学名为 Celtis occidentalis），亦即假榆树，我们这儿只有一棵生长得很好。还有一些可以制作桅杆的高耸的松树，以及一棵可以做木瓦的树；一棵不同凡响的铁杉，矗立在树林子里宛如一座宝塔。我还可以列举出好多别的树木。不管严冬酷暑，这些都是我必去朝觐的圣地。

有一回，说来也真巧，我站在一道彩虹的拱座那儿，只见这道彩虹贯通大气的底层，给周围的草叶点染了色彩，使我一下子眼花缭乱，仿佛我正在透视一个五彩缤纷的水晶体。这儿旋即成了一个光之湖，刹那间，我活脱脱像在虹光之湖里的一头海豚。那彩虹要是持续的时间长一些，说不定会使我的事业和生命异彩纷呈了吧。我行走在铁路堤道上时，常常对我的影子周围那个光轮感到惊讶，自以为是上帝的一名选民了。有一个来访者告诉我，在他面前的那拨爱尔兰人，他们的影子周围就没有光轮，只有生于斯、长于斯的土著才有哩。本梵努托·切利尼[1]在他的回忆录里告诉我们，他在圣安琪罗城堡囚禁期间，有过一个可怕的噩梦或者幻觉之后，无论在早上和晚上，都有一团灿烂的光芒出现在他的头影上，不管他是在意大利，还是在法国，而且，要是在草上有露珠时，那光轮也就更加明显。说不定这跟我说起过的是如出一辙的现象，在大清早显得尤其清楚，不过，在别的时间里，乃至于在月光之下，也是如此这般。这固然是一种常见的现象，但很少被人注意到，而一加上像切利尼那样惊人的想象力，就足以构成迷信的基础。此外，他还告诉我们，他仅仅是指点给极少数人看过的。不过话又说回来，那些意识到自己得天独厚的人，难道说真的就是卓荦冠群吗？

有一天下午，我穿过那片树林子，去美港钓鱼，以弥补一下我光吃蔬菜所引起的营养不足。我路上穿过快乐草地，它隶属于贝克农场，从前有个诗人就歌唱过这么一块隐退胜地，诗的开头是——

> 入口是一片宜人的田野，
> 在长满苔藓的果树之间，

1 本梵努托·切利尼（Benvenuto Cellini，1500—1571），意大利文艺复兴时期雕塑家、作家，他的回忆录是一部名著。

一条泛红小溪在涓涓地流，
麝鼠却在水边忽闪忽现，
还有鲜蹦活跳的鳟鱼，
也在水中尽情游来游去。

我在入驻瓦尔登湖之前，倒是考虑过去那里居住。我曾经在那里“钩过”[1]树上的苹果，还一纵身跃过那条小溪，把麝鼠和鳟鱼都给吓跑了。那些个下半天，时间好像冗长得不得了，赛过我们寿命的一大半，其间会发生许许多多事情；就是这么一个下半天，时间早已过半，可我方才动身呢。走到半路，碰到一场大雨，我只好在一棵松树底下站了半个小时，头上堆满树丫枝，再用一块手绢来遮挡雨水；到最后，我已站在齐腰深的水里，正要拿眼子菜来碰碰运气呢，蓦然间，我发现自己置身于一块乌云底下，雷声开始轰隆作响，我别无选择，只好洗耳恭听了。天上诸神定然自以为了不起，我想，居然用如此这般的叉形的闪电，来打击一个手无寸铁的可怜巴巴的钓鱼人。于是，我赶紧直奔最近的那个小屋去躲一躲，那小屋离哪一条大路都有半英里路远，不过离湖倒是反而近得多了，何况很久以来没有人在那里住过——

这是一位诗人所造，

1　此处意谓顺手牵羊，“偷过”。

在他的风烛残年，
眼看这简陋的小木屋，
也有坍塌的险象。[1]

缪斯女神讲过的寓言就是这样。但我却发现当下住在这里的一个爱尔兰人，名叫约翰·菲尔德，还有他的妻子和好几个孩子；那个脸儿大的男孩子已能帮父亲干点活儿，此刻跟着父亲从沼泽地奔回家躲雨，来到那个脸上有皱纹、像先知一样的圆锥体脑袋的婴孩跟前，那婴孩则坐在父亲的膝盖上，犹如坐在贵族的宫殿里，从他那个潮湿而又挨饿的家里好奇地直望着陌生人，不消说，这是婴孩的特权，他却不懂得自己是贵族世家的最后一代，是当今世界的希望、引人瞩目的中心，而并不是什么约翰·菲尔德可怜的、挨饿的小伢儿。我们一块儿坐在漏雨最少的屋顶底下，而屋外，雷声隆隆，大雨滂沱。从前，我曾在这里坐过不知有多少回了，那时节，载着他们一家子漂洋过海到美国来的那艘船，恐怕还没有造好吧。约翰·菲尔德，一望可知，是个诚实、勤劳，但又无可奈何的人；他的妻子倒是很泼辣，总在高高的炉子那儿忙不迭地做饭；瞧她那张脸儿圆乎乎的、油腻腻的，露着胸脯，仍然在梦想总有一天能够改善一下自己的境遇；尽管她手里一刻儿不离小拖把，可

1 以上两处诗句转引自美国作家钱宁（W. E. Channing，1780—1842）的《贝克农场》，钱宁系美国基督教公理会自由派牧师，主张神学人文化，反对蓄奴、酗酒、贫困和战争。

哪儿都看不出它有什么效果来着。鸡群也进了屋子来躲雨，好像家里人一样在屋子里头走来走去，反正它们太酷肖人类，我想，就算烤熟了，味儿也不见得好极了。它们站在那儿，直盯住我的眼睛，或者故意来啄一啄我的鞋子。就在这时候，我的主人把自己的身世说给我听，说他如何给邻近的一个农场主在“沼泽地”里干活，用铁锹（或者沼泽地专用的铁锄）翻耕一片草地，报酬是每一英亩地十块钱，并且可使用施过肥的土地一年；又说他那脸儿大、个子小的儿子，一直在父亲身边乐乐呵呵地干活儿，一点儿不知道他老爸这一笔买卖该有多么倒霉。我试图用我的个人经验帮助他，告诉他，说他是我的紧邻之一，说我也不外乎来这儿钓钓鱼，看上去是个流浪汉，和他本人一样自谋生计；我还告诉他，我住在一个逼仄，却明亮、洁净的屋子里，屋子的造价一点儿也不高于他每年租用这种陋屋的租金，如果他愿意的话，他也可以在一两个月以内，给自己造一座宫殿来着；我平素不喝茶，不喝咖啡，不吃黄油，不饮牛奶，也不吃鲜肉，因此，我就用不着为了得到这些去干活儿；再有，我平素干活儿不太吃力，用不着吃得很多，所以，我的吃食费用也是微不足道；可是他呢，因为他一开始就要吃茶、咖啡、黄油、牛奶、牛排，那他就不得不拼命干活儿，来偿付这些吃食开支，而且，他越是拼命干活儿，就越是要拼命吃喝，以弥补他体力上的消耗——就这么着，我与他之间已是半斤八两，没得区别啦，但是说实话，他可亏得还要厉害呗。因为他总是没法得到满足，结果他的一生就这么着在这笔买卖中耗掉了；殊不知他还是认为，到美国来是有赚头的，在这里，你每天可以吃到茶、咖啡和肉类呢。其实，那唯一真正的美国是这样一个国家：在这里，你可以自由地追求这么一种生活模式，即使没有这些东西照样也能生活，而且，在这里，国家并没有强迫你去支持蓄奴制，去供养战争，以及为了间接地或者直接地用于诸如此类的事儿而付出额外费用。原来我是有目的地跟他说这些话，好像他就是一个哲学家，或者换句话说，他愿意成为一个哲学家。如果说那就是人类开始为自我赎救的结果，我倒是很乐意让地球上所有草地依然处在蛮荒状态。一个人不见得读了历史，方能悟出什么东西来，对他自己的文化最有裨益。可是，老天哪！一个爱尔兰人的文化，从心理上来说，就是用一种沼泽地专用的锄头去开创自己的事业。我告诉他，既然他在沼泽地里干活儿，他就需要加厚靴子和牢实的衣服，要不然这些衣靴一下子就给弄脏了、磨烂了；可我穿着轻便的鞋子和薄薄的衣服，所花的钱还不到他的一半，说不定他认为我穿扮得活像一个绅士（其实并非如此）；我倒是可以在一两个钟头以内，不费吹灰之力，仅仅是作为一种消遣，就能钓到很多很多的鱼儿，够我吃上两天，或者挣到够多的钱，可供养我个把星期。如果说他和他的一家子愿意过简朴的生活，夏天他们可以全家都去拾乌饭树浆果，好歹也是个乐子呗。听了我这番话，约翰长叹了一声，而他的妻子双手叉腰，两眼直瞪着，他们两个人看上去都在思忖，他们有没有足够的资金，开始过这么一种生活，或者说，他们有没有足够的运算能力使它实现。在他们看来，这好比张帆航行，少不得航位测算，可他们闹不清楚该怎么着方能到达他们的港口；因此，我估摸，他们仍然会按照他们的方式生活，勇敢地直面生活，竭尽全力应对着，他们没有能耐采用最精锐的楔子，自然也揳入不了生活的巨大立柱，将它一一劈开，然后精细地刻上花纹——他们想到的是凑合着应对生活，就和人们应对棘手问题一模一样。可是，他们却在极端不利的条件下拼搏——过日子，约翰·菲尔德，天哪！不会算计，注定大败亏输。

“你钓过鱼吗？”我问。“哦，钓过，我休息的时候，倒是常常钓过一些；我还钓到过很棒的河鲈鱼呢。”“你用的什么鱼饵呢？”“我用鱼虫子钓银色小鱼，再用银色小鱼作诱饵来钓河鲈。”“得了吧，你现在就去钓鱼，约翰。”他的妻子说，脸上露出希望的闪光；可是，约翰却迟疑不定。

这时，阵雨已经过去了，东边树林子上空映现一道彩虹，预示着一个美好的夜晚；于是，我就起身告别。到了门外，我又转过身来，向他们要一杯水喝，希望看一看他们这眼井的底里，完成我对周近住家的调查；可是，天哪！这井底竟然是个浅滩，里头净是流沙，绳子扯断了，水桶也坏得没法修补。就在这时候，灶间用的一只杯子好歹给找出来了，杯子里头的水，好像蒸馏过了，经过一番磋商，拖了好长时间，才传递到了那口渴的人手上——还没有凉下来，更没有澄清哩。我想，这儿的人就是靠这种稀汤光水来活命的；于是，我巧妙地将尘埃抖落在水底，为了主人真诚的殷勤招待，我闭上眼，一饮而尽。在诸如此类的场合，我可一点儿也不拘礼的。

雨后，我离开了爱尔兰人一家，大步流星地向湖边走去。我涉水走过一些僻静的草地，泥坑与沼泽地的洞穴，也走过不少荒野的地块。我那种急吼吼去钓狗鱼的心情，对我这个读过中学、上过大学的人来说，一下子显得可有可无；不过，我一下了山，直奔一抹红霞的西边，一道彩虹悬在我两肩之上，隐隐约约有一种叮当声，透过洁净的空气，传入我的耳际，这时，我又不知道从什么地方，听到我的守护神好像在跟我说话似的——你要天天去远处钓鱼打猎——越远越好，地域越广越好——你就在许多小溪边休息，在许多人家的围炉边休息，莫要担惊受怕。少壮时宜纪念造你的主[1]。你要在黎明前就一无牵挂地起来，追求冒险去吧。让正午看见你在别的一些湖边，入夜后，你就四海为家。天底下没有比这里更开阔的田野，也没有比这里更珍贵的猎物。按照你的天性，粗犷地成长吧，就像那些莎草和欧洲蕨，它们断断乎不会变成英格兰的干草。让雷声隆隆吧；它要是毁掉农夫们的庄稼，那又怎么着？那可不是派给你的苦差事。别人逃到车子里和披屋里躲雨，你不妨就躲在乌云底下吧。你要谋生，靠的不是自己的手艺，而是自己的娱遣。尽情享受大地的乐趣吧，可千万不要占有大地。人们由于缺乏进取心和信心，沦为目下窘境，买进卖出就像奴隶似的虚度了一生。

1 《圣经·旧约·传道书》第 12 章第 1 节：“少壮时宜纪念造你的主。”

啊，贝克农场！

大自然中最艳丽的景观
是一缕天真无邪的阳光。……

农场周边都围上了篱栅，
谁也不会跑去纵情欢乐。……

你平素从不跟人们争辩，
没有哪个问题难得倒你，
你身穿平日里褐色呢制服，
像头一次见到时一样驯良。……

来吧，你们爱也好，
来吧，你们恨也好，
圣灵的子女们，
和州里的盖伊·福克斯[1]
还有种种阴谋诡计
悬挂在粗硬的椽木[2]上！

---

1 盖伊·福克斯（Guy Faux，1570—1606），英国天主教徒，为英国火药阴谋案（1605）的主犯，在直通英国议会大厦的地下室埋下炸药，阴谋炸死詹姆斯一世，事败后被处死。英文中 Faux（福克斯）意谓“假的”“伪的”，此处又是梭罗善用双关语的实例之一。

2 此处暗喻绞刑架，因绞刑架全由粗硬原木制成。此诗引自诗人钱宁的《贝克农场》。

只有入夜以后，人们方才乖乖地从毗邻的地头上，或者市街上回到家里，听听家里耳熟能详的回声。他们的生命力日渐脆弱，这是因为它没有吐故纳新吧；晨昏时分，他们的影子到达比他们每天走过的路程还要远的地方。我们每天应该从远方，从奇遇、风险和发现中，带着新经验和新性格回家。

我还没有到达湖边，没承望约翰·菲尔德却在新的冲动之下赶过来了。他的脑瓜儿已开了窍，太阳落山前不去沼泽地干活儿了。不过话又说回来，他，这个可怜虫，只钓到一两条鱼，我却钓到了一长串鱼儿，他说这就是他的运道呗；可是，我们互换了在小船上的座位，运道也跟着易了位。可怜巴巴的约翰·菲尔德啊！——我相信，他是不会读到这些话儿的，除非他读过后会有长进——他想在这个原始的新国家里，按照缺乏独创性的古老乡村模式来生活——用银色小鱼作诱饵把鲈鱼钓上来。有时候，这是很棒的鱼饵，我承认。凭他自己所有的见识，他还是一个穷人，生来就穷，继承了爱尔兰的贫困或贫困生活，继承了他那亚当的老奶奶[1]和沼泽地耕作方式，因此，不管是他还是他的子孙后代，在当今世界里全都无法崛起，除非他们给跋涉在沼泽地里的泥腿子[2]后跟，穿上一双有翼凉鞋。

1 在西方，亚当是人类的第一人，自然，没有祖母，是故，此处暗喻为非常古老的意思。

2 原文为 Bog，意为沼泽、泥塘，有时包含泥腿子的意思。Bog Irish 即指泥腿子爱尔兰人，纯属古代英国人对爱尔兰人的蔑称。

更高的法则

我手里提着一串鱼，拖着钓竿，穿过树林子回家的时候，天已黑下来了，我瞥见一只土拨鼠打从我的小径溜过去，顿时感到一阵奇怪的野性喜悦的刺激，恨不得将它生擒活捉，一口吞了下去。这倒不是当时我饥肠辘辘，而是不外乎它所代表的那种野性罢了。我在湖上生活时有过一两回，发觉自己像一条半饥半饱的猎犬，在树林子里头狂奔，放纵得出奇，在寻摸一些我可以吞食的野味，不管是哪一种野味，反正我都吞得下去。就算是最野蛮的场景，我都莫名其妙地变得熟稔起来。我发现，至今仍然发现，自己内心深处有一种本能，想过一种更高级的生活，亦即所谓精神生活，大多数人对此都有同感；但我还有另一种本能，却想归入原始阶层，过一种野性的生活。我对这两种本能都很尊重。我之热爱野性，并不亚于热爱善良。钓鱼寓有野性和历险，我至今对此仍然情有独钟。有时候，我希望能过上一种粗犷的生活，就像动物似的度过自己的一生。也许正是因为我年纪很轻的时候就钓过鱼打过猎，我方才和大自然有了最亲密的交往。渔猎很早就把我们引进大自然，让我们置身于大自然的景色之中，要不然，就凭那个年龄段，我们恐怕很难对大自然熟稔起来。渔民、猎户、樵夫等人，在田野和森林里度过他们的一生，从某种特殊意义上说，他们本人已成了大自然的一部分，他们在工作之余，经常观察大自然，其心情之乐观，甚至超过那些企盼接近大自然的哲学家和诗人。大自然并不害怕把自己展现给他们看。旅行者到了大草原上，自然成了猎人，在密苏里河和哥伦比亚河上游，就成为一名捕兽者，而在圣玛利亚大瀑布，则成了一个渔民。说穿了，他们充其量只不过是一个旅行者，学到的也仅仅是二手货，一知半解，算不得什么权威。我们最感兴趣的是，科学报告里已向我们阐明了通过实践或者本能所发现的一切，因为唯有这样的报告方才具有真正的人性，或者换句话说，乃是人类经验的记述。

有人以为北方佬很少娱乐，因为他们的公众假期不太多，大人和孩子的游戏也不像在英国那么多，这种看法就错了，因为在我们这里有着更为原始，但又独一无二的娱乐，比方说，打猎和钓鱼等，它们可丝毫不逊于前者呢。差不多跟我同时代的每一个新英格兰孩子，在十岁和十四岁之间，肩上都扛过猎枪；跟英国贵族的专有保留地不一样，他们打猎和钓鱼的地域不受限制，有的甚至比野蛮人的还要辽阔无边。所以，北方佬不经常到公共牧场[1]去玩乐，也就不足为奇。但是，当前正在发生变化，倒不是因为人们日益具有人性，而是因为猎物在日益锐减，说不定猎户才是猎物们的最最了不起的朋友，甚至比

1 原文为 The common，毗邻新英格兰大部分城镇中心，均有供农场放牧的公共牧场。

保护动物协会[1]还有过之而无不及。

再说，我在湖边时，间或钓钓鱼，不外乎换换我的口味罢了。其实，就像世间最早捕鱼为生的人们一样，我是真的出于需求才去钓鱼的。纵然我以人性的名义反对捕鱼，那都是虚假的，涉及更多的是我的哲学思考，而不是我的感情问题。现在我只谈捕鱼问题，因为我对打鸟早就有不同的看法，来这树林子之前，我索性把猎枪卖掉了。倒不是我比别人缺失多少人性，而是因为我一点儿意识不到自己有什么恻隐之心。我既不怜悯鱼儿，也不怜悯诱饵。这已是习以为常了。说到打鸟，在最后几年里，我扛着猎枪打猎去，我的借口是我在研究鸟类学，我寻摸的也仅仅是新的或者珍稀鸟类。但是，我承认，现在我开始觉得，要研究鸟类学，还有比这更可取的方式。这就需要更加仔细地注意观察鸟类的生活习惯，就凭这么一个理由，放下猎枪，我也心甘情愿。不管有人如何从人性视角出发加以反对，我还是不得不怀疑，有没有同样有价值的娱乐可以取代打猎这些活动；我的一些朋友对他们的孩子特别操心，焦灼不安地问我：是不是应该让他们的孩子去打猎？我的回答是：应该——我记得这是我所受教育中最好的一部分——让他们成为猎人，虽然他们早先只是运动员，如果可能的话，到头来也许会成为一名身强力壮的猎人，这么一来，赶明儿他们会知道，在这里或者在任何一个莽原上都没有足够的猎物，可

1 保护动物的慈善机构的统称，有时亦译人道主义协会。

供他们捕杀了——得人如得猎物和鱼[1]一样。因此，迄至今日，我倒是赞同乔叟[2]笔下的那个修女的看法，她说：

> 还没有听到老母鸡说过
> 猎人并不是圣洁之人。[3]

在个人和种族的历史上，都有过这么一个时期，猎人成了“最好的人”，阿尔贡金人[4]就如此这般称呼过他们。对于从来没有打过枪的孩子，我们不能不表示怜悯；因为他的教育不幸被忽视了，他已然不再富有人情味。对于那些痴迷于打猎的青年人，我也说过与此相同的话，相信赶明儿他们长大成熟后也就不再乐此不疲了。没有人在度过他那没头没脑的童年之后，还会滥杀任何生物，因为生物跟人类一样，也具有生存的权利。兔子陷入绝境时，会像孩子似的大声哭泣。我就警告你们，母亲们，我的同情心并不总是具有通常那种仁慈的特征[5]。

以上就是最常见的年轻人如何通过打猎开始接触森林，开

1 参见《圣经·新约·马太福音》第 4 章第 19 节：“耶稣对他们说：‘来跟从我！我要叫你们得人如得鱼一样。’”

2 乔叟（Geoffrey Chaucer，1340？—1400），英国诗人，用伦敦方言写作，使其成为英国文学的语言，代表作为《坎特伯雷故事集》，反映 14 世纪英国社会生活面貌，体现了人文主义思想。

3 此诗句引自《坎特伯雷故事集》，但梭罗说错了，这两行诗是教士说的，并不是修女说的。

4 阿尔贡金人，居住在加拿大渥太华河河谷地区，属阿尔贡金语族的印第安人。

5 梭罗在此处强调表明：他的爱并不仅仅限于人类。

始接触他们身上最富有原始本性的一部分。他们到森林里去，开头是一个打猎和钓鱼的人，到后来，如果说他心里已萌生了仁慈种子的话，他总会发现自己正确的目标，也许他会做一个诗人，或者说成为一个博物学家，将猎枪和钓竿置于脑后。在这方面，芸芸众生还很稚嫩，而且一直总是很稚嫩。在有些国家里，爱打猎的牧师并不罕见。诸如此类的牧师，说不定会成为一头好的牧羊犬，但断断乎成不了好牧人[1]。我很惊奇地仔细琢磨过，如今唯一平淡无奇的行当——先撇开伐木、凿冰等行业不谈——能使我镇上的众乡友，不管是在镇上做老爸的还是当儿子的，在瓦尔登湖上流连了足足半天的，显然只有钓鱼这一项，概莫能外。一般说来，他们并不认为：他们是很幸运的，他们也不枉来此一游，除非他们钓到了长长一串鱼，虽然他们借此机会，还可以尽情欣赏湖上景色。也许他们还得去湖上垂钓一千次，方能将对钓鱼的沉淀下沉到湖底，让他们的意图得以净化；但是，毫无疑问，这样一种净化过程还得时时刻刻都在继续进行着。州长和他的议员们对瓦尔登湖的记忆已然模糊不清，因为他们还是远在童年时代去湖上钓过鱼。现如今，他们岁数太大，身价又高，不好再去钓鱼了，因此，他们永远不会领略到垂钓的乐趣了。不管怎么说，反正最后他们还是指望到天堂去呗。如果说他们要立法，那大抵是对湖上准予垂钓的鱼钩数目作出规定；可是，他们压根儿不知道，该用啥

1　好牧人，即基督耶稣的称号。

样钩儿方能将湖光山色一网打尽，反而将立法变成了鱼饵一块儿拴到钩子上去呢。由此可见，即使在文明社会里，处于胚胎状态的人，也还得需要经过一个渔猎者的发展阶段。

近年来，我不止一回地发觉，只要一去钓鱼，我的自尊心就减少一点儿。我试过了一次又一次。我有钓鱼技巧，就和我的伙伴们一模一样，这是我生来就会钓鱼的本能，殊不知这种本能在我心中时不时复苏。等我钓过鱼之后，我却又后悔，早知道还是不去钓鱼的好。我认为我的想法并没有错。这是一种隐隐约约的暗示，就像黎明前的曙光似的。毫无疑问，我的这种本能，却是属于造物中层次较低的一种；反正我对钓鱼的兴趣在逐年递减，虽然人性乃至于智慧不见得有所增加；现如今，我压根儿就不去钓鱼了。可是，我知道，如果我生活在荒原上的话，我还会抵御不住诱惑，变成一个正经八百的渔人和猎手。再说，这种饮食和所有的肉类，基本上是不洁净的，我开始懂得，哪儿来的那么多家务活儿，哪儿来的那么多苦差事，每天价要穿戴整洁而又体面，保持居室温馨，没有恶臭脏乱景象，那开支不知该有多大啊！好在我一身数役，既是屠夫、杂役、厨子，又是大啖一道道菜的爷们，所以，我说的这些话，全都来自异常完整的经验。其实，我之所以反对吃兽肉，是因为它不干净；再说，就算我自己钓到的鱼儿，经过清洗、烹煮，并且吃过以后，好像也并没有给予我很多营养。反正是微不足道，又没有必要，当然，得不偿失啦。一小块面包和几片土豆，就足以果腹，既不麻烦，又无污物。我就像许许多多同时代人一样，好多年来已然很难得吃荤腥，或茶，或咖啡，等等；这倒不是因为我已找出了它们的负面影响，而是因为它们跟我的想象力格格不入。我对荤腥的反感并不是经验引起的，而是出于一种本能。粗茶淡饭[1]的生活，在许多方面来看，反而显得更美；虽然我从来没有做到这样，但至少也做到了使我的想象力满意。我相信，每一个人要是真心实意使自己更高级的，或者富有诗意的官能保持最佳状态，那就要特别自我克制，戒绝荤腥与暴食豪饮。昆虫学家认为这是一个意味深长的事实，我在柯尔比和斯彭塞[2]的著作里读到："有些昆虫处于完美状态，虽有进食器官，却从来没有使用过。"他们把它概括为"一个普遍的法则，几乎所有处于这种状态的昆虫进食要比它在幼虫期少得多。贪食的毛虫变成了蝴蝶……贪婪的蛆变成了苍蝇"，只要得到一两滴蜂蜜，或者一点儿别的甜汁就满足了。在蝴蝶翅膀底下的腹部，它的幼体形状至今还依稀可见。这就是诱发它以虫为食的奥秘所在。大肚汉乃是还处于幼体状态的人；有一些国家整个儿还处于幼体状态，是一些没有幻想或者没有想象力的国家，只要看一看他们的大肚子，全都暴露无遗。

饮食烹制既要如此简单、清洁，而又不拂逆想象力，这可

1 拙译"粗茶淡饭"不外乎顺应我国习惯说法，意谓饮食宜粗淡，忌精细，事实上，梭罗说过自己不饮茶，请读者见谅。

2 柯尔比（William Kirby，1759—1850）、斯彭塞（William Spence，1783—1860），均为英国昆虫学家，两人合著《昆虫学概论》（共四卷），举世闻名。

真不容易；不过，我想，我们体内固然需要滋养，想象力同样需要滋养，所以说，这两者应该同时兼顾。这也许是不难做到的。适量吃些水果，我们不必因此使自己的胃口感到难堪，这也不会阻挠我们最有价值的追求。但是，你的餐盘里要是添加了额外佐料，对你来说无异于毒药。锦衣玉食的生活是毫无意义的。大多数人要是在亲手精心烹制主餐（不管是荤腥还是素食）时给人看到，不免会感到难为情，其实，像这样的主餐，每天人家全都给他们准备好了。反正这种情况不改变，我们哪有什么文明可说，就算是绅士淑女，也不是地地道道的男人女人。当然，这使人联想到应当有所改变才好。为什么想象力与肉类和脂肪是不可调和的，这用不着多问，反正你心里有数就得了。说人是一种食肉动物，难道这不就是一种谴责吗？没错，指靠猎取别的动物，可以使他活下来，实际上的确也活下来了，但这是一种挺惨的方式——也许任何一个逮过兔子、宰过羔羊的人都知道这一点——如果有人能教导人类只吃不是杀生荤腥，但又更有利于健康的食物，那他就会被尊称为人类的救星。不管我个人实践的成果如何，我一点儿都不怀疑：这是人类命运的一部分，在人类发展循序渐进过程中，必然要戒除食用荤腥的习惯，就像野蛮人与较文明的人交往频繁以后，逐渐戒除各部落间人吃人的习惯一样。即使有人听到了他的天良发出的最微弱却又持续不断的暗示（当然，都是真实可靠的），那他也未必看得清楚这暗示会把他引向什么样的极端，乃至于发疯状态；但是，随着他的毅力与信念越发增强，他要走的路就在眼前了。一个健康的人觉得，要反对的理由虽然很微弱，却又充满自信，最终一定会战胜人们的种种争论与习俗。通常人们从来不会听从自己的天良，除非那天良将他引入歧途的时候。虽然造成的结果是体质衰弱，但是，也许谁都不会说，这样的结果是令人遗憾的，因为这样一种生活符合了最高原则。如果说你满怀喜悦之情迎接白昼与黑夜，生活就像鲜花香草一样芳香四溢，而且更加灵活，更加明亮，更加永恒——那就是你的成功。于是，整个大自然都向你表示庆贺，而你一时也有理由为自己祝福。成就和价值越大，也就越难使人们赏识。我们很容易怀疑它们是不是真的存在。我们很快就把它们忘掉了。它们是极高级的现实。也许最惊人、最真实的各种事实，在人与人之间从来就没有交流过。我日常生活中的真正收获，好比晨昏之时天上的色彩，触摸不到，难以言传。我得到的是一丁点儿尘埃，我抓住的仅仅是一段彩虹罢了。

然而，就我来说，我从来不是特别过于拘谨的人；如果必要的话，有时候，一只油炸耗子我也会津津有味地吃下去。我很高兴自己好长时间以来一直喝白水，要问原因嘛，这就跟我最喜欢的是大自然的天空，而不是大烟鬼的天堂那样如出一辙。我愿意始终保持头脑清醒，而醉后情状却是无穷无尽。我相信，水是聪明人的唯一饮料；酒并不是什么高贵的饮品；不妨想一想，一杯热咖啡毁掉一个早晨的希望，一杯茶毁掉一个傍晚的希望！啊，我受到咖啡和茶的诱惑后，竟然一落千丈，不堪回首！甚至音乐也可以使人痴迷沉醉。就是诸如此类显然小小不言的原因，毁掉过希腊和罗马，赶明儿也会毁掉英国和美国。一切醉人佳品之中，谁不更愿意陶醉在他所呼吸的空气中[1]呢？我觉得，我之所以极力反对长时间玩命地干活，乃是因为像这样干活儿逼得我也会玩命地吃吃喝喝。可是不瞒你说，现如今我在这些方面也不如从前那么顶真了。我很少将宗教气氛引向餐桌，我也不祈求什么保佑来着；倒不是因为我比从前更加聪明了，不管这该有多大遗憾，我还是不得不坦白承认，随着岁月流逝，我已变得更加粗俗而又冷漠了。也许这些问题，就像大多数相信诗歌的人一样，只是在年轻时才会考虑到。我的实践"哪儿都看不见"，可我的意见却明摆着写在这儿了。不过，我并不自以为是《吠陀经》里所说的那种特权人物，"凡是笃信无所不在的天神之人，都可以食用一切生存之物"，这就是说，用不着问他吃的是什么，又是谁给他准备好的；从《吠陀经》所说的情况中，也可以看到，就像一个印度的诠释家所说的，吠檀多[2]将这种特权限定在"危难之时"。

有时候，虽然胃口没上来，却照样大快朵颐，这种经历谁没有过呢？由于通常所说的味觉，我在思想上得到了感悟，于是，在味觉的启发之下，我坐在小山坡上吃过一些浆果，以便滋养我的天性，一想到这些，我就觉得激奋不已。曾子曰："心不在焉，视而不见，听而不闻，食而不知其味。"[3]能品味出

1 详见《梭罗日记》："哦，如果我能在空气和水中陶醉！"

2 吠檀多（Vedanta），印度六派正统哲学体系之一，构成现代印度教派的基础。

3 详见《礼记·大学》。

食物的真正味道的人，断断乎不是一个老饕；反过来说，一个老饕也断断乎品味不出食物的真正味道。一个清教徒也许吃起黑面包屑粒来，胃口之特棒，就和一个市政委员在大啖甲鱼一模一样。玷污他的倒不是入口的食物，而是进食时的胃口。要害不在于质量，也不在于数量，而是在于贪图口腹之乐；如果说进食不是为了维持我们的生命，也不是为了激发我们的精神生命，那就仅仅是为了养活我们体内的馋虫罢了。如果说猎人爱吃香龟、麝鼠以及其他类似的野味，那么，靓女酷爱小牛蹄冻肉或者来自海外的沙丁鱼，他们可以说都是半斤八两，不分轩轾呢。反正猎人到湖边寻摸去，靓女去找冻肉罐头。令人惊讶的是：他们，或者说你和我，恁地会过这种卑鄙的畜生般的生活，只会吃吃喝喝？

我们的整个一生，是惊人地注重道德。善与恶之间，从来都没有过瞬间的休战。善是独一无二的、永远不亏本的投资。竖琴音乐在全世界奏响，它因坚持弹奏以善为主题的乐曲而激动人心。竖琴仿佛成了宇宙保险公司的旅行推销员，推荐宇宙法则，我的小小的善心是我们付出的全部保险费。虽然年轻人到最后变得漠不关心，但宇宙的法则却是不会漠不关心的，而是永远站在最敏感的人这一边。听一听西风中的谴责之声吧，因为里头肯定有谴责的，听不到谴责的人反而是不幸的。我们只要拨动一根琴弦，移动一个音栓，那迷人的寓意就会渗透到我们的心灵中去。许多不堪入耳的声音，传开去特别远，听上去有一点儿像音乐吧，对于我们卑贱的生活来说，不啻是一种傲然绝妙的讽刺。

我们意识到，我们体内有一种兽性；我们崇高的天性正在昏昏欲睡之际，它就会醒过来了。它是一条贪图感官享受的爬行动物，也许没法彻底清除干净；就好像一些虫子，哪怕在我们生活安康时，它们也会钻入我们体内。也许我们可以躲开它，但断断乎改变不了它的本性。我担心的是，说不定它自身也相当健康；我们还可以说很健康，但是未必纯洁。前几天，我拾到一块野猪的下颚骨，雪白壮实的牙齿和獠牙，可以看出动物也有它的健康和活力，与精神上的截然不同。这种兽类之兴旺发达，指靠的不是节制和纯洁，而是其他的方式。孟子曰："人之所以异于禽兽者几希，庶民去之，君子存之。"[1]如果说我们已经达到了至纯境界，有谁知道那会导致何种生活方式呢？如果说我知道有这么一个绝顶聪明的人，能教给我至纯之道，那我一定即刻就去寻访他。"控制好我们的情欲和身体的外在器官，多多行善，就像《吠陀经》里所说的，乃是心灵上接近天神所必不可少的。"不过，这种精神暂时能够渗透和控制体内的每一种器官和每一种功能，将外部最粗俗的感官享受转化成为至纯与虔诚。生殖能力一放纵，就会淫靡成风，使我们很不洁净，如果加以节制，却会使我们精力旺盛而受到激励。贞洁是人类绽放中的花朵；所谓天赋、英雄主义、神圣等，不外乎是它开花后结出的果实。至纯之道一旦开通，人们

1 详见《孟子·离娄下》。

马上有如潮涌，奔向上帝。我们时而受到至纯鼓舞，时而又因不洁感到沮丧。确信自己体内的兽性一天天地在消亡，神性一天天地却在增长的人，就是福分不浅。也许人人只好引以为耻，因为他身上还掺杂着低劣的兽性。我深恐我们只不过是一些神或者说半神，就像农牧之神福纳斯和萨梯[1]那样，是神与兽的结合，贪婪好色的生物，而且，从某种程度来说，我们的生命本身就是我们的耻辱——

他分派心中群兽各得其所，
瞧他多开心，就像释放他的思想[2]。
* * * *
他能驱使马、羊、狼乃至一切兽类，
在兽类跟前，他自己还不算蠢驴，
不然，人不仅无异于群猪倌，
而且，还要充当那妖魔鬼怪，
使它们狂妄肆虐，越来越坏。[3]

所有的淫荡，尽管形式各异，都是一样的玩意儿；所有的

1 福纳斯，农牧之神，古罗马神话中一个半人半羊的形象；萨梯，森林之神，古希腊神话中，具人形而有羊的尾、耳、角等，性嗜嬉戏，好色。

2 原文为 Disforested，按照英国法律，将森林转为可耕地。《梭罗日记》中曾有过“释放他的思想”这种说法。

3 多恩（John Donne，1572—1631），英国诗人，是玄学派代表人物，上述诗句引自他所写的《致爱·赫伯特爵士》一诗。

至纯，也都是一样的东西。一个人不管是吃吃喝喝，男女同居，睡觉淫荡，其实都是一回事。它们只有一个欲念，而我们只要看到一个人在干这里头的一件事，管保知道此人是怎样的一个了不起的好色之徒。不洁与至纯是断断乎不能平起平坐的。蛇在洞穴的这一头挨了打，就会在洞穴的另一头露面。你要保持贞洁，那就必须节制。什么是贞洁呢？一个人如何才知道他是不是贞洁？反正他是不会知道的。我听说过这种德行，但不知道它究竟是些什么来着。我们只是道听途说、人云亦云罢了。智慧和至纯源自力行，愚昧和淫荡则源自懒惰。就学生来说，淫荡乃是一种智力上懒惰的陋习。一个不洁的人，一般说来，就是一个懒鬼，他坐在火炉边取暖，俯卧着晒太阳，一点儿也不累，却老是歇着。若要避免不洁和一切罪愆，你就得使劲干活儿，哪怕是打扫马厩都行。本性是很难克服的，但是本性必须克服。如果说你并不比异教徒更纯洁，如果说你再也不能否定自己，如果说你还不够虔诚，那你就算是个基督徒，又管什么用呢？我知道，有许多被认作异教的宗教制度，他们的清规戒律使读者感到羞愧，激励读者作出新的努力，说白了，只不过是奉行仪式罢了。

其实，我压根儿不愿意说这些事儿，这倒不是因为这个话题难于启齿——我可并不在乎我使用了淫词秽语——而是因为我一讲这些事儿，无异于使我的不洁曝了光。有时，我们会毫无忌惮地谈论淫欲的这一种形式，而对另一种形式却缄口不语。我们生怕有失自己的身份，所以简直不能谈论人类天性的必要功能。在更早的那几个时代，在某些国家，谈到每一种功能都是令人肃然起敬，而且每一种功能都由法律规定。印度的立法者甚至对待区区小事也照样不厌其烦，虽然这种做法也许跟现代人的趣味大相径庭。他教人如何吃，如何喝，如何同居，如何出恭，如何小解，如此等等，将这些猥陋的事儿档次给提高了，不再显得过于琐碎，因此也就装模作样地为他自己开脱。

每一个人都是一座寺院的建筑师，这寺院就是他的躯体，按照纯属他自己的方式向神明顶礼膜拜，即使他去修造大理石寺院，也离不开自己的寺院。我们都是雕刻家和画家，我们使用的材料就是我们的血肉和骨骼。任何崇高的品行使人的风貌立时变得高雅，而任何卑劣或者淫荡则会使人立时沦为禽兽。

9月间的一个夜晚，约翰·法默干了一天累活后，坐在自己家门口，脑子里多少还在惦念着他的工作。洗澡之后，他坐了下来，让自己脑瓜儿好歹休息一会儿。那天夜晚相当冷，他的左邻右舍都担心没准会有霜冻来着。他刚开始琢磨还没有多久，就听到了有人在吹笛子，那笛子的声音却跟他自己的心情倒是很和谐。这时，他心里仍然在惦念自己的活儿，不消说，他思虑重重；尽管他一直在动脑筋，而且还在违心地构想和策划之中，但他却觉得已然无关紧要了，充其量不过是他肌肤上的碎屑不时往下脱落。然而，他听到的那笛子吹的乐曲，来自跟他干活那儿截然不同的环境，却传入了他的耳际，使他身上某些沉睡着的官能苏醒过来。那笛子声轻柔悠扬，仿佛使他所居住的市街、村子和州不翼而飞了。有一个声音对他说——既然你有可能过上一种顶呱呱的生活，缘何还待在这儿，过这种低贱的苦日子？同样的星星照耀的不是这儿，而是别处的田野——可是话又说回来，问题是如何走出这种困境，真的移居到那儿去。任凭他所能想到的，不外乎是新的艰苦简朴的生活方式，让他的心灵融入自己的躯体，再来救赎它，而且对待自己也怀着与日俱增的敬意。

鸟兽若比邻

有时候，我常跟一个朋友[1]结伴去钓鱼，他从城的那一头过来，穿过村子，来到我屋里，我们俩一块儿钓鱼去，这倒赛过请客吃饭一样，算是一种交际应酬罢。

隐士 我暗自纳闷，当今世界在干些什么来着。三个钟头里，连香蕨木上知了叫，我都没有听见。鸽子都在鸽棚里打盹儿——扑棱声也没有。此刻，在树林子外头吹响的，是不是农场主的午休号角声呢？雇工们收工回来，吃煮熟的咸牛肉、苹果酒，还有玉米粉面包。人们为什么要这样自寻烦恼呢？人不吃不喝，也就用不着干活儿。我不知道他们的收成有多少。谁会住到这种地方来，那狗汪汪叫得人压根儿不好想心事呢。哦，还有，家务活儿！在这么明亮的大白天，要把该死的门上铜把手擦亮，还要擦浴缸！看来还是干脆没有家的好。得了，不妨住在一个空心树洞里；那么一来，晨访和晚宴通通给免掉了！住在树洞里，反正只有啄木鸟的啄木声啦。哦，那儿人群杂沓；那儿太阳暴晒，热得邪门；依我看，他们这些人世故太深了。我从泉水边打水喝，橱架上还有一块焦黄的面包——

1 此处指诗人小钱宁。以下对话中，隐士指梭罗本人，诗人即指小钱宁。

听！我听到树叶子在沙沙作响。莫非是村子里哪条饿狗在四处乱转觅食吗？要不然就是那只迷了路的猪，据说还在树林子里，反正雨后我还看见过它的爪印。它急吼吼奔过来了；连我的漆树和多花蔷薇都颤动起来了——哦，诗人先生，是你吗？你觉得当今世界怎么来着？

诗人 看这些云，悬浮长空，多美！这可是我今天看到的顶呱呱的景致。像这样的云彩，古画里没有，在异国他乡也没有——除非我们到了西班牙海岸观景。那才是地地道道的地中海蓝天啊。我想，我好歹总得过日子吧，今儿个肚子也还没有填补过，那我就不妨钓鱼去。这才是诗人的真功夫呢，也算是我学到家的唯一手艺。来吧，我们俩一块儿钓鱼去。

隐士 恭敬不如从命。我那块焦黄的面包很快就要吃完了。我乐意马上跟你一块儿走，不过，我那苦思冥想正在结束之中。我想，反正我快要接近尾声了。得了，让我独处一会儿吧。不过，为了两不误，你不如先去挖挖鱼饵，好吗？这儿附近很难挖到蚯蚓，因为这儿的地块从来没上过肥；蚯蚓一族眼看着都快绝种了。挖蚯蚓这玩意儿，几乎跟钓鱼一样有劲儿，只要你的胃口不太出格的话；今儿个你就可以独享了吧。我奉劝你带上铲子，到那边花生地里挖，就是你看见狗尾草在摇摆的地方。我想，我敢向你担保，你只要在草根底下好好找一找，就像除杂草一样，每翻起三块草皮，管保挖到一条蚯蚓。要不然，你干脆走远些，那也不算是不聪明，因为我发现，好的鱼饵几乎跟距离远成正比。

隐士独白 让我想想看，我想到哪儿去了？窃以为，我已接近心智的这个框架；这个世界处在这种角度。我是应该上天堂呢，还是去钓鱼？要是我的苦思冥想马上结束了，难道说还会有这么一个美妙的机会吗？刚才我差不离已经和万物的精髓浑然一体了，那是我一辈子都还没有过的体验呢。我生怕自己的思想不会回来了。只要管用，我也乐意吹吹口哨，把它们召回来。当初思想向我们泉涌而至时，却说：我们会想到它，这算聪明吗？我的思想一点儿痕迹都没有留下，我再也找不到自己的思路。我此刻在想的是什么来着？这一天可真够雾蒙蒙的。我还是来想一想孔子的三句话，也许能恢复刚才的思路。我可不知道，那是闷闷不乐呢，还是初露头角的狂喜？记住，机会是从来只有一次的。

诗人 怎么啦，隐士，是不是太快了呀？我已挖到了十三条整条儿的，余外还有好几条缺头少尾的，或者个儿太小的；不过，个儿小的钓钓小鱼还凑合；它们拴在鱼钩上很不显眼。村子里那些蚯蚓，个儿太大了；银色小鱼饱餐一顿，还碰不到那串肉的铁钩子呢。

隐士 得了，我们这就动身吧。我们要不要去康科德呢？要是水位不太高，不妨就上那儿去玩个痛快。

构成这个世界的，为什么偏偏就是我们看到的这些事物？为什么人类与之毗邻而居的，只有这么一些兽类呢？看来这个缝隙，普天之下只有耗子能够来填补！我揣想，皮尔佩公司[1]算是充分利用动物，可以说达到了极致，因为他们都是驮兽，在某种程度上说，承载着我们的一部分思想。

我屋子里出没无常的耗子，并不是常见的，据说是从国外引进的那种，而土生土长的野耗子，村子里头反而看不到。我逮住了一只送给一位著名的博物学家，引起了他的极大兴趣。我造房子的时候，有一只耗子却在我房子底下筑窝，我的楼板还没铺好，刨花也没有扫出去，只要一到午餐时刻，它就定时跑出来，啄食着我脚跟边的面包屑粒。说不定过去这只耗子从来没见过人，所以一来二去，就跟我非常熟稔，在我的鞋子和衣服上爬来爬去。它可以不费吹灰之力，往上一蹿，就爬到屋子的四壁，活像一只松鼠，连动作也都逼肖。到后来，有一天，我让胳膊肘支在凳子上头，它一下子爬到我的衣服上，循着我的衣袖，绕着我盛放晚餐的纸包来回打转；接着，我把那包东西一会儿端过来，一会儿又推开去，反正躲躲闪闪，和它一块儿玩起躲躲猫[2]的游戏来；最后，我用拇指和食指夹住一块奶酪，得了，它就索性过来坐在我的掌上啃起奶酪来了，啃完以后，活像一只蝇子似的，擦擦它的脸和爪子，稍后扬长而去。

没有多久，一只东菲比霸鹟来到我的小木屋筑窝，还有一只知更鸟，为了寻求庇护，也来到屋子边的一棵树上栖居。

1 当时美国一家专门出版儿童读物的图书公司。
2 即让脸儿一隐一现以逗小孩的游戏，在英美等国十分流行。

到了6月间，鹑鸡——本是一种羞答答的鸟儿——也带着它的幼雏，经过我的窗子跟前，从屋子后的树林子绕到屋子前，像一只老母鸡似的咯咯地呼唤它的孩子们，瞧它那副模样儿，可以确信，它端的是林地母鸡。你只要一走近它们，母鸡就发出一个信号，它们猛地四处散开，仿佛给一阵旋风卷走了；它们也活脱脱像枯枝败叶一样，好多观光客常常会一脚踩在一窝子雏儿里头，只听见老鸟起飞时呼的一声，急吼吼呼唤着，听上去像猫儿叫似的，要不然会看见老鸟在鼓动翅膀，吸引观光客的注意力，也就用不着再对它们的周围左顾右盼，有时候，母鸟会在你跟前连地滚，打旋儿，使它的羽毛蓬乱不堪，让你一时间看不出它究竟是一种什么样的鸟儿。幼雏一动不动地蹲在地上，常把头埋在树叶子底下，只听母鸟从远处发出的信号，就算你走近了，它们也不会再乱跑，让自己暴露无遗。

说不定你还会一脚踩在它们身上，或者两眼直瞅着老半天，也没有发现它们。有过那么一回，我让它们待在我的掌上，可它们依然只听从它们的母鸟的信号和它们的本能，还得蹲在原地，一点儿不害怕，也不抖索。这种本能是如此之完美，有一回，我又把它们放到树叶子上，里头有一只不小心摔倒在一边，我发现，它在十分钟之后跟别的幼雏一样，还是保持原来的姿势。鹑鸡的幼鸟不像大多数幼雏那样不长羽毛，若跟别的小鸟相比，它们倒是长得要更丰满完美，乃至于更加早熟。它们睁大了宁静的眼睛，明显露出成熟而又天真的表情，委实令人难忘。全部才智仿佛从它们的眼睛里反映出来，不仅使人看到的是幼雏的纯洁无瑕，而且还有由经验洗练过的智慧。这样的目光不是鸟类与生俱有的，而是跟它所映现的天空一样久远。如此这般的另类瑰宝森林里是绝无仅有。观光客不见得会经常看到如此清澈的一口井。无知或残忍的猎户素常在这样的时刻用枪把它们的父母击毙，使这些无辜的幼雏成为四处觅食的猛兽或者猛禽的牺牲品，或者渐渐地掺入跟它们非常相似的枯枝败叶中一块儿烂掉。据说，这些小鹑鸡全由一只母鸡孵化出来，它们稍受一点儿惊吓，立即四散逃走，就这么着失踪了，因为它们永远也听不到母亲召集它们的呼唤声。以上这些就是我的母鸡和小鸡啊。

值得注意的是，有多少生物粗犷不羁地隐居在树林子里，间或还到村镇附近觅食为生，只有猎户猜得着它们藏身在哪儿。水獭在这儿过着多么僻静的生活啊！水獭长到四英尺高，个儿就像一个男孩子，也许还没有人见到过呢。过去，我在屋子后头树林子里看见过一头浣熊，就是现在夜里，说不定仍然听得见它们的吼叫声。通常，我上午耕种之后，中午在阴凉处休息一两个钟头，接着用午餐，然后在泉水边读一点书，这股泉水是一片沼泽地和一道小溪的源头，打从离我的地块大约半英里远的布里斯特山脚下涓涓地流淌着。到达这泉水边，需要穿过一片又一片野草丛生的低洼地，那儿长满了小油松，随后进入沼泽地附近一个比较大的树林子。在那里，树荫匝地，幽静极了，一棵浓荫蔽日的白皮松底下，还有一块干净而又坚实的草地，不妨稍事歇坐。我在这儿挖出了泉眼，砌成一口井，蓄满清澈的淡水，可以打满一桶水，井水也不会搅浑；仲夏时节，我几乎每天都上这儿来取水，因为这个时候湖水不免太热了。山鹬也来这儿，带着它的幼雏，在烂泥地里寻觅虫子，随后又飞过泉边上空，离雏鸟约莫一英尺高，而小山鹬成群结队地在下面奔跑；但在最后发现我时，母鸟撇开它的幼雏，在我身边一圈又一圈地打转转，挨着我也越来越近，直到只有四五英尺时，却佯装翅膀或两腿折断了，把我的注意力引开去，好让小山鹬趁机逃生，其实，那一拨幼雏早已撒腿逃跑，按照老山鹬的指令，排成单行，发出微弱的吱吱的叫声，穿过了沼泽地。或者换句话说，这时我已看不见那只母鸟，只不过听得见小鸟们吱吱的叫声。斑鸠们也飞落在这股泉水边，或者在我头上柔软的白皮松枝柯之间来回穿梭；偶尔，还有红松鼠打从最近的树枝上一跃而下，对我特别亲热而又好奇。你只要在树林子里某个引人入胜的景点闲坐一阵子，也许所有林中栖居者都会轮流登场，在你面前一一亮相。

我还是一些具有不太和谐性质的事件的见证人。有一天，我走出门，到我的木栈——或者说得更确切些，是我的一堆树桩头那儿去——这时，我看见两只大蚂蚁，一只红不棱登，另一只个儿特大，差不离有半英寸长，是黑不溜秋的，它们两个正在相互凶殴，一交手，不管是哪一只断断乎都不会罢休，只是一个劲儿搏斗着，角力着，就在那堆小木片里头不停歇地来回打滚儿。再往远处一看，我惊奇地发现，小木片堆里头到处都是如此这般的角斗士，这不是决斗，而是一场战争，一场在两个蚁族之间的战争！红蚂蚁总是跟黑蚂蚁恶斗，往往还是两只红的对付一只黑的。在我的木料场里，满坑满谷都是密耳弥多涅人[1]，已死的和垂死的，红色的和黑色的，比比皆是。这是我目睹过的唯一的一场战役，也是我在激战犹酣之时亲历其境的独一无二的一个战场；红色的共和派为一方，黑色的保皇派则为另一方。交战双方都投入了这一场殊死战，惜乎我什么响声也没有听见，反正人类士兵压根儿都没有打过如此这般的硬仗。我看见，在明媚的阳光下，小木片成堆的小山谷里，有一对斗士死劲儿相互抱住不放，准备从眼下正午时分，一直打到夕阳西沉，或者换句话说，干脆打到命归阴曹。那只个儿小的红蚂蚁，却像老虎钳似的死死咬住了敌人的脑门，并且满地翻滚，一个劲儿啃啮敌人触须的根，其实，另一根触须早已给咬断了；就在此时此刻，那只更壮实的黑蚂蚁却把红蚂蚁从一边到另一边地甩来甩去，我凑近点儿，仔细一看，只见红蚂蚁有好几个部位都给咬掉了。它们相互厮打，比叭喇狗[2]来得更凶悍。双方一丁点儿都没有退让的意向。显然，它们的战斗口号是："不战胜，毋宁死。"就在酣战之际，这个小山谷边上走过来一只单身的红蚂蚁，一望可知，它格外亢奋，要么是它刚才打死了一个敌人，要么是还没有投入这场战役；看上去倒是

1 古希腊神话中，是指追随他们的国王阿喀琉斯参加特洛伊战争的勇士。在希腊文里，"Myrmes"意谓"蚂蚁"。

2 一种猛犬，粗脖子，生性凶猛，打斗时不顾性命。

像后者，反正从肢体上看，它还不是断臂缺腿的；它的老母亲已关照过它要么手持盾牌回来，要么躺在盾牌上由别人抬回来[1]。要么也许它就是又一个阿喀琉斯，独自怒火中烧，此刻就得赶过来拯救他的好友帕特洛克勒斯[2]，或者说替他雪耻复仇来了。它远远地看到，这是一场力量悬殊的战斗——因为黑蚂蚁在数量上几乎是红蚂蚁的两倍——它急如星火地奔了过来，就在离那两只蚂蚁半英寸远的地方站岗，稍后，看准了时机，冲那个黑色的斗士猛扑了过去，开始攻击黑蚂蚁的右前腿根，任凭敌人也攻击自己的肢体上任何一个部位；三个斗士为了求生就这么着死死地纠缠在一块儿，仿佛发明了一种新型吸引力，使所有别的锁闸和水泥全都相形见绌。这时，要是看到它们双方各自都有管乐队，安置在某些显眼的小木片上，演奏它们各自的国歌给那些滞后的斗士鼓劲儿，给那些垂死的斗士以莫大的激励，那我也不会觉得惊奇了。我自己都为之激动不已，仿佛它们俨如人类一样。你越是这么想，越是觉得，蚂蚁和人类之间本来无甚区别。至少，姑且撇开美国历史不谈，在康科德的历史上，确实还没有可以跟这种蚁战相提并论的恶战的记录，不管从参战的人员数量来说，抑或是从他们所表现的爱国热忱和英雄气概来说。论参战人员和残杀的程度，这不啻

1　荷马史诗《伊利亚特》中，写到斯巴达母亲们在儿子出征时都是这么循循嘱咐的。

2　在《伊利亚特》中，写到阿喀琉斯由于遭到轻视，撤离了战场，后来其好友帕特洛克勒斯遇害，于是，他暴跳如雷，杀死了特洛伊的赫克托耳。

是一场奥斯特里茨战役[1]，抑或说是一场德累斯顿战役[2]。康科德之战又算个啥！爱国者一方有两名捐躯，路德·布朗夏尔也挂了彩！为什么在这儿，每一只蚂蚁都是一位布特利克[3]："开火！为了上帝，开火！"——成千上万士兵都面临着戴维斯和霍斯默的命运。这儿没有一个是雇佣兵。我毫不怀疑，它们酷肖我们的祖祖辈辈，是为道义而战，而不是为了免缴他们的区区三便士的茶叶税；这次战役的结果，对参战的双方来说，都是生死攸关，令人难忘，至少就和我们的邦克山战役[4]一模一样。

我特别详细描述了三只蚂蚁在小木片上的殊死搏斗，我把那块小木片拿回家去，放在窗台上，用一个大水杯罩住，以便了解战果如何。用显微镜观看那只最先提到的红蚂蚁，我看到，尽管它猛啃敌人的前腿附近，又咬断了敌人剩下的蚁须，可它自己的胸脯却全都被黑色武士的利齿扯破了，所有内脏暴露无遗。回头再看那黑色武士的胸甲，显然很厚实，因而穿刺不透；这个受难者的两眼已成黑色球晶，流露出一般只有打硬仗才会激发出来的凶光。它们在那个大水杯底下搏斗了半个多

---

1 1805年12月，拿破仑在该地歼灭俄奥联军三万余人，获得大胜。

2 1813年拿破仑在该地大胜俄奥联军。

3 1775年4月19日，约翰·布特利克少校率领五百名民兵，在康科德桥上成功地打败英军及其雇佣军，这是美国革命的第一战。戴维斯和霍斯默这两位上尉是阵亡的美国士兵。

4 此战役发生于1775年6月17日，是美国历史上一场著名的战争，主要由农夫、渔夫和手工业者自发组织起来迎击英军，获大胜。

钟头，等到我再看时，那个黑色士兵已使两个敌人身首异处，那两个还活着的小小首级，披挂在它的两侧，好像是披挂在它“马鞍”两侧的、怪吓人的战利品，只是明摆着它们依然跟刚才那样紧紧地咬住对方不放；那只黑蚂蚁尽管触须全都没有了，腿也只剩下一丁点儿，可它好像还想作一困兽之斗似的；我真不知道它身上别的创伤该有多少来着，可它老是想甩掉那两个小小首级；最后，过了半个钟头，它好歹大功告成了。我一举起大水杯，它就一瘸一拐地从窗台上爬了过去，经过这回战斗，它能不能存活下来，在某家“伤残退役军人院”里度过余生，那我就不得而知了；反正我想，从今以后，它就算拼命卖力，也不会有多大出息了。我一直不知道，究竟是哪一方取得了最后胜利，也不知道这场战争的起因是什么；但在那溜溜儿一天时间里，我满怀激动和痛苦，觉得仿佛在家门口目睹了一场鲜血淋漓、惨不忍睹的人类战争。

柯尔比和斯彭塞告诉我们，蚂蚁的战役素来为人们所称道，战役的日期也有记载；但是他们说，在近代作家中，唯有胡伯[1]好像是目睹过蚂蚁大战。他们说：“埃尼斯·西尔维乌斯[2]非常详尽地描述过在一棵梨树上大蚂蚁和小蚂蚁之间展开了一场恶战。”接下来，他找补着说：“此战发生于尤金尼斯第四[3]在

1 胡伯（Francois Huber，1750—1831），瑞士博物学家。

2 埃尼斯·西尔维乌斯，教皇庇护二世（Pope Pius Ⅱ，1405—1464）的笔名，诗人，历史学家。

3 尤金尼斯第四，曾于1431—1447年任罗马天主教教皇。

位期间，著名律师尼古拉斯·庇斯托里恩西斯亲历战事，对这场战争的全过程作了极其忠实的描述。”奥勒斯·玛格努斯也记述过一次类似的战争，结果小蚂蚁打了胜仗，据说把它们自己的士兵的尸体给掩埋起来，但对庞大的敌人暴尸不埋，任凭鸟儿啄食。此事发生于暴君克里斯蒂安第二被逐出瑞典之前。至于我目睹的这场蚂蚁之战，发生于波尔克[1]任职期间，亦即《韦伯斯特逃亡奴隶法案》[2]通过之前五年。

村子里有好多博斯狗（Bose），本来只好在储存食品的地窖子里凑合着追赶香龟，如今却背着它的主人，形体粗笨地到树林子里来玩耍了；它一会儿嗅一嗅老狐狸的洞穴，一会儿闻一闻土拨鼠的地洞，当然，一无所获。说不定它是被杂种狗引进来的，这种狗个儿瘦小，动作灵活，常在林中来回穿梭，林中鸟兽至今还会情不自禁地对它感到恐惧——这时，这头恰似公牛的博斯狗远远地落在了向导的后头，却冲着躲在树上仔细观察的一只小松鼠狂吠一阵，旋后慢腾腾地走开，它的体重把树枝都给压弯了，但它还自以为在追踪迷了路的跳鼠呢。有一回，我惊奇地看见一只猫在湖的石岸边溜达，因为通常它们很少离家走得那么远的。我和猫都大吃一惊。可是，整天价躺在地毯上的家猫，到了树林子里显得倒像在家里一样舒适自在，

---

1 波尔克（James Knox Polk，1795—1849），美国第 11 任总统（1845—1849 年在位），促进美国对外贸易，发动美墨战争（1846—1848），兼并得克萨斯，向西部扩张领土。

2 韦伯斯特为美国北方自由派人士，支持国会通过《1850 年妥协法案》，重申奴隶逃亡法的有效性。

瞧它那鬼鬼祟祟的狡猾劲儿，足以证明：它比林中常住居民还要入乡随俗。有一回，我在树林子里拾浆果，碰上了一只猫，带着好几只小猫咪，这些小猫咪还是野性未泯，都像它们的母亲那样拱起背，恶狠狠地冲着我吐唾沫。好几年前，我还没有来林中居住的时候，离湖最近的林肯某农场主家里，亦即吉里安·巴克先生府上，就有过一只所谓“长翅膀的猫”。1842 年 6 月，我特地去走访这只猫（我可说不准是公猫还是母猫，因此只好使用常见的阴性代词），她总是习以为常，上树林子里猎食去了。她的女主人告诉我，这只猫是一年多前，大约在 4 月间，来到这儿附近地块，最后由她们家收养；还说那只猫浑身深棕灰色，脖子底下有一个白点儿，白蹄子，毛茸茸的大尾巴，活像狐狸尾巴；入冬以后，皮毛长得又厚又密，在她两侧垂下来，形成了十到十二英寸长、两英寸宽的绺子，她的下巴颏儿底下好像长着一个暖手筒，上头的毛比较松散，下头却板结得像毡子似的；到了春天，这些附属品全都掉了。他们给了我那只猫的“一对翅膀”，我至今还保存着。好像这一对翅膀上并没有薄膜。有人认为，这只猫的血统有一部分源自飞松鼠，或者源自别的什么野生动物，这倒也不是不可能的，因为，根据博物学家的说法，貂和家猫交配，会产生这一多育杂种。如果说我养猫的话，这倒是不失为一种好猫。既然诗人的马可以插翅飞奔，诗人的猫缘何就不好长出双翅来呢？

秋天，潜水鸟（拉丁文学名 Colymbus glacialis）像往常一样来了，在湖里褪毛、戏水，我还没有起床，就听到它们的狂笑声，在树林子里回响着。听说潜水鸟要来了，米尔德姆那儿的猎户来了个总动员，有的坐车，有的步行，三三两两，带上专利猎枪、尖头子弹，还有望远镜。他们像秋天的树叶子，穿过树林子沙沙作响，追寻一只潜水鸟，少说也有十来个猎手。有些人守望在湖的这一边，有些人则在湖的另一边，因为这种可怜兮兮的鸟儿不可能在各处同时出现；潜水鸟如果在湖岸这一边扎猛子，管保在湖岸那一边冒上来的。不过，时下10月小阳春的风吹起来了，使树叶子沙沙发响，湖面上微波荡漾，潜水鸟再也听不见、看不到了，虽然它的敌人们还在用望远镜扫视湖上，枪声一直在树林子里回响着。瞧那水波大起大落，愤怒地拍击着湖岸，跟所有的水禽站在一起，我们的猎手们只好铩羽而归，回到村镇上、店里去，照常干自己没有干完的活儿。不过，他们得逞的时候也还是很多的。大清早，我上湖里去打水，经常看见这种气宇不凡的鸟儿游出我的小水湾，相距只有几杆远。如果我想坐船追上它，看看它到底如何要花招，那它就会一个猛子，全都没影儿，这么一来，我再也见不到它了，有时候，直到当天下午后半晌，它才会出现。不过话儿又说回来，在地面上，我还是比它强。通常它总是在雨中溜之乎也。

10月间，一个风平浪静的下午，我操着双桨，在湖的北岸边划船，因为正是在这样的日子里，潜水鸟才会浮现在湖面上，像马利筋草绒毛似的；我扫视着湖面，总是见不到潜水鸟的踪影，不料，猛然间却出现了一只，从岸边径直向湖心游去，在我前面仅有一两杆之遥的湖上狂笑了几声，却使它自己曝了光。我挥桨追了上去，它倏忽一个猛子就不见了，等它再浮出水面时，我跟它挨得更加近了。它又一次潜入水中，可我把它的方向估计错了，这一回，它再浮出水面时，离我已有五十杆之遥，我们之间距离一下子拉得这么远，乃是我的失误所造成的；它又放声喧笑了好半天，这一回笑得显然更有理由了。它一个劲儿耍花招，真的俏皮极了，就算是离它五六杆的地方，我恁地也都到达不了。每一回，它浮出水面，东张西望，冷静地测算水域和陆地，显然在选择它的路线，以便它浮出水面时，正好是水域最开阔、离船也最远的地方。它作出决定后，立即付诸实施，居然如此之快，实在令人吃惊。转眼之间，它已将我诱入湖上最宽阔的水域，从那里，我就没法追逐它了。它脑子里正在想一件事的时候，我也竭尽全力猜度它的想法。这端的是一场绝妙的游戏，一个人与一只潜水鸟在波平似镜的湖面上见高低。蓦然间，你的对手的棋子在棋盘底下消失了[1]，问题是你要知道它下次在哪里出现，就把你的棋子下在离它最近的地方。有的时候，它会出乎意料地在你对面浮出水面，显然是从你的船底下直接潜水过去的。它扎一个猛子有好长时间，一点儿也不累，等它游到老远老远时马上又潜入水中；这时，任凭你智谋超人也猜度不出，在这深不可测、波平似镜的湖里，不管在哪个地方，它会像一条鱼儿似的急速潜

1　玩纸牌时，如将某物藏在棋盘或桌底下，即意谓作弊（Cheating），反之则是明棋（above board），意谓光明正大。

游，因为它毕竟有时间，也有能力到这湖底最深处访问。据说，有人在纽约的一些水深八十英尺的湖里逮住过潜水鸟，只不过是被捕捉鲑鱼的钩子挂住的——可是瓦尔登湖终究比纽约那些湖还要深呢。鱼儿们见了这个来自异域的不速之客，居然能在它们的族群中间游来游去，肯定惊讶不已！不过话又说回来，看来它深谙水性，在水底择路游弋跟在水上一样了如指掌，甚至于游得比在水上还要快呢。有过一两回，我看见它浮出水面时激起一圈涟漪，它的头刚探出来四处张望了一下，刹那间，又是一个猛子全都不见了。我觉得，我既可以估摸它下次打从哪儿出现，也不妨放下划桨，等它再次浮出水面，岂不是两全其美吗？正当我瞪着两眼朝一个方向凝视水域时，它却一次又一次地在我背后头一个劲儿怪笑，使我不由得吓一大跳。但是，为什么它在如此狡诈地糊弄了我以后，每次浮出水面，就必定喧笑一阵，从而使自己纤毫毕现呢？难道说它那洁白的胸脯还不够引人瞩目吗？我想，它确实是一只傻乎乎的潜水鸟。通常我都听得见它浮上来时的拍水声，据此也就知道它在哪儿。可是，个把钟头过去之后，它似乎还是照旧那么活蹦乱跳，随心所欲地扎猛子，而且游得比一开始时还要远着呢。它一浮出水面，却又安详地游开去了，只见它那胸脯的羽毛一点儿都不皱乱，那是全靠自己的蹼脚给抚平了的，实在令人吃惊。它经常发出的都是魔鬼般的笑声，有点儿像水禽的叫声；但是，有时它偶尔极其成功地躲开我，游到了老远的地方才浮出水面，拉长嗓门儿发出一阵怪叫声，听上去压根儿不像鸟叫，倒是更像狼嚎似的；也好像一头野兽，嘴鼻贴在地面上咻咻地在吼叫。这就是潜水鸟的号叫之声——这种最狂野的声音，也许在这一带人们从来还没有听到过，却远远地在树林子里回响。我想：它是在嘲笑我徒劳无功，同时又相信自己会情急生智的。此时此刻，天色阴沉沉，但湖面上却很平静，它的叫声我虽然听不见，可依然看得见它在那儿划破水面。瞧它那洁白的胸脯，何况天上一丝儿微风都没有，湖水又很平静，这一切对它来说都是不利的。最后，它在五十杆处浮出水面后，发出了长长的一声吼叫，仿佛呼唤潜水鸟之神来救援它，顷刻之间，东边果然起风了，吹皱了湖面，满天空都是雾蒙蒙的细雨，当时，我印象很深，好像潜水鸟的祈祷有了回应，它的神对我光火了；于是，我就撇开它，让它远远地消失在波涛翻滚的湖面上。

秋天里，我就会一连好几个钟头，观看野鸭子神出鬼没地游来游去，它们始终据守着湖中央，远远地躲开猎人；反正这些把戏，恐怕它们也用不着到路易斯安那州牛轭湖去操练吧。它们不得不起飞时，偶尔会飞到一定高度，在湖的上空来回盘旋，像天空中的点点黑斑，居高俯瞰，别处的江河湖泊，尽收眼底；我想，它们早已飞到那些地方去了，它们斜穿过四分之一英里远的开阔地，飞到了一个比较不受干扰的地方；可是，它们飞到瓦尔登湖中心，除了安全以外还有些什么来着，我就不得而知了，除非它们热爱这一泓湖水，跟我热爱的缘由如出一辙。

室内取暖

10月间，我去河边草地采摘葡萄，满载而归，我觉得，除了果腹以外，葡萄最可贵的就是它的色泽芳香。在那里，我也很喜欢越橘，那小小的蜡宝石，垂挂在草叶子上，赛过珍珠般亮晶晶，红艳艳，我倒是没有采撷过，但农夫们却用可怕的钉齿耙把它们集拢在一块儿，使平整的草地乱成一团糟；他们只是按每个蒲式耳多少美元价钱，大大咧咧地估堆儿一下，就把这些草地上的掠夺物贩卖到波士顿和纽约去；这些葡萄命里注定要被制成果酱，满足城里头热爱大自然的人们的口味。“屠夫们”还在大草原上的野草丛里，一边耙，一边收集美洲野牛舌草，至于这些野牛舌草丛是否被扯烂、枯萎，他们也就一概不管。小檗的果实光彩夺目，也仅仅是让我一饱眼福；不过，我采集过不少野苹果，用文火煮一煮，味儿不错，这倒是当地领主和观光客还没有想到过的呢。栗子熟了，我就储存半蒲式耳，准备过冬。在这个金秋季节里，漫步于林肯那儿一望无际的栗子林，委实让人心旷神怡——惜乎现如今这些栗子树却长眠在铁道底下了——那时节，我肩上挽着一只布袋袋，手里提着一根开刺果的棍棒，因为我老是等不到霜冻，就在枯叶的沙沙作响和红松鼠跟樫鸟聒噪的古怪声中去那儿闲逛。有时，我还偷吃过它们啃过一半的坚果，因为它们挑选过的刺果里头，确实就有个大肉绽的。偶尔，我也会爬上果树，去摇晃它们的果实，我的屋子后头也长栗子树，有一棵大得差不离把我的屋子都给遮没了，待到开花时节，就像一大束鲜花，连左邻右舍都是香气四溢，但是树上的果实，八成儿都给松鼠和樫鸟吃掉了；一大早，樫鸟三五成群地飞过来，趁着栗子还没有落地，就啄破果皮吃掉了。这些树我通通让给了它们，自己到离此处更远的树林子里去，那儿倒是清一色的栗子树。这些坚果，照它们的实情看，堪称面包的理想替代品。不过，也许还可以寻摸到许多别的替代品呢。有一天，我在挖鱼饵时，发现了成串的野豆子（拉丁文学名 Apios tuberosa），是土著的土豆，一种神奇的果实，我就开始怀疑，莫不是我小时候挖掘过，并且还吃过呢，正如人家告诉我的，反正以后我再也没有梦见过了。过去，我常常看见它那卷曲的红天鹅绒似的花朵，傍着别的植物梗子，却不知道与它还是同梗同茎呢。可惜开荒种地，已使它差不离要绝种了。野豆子味甘，口感很好，酷肖经过霜冻的土豆味道。我发现野豆子煮要比烤味道更好。这种块茎仿佛是大自然在冥冥之中的一种默默的许诺，要在未来的某些时期栽培她自己的儿女，就在这里让他们过上简朴温饱的日子。在当今耕牛肥育、麦浪翻滚的时代，这种不起眼的野豆子，尽管它一度还作为某个印第安人部落的图腾，却早已被人们遗忘了，至多也只有它开花时的藤蔓还能见得到；不过，要是让原始的大自然重新在这里统治，那些娇嫩的、奢侈的英国谷物，说不定会在无数仇敌跟前销声匿迹。无须人们操心，也许乌鸦甚至会把最后一颗玉米种子都送回到西南方印第安人的上帝的大片玉米地里，据说以前乌鸦就是从那里把种子带过来的；不过，眼下几乎濒临绝迹的野豆子，不怕霜冻和蛮荒，赶明儿也许还会复苏，证明自己是土生土长的，重振它那作为狩猎部落的食物的昔日雄风。印第安人的谷物女神和智慧女神，想必就是野豆子的发明者和赐予者；只要诗歌开始在这里占上风，野豆子的叶子和成串的坚果，说不定就会在我们的艺术作品里得到表现。

到了9月1日，我已看到湖对面的一个岬角上，离湖不远，有两三棵小槭树变红了，在那下面，三棵大齿杨白色的树干已然分了叉。啊，它们的色彩讲述了多少个故事！一个星期又一个星期，每棵树的性格渐渐地凸显出来，它尽情欣赏那明镜般的湖面上自己的倒影。每天早上，这个“画廊的经理”取下墙上的旧画，换上一些新画，新画更加鲜亮，色彩和谐，帅极了。

10月里，黄蜂们数以千计地飞临我的住所，好像是来过冬，落脚在我窗子的里头和高头的墙上，有时候会吓得一些来客不敢进门。每天早上，它们总有冷得冻僵了的，我就把它们扫到屋外去，反正我可没有把它们赶走，那岂不是给自己添乱；不仅如此，它们肯屈驾寒舍，我甚至还觉得不胜荣幸呢。它们虽然跟我睡在一起，但从来没有伤害过我；后来，它们渐渐地见不到影儿了。我可不知道它们钻进了什么缝隙儿里头，为的是躲避严冬和难以描述的寒冷吧。

到 11 月，如同那些黄蜂一样，最后进入冬居之前，我常到瓦尔登湖的东北岸边去，在那里，阳光从油松林和石岸反射过来，无形之中形成了湖畔火炉；只要你还能做得到，孵太阳暖暖身子，委实要比家里围炉取暖更惬意，也更有利于健康。夏天好像是一个离去的猎人，却留下了还在发光的余烬；而我就这么着指靠这些余烬取暖过冬。

等我垒砌烟囱的时候，我对泥水匠活儿总算入了门。我使用的是旧砖，先要用瓦刀把它刮干净，这么一来，我对砖头和瓦刀的特征就有了更深的了解。那些旧砖上头的灰浆，已有五十个年头了，据说年代越久越牢固；不过，以上这些话，人们老爱聒聒不休地这么说，也不管它究竟对不对。这样的说法本身随着年头越久，也变得越牢固，需要用瓦刀连续不断狠狠地刮，方能把旧砖上头这个未卜先知的老话刮干净。美索不达米亚有好多村子，都是用质量非常好的旧砖头砌造的；打从巴比伦废墟里捡来的旧砖上头的水泥更古老，也许更加牢固吧。不管怎么样，那把纯钢瓦刀的钢刃特别坚硬，经得住那么多猛砸，一丁点儿不卷刃，真让我吃惊。我的砖头原本来自一座旧烟囱，虽然我没见过上头有尼布甲尼撒[1]的名字，我尽可能多捡出些壁炉用的砖块来，这样既省工，又不会浪费。我用湖边

1 尼布甲尼撒二世（公元前 630？—前 562），巴比伦国王，曾侵占叙利亚和巴勒斯坦，攻占并焚毁耶路撒冷，将大批犹太人驱逐至巴比伦，在位时修建巴比伦城和空中花园。

寻摸来的石子填塞壁炉四周砖头之间的空隙，并用湖边的白沙土制成可供我使用的灰浆。我在壁炉上花费的时间最多，把它作为屋子里最要紧的一部分。说真的，我干得非常仔细，虽然一大早我就从地上开始砌砖，到晚上才垒起了离地几英寸高，夜里我拿它当枕头倒是不错，可我记得我并没有落枕；而过去我倒是闹过落枕的毛病。大约就在这段时间，我邀来了一位诗人，在这儿住上了半个月，因为房间逼仄，我好不尴尬。他随身带来了自己的刀子，其实我也有两把，我们常常用刀子来回捅进地里的办法，把刀子擦得干干净净。他还帮我做过饭。眼看着我的壁炉，方方正正，结结实实，渐渐地垒高起来，我心里很高兴。我就揣想，哪怕进度是慢了一点儿，据说寿命反而很长呢。烟囱在某种程度上来说，是一个独立的结构，拔地而起，穿过屋顶，直冲云霄；甚至在屋子烧掉以后，烟囱有时依然耸立着，它的重要性和独立性是显而易见的。那时已接近夏末。眼下却是 11 月份了。

北风一起，湖水就开始变冷，还要一连好几个星期，风不停歇地刮着，湖水才会结冰，因为这个湖太深了。我头一次在晚上生火时，还没有给屋内板壁抹上灰浆，烟打从烟囱里逸出情况特别好，毕竟板壁之间缝隙儿多得很。我就在这虽然寒冷但是通风良好的房间里，度过了好几个愉快的夜晚，四周围净是毛糙的、带节疤的棕色木板，高头的椽子还连着树皮呢。我的屋子后来抹过了灰浆，我不由得格外喜欢自己的屋子，我不得不承认，住在这样的屋子里，自然也格外舒服。人们居住的每一个房间，难道不应该顶头很高，高得给人产生朦朦胧胧的感觉，入夜以后看得见一些椽子四周，火光投射的影子正在跳跃吗？这些影子的形态，要比壁画或者别的最昂贵的家具，更能激活人们的幻想和想象力。不妨这么说，现在第一次入住我的屋子，我已开始利用它来取暖，同时又可以遮蔽风雨了。我还寻摸到两个旧薪架，让木柴再也不会傍靠炉壁了。眼看着我造的烟囱后头所积累的烟炱，真是好不高兴，因此，我拨弄起炉火来，也比平常更加有劲儿，感到更加满足了。我的住处又窄又小，我很难在屋子里头产生回音；但是，当作单身房间使用，跟邻居们隔得也很远，似乎显得又大了一些。一幢房子的整个魅力全都集中在一个房间；它是厨房，是卧室，是客厅，又是储藏室；凡是父母或者孩子，主人或者仆人，住在同一幢房子里，不管他们得到过什么样的满足，我通通享受到了。卡托说，一家之主（Patremfamilias）一定要在他的乡间别墅拥有"cellam oleariam, vinariam, dolia multa, uti lubeat caritatem expectare, et rei, et virtuti, et gloriae erit"[1]，也就是说，"一个储油存酒的地窖子，还有许许多多储物木桶，以后如遇艰难日子，也就有备无患；这样对他会有好处、有功效，而且值得引以为自豪"。我在自己的地窖子里储存了一桶土豆，大约两夸脱豌豆，包括掺杂在豌豆里头的象虫。我的架子上，还有一点儿大米，一罐糖浆，

1　此处是拉丁文。

以及黑麦和印第安玉米粉各一配克。

有时候，我梦见过一幢可容纳很多人的大房子，它在一个黄金时代拔地而起，建房材料经久耐用，也没有华而不实的装饰，但它只有一个房间，一个宽敞、简陋、实用、颇具原始气氛的厅堂，没有天花板吊顶，或者说没有抹过灰浆，仅仅有光秃秃的椽子和檩条，支撑着头顶上低矮的天棚——遮挡雨雪倒是很管用；在那里，你一跨过门槛，向那俯卧着的古代农神行礼之后，桁架中柱和桁架双柱[1]仿佛起立接受你的敬意；这是一幢空洞洞的房子，你在里头必须把火炬绑在长杆子上方能看得见屋顶；在那里，有的人可以住在壁炉边上，有的人在窗子的凹室里，有的人在高背椅子上，有的人在厅堂的这一头，有的人则在厅堂的那一头，有的人甚至跟蜘蛛一块儿在高头椽子上，反正只要他们愿意就得了；这么一幢房子，你一推开大门，就能长驱直入，到达厅堂，一切繁文缛礼全给免了；在那里，疲惫不堪的观光客不妨盥洗、进餐、聊天、睡觉，用不着出门远行；狂风暴雨之夜，你最巴不得到达的，正是这么一个栖身之处，里头一切家用必需品应有尽有，何况又没有家务之累；在那里，厅堂里所有金银财宝，你管保能一览无余；每一件常用物品全都挂在木钉子上；在那里，既是厨房，又是配餐室、客厅、卧室、储藏室，也是阁楼；在那里，你能看得见诸如木桶、梯子这类必需品，还有像碗橱之类用起来很方便

1　原文为 King and queen posts，光从字面看，意谓“国王和王后柱”。

的东西；你还听得见水壶里的水在沸腾，你要向给你做饭的火灶和给你烤面包的炉子致敬；在那里，必不可缺的家具和器物成了主要的装饰物；在那里，洗过的衣物不用晾在户外，炉火不熄灭，女主人也不会嗔怒；厨子下地窨子时，有时也许请你先挪开活板门，这样你也不必用脚去踩，就知道地上哪儿是牢实的，哪儿是虚空的。一幢房子像鸟巢似的全部向外敞开，让人一目了然，你可以从前门进去，从后门出来，却看不见住在里头的人；在那里，就算是来访客人，照样享受到一切自由待遇，不是被摈于它的八分之七以外的地方，关在一间特殊的斗室里，还关照你，说什么宾至如归，等等——其实却是把你幽禁起来。现下主人断断乎不会邀请你到他的壁炉边去，而是叫来泥水匠给你在走廊里头另砌一个火炉，所谓“殷勤招待”乃是一种跟你保持最大距离的诀窍。说到烹饪，自然窍门很多，多得仿佛他想要毒死你似的。我知道我到过好多人家的府邸，本来很可能被他们依法着令我离去的，但我并不知道自己去过许多人的家里；如果说顺路的话，我倒是不妨身穿旧衣去拜访像我所描述过的那样的屋子里过着俭朴生活的国王和王后；但是，万一我不幸误入了一座现代宫殿，那么，我可真巴不得学会的绝招，乃是身子倒退着溜之乎也[1]。

看来我们的社交语言会失去它的全部活力，完全退化为闲扯淡；我们的生活如此远离它的符号，它的隐喻和借喻又显得

1 宫廷礼仪要求臣民向皇室告别时务必身子倒退着离去。

如此牵强附会，可以说，只好通过滑道和升降梯来传递了；换句话说，客厅离厨房和作坊太远了。就算进餐，通常讲的也不过是比喻为吃一顿饭罢了。好像唯有野蛮人住地跟大自然和真理挨得比较近，倒是反而可以向他们借用比喻似的。远在“西北边陲”[1]或者“马恩岛”[2]的学者，他又憑地会知道厨房里头说的是什么彬彬有礼的语言呢？

但是话又说回来，我的客人里头只有一两个，胆子还算不小，敢留下来和我一块儿喝玉米面粥；可惜他们一看见危机露头时，就急吼吼地落荒而逃，好像危机会把这屋子震塌似的。后来结果呢，反正那么多玉米面粥给熬好了，这屋子依然好端端地屹立着。

直到天气真的冰冰冷了，我方才开始抹灰浆。为了这件事，我划着小船从湖的对岸运回来更洁白、更干净的沙子，反正有了小船这种运输工具，必要时，就算去的地方更远，我也二话没说。就在这时候，我的屋子的每面墙，都给钉上了木板条，从高头一直到齐墙根。钉木板条时，我挺高兴，只要一锤子下去，就把钉子牢牢地给钉死。我一心追求的是，要干净利落地把灰浆从木板条上抹到墙头上。我忽然想起了一个自高自大的家伙的故事，此人身穿优质衣服，老是在村子里东逛西荡，给工人们出馊主意。有一天，他心血来潮，想用实干取代

1 西北边陲指1783年，美国所获得的，亦即俄亥俄州、伊利诺伊州、密歇根州、威斯康星州、印第安纳州，以及明尼苏达州的一部分。

2 马恩岛又称“人岛”，是位于爱尔兰海上的一个岛屿。

空谈，于是，他把袖子一捋，操起一块灰浆工用的板子，用瓦刀把灰浆装上，干得好歹没出差错，稍后，他得意扬扬地瞅了一下高头的木板条，不管三七二十一就把灰浆抹了上去，不料整坨灰浆马上掉在他那气呼呼的胸脯上，真的是丢人现眼啊。我对抹灰浆倒是十分欣赏，因为它既经济，又方便，有效地抵御了寒气，而且抹过后又显得那么光洁、好看。我也了解到泥水匠很容易遭到各种意外事故。我很惊奇地发现，那些砖块竟然干渴得那么厉害，我还来不及把灰浆抹平整，水分早给砖块吸干了；我还惊奇地发现，为了新砌一个壁炉，我真不知道耗去多少桶水呢。前一个冬季，我把我们大河里寻摸到的珠蚌贝壳（拉丁文学名 Unio fluviatilis）烧制成少量石灰，为了准备做实验；因此，我也就知道我的材料是从哪儿来的。说不定我在一两英里以内，可以找到上等的石灰石，亲自动手烧制，要是我乐意的话。

就在这时候，最背阴、最浅的小水湾里已经结了一层薄冰，比整个湖面结冰早了好几天，乃至于好几个星期。第一块冰特别耐人寻味，也显得特别完美；它质地坚硬，呈浅黑色而又透明，这对观察浅水处的湖底来说是一个绝佳机会。你不妨全身趴倒在只有一英寸厚的冰面上，像一只掠水虫似的，笃悠悠地琢磨研究湖底，离你才不过两三英寸，赛过玻璃后面的一幅图画，不消说，这时水始终是平静的。湖底的沙子上有很多沟槽，一些生物在沟槽里头爬过来，又循着原路爬回去；至于残骸，到处可见，全是白石英细颗粒形成的石蚕壳。也许那些沟槽就是它们留下来的，因为你发现在那些沟槽里头有它们的残壳，尽管这些沟槽又深又宽，断断乎不是它们一蹴而就。但冰凌本身是最耐人寻味的事物，因此，你务必不失时机地去琢磨研究它。你要是在结冰后那个早上来仔细观察它，就会发现，那些乍一看好像在冰凌里头的气泡，实际上依附在冰面上，还有更多的气泡正从水底不断地泛上来；再说，这冰凌还是相当坚实而又发暗，所以，你才可以透过它看到了水。这些气泡的直径长短不一，有的是八十分之一英寸，有的是八分之一英寸，它们非常清楚，非常美丽，透过冰凌，你可以看见你的脸儿映照在气泡上。每一平方英寸里头，也许就有三四十个气泡。还有一些气泡已经在冰凌里头，狭小的、椭圆的、垂直的，大约半英寸长，呈圆锥体，顶尖朝上；如果说是刚刚冻结的冰凌，常常会有细小气泡，一个浮在另一个上头，望过去宛如一串珠玑似的。不过，冰凌里头的气泡，并没有像附着在冰凌底层的气泡那么多，也没有那么明显。有时候，我常常往冰凌上扔一些石子，试试看冰凌有多大力度，那些砸破冰面的石子会把空气也带了进去，在冰凌底下形成个儿特大而又特别显眼的气泡。有一天，我过了四十八小时后，再回到老地方去，发现这些个儿大的气泡依然完美如初，尽管那儿又结上了厚达一英寸多的冰凌，因为从一块冰凌边上的裂缝里，我看得清清楚楚。不过，前两天，天气挺暖和，好像小阳春似的，那冰凌就不怎么透明了，呈现出湖水的深绿色，而湖底有一点儿浑浊，呈现灰白色，冰凌比前时厚了两倍，却没有过去那么结实，因为气泡受热后大大地膨胀，积聚在一起，打乱了原有的格局；它们不再是一个浮在另一个上头，倒是像从一个袋子里倒出来的银币，一个个堆压在一起，或者说，就像一些薄片似的，仿佛在填补一些细微的裂缝。冰凌之美早已无影无踪，再想琢磨研究湖底，已是为时太晚。出于好奇，我很想知道，在新近结成的冰凌中，那些个儿大的气泡占着什么部位，于是，我凿取了一块含有中型气泡的冰，让它翻个身，底儿朝天。新结的冰凌是在那个气泡周围和底下形成，所以，气泡就在两块冰的中间。它完全处在底下的冰层，但又贴近上层冰凌，扁平形，或者说，也许有点儿像扁豆形状，圆边，深四分之一英寸，直径四英寸；我惊奇地发现，正对着气泡的底下，冰凌融化很有规则，好像倒置的茶碟形状，中间高度大约为八分之五英寸，水和气泡之间有一条薄薄的分界线，薄得几乎还不到八分之一英寸；这条分界线里好多地方，小气泡往下爆裂，也许在个儿最大、直径为一英尺的气泡底下，压根儿就没有冰凌了。我由此可以断定，我头一次看到附在冰凌底下的无数小气泡，这时也给冻在冰块里头，每一个小气泡程度不同地在冰凌底下起了类似取火镜的作用，要使冰凌融化殆尽。这些小气泡就是微型气枪，让冰凌融化时爆裂有响声。

最后，冬天真的呼啦地来到了，我那抹墙的活儿刚完，狂风开始在我屋子周围呼啸，仿佛直到此刻它才被允许呼啸似的。一夜又一夜，鹅群在黑暗中伴随着尖叫声、拍翅声，笨拙而又缓慢地飞过来，甚至大地上已铺满白雪之后还会飞过来，有的落在瓦尔登湖上，有的低低地掠过树林子，飞向美港，打算去墨西哥。有好几回，已是十点钟或者十一点钟，我从村子里回家，忽听见一群鹅或者是一群野鸭子在走动，在我屋后湖沼边上，踩着树林子里的枯叶，四处觅食；它们匆匆离去的时候，那领头鹅抑或是野鸭子的低唤声还隐约可闻。1845 年，瓦尔登湖在 12 月 22 日夜间第一次全部封冻，而佛林特湖和其他水位较浅的湖以及康科德河早在十天前就封冻了；1846 年封冻的日子是 12 月 16 日；1849 年大约在 12 月 31 日；1850 年约莫在 12 月 27 日；1852 年是 1 月 5 日；1853 年是 12 月 31 日。11 月 25 日起，大地全是皑皑白雪，突然间我被冬日雪景包围住了。我万般无奈，只好躲进自己的小窝儿，巴不得在屋里和心里点燃起一簇旺亮的火堆。这时，我去户外的差事，就是到森林里去寻摸枯木，然后手提或者肩扛回家，或者有时候，胳臂底下分别夹住一棵枯死的松树，就这么着拖到我的披屋里。这棵枯树曾经是昔日森林围栅，有过多么风光的岁月，现如今让我拖着它相当费劲儿。我把它祭献给火神伏尔甘[1]，因为过去它已祭献给护界神特尔米努斯[2]了。这是多么意味深长

1 古罗马神话中火与锻冶之神，亦称火神。
2 古罗马神话中保护界标之神，亦称护界神。

的一件事啊，据说人类晚饭的由来是这样的，当初有人到雪地里去猎取，不，你不妨这么说，去偷燃料，拿去烧晚饭的！他的面包和荤腥果然都很香喷喷呢。我们大多数村镇，在森林里都有各种木柴和废木料，足够人们生火，可是当前它们却没有给人们带来温暖，而且，有人还认为，它们会妨碍幼林的生长。湖上还有一些漂过来的木材。夏天，我发现过一排油松原木（树皮还留着）扎成的木筏，是当年爱尔兰人造铁路时钉在一块儿的。这里头有一部分，我已经拖到了湖岸上。在湖里浸泡过两年多，随后又在高地上晾了六个月，它却是顶呱呱的好木材，尽管部分吸水太多，还没有完全干透。入冬后，有一天，我就这么着聊以自娱：我把这些木头一根根从湖上面拖过去，差不多有半英里远，一根十五英尺长的原木，一头搁在我肩头上，另一头搭在冰凌上，就像溜冰似的一路滑行过去；要不然，我用桦树条把好几根木头捆在一块儿，随后，用一根长一点的、头上带钩的桦木棍或者桤木棍钩住它，打从湖上面拽了过去。这些木料完全被水浸泡过，沉甸甸像铅块，可是，它们不仅经烧，而且火苗儿特别旺；不，我觉得，正因为在湖水里浸泡过，这些木头才更好烧，仿佛在水里浸泡过的松脂，在灯笼里更加经烧一样。

吉尔平[1]描述英格兰的林中居民时说："有些人已侵占了土

1 吉尔平（William Gilpin，1724—1804），英国作家，他走遍英伦三岛，对他的游历给予诗一般的描述，其文风为后人所仿效。

地，于是，就这样在森林的边界筑了围栅，造了房子。”“古代森林法认为，这是一起严重的侵害行为，应当以侵占公地的罪名给予重罚，因为这使飞禽恐惧，森林受害。”不过，我对野味和森林的保护要比猎人和樵夫更加关注，仿佛我自己就是护林官一样。如果说森林有一部分给烧掉了，哪怕是我自己一不小心造成的，我也会感到创巨痛深，要比领主悲痛得更持久，也更难得到安慰；不，还有呢，就算树木是领主自己砍掉的，我照样会感到痛心。我倒是希望我们的农场主们在砍伐一片森林时，也能感受到某种恐惧，就像古罗马人在神圣的森林（拉丁文为 Lucum conlucare）里为了多透进一些阳光，砍掉少许树木，以便更稀疏时所感受到的那种恐惧，这是因为古罗马人相信那片森林已奉献给某些天神了。古罗马人先是赎罪，然后祈祷，不管你是男神还是女神，这片森林是专门奉献给你们的，请赐福给我和我的一家，以及子子孙孙吧。

即使在当今时代，在这个新的国家，林木毕竟还是极有价值，这种价值要比黄金的价值更加久远，也更加普遍，这确实令人惊异。我们已然有了许多发现和发明，但还没有哪一个人走过一垛木料时能无动于衷。林木对我们来说，就像对我们的撒克逊和诺曼祖祖辈辈一样是弥足珍贵的。如果说当年他们是用木材做弓箭，那么，现如今我们就用木材来做枪托。三十多年前，米绍[1]就说过，在纽约和费城，木头燃料的价格“跟巴

1 米绍（1746—1802），法国植物学家。

黎质地最好的木料价格几乎相同，有时也许还会超过，尽管这个巨大的首都每年需要三十多万考得的木材，周围三百英里的平原上又都是耕地”。在我们这个镇上，木材价格差不多在持续上涨，唯一的问题是，今年的木材价格比去年究竟会上涨多少。机工和商人亲自出马到森林里来，不为别的，管保是为参加木材拍卖会，甚至愿出高价，获得伐木者离场之后捡取零星木料的专利权呢。不知有多少岁月流逝而去了，人们老是到森林里头寻寻觅觅的，不外乎就是燃料和艺术的材料；新英格兰人、新荷兰人、巴黎人、凯尔特人[1]、农场主和罗宾汉[2]、古迪·布莱克姥姥和哈里·吉尔[3]，来自世界各地的王子和农民，以及学者和野蛮人，大家同样要到森林里头拿几根木头去生火取暖、做饭。就算是我，断断乎也少不了它的。

每个人看着自己的柴火堆，都会喜形于色。我喜欢把我的柴火堆码在窗前，劈柴劈得越多，越能勾起我对自己愉快劳作的回忆。我有一把管保没人会要的旧斧头，冬闲时，我就坐在屋子向阳那一边，用它来砍我从豆子地里挖出来的那些树桩头。就像我犁地时租用的马车主人预言过的，这些树桩头给予过我两次温暖来着，一次是我把它们劈成柴爿的时候，另一次是它们着火燃烧的时候，反正再也没有别的燃料能发出比它更

1　凯尔特人，居住在当今英国的最早原住民。

2　罗宾汉，英国传说中舍伍德森林（Sherwood Forest）中的绿林好汉，有关他的民谣甚多。

3　此处指英国著名诗人华兹华斯（William Wordsworth，1770—1850）的名诗《古迪·布莱克和哈里·吉尔》里的一些人物。

多的热量来。至于那把斧头，有人劝我拿到村里铁匠那儿去“淬淬火”；可我是自个儿给它“淬火”的；而且，还从树林子里寻摸到一根山核桃木给它装上个斧把，用起来就更得手了。虽说这斧头很钝，但至少很管用吧。

两三片油脂松木，不啻是一大珍宝。想一想现如今大地深处还秘藏着不知多少这种引火燃料，真的是匪夷所思了。前几年，我经常到光秃秃的山坡上进行“勘探”，从前，那儿有过一片油松林，我还刨出过一些油脂松树根茬来。它们几乎是坚不可摧的。那些树桩头，少说也有三四十个年头了，树心里头还很好，尽管边材已经腐朽了，那厚厚的树皮，在离树心四五英寸处，形成一个圆环，与地面接齐。你带上斧头和铲子对这种矿藏进行勘探，顺着那黄澄澄的牛油脂似的骨髓一样的储藏物一直挖下去，或者说，就和你挖到了大地深处的金矿的矿脉一模一样。但是，通常我是用树林子里的枯树叶来引火的，那还是我赶在下雪前就储存在披屋里的。青翠的山核桃木被劈成细细的棍儿，伐工者在树林子里宿营时，常拿它来引火的。这种引火柴，我时不时总要储存一点儿。村民们远在天边生火的时候，我的烟囱里也会冒出袅袅的青烟来，让瓦尔登峡谷里各种山野居民都知道，我是醒着的——

双翼轻盈的青烟，伊卡罗斯之鸟，
往上升腾，你的羽翼将会熔化掉，
悄无声息的云雀，黎明的信使啊，

盘旋在屋舍上空，当作自己的窝；
要不然你是逝去的梦，子夜时
迷幻的身影，撩起你的衣裙；
长夜里给星星披上了面纱，
白日里遮住了亮光和太阳；
去吧，我的薰香，从围炉这儿飞起，
请求天上诸神，宽恕这明亮的火焰。

那碧绿的硬木刚刚劈开，尽管我生火时用得很少，我觉得却比别的木料更为相宜。有时，我在冬日午后，炉火很旺的时候，外出溜达去了，过了三四个钟头回家，火苗儿依然在闪闪发光。我出门之后，屋子好歹也算不是空荡荡的，仿佛我留下了一位愉快的管家似的。其实，住在这小屋里的是我和炉火呀；一般来说，我的这位管家真的是忠实可靠。殊不知有一天，我还在屋外劈木柴，猛地想到该去窗口瞜上一眼，看看屋子里会不会着了火；在我的记忆中，唯独这么一次让我为这等事特别烦心；就这么着，我一看，不好了，一个火花星子把我的床铺烧着了；二话没说，我赶紧进屋去把火给扑灭了，得了，还好它只烧掉巴掌大的一小块。不过，我的屋子方位很好，阳光充足，可避风雨，屋顶又挺低，所以，后来在任何一个冬日午后，我差不多都把炉火熄灭掉。

鼹鼠在我的地窖子里做窝儿，把土豆啃掉了三分之一；它们甚至利用我抹墙剩下来的一些毛发和牛皮纸，给自己搭了一个舒适的小窝铺；因为哪怕是最最富有野性的动物，也跟人类一样，眷恋着舒适，眷恋着温馨；也正因为它们如此小心翼翼地筑了窝儿，它们方能安然越过寒冬存活了下来。听我的一些朋友说，言下之意，仿佛我到树林子里来，就是存心让自己给冻成冰棍儿呢。野兽仅仅在一个避风处搭上一个小窝铺，靠自己的体温来取暖；可是，发现了火的人类，把空气关在一个宽敞的房间里来取暖，反正他不是靠自己的体温来取暖，而是把那个房间当作自己的床铺，在那个房间里头，他可以安之若素，用不着穿上很厚的衣服，在冬天就像夏天那样暖和，通过窗子可以让阳光照进室内，点了灯如同白昼延长一样。他就这么着比本能超前了一两步，省出时间来从事美术创作。我长时间置身于狂风之中，周身就开始麻木不仁，可是，我一回到我家中温馨的氛围里，自己马上就感到神清气爽，延年益寿。说实话，就这一点来说，即便身居豪宅的人也没得什么好吹嘘的，我们也不必自寻烦恼，揣测什么人类最后如何毁灭。只要北方刮来稍微强劲一点儿的狂风，随时都可以切断他们的生命线。我们常常用“寒冷的星期五”和“大雪天”来计算日子的；反正星期五更冷一点，或者雪下得更大些，人类在地球上的生存，或恐就会告一段落。

第二年冬季，为了省俭起见，我改用一个很小的火炉，因为这片森林毕竟并不是归我所有；但这个小火炉不像敞开的壁炉那样老是火苗儿很旺。那时候，烹饪八成儿不再富有诗意，仅仅是一个化学过程罢了。在使用火炉的日子里，人们很快就忘掉了，从前自己跟印第安人一样，在余烬里头烘烤过土豆。火炉不仅占地方，还会熏得满屋子烟雾腾腾，连火苗儿都看不到，我觉得好像自己失去了一位伴侣似的，而你在火光中总是能看到一张脸儿。傍晚时分，人们在劳作之余，两眼凝望着火苗儿，会使白昼积存的俗世杂念一一得到净化。可我再也不能坐下来守望火苗儿了，有一位诗人所写的深中肯綮的诗句，使我充满了新的力量——

明亮的火焰啊，你是生活的映象，
你可爱可亲之情，别舍不得给我。
如此光芒迸射，莫非是我的希望？
入夜如此低沉，难道我气运不旺？

你平素深受人们欢迎和爱戴，
缘何被逐出我们厅堂和炉台？
难道你一生太沉湎于幻想，
不给芸芸众生一点儿光亮？
难道你那神秘的光芒不是在
跟我们的心灵神交？心照不宣？

是的，我们安全又强健，此时此刻
坐在火炉边，既没有黑影儿在晃动，
也没有欢乐与伤悲，仅仅有一团火

温暖我们的手足——希望并不高；
有了它这密集又实用的一堆火，
在它身旁的人不妨闲坐打盹儿，
别害怕从幽暗中游荡过来的鬼魂，
古树火光忽明忽暗地跟我们对话。[1]

1 引自美国田园诗人胡珀（Ellen Sturgis Hooper，1812—1848）的名诗《柴火》。

原住民，冬日来客

我经历过好几次愉快的暴风雪，在炉边度过了一些欢畅的冬日夜晚，大雪在外头疯狂地打旋儿，甚至将猫头鹰的尖叫声都盖过去了。好几个星期以来，我外出溜达时连一个人都没碰见过，除了偶尔来树林子里伐木的人，用雪橇把木柴拖回村里去。不过话又说回来，倒是大风大雪唆使我在树林子最深的积雪中开辟出一条小路来，好歹有一回我穿过树林子时，大风会把橡树叶子吹到我踩踏出来的脚印里，它们留在里头，吸收了阳光，把积雪给融化了，这么一来，我不仅脚下有了干爽的路面可走，而且入夜以后，它们那黑乎乎的线条就能给我引路。至于人与人之间的交往活动，我不得不在脑海里呈现出想象中树林子里那些原住民。我们镇上有好多人都还记得，那些原住民的欢声笑语曾经在我屋子附近那条大路上回荡着，我屋子四周全是树林子，这里那里点缀着他们的小花园和小屋子，不过，那时节，繁茂的树木遮挡得比现下更要严严实实。有些地方，我自己都记得，松树的枝杈会同时刮破轻便马车的两侧，妇女和孩子们不得不单独步行到林肯去的，经过这儿心里不免有些犯怵，往往还要一溜小跑上一段路。虽然大体上说，这只是一条通往邻村的不起眼的小道，或者换句话说，是专供那帮子伐木人行走的小道，但由于它当年万种风情，倒是给观光客带来更多的情趣，并在他们的记忆里久久萦绕不去。现如今，从村子到树林子，中间有一大片空旷的田野，那时这条小道打从槭树林的沼泽地穿过，路基底下全是原木，直至今日，在眼前这条尘土飞扬的公路下面，毫无疑问，仍然看得到它们的残迹；这条公路是从斯特拉顿，亦即如今的济贫院农场，径直通往布里斯特山。

加图·英格拉哈姆就住在我的豆子地东边，公路的对面；他是康科德村乡绅邓肯·英格拉哈姆老爷的奴隶，这位老爷给他的奴隶盖了一间房，允许他住在瓦尔登树林子里——我在这儿提到的加图，不是尤蒂卡的那个加图，而是康科德的这个加图。有人说他是几内亚人。有少数人还记得他那个核桃林里有一小块地，他把核桃树培育成林，赶明儿他岁数大了，打算派用场呢；殊不知到头来还是落到了一个年纪轻轻的白人投机家手里。幸好眼下他还有一间同样狭小的房子。加图的迹近湮没的地窖子洞口还依稀可见，但早已鲜为人知，因为边上有一排松树把它挡住了，人们就算走过，也都看不见。现如今，那里长满了光洁的漆树，最原始品种的黄花（拉丁文学名 Solidago stricta），也长得很茂盛。

在我的地块的边角上，离镇更近些，有一个黑人妇女名叫齐尔法，住在一间小小的房子里，她在那里替镇上的人织亚麻布。她有一副特别好的嗓子，她那嘹亮的歌声在瓦尔登树林子里回响着。后来，在 1812 年的战争中，她的住房被英国兵——这是一伙凭誓获释的俘虏兵——放火烧掉了；当时，幸好她不在家，可她的小猫、小狗和老母鸡通通给烧死了。她过着艰苦的生活，简直不像是人过的。一个常来树林子转悠的人记得，有一天中午，他路过齐尔法的家门口时，听见她冲着沸腾的水壶喃喃自语道："你们全是尸骸，尸骸啊！"我在矮橡树丛那边，还看到了乐呵呵的好人[1]呢。

循着公路下行，靠右边，布里斯特山上，住着布里斯特·弗里曼，"一个心灵手巧的黑人"，他一度是卡明斯乡绅家的奴隶——当年布里斯特栽培的苹果树，至今仍在那儿，现已长成很大的老树了，我觉得，它们结出的果实，口感依然是地地道道的野苹果味道。不久前，我在老林肯墓园里看到他的墓志铭，在他的墓碑附近，是一些无墓主姓名，亦即从康科德撤退时倒下的英国掷弹兵的坟墓——他的墓碑上写的是"西皮奥·布里斯特"——他倒是有资格叫作西皮奥·阿非利加努斯[2]的——"一个有色人种"，好像他的肤色已然变了似的。我从墓碑上知道，上面还特别强调他是在什么时候死掉的；这仅仅是间接地告诉我他曾经饱尝过尘世况味罢了。跟他长眠在一块儿的是他的妻子芬达，她殷勤好客，会替人算命，总让人听了很开心——芬达长得个儿挺大，圆圆的、黑黑的，比黑夜里

1　此处或恐又是一语双关，原文兼有"砖块"之意。

2　阿非利加努斯（Scipio Africanus，公元前237—前183），古罗马将军，入侵非洲。他的名字Scipio发音与布里斯特Sippio相近，他的姓Africanus与非洲Africa同一个字根，亦与布里斯特是黑人有关。

哪一个孩子还要黑，这么一个黑不溜秋的肉球，在康科德真可以说空前绝后。

沿着小山再往下走，靠左边，在树林子的古道上，是斯特拉顿家族庄园的地界；他们家的果园一度遍及布里斯特山的所有山坡，可惜老早就被油松所吞没，只剩下一些残株，它们的老根上至今还长出好多枝繁叶茂的野树来。

离镇更近些，在大路的另一边，恰好在树林子的边沿上，你就来到了布里德的地方；这个地方因为有过一个妖怪而出了名；虽然这个妖怪在古代神话中没有明确记述，但它在我们新英格兰人生活中却扮演着很显眼、很惊人的角色，就像任何一位神话人物一样，总有那么一天，应该有人给他写一部传记似的；最初，它是乔装打扮成一个朋友，抑或是一个雇工来的，没有多久就洗劫了，乃至于杀害了主人全家老小——真是新英格兰一大怪；但是历史想必还没有把此间上演过的所有悲剧一一记述下来；不妨让时间从中斡旋，给这些悲剧清除一些哀痛，添上一丁点儿蔚蓝的色彩吧。有一个最含糊不清的传说，说这儿从前有过一家小酒店；此外还有一眼井，就是这井水兑在路人的饮料里特别好喝，并能使他的坐骑很快恢复活力。在这里，人们相互打个招呼，听听新闻，相互传告，然后各自重新上路。

布里德的小屋虽然早就没有人居住了，但在十二年前还矗立在那里。它跟我的小屋大小差不多，那是一个总统大选的夜晚，如果说我没有记错的话，是几个淘气的小男孩放火把它烧掉的。当时我住在村子的边上，还在捧读戴夫南特[1]的《龚迪伯特》时出了神，那年冬天，我得了瞌睡病——顺便说一下，我可不知道，这毛病是不是家传的，反正我有一个大叔，连刮胡子的时候都会睡着了，因此，每逢礼拜日不得不下地窖子去摘掉土豆上的芽儿，就是为了让自己保持清静，守安息日；要不就是因为我想精读查尔默斯[2]的《英国诗选》，一首也不跳过去，结果导致了昏睡。这部诗选简直把我的神经[3]给征服了。我读着读着，脑袋越来越耷拉下来，猛然间，火警的钟声响了，救火车飞也似的赶了过来，冲在前头的是一大帮子大人和孩子，可我跑在最前列，好歹那条小溪我纵身一跃就过去了。我们都以为着火地点远在树林子南边——以前我们都去救过火的——什么谷仓啦，店铺啦，或者什么住宅啦，或者是所有这一切的一切通通着了火。"是贝克家的谷仓着火了。"有人大声嚷道。"是考德曼宅子着火了。"另一个人打包票说。随后，鲜亮的火花星子升上了树林子上空，仿佛屋顶一下子坍塌了，我们大伙儿都扯着嗓门儿高喊："康科德，快快来救火呀！"马车急如星火般驶去，车上挤满了人，说不定里头还有保险公司经纪人，反正不管有多远，他们是哪儿有火就往哪儿赶的；可是，

1　戴夫南特（Sir William D'Avenant，1606—1668），英国诗人，剧作家兼剧院经理，著有喜剧《众才子》，假面剧《爱之神殿》，诗集《马达加斯加》等，创作英国第一部公演歌剧《围攻罗得岛》，有莎士比亚"精神之子"的美誉。

2　查尔默斯（Alexander Chalmers，1759—1834），英国剧作家。

3　原文 Nervii，原指公元前 57 年被恺撒打败的一个北方欧洲部落，而梭罗写到此处，意谓查尔默斯的诗选征服了他的神经系统，可谓一语双关。

救火车的铃声不时在后头响起来，越来越慢，越来越稳当，落在了大伙儿的最后面，就像事后人们在窃窃私语似的，也许正是他们这拨人先放了火，回头再去报警的，那也难说。就这么着，我们继续往前赶，像真正的理想主义者，不相信自己感官提供的证据，直到在大路上拐弯时，我们听见了噼里啪啦的爆裂声，真的感受到墙那边传过来的热度，这才猛醒过来，老天哪！原来我们就在火场来着。火场倒是近了，我们的热情却反而凉下来了。开头，我们打算把救火车上的水全都浇到大火上去；但后来还是随它烧下去，这小屋子已经烧得差不离，救也是白搭。于是，我们围着救火车伫立着，相互之间推推搡搡，通过喇叭筒表达我们的观点，或者压低声音，谈到世人们目睹过的所有大火灾，包括巴斯考姆家的商号失火在内，而在我们自己一些人之间，却想到：如果我们自己的“救火桶”[1]及时赶到，把所有的水一股脑儿浇泼出去以后，也许我们可以把最后这场骇人的大火变成了另一场大洪水的[2]。最后，我们一点儿恶作剧都没干就全部撤退，回去睡大觉。我呢，回去就继续看《龚迪伯特》。不过，说到《龚迪伯特》，序言里头有一段话，说机智就是灵魂的火药：“大多数人不懂得机智，就像印第安人不懂得火药。”这段话，我可不敢苟同。

转天晚上，大约在同一时刻，我穿过田野，正好走过那

1　意谓行动缓慢的手拉救火车。

2　意谓世界末日最后这场大火与《圣经·旧约·创世记》中的诺亚大洪水。

里，猛地听见一阵低沉的哭泣声。我摸黑走近去一看，发现这个人我认识，他是这个家族的唯一幸存者，继承了这一家人的善与恶，只有他还记挂着这场大火，这时，他趴在地上，眼看着地窨子的断垣残壁还在冒烟的余烬，喃喃自语，如同往常一样。他整天价在河边草地那儿干活，但凡有时间也会抽空过来，看看他的祖上的老宅子，他自己的青春岁月就是在那儿度过的。他老是趴在那个地窨子上头，从各个视角、各个方位，轮番地仔细察看，仿佛那儿石板里头藏着他还记得的金银财宝，其实，现如今什么都寻觅不到，只有一堆堆碎砖和灰烬。老宅子早已荡然无存了，他眼前看到的只是一片废墟。此刻我来到他面前所隐含的同情，好歹使他得到不少宽慰。他指给我看已被覆盖住的那口井，天色已黑了，尽可能去看一看；真是谢天谢地，那口井是断断乎烧不掉的；他沿着墙根摸索了老半天，总算寻摸到了他老爸亲手制作并且亲手架起来的井水提取装置，摸一摸那钩住盛满水的井桶往上提的铁钩或者铁扣——现如今，他抓得住、摸得着的，也仅仅是这一个玩意儿了——他要我相信它是一个非同寻常的“提水装置”。我就摸了一下它，后来我差不多每天出去溜达时，总会过去看看它，因为它上头还悬挂着一个家族的兴衰史呢。

在左边，就在看得见水井和墙边丁香花的现今那块空地上，纳廷和勒·格罗斯曾经在这里居住过，不过后来都回林肯那儿去了。

比以上这些地方更远的树林子里，离湖最近的边上，陶工韦曼擅自占用一块地；平日里他给镇上的人制作陶器，还让自己后代继承他的手艺。他们活在世上可以说很不宽裕，只是默许他占住这块地；县里治安官[1]常常跑来收税，也老是白跑一趟，“扣押一件破玩意儿”，走走过场罢了。我看过他的账目，舍此以外，确实身无长物。仲夏时节，有一天，我正在锄地，有一个人驾着一辆满载陶器的马车去赶集，到了我的地头边，他就勒马停了下来，向我打听有关小韦曼的情况。很久以前，小韦曼向他买过一个陶轮[2],他很想了解一下小韦曼今日里怎么样了。过去我在经文里读到过陶工的泥坯和陶轮，但从来没有想到过，我们所用的陶器，并不是纤毫无损地从那时候留下来的，或者说，就像长在树上的葫芦一样，所以，听说在我的街坊里头，有人从事这种塑造艺术，我心里挺高兴。

在我之前，这些树林子里最后一位居民，是爱尔兰人休·夸尔（如果写成科尔也无妨），借住在韦曼的屋子里——人们管他叫夸尔上校。据说他以一名战士身份，参加过滑铁卢战役。如果今天他还活着，本来我应该让他重上战场，一显身手。他在这里是靠挖沟过活。拿破仑去了圣赫勒拿岛；夸尔来到了瓦尔登树林子里；据我所知，他是一个悲剧性人物。他很讲究风度，就像见过世面的人似的，他说起话来特别彬彬有礼，那是你断断乎没有听到过的。到了仲夏时节，他身上还披

1 县里治安官，大多由民选产生。

2 陶轮，也叫拉坯轮，陶工使用的一种踩动脚踏板时能旋转的水平盘。

着一件厚大衣，因为他患着震颤性谵妄症，连脸色都红得像抹上胭脂似的。我入住树林子后不久，他就死在布里斯特山脚下的大路上，所以，在我的记忆中没有他这个邻居。他的房子还没拆掉以前，他的同道都把它当作“凶宅”而退避三舍，可我倒是对它实地走访过。只见他的那些旧衣服都已穿得皱皮疙瘩，就像他本人似的，身子卷曲着躺在那张高高隆起的木板床上。搁在壁炉上的，是他的破烟斗，而不是一只在泉水边打破了的碗。布里斯特泉水永远也不会成为他死亡的象征，因为他向我坦承过，他尽管早就听说过布里斯特泉水，却一辈子都没见到过；沾满尘埃的纸牌，什么方块、黑桃和红心、老 K 等，满地都是。一只黑色小鸡没让遗产管理人捉去，它的羽毛乌黑得像黑夜，一气不吭，默默地等待列那狐[1]，它依然栖在隔壁房间里头。房子后头花园的轮廓，至今依稀可见，那里草木种下以后一次都没有松过土、除过草，因为主人患病后周身一直在震颤，不过，现如今已到了收获时节了。园子里长满了罗马苦艾和叫化草，这后一种草的果实都沾附在我的衣服上。一张土拨鼠毛皮是新近剥下来的，紧绷在房子的后头，这是他最后一件滑铁卢的战利品；反正现如今他再也不稀罕什么温暖的毛皮帽子或者手套了。

现下，地上只有一个浅坑，还让人看得出这些旧宅的遗

1　列那，寓言和民间故事中狐狸的名字；列那狐指中世纪法国叙事诗《列那狐的故事》中的著名形象。

址，地窖子里的石块已被掩埋，草莓、紫莓、榛子灌木丛，以及漆树，全都生长在阳光灿烂的草皮那边；一些油松或者多节的橡树，已从往昔烟囱那个角落里长了出来。当年门前石阶那儿，也许还有一棵芳香的黑桦树在摇曳呢。有时，水井的凹坑至今还依稀可见，原先这里有过泉水，现如今只有干枯的无泪的野草；要不然，这家族的最后一个人离去时，从草地里搬来一块石板，将水井深深地盖住了——反正赶明儿总会被人发现。把水井掩盖起来——想必是令人伤心的事，泪泉随之汩汩地喷涌。这些地窖子的凹坑，好像被遗弃的狐狸窝、旧洞穴，全是往昔人类沸腾生活留下的遗迹，当时他们用不同的形式和不同的方言讨论过何谓“命运、自由意志、绝对的预知”[1]等问题，但是，据我所知，他们讨论的结果不外乎是“加图和布里斯特扯过羊毛”，这差不多就像极有名的哲学流派的历史一样发人深省。

大门、门楣和门槛消失了一个世代以后，丁香花树至今依然枝繁叶茂，每到春天，鲜花怒放，香气四溢，喜爱沉思的观光客都会前去采摘；过去是孩子们在前院的小小地块上亲手栽下和呵护过的——现如今却落到了杳无人迹的草场颓垣边上，把位置让给了一些新的拔地而起的树林子——这些丁香花树就是这个家族唯一的幸存者，也是这个家族最后的孑遗。黑黝黝

1 引自英国大诗人弥尔顿《失乐园》2557：61。余外，梭罗致爱默生信中说：以上三大问题还是没有解决。

的孩子们压根儿想不到，他们在住宅背阴处插下只有两个芽眼的细枝，经过他们天天浇水，就这么深深地扎下了根，没承望活得比孩子们的岁数还大，而且活得比在后头给它遮阴的宅子本身寿命更长，甚至比大人们的花园和果园沿革更悠久，在他们长大、去世后又过去了半个世纪，丁香花树却悄悄地把他们的故事讲给一个孤独的漫游者听——丁香花儿开得好美，而且，芳香四溢，宛如在第一个春天里开放一样。丁香花那种依然娇嫩、淡雅和欢快的色彩，深深地印在我的脑海里。

不过话又说回来，这个小村子，按说是大有可为的好苗子，缘何它却倏忽消失，而康科德还依然坚守下来呢？难道说它不具备自然资源优势——比方说，水源不足吗？啊，深深的瓦尔登湖，清凉的布里斯特泉——常喝这些水有益于健康，该有多好，惜乎人们压根儿没有加以利用，只不过用它去稀释他们的杯中之物。他们都是清一色的酒徒。为什么就不能让编篮子、扎马厩扫帚、织席子、烤玉米、织麻布、制陶器等行当，在这里生意兴隆起来，使荒原像玫瑰一样灼然盛开，好让子子孙孙能继承他们祖上的田地呢？贫瘠的土壤至少也能防止低地的退化。天哪！这些原住民的记忆，竟然压根儿没能使这里的山山水水增光添彩！也许大自然会再次考验，让我做第一个移民，使我去年春天盖的小屋子成为这个村子里最古老的宅子。

我可不知道，我的宅基地上，从前有没有人盖过房子。让我远离那个建造在古城废墟上的城市吧，因为这种城市是利用废墟建成的，以墓地造花园。那里的土地已经泛白，并被指控，而且在还没有采取必要措施之前，说不定大地本身也会给毁掉。我就这么着回首前尘，追怀往事，仿佛要使原住民重归树林子，然后自己方能安然入睡。

寒冬季节，我这里很难得有客人来。积雪最深的时候，往往一个星期或者半个月，都没有一个人走近我的小屋，可我生活得倒是很舒服，就像大草原上的一只耗子，或者牛羊和家畜似的，据说它们埋在积雪中间很长时间，即使没有吃食，也照样能存活下来；或者换句话说，像本州萨顿镇早期移民那一家人，1717 年刮起那场大雪时，这个移民本人正好外出，不料他那个小茅屋全被大雪盖没了，只见烟囱里冒出来的热气在积雪中融化成一个窟窿眼儿，却被一个印第安人发现，这才使一家人得救了。不过，对于我呢，至今没有哪个友好的印第安人表示过关注；其实，对他来说，也没有必要，因为这小屋主人总是株守在家哩。好大的雪啊！听着，多有劲儿！农夫们没法驾着驴马去树林子和沼泽地了；他们不得不把自家门前的那些绿荫树砍倒；积雪变得越来越硬时，他们还要到沼泽地去砍树，待到来年开春时一看，没想到砍树那块地方，竟然离地面有十英尺高呢。

积雪最深时，从公路到我的小屋的那条小路，约莫有半英里路远，也许可用一条弯弯曲曲的虚线标出来，每两个圆点之间都有很大空当。要是有个把星期里，天气稳定，我来来去去的时候，总是迈着同样数目的步子，同样大小的步伐，故意找准我自个儿踩出来的足迹走路，精确得就像一副两脚规——原来冬天就这么着使我们循规蹈矩走老路呢——不过，这些足迹里常常映现苍穹自己的蔚蓝色。但不管是怎么样的天气，都阻挠不了我去散步，或者外出，因为我经常为了践约起见，在最深的雪地里步行八英里或者十英里，去跟一棵山毛榉，或者一棵黄桦树，或者松树林中的一个老相识会晤；积雪和冰凌使松树的枝丫都给压弯了，树梢头显得更尖峭，因而变成了冷杉似的；有时候，我踩着近两英尺深的积雪，步履艰难地向高高的山顶走去，每走一步，都像另一场暴风雪冲我头顶上扑过来；有时候，我索性用双手和膝盖在雪地里爬行、拼搏，反正当时连猎户全都回去过冬了。有一天下午，我饶有兴趣地在观察一只胸部有褐色斑纹的大林鸮（拉丁文学名 Strix nebulosa），它栖息在一棵白皮松的低矮的枯枝上，紧挨着树干，恰好是在大白天，我站的地方离它还不到一杆远。反正我走动的时候，两脚踩雪的声响，它是听得见的，却看不清我。我让两脚在雪地里踩得猛响时，只见它的脖子就伸了出来，脖颈羽毛竖立起来，眼睛也睁得大大的；但它的眼睑却很快又闭上，开始打起盹儿来着。我观察它半个钟头之后，自己也有点儿睡眼惺忪，瞧它就这么着两眼半睁半闭，栖息在那儿，像一只猫，或者换句话说，像猫的长翅膀的兄弟。它的眼睑之间只留着一道窄缝，这样，它和我就保持了一种半岛状的关系吧；它就这么着，两眼半睁半闭，从梦幻中往外观望，极力想知道我是何许人也：是一个模糊不清的物体，抑或是遮住它视线的些许尘埃。最后，也许是某个更大的声响，也许是我越走越近的缘故，它就显得很不自在了，懒洋洋地在栖枝上转了个身，仿佛它的美梦给搅乱了而很不耐烦似的。于是，它展翅起飞，穿过松树林，将它的翅膀舒展到了令人始料所不及的极致，但我却一丁点儿响声都听不见。就这样，它不是靠视力，而是凭借它对周边环境的灵敏感觉，在松树枝丫之间飞来飞去，仿佛它的羽毛都是极其敏感，能在昏暗中摸索自己的飞行路线。于是，它终于找到了一个新的栖枝，也许它就会在那里安静地等待它的白昼的到来。

我从横贯草地的长长的铁路堤岸上走过时，一阵砭人肌骨的寒风迎面刮来，因为它只有到了这里，刮起来才算最痛快淋漓；反正冰霜猛打我的左颊，尽管我是一个异教徒，我也还是照样把右颊送了过去[1]。从布里斯特山上来的火车道上,也好不了多少。反正我还是要到镇上去，就像一个友好的印第安人，漫山遍野的积雪在瓦尔登路两侧有如墙壁似的堆积起来，只消过去半个钟头，风雪管保将行人的足迹全都盖没了。我回来的时候，就在新形成的积雪里踉跄挣扎过，西北风忙不迭把粉状白雪积存在大路一个急拐处，那儿连一只兔子的足迹都看不到，更不用说一只草地耗子的些许足迹了。但不管怎么说，即使在寒冬季节，我还是看到过暖和而松软的沼泽地上，野草和

1　参见《圣经·新约》，书中要求基督徒，人家打你的左脸，你还把右脸送上去，借以化解矛盾，所以，梭罗在此处有“异教徒”的提法。

臭菘依然永葆常绿，一些耐寒飞禽有时偶尔会来这里，等待大地回春呢。

有时候，虽说冰天雪地，我傍晚散步回来，会发现樵夫打从我家门里走出来的深深的脚印，在壁炉上头还有他削好的一堆碎木片，屋子里充满他抽烟斗的味道。要不然，在一个星期天的下午，如果碰巧我在家，听得见一个精明的农夫踩雪时咔嚓咔嚓的脚步声，谅他是大老远穿过树林子，找上门来套近乎，“拉呱儿”；他是少数“在自家农场”种庄稼的人之一；他身上穿的不是教授的长袍，而是一套工作服，他说话时动不动会援引教会或者国家的那些仁义道德，就像他从牲口棚里拉出来一车粪肥似的。我们谈到了原始时代的简朴生活，那时候，人们在冷得反而有精气神的天气里，围坐在一大堆篝火边，倒是个个头脑清醒；如果说没有别的甜点心助兴，那我们就不妨拿自己的牙齿来试一试聪明的松鼠老早丢掉的好多好多坚果，因为那些坚果虽然外壳挺厚，其实往往都是空心的。

有一位诗人[1]顶着骇人的暴风雪，踩着深不可测的积雪，大老远赶到寒舍来做客。哪怕是一个农夫、一个猎户、一个大兵、一个记者，乃至于一个哲学家，都有可能给这样的暴风雪吓退了；但是，什么也不能吓住一个诗人，因为他的一切都是从纯粹的爱出发的。他的来来去去，有谁能预测到呢？他的职业就像医生，哪怕上床睡觉了，也可能随时被叫唤出门应诊

1　指前译注中提及的诗人小钱宁。

去。我们使这个小屋子里欢声笑语不绝于耳，而且好多轻声细语的清醒的谈话也在回响着，这就弥补了瓦尔登谷地很久以来的沉默。相形之下，百老汇[1]也会显得冷清而又荒凉了。我们俩不时纵声大笑，也许是因为刚才脱口而出的一句妙语，要不就是因为正要谈到的一则笑话。我们一边喝稀粥，一边谈论许多“崭新”的人生哲学，而这碗稀粥却将宴饮之乐和哲学所必需的头脑清醒融合在一起了。

我可忘不了，我在湖边的最后一个冬天，还有一个深受欢迎的来客[2]，有一回，他穿过树林子，顶着雨雪，摸黑赶来，后来从树丛里瞥见了我的灯光，于是跟我一起度过好几个漫长的冬夜。最后一批哲学家里头的一位——康涅狄格州把他推向了世界——早先他是兜售康涅狄格州的商品，后来，据他自己所说，就兜售他的头脑了。他至今依然在兜售头脑，赞扬上帝，贬损世人，唯独他的头脑能结出果实，就和坚果里头有果肉一模一样。我想，他必定是当今世界上还活着的最虔诚的人里头的一个。他的话语和态度始终表明，一切事物都比别人所了解的好得多；而由于时代在演进，也许他会成为感到失望的最后一个人。眼下他还没有什么冒险行动。虽然当今人们不怎么理会他，但是他一旦旗开得胜，大多数人意想不到的法则就见效了，一家之主和统治者们都会来向他求教的——

---

1 百老汇，纽约剧场等娱乐场所集中之地，以繁华热闹闻名全球。

2 指阿尔科特（Amos Bronson Alcott，1799—1888），美国超验主义哲学家，教育家。其女乃是美国文学名著《小妇人》的作者。

看不到清澈的人是多么盲目啊！[1]

人类的一个真正朋友，几乎也是人类进步的唯一朋友了。一个修墓老人[2]，还不如说是一个不朽之人，怀着不倦的耐心与信念，阐明深深印在人身上的形象，他们的上帝实际上只是一些残碑断碣罢了。他既亲热又聪明，体察孩子、乞丐、疯子、学者，他对各种思想兼容并蓄，还常常使它臻于博大精深。我想，他应该在世界大道上开设一家旅馆，各国哲学家都可以来投宿，他的店招上应该写上："宾至如归，役畜免进。凡有闲暇、心境平和、热切地寻求正道的人，请进来。"在我认识的人里头，也许就数他神智最健全，怪点子也最少；他昨天是啥样，明天也还是啥样。从前，我们俩一道漫步、聊天，全然将俗世凡尘置于脑后；因为他没有向世界上任何制度起过誓，是个生来自由自在的性情中人。不论我们转身走向何处，好像天地都浑然一体了，因为他使湖光山色显得更美丽了。一个身穿蓝衣服的人，他觉得最合适的屋顶，就是映现他心境宁静的苍穹。我看不出他恁地会一瞑不视呢，大自然也还舍不得他呢。

我们各自把思想摊开来谈，就像把木片拿出来晾干似的；

---

1 此句引自托马斯·斯托勒（Thomas Storer）所写的《托马斯·华斯莱传》（1599）。其中 Serenity 一词，意为"清澈、安详、平静、晴朗"，但在大写时，词义为"尊贵的阁下"，由此可见，梭罗在此使用该词，颇有一语双关之深意。

2 此典故出自英国作家司各特小说《修墓老人》（*Old Mortality*，1816），有中译本。

我们坐了下来，把木片削得尖尖的，一边试试我们的刀锋，一边欣赏那些松木中清晰的黄色纹理。我们是如此虔敬地轻轻涉水而过，或者说我们是如此平平稳稳地携手并进，因此，我们思想中的鱼儿既没有从小溪中被吓跑，也不害怕在岸边垂钓的人，而是好不快活地游来游去，宛如西边天空上飘过的浮云，那五光十色的云团在那里时而生成，时而消散。在那里，我们做作业，考订神话，润饰寓言，构建空中楼阁，因为大地上提供不了良好的基地。了不起的观察家！了不起的预言家！跟他思想交流不啻是新英格兰夜谭啊！啊！我们，隐士和哲学家，还有我提到过的那个老移民——我们三个人——就这么着侃侃而谈，谈得我的小屋子仿佛在不断膨胀、摇晃；我可不敢说，在每一个直径为一英寸的圆圈上，要承受这种气氛重达多少英磅的压力；小屋子已裂开了缝，以后就得填塞很多劳什子，方能防止泄漏——反正我早已捡好了够多的这类填絮。

余外，还有一个人[1]，我和他在他的村舍里一起度过久久难忘的“美好的时光”，何况他也不时到我的小屋子来。舍此以外，我在这里再也没有跟别的什么人有交往了。

好歹不管到哪儿都一样，有时我也期盼过那些断断乎不会来的客人。毗瑟拿·普纳那[2]说：“傍晚时分，主人始终要守望在院子里，等上挤完一头奶牛的时间——或者时间更长些，如

1 指美国著名作家爱默生（Ralph Waldo Emerson，1802—1882），梭罗的邻居、朋友、导师，对梭罗一生影响极大。爱默生享有“美国文明之父”的美誉。

2 印度教的主神之一，守护神。

果说他乐意的话——鹄候客人到来。”我常常恪尽这种好客的职守，等上很长很长时间，足够挤完一群奶牛，无奈我总是没看见一个人从城里走来。

越冬鸟兽

各个湖里通通冻成坚冰时，不仅有了通往许多地点的崭新捷径，而且，从湖面上环视周围熟稔的景色，也有了新的视野。从前，我常常荡舟于佛林特湖上，还在湖面上溜过冰，但我在穿过大雪覆盖后的湖面时，觉得它出乎意料地显得那么宽阔，那么陌生，使我不由得想起了巴芬湾[1]。举目四望，只见林肯的群山屹立在皑皑白雪的平原上，我已记不得往昔自己在那里驻足过的一些地方；在冰凌上委实分不出远近，渔夫牵着他们的狼狗慢吞吞地行走着，活脱脱像是捕海豹的猎户，或者逼肖因纽特人似的；或者换句话说，在雾沉沉的天气里，如同神话传说里的生灵忽隐忽现，我真闹不清楚他们究竟是巨人呢，还是侏儒。我晚上到林肯去讲演时，走的就是这条路，反正从我的小屋子到讲演室之间，我既不走别的路，也不路过谁的家门口。在途中要经过鹅湖，那儿是一群土拨鼠的栖居地，它们的小窝棚高高地隆起在冰凌上，可我路过时却没见过一只土拨鼠在外头。瓦尔登湖跟其他几个湖一样，通常积不了雪的，至多只有零零碎碎的一层薄冰漂浮在湖面上。待到别处积雪平均达到将近两英尺深时，我倒是可以在瓦尔登湖面上闲庭信步，

1　巴芬湾，位于格陵兰岛和加拿大的巴芬岛之间。

而村民们却被围困在自己的街区里。这里，远离村子里的街道，很难听得见雪橇上铃铛的响声，我在冰凌上又滑雪，又溜冰，仿佛置身于一个被踩平了的巨大鹿苑之中，那儿矗立着橡树和肃穆的松树，它们不是被大雪压得低低的，便是倒挂着一根根冰柱。

冬天的夜里，就算白天也一样，我常常听得到从大老远传来的猫头鹰的叫声，凄凉却又悦耳，这种声音仿佛是冰冻的大地用合适的琴拨弹奏时发出来的，正是地地道道的瓦尔登树林子的土话[1]，尽管这鸟儿鸣叫时我从来没见到过，但后来我对这种叫声倒也耳熟能详了。冬夜，我一推开门，往往就听见它那“呜呼——呜呼——呜呼——呜啦——呜呼”的叫声，听上去很响亮，而且头三个音节的发音，有点儿像在打招呼“你——好”似的；或者，它有时只是一个劲儿发出“呜呼——呜呼”的叫声；初冬时节，有一天夜里，湖里还没有完全结冰，约莫九点钟左右，一只野鹅嘎嘎嘎一声大叫，使我吓了一跳；我刚进家门，又听见它们掠过我屋顶时的拍翅声，就像一阵风暴打从树林子里穿过似的。它们越过湖面，向美港飞去，见到我的灯光，好像不敢逗留，领头鹅一路上总是发出节奏分明的叫唤声。蓦然间，有一只猫头鹰从离我很近的地方，发出了非常刺耳而又发颤的吓人的叫声；这种叫声在树林子里的居民中，我可从来没听见过，却不时回答了那只野鹅的叫声，仿佛发了

1 原文是 lingua vernacula（拉丁文），意谓“方言”“土话”。

狠，让这个来自赫德逊湾的入侵者曝光和丢丑，它的叫声越来越大、越来越响亮，还是那么一副土腔土调，“呜呼——呜呼”，看上去非把它们逐出康科德的蓝空不可。在这深更半夜，你来惊扰我那神圣不可侵犯的城堡，究竟是什么意思来着？你认为，我一到夜里这个时刻睡着了，就没有你那样的肺活量和嗓门儿了吗？“波呜——呜呼，波呜——呜呼，波呜——呜呼！”这种让人震颤不止的噪声，我真的还从来没听到过呢。不过，你要是耳朵特别灵，能审辨音素，那就能从中听得出有一些十分和谐的音素，类似这样的音素，原野上倒是从来没有看见过，也还没有听见过呢。

我还听得见湖上冰凌发出窸窸窣窣的声响，湖是跟我一起睡在康科德这张眠床上的大伙伴，好像在床上老是静不下来，只好翻来覆去，同时，还要为肠胃气胀、连做噩梦而发愁；要不然，我会被严寒冻裂地面时的巨响所惊醒，仿佛这时有人赶着一套马车，不知怎的撞着了我的家门，我一早起来，定神一看，地上果真有了一道大裂缝，四分之一英里长，三分之一英寸宽。

有时候，在月色溶溶的夜晚，我听得见狐狸爬过雪地，寻觅鹁鸡或别的什么飞禽，像森林里的恶狗一样发出妖魔般刺耳的吠叫声；它们仿佛火急万分，或者说想表现些什么来着，拼命追求光明，借此立刻变成犬獒，到街上自由自在地奔跑；如果说我们考虑到各个时代的演进历程，难道野兽中间不是像人类一样，或许也在发展一种文明吗？我倒是觉得，它们像穴居的原始人，仍然在捍卫着它们自己，等待它们变化的那一天。有时候，一只狐狸会被我的灯光所诱引，来到我窗子跟前，像吠叫似的冲我发出一声狐狸的诅咒，旋即转身溜走了。

通常红松鼠（拉丁文学名 Sciurus hudsonius）会在天蒙蒙亮时把我吵醒，因为它在屋顶上蹿来蹿去，在屋子四壁爬上爬下，好像它们从树林子窜出来，为的就是叫醒我呗。过冬的时候，我会把半蒲式耳八成儿还没有成熟的甜玉米穗撒在我门前的雪地上，稍后，我饶有兴味地观察被引诱来的各种动物竞相争食的场面。从黄昏到夜深，兔子常来这儿饱餐一顿。红松鼠整天价来来去去，它的那种机灵劲儿真的给了我莫大的乐趣。开始的时候，有一只红松鼠小心翼翼地渐走渐近，穿过低矮的橡树丛，跑跑停停地在雪地上四处奔跑，像一片随风飘的树叶子，一忽儿往这个方向窜出去好几步远，速度快得出奇，精力耗得也够呛，它“快步迅跑”那种急吼吼的样子简直令人难以想象，好像它是在不惜孤注一掷似的；一忽儿它又往那一边窜出去好几步远，但每一次断断乎不超过半杆远；瞧它又冷不丁停了下来，来上一个滑稽的亮相，紧接着莫名其妙地翻了一个筋斗，仿佛整个宇宙的眼睛全都定格，直盯住它似的——缘于一只松鼠的所有动作，哪怕是在最孤寂、最幽静的大森林深处，也像一个舞女会吸引住那么多的观众——可惜那么多的时间浪费在它磨磨蹭蹭，不断来回兜圈子上，要不然，它早就跑完全程了——可我从来没见过一只松鼠是一步又一步地径直走过去的——这时，它又冷不丁停了下来，眨眼间，它早已蹿上了一棵小油松的树顶，随后旋紧了它的发条似的，责骂着所有想象中的观众，同时，它既像个人在独白，又像在跟整个宇宙对话来着——个中缘由，我一点儿猜不出来，我揣想，或许连它自个儿也不见得知道吧。最后，它好歹挨近了玉米穗，从里头选好合意的一个，还是那样蹦蹦跳跳，按着原来很不固定的三角形的路线，直蹿到我窗前那个木柴堆的高头，到了那里，它就死劲地直瞅着我，而且待了好几个钟头，时不时地给自己掰新的玉米穗，开头是狼吞虎咽地乱啃一气，把啃过一半的玉米芯扔掉。后来，它越来越挑三拣四，拿它的吃食耍着玩儿，仅仅是浅尝一下玉米粒。它用一只爪子抓住玉米穗搁在柴火棍上，但一不小心掉在了地上，于是，它露出一种茫然不知所措的滑稽可笑的表情，低下头看着那玉米穗，好像怀疑那掉下来的玉米穗是不是也有生命，拿不住主意，该不该把它再捡起来，或者另叼一个新的，或者干脆走开就得了；它一会儿想到那玉米穗，一会儿又听听风声中有什么动静来着。就这么着，这个孟浪的小家伙一上午糟蹋了好多好多玉米穗；最后，它抓起了一个长一点、粗一点的玉米穗，个儿要比它还大得多，好歹拖住了玉米穗，朝着树林子走去，就像一只老虎拖着一头大水牛，依然照旧循着原来路线，左拐右弯，走走停停，还拖着玉米穗，真够累的；它觉得仿佛这个玉米穗太沉重，动不动掉在了地上，于是，它让玉米穗循着垂直线与地平线之间对角线方向移动，不管怎么样，硬要把它拉回去——好一个轻浮而又古怪的家伙——它就这么着把玉米穗拖到自己的栖居地，也许是在四五十杆远一棵松树的顶上；后来，我总会在树林子里发现那些满地狼藉的玉米芯。

最后，北美蓝色樫鸟来了，它们刺耳的尖叫声早就传过来了；它们远在八分之一英里之外，就小心翼翼地飞过来，偷偷摸摸地从这一棵树飞到另一棵树，越飞越近，把松鼠们掉在地上的玉米粒都给捡了起来。随后，它们落在了一棵油松的树枝上，急吼吼地把玉米粒吞下去，不料玉米粒个儿太大，哽在喉咙口，差点儿没给噎死；它们费了老大劲儿，才把玉米粒又吐了出来，接着花上个把钟头，用它们的尖喙啄呀啄的，好歹把玉米粒给啄碎了。它们分明是一帮子盗贼，我对它们一点儿好感都没有。至于松鼠呢，虽说它们一开始有点儿羞羞答答的，稍后却像在拿取属于自己的东西似的，就忙活起来了。

就在这个时候，山雀也三五成群地飞来了，把松鼠们掉在地上的屑粒衔了起来，飞到了最近的树枝上头，爪子抓住屑粒，用小小尖喙啄开，仿佛那是树皮里头的一只小虫子，直到屑粒被啄得又细又小，能从它们纤细的喉咙里咽下去。每天都有一小拨类似这样的山雀，到我柴火堆前头享受一顿午餐，或者到我的门前来啄食屑粒，欢蹦乱跳，发出微弱的啁啾声，好像草丛里冰柱子的丁零声响。要不然它们发出“嘚、嘚、嘚”的叫唤声，或者更为难得的是，在有几分春天气息的日子里，它们从树林子边上发出夏日里常有的类似弹琴的“菲——比”的鸣叫声。久而久之，它们竟然跟我熟识起来，后来有一只鸟儿落在了我捆抱进来的柴火上，毫不畏惧地啄起那些细小的枝条来着。有一回，我在村中园子里锄草，忽然，一只麻雀落在我肩头上，待了一会儿，此时此刻，我觉得自己特别风光来着，哪怕我佩戴过什么荣誉肩章，也都没法与之相比。最后，一来二去的，松鼠们都跟我很熟了，偶尔抄近路时，甚至会从我鞋子上头踩了过去。

大地上不再是溜溜儿的素裹银装，冬天也接近了尾声，积雪已开始在南山坡和我的柴火堆上融化，这时，北美樫鸟早晚从树林子里飞出来，上这儿觅食来了。在树林子里，不管你遛到哪一边，北美樫鸟都会拍打着翅膀冷不丁飞出来，把高头枯黄树枝上的积雪抖落下来，在阳光中飞溅的雪花就像金灿灿的尘埃似的；原来这种勇敢的鸟儿根本不怕冬天的。它们常常会被积雪盖没，据说“有时在飞行中还会一头扎进软绵绵的雪堆里，藏身在那里长达一两天之久”。落日偏西时，它们会飞出树林子，到旷野里啄食野苹果树上的“嫩芽儿”，所以，我还常常在那里把它们惊飞了。每到傍晚，它们都会定时落在了某些惯常栖息的树上，狡猾的猎人正在那儿守候它们，这时紧挨着树林子的远处果园也都会遭了殃。我很高兴，反正北美樫鸟好歹都能觅到吃食的。它们以啄芽儿、饮晨露为生，本来就是大自然自己的鸟儿。

在昏暗的冬天早晨，或者在短暂的冬天午后，有时候，我会听得到一大群猎犬狂吠，它们遏制不住自己追腥逐臭的本能，正在树林子里一边搜索，一边围猎的号角时不时地吹响，证明猎人就紧跟在后面。猎犬的狂吠声在树林子里再次响起，但并没有狐狸窜到湖边的开阔地，那伙猎人也没跟上来，对他们的亚克托安[1]穷追不舍。说不定在黄昏时分，我看到猎户们回来了，正在寻摸旅馆过夜，只见他们的雪橇后头拖着一条狐狸尾巴，就算是他们的战利品吧。人们告诉我，说狐狸只要躲在冰冻的地底下，管保万无一失，或者说，狐狸只要笔直地往前奔，猎狐犬休想追得上它；但是，把那一拨猎犬远远地甩在了后头，狐狸就停下来歇口气，竖起耳朵听着，直到猎犬们又追上来了，这时，狐狸却绕着圈子踅回自己的老窝去，不料，猎户们正好在那儿守候着。不过，有时候，狐狸会偶然发现好几杆远有一堵墙，于是纵身一跃，蹿到了墙的另一边，似乎它知道狐臭一遇到水就没有了。有一个猎人告诉我，说有一回，他看见一只被猎犬猛追的狐狸，一下子窜到了瓦尔登湖，湖里冰凌上恰好有浅浅的一层水，它跑了半程路，又折回到了原先的湖岸上。没多久，猎犬们匆匆赶到了，可是这儿却怎么都闻不到狐臭了。有时候，一群猎犬会在相互之间不停地追逐，绕着我的小屋打转转，一边追逐一边狂吠，压根儿不睬我，仿佛患上某种疯狂症，反正怎么也都阻止不了它们一个劲儿地相互追逐。就这么着，它们老是绕着圈儿追逐，没多久终于找到一只狐狸的新踪迹，因为哪怕只有一丝儿狐狸的踪迹，聪明的猎犬也断断乎不会轻易放弃的。有一天，一个来自列克星敦的人

1　古希腊神话中的一个猎手，因偷看狩猎女神狄安娜沐浴，被狄安娜变成一头牝鹿，最终被他自己的猎犬撕成了碎片。

到我的小屋里来打听他那匆匆离去的猎犬的下落，他本人一直在找它，已有个把星期啦。不过，我想，就算我将一切向他和盘托出，恐怕他也不见得全都明白，因为我每次打算回答他的问题，他都打断了我，说："你在这儿干啥呀？"他丢掉了一只狗，却找到了一个人。

有一个老猎户，说起话来老是干巴巴的；他每年照例来瓦尔登湖洗一回澡，总是在湖水最暖热的时候，还会顺便过来看看我，告诉我，说好多年以前，有一天下午，他只带一支猎枪，到瓦尔登树林子里去巡逻；他正行走在韦兰德路上时，忽然听见猎犬们的吠叫声越来越近，过不了多久，一只狐狸跃过沿墙窜到了大路上，刹那间又跃过了另一道沿墙，从大路上逃跑了；他马上举枪射击，无奈丝毫没有碰着它。从后面不远处来了一条老猎犬，带着它的三只小崽子，全力追击，各自在搜寻，一转眼却又消失在树林子里。下午后半晌，他正在瓦尔登南边密林里打尖，忽听见猎犬们远远地朝美港方向继续追捕狐狸时发出的吠叫声；它们正冲着这儿过来，它们的吠叫声在整个树林子里回响，仿佛越来越近，一会儿从威尔草地传过来，一会儿又从贝克农场传过来。他纹丝不动地伫立在那里好半天，一直在倾听它们的音乐之声，这在猎户的耳朵里听起来，端的是美极了。这时，狐狸冷不丁地出现了，轻快地穿过林中小径，它的响声已被树叶子深表同情的飒飒声所盖没了，只见它一会儿反应特快，一会儿又安静下来，守住阵脚，把它的追捕者远远地甩在了后面；稍后，它跃上了树林子里的一块岩石，直着身子坐下来，倾听动静，后背却朝着那个猎人。刹那间，后者被恻隐之心所掣肘；然而，他的这一个闪念却转瞬即逝。反正说时迟，那时快，他一举起猎枪，砰的一声——那只狐狸立时被击毙，从岩石上滚落到了地上。那猎人还在原地守候，倾听猎犬的声响。它们还在四处追逐，这时，它们恶魔般的狂吠声在邻近树林子里所有小径上空回响着。最后，那头老猎犬猛然映入猎人眼帘，它用鼻子乱嗅着地面，好像着了魔似的朝天大声吠叫，稍后，就直奔那块岩石；殊不知它一看见那只死狐狸，就突然停止追猎，仿佛受了惊吓，噤若寒蝉，一气不吭地绕着死狐狸来回打转转；它的小崽子一个挨一个先后赶来了，像它们的母亲一样，这眼前的哑谜也使它们一气不吭。此后，那猎人走了过去，站在它们中间，这哑谜才算揭开了。猎人把狐狸的毛皮给剥下来，它们静静地等着，稍后，跟在狐狸尾巴后头走了一会儿，最后又踅进树林子里去了。当天晚上，韦斯顿的一位乡绅到那个康科德的猎户的小屋里，打听他的那些猎犬的情况，还告诉他说，这几条猎犬离开韦斯顿的树林子，各自追捕猎物，已有个把星期了。康科德的老猎户把自己所知道的告诉了他，还要把狐皮送给他；但是，那位乡绅却谢绝了，旋即告辞离去。那天夜里，老猎户没有找到他的猎犬，不过转天就知道，它们过了河，在一个农夫家里宿了一夜，还在那里饱餐一顿，一大早便离去了。

给我讲这个故事的猎人，还记得有一个名叫山姆·纳丁的人，常在美港岸礁那里猎熊，拿着熊皮到康科德村子里去换朗姆酒[1]喝。猎熊人告诉他，说他在那里甚至还见到过一只驼鹿呢。纳丁养了一条很有名的猎狐犬，名叫布尔戈因——他却把它念成了“布金”——给我讲故事的老猎户，经常去借纳丁那条猎狐犬。镇上有一个做生意的老头儿，此人既是老板，又是镇上文书兼代表。在他的“流水账”里，我看到了以下记载：1742 年至 1743 年 1 月 18 日，“约翰·梅尔文，贷方，一只灰狐狸，两角三分”；眼下这种事在这里已见不到了；在他的流水账里，1743 年 2 月 7 日，赫泽吉亚·斯塔拉顿，贷方，“半张猫皮，一角四分半”；不消说，是一张野猫皮，因为斯塔拉顿从前当过中士，参加过老法国战争[2]，不会为连野猫还不如的猎物去借钱的。那年头也有人以猎取鹿皮得到贷款的，每天都有鹿皮出售。有一个人至今还收藏着此地附近猎杀的最后一只鹿的鹿角。还有一个人告诉我，说他的大叔参加一次狩猎活动的详情。过去，此地猎户人数众多，日子过得乐乐呵呵。我至今还记得，有一个瘦骨嶙峋的人，名叫宁录[3]，他在路边随手摘一片树叶子，就能够用它吹奏出一些曲子来，如果我没有记错的话，甚至比狩猎的号角还要粗犷、好听哩。

子夜时分，皓月当空，有时我在路上会碰见好些猎犬，它们都在树林子里东奔西窜，却会闪开给我让路，仿佛有点儿害怕似的，不声不响地站在灌木丛里，直到我走过去才出来。

---

1 朗姆酒，英美人爱喝的一种甜酒。

2 1759—1763 年法国对印第安人的战争。

3 宁录，《圣经》中的一个英勇的猎户，在西方，后来以“宁录”一词泛指猎人。

松鼠和野鼠为了我储存的坚果争吵不休。在我的小屋周围有好几十棵油松，直径从一英寸到四英寸都有，去年冬天给老鼠全啃过——它们觉得，那好像是一个挪威式的冬天，因为雪下的时间很长，积雪又很厚，它们不得不把大量树皮和别的吃食花花搭搭在一块儿。这些树木好歹还活着，入夏后看来长得还很茂盛，其中有好些树木居然长高了一英尺，虽然被啃去了溜溜儿一圈树皮；殊不知又过了一冬，这些树却全都死了，无一例外。说来也真怪，小小一只耗子竟然能吃掉整整一棵大树，它可不是自上而下一口口地啃的，而是绕着树干一圈圈地啃的；不过话又说回来，为了让树木之间长得稀稀朗朗些，也许这还是必要的，不然的话，树木常常会长得密不透风来着。

野兔子（拉丁文学名 Lepus americanus）是最不害怕见人的。有一只兔子在我的小屋子底下过了整整一冬，跟我仅仅隔了一层地板；每天早上，我刚开始走动，它就急吼吼地离去，把我吓一跳——砰、砰、砰，它由于慌不择路，连脑袋都撞到了我的地板底柱上。傍黑时分，它们常到我家门前踅来踅去，啃着我扔掉的土豆皮，它们跟地面的颜色如此相近，在它们静止不动时，两者简直难以识别。有时，在暮色苍茫之际，我的窗子底下有一只纹丝不动的小兔崽，一忽儿映入眼帘，一忽儿又不见了。晚上，我把门儿一打开，它们吱的一声四散逃窜。反正跟我那么近，它们只会使我为之动怜。有一天晚上，一只兔子待在我家门口，离我仅仅两步远，一开头就浑身发抖，硬是不肯离去，好一个可怜巴巴的小东西，瘦骨嶙峋，破耳朵、尖鼻子、短尾巴、细爪子，看上去好像大自然再也没有什么更高贵的品种，只剩下它这么个丑八怪。它那大大的眼睛看起来还年轻，但不健康，几乎像得了水肿似的。我往前走了一步，哦，只见它富有弹性地纵身一跃，它的身子和四肢优美地一伸展，就窜过了雪地，一瞬间使树林子介乎我和它自己中间了——这种野性的自由的筋肉，体现了大自然的活力和尊严。它之所以长得修长，并不是没有缘由的。那是它的天性使然。（它的拉丁文学名 Lepus，源自 Levipes，有人认为是“蹄疾如飞”的意思。）

乡下要是没有野兔子和鹑鸡，那还算是什么乡下来着？它们是最简单的土生土长的动物，属于古老的目科动物，不论在古代和现代都很出名；与大自然有同样色彩，同样实质，与树叶和大地又有最近的亲缘——它们相互之间更有亲缘；它们不是长翅膀，便是长腿脚。兔子和鹑鸡要是突然不翼而飞了，你很难觉得它们是一种野性未驯的动物，反而会看作大自然的一部分，完全就和飒飒作响的树叶子一模一样。不管发生什么样的革命，鹑鸡和兔子肯定会繁衍生息下去。如果说森林被砍掉了，树苗和灌木丛还会长出来给它们藏身，它们就会繁殖得比过去更多。连一只兔子都养不活的乡下，说实话，必定是穷乡僻壤。我们的树林子里有的是这两种动物，每一片沼泽地上，都会看到鹑鸡和兔子在溜达，惜乎沼泽地四周，牛仔们往往会用树枝围上了栅篱，还用马鬃设置了陷阱。

冬日瓦尔登湖

我度过了一个寂静的冬夜，醒来时依稀记得，仿佛有人向我提问，比方说，什么啦——怎么啦——在什么时候——在什么地方？睡梦中我很想一一回答，结果还是徒劳。但是，黎明时分，万物须臾不可离的大自然，脸呈宁静、满意的神情，直望着我那宽大的窗子，她的唇边倒是看不出在提问。我意识到了那道答题，意识到了大自然和天光大亮。大雪深深地覆盖着幼松点染的大地，我的小屋所在的小山坡，似乎在说：前进吧！大自然并没有提问，对我们凡夫俗子的提问一概不予回答。她老早就下过决心了。“啊，王子，我们两眼钦慕地在凝思默想，将这宇宙间奇妙多变的景象传达给灵魂。毫无疑问，黑夜掩盖了这光辉的创造的一部分；然而，白昼来了，给我们显示了这一杰作，从大地一直延伸到浩渺的苍穹。”[1]

然后，该是我忙早上的活儿去了。首先，我拿了一把斧头和提桶，外出找水去，但愿不是在做梦吧。度过一个寒冷的雪夜以后，找水还真少不得有一根占卜杖才好。平日里湖面水波荡漾，对一丝儿微风都很敏感，常常映现出闪光和倒影；但每年一到冬天，湖里冰凌结得很坚实，深达一英尺或者一英尺

1 引自印度史诗《摩诃婆罗多》。

半，就算是最沉重的马车都能承受得住；也许大雪覆盖得跟冰凌一般深，你很难识别是在湖上还是在平地上。像周围群山中的土拨鼠，它闭着眼进入冬眠，可以长达三个月或者三个月以上。站在大雪覆盖的平原上，好似置身在群山中的一块草场，我先要穿过一英尺深的雪地，接下来是一英尺厚的冰凌，在我的脚下开一个窗口，跪了下来喝水，俯瞰水下鱼儿们宁静的厅堂，那儿充满了柔和的亮光，好像透过一块磨砂玻璃窗照进去的，亮闪闪的细沙湖底赛过夏日里的时光似的；在这里，常年水波不兴，始终是一片静谧，就像黄昏时琥珀色的天空，这倒是跟水中居民的冷静而又和顺的气质息息相通。天空既在我们的脚下，也在我们的头上。

大清早，经过霜冻后，天气显得格外寒冷，人们带上钓竿和午餐便当，把钓线甩到了雪地下面去钓狗鱼和鲈鱼；这一拨野腔野气的人，看来不像是他们的城里人，他们本能地采用别的生活方式，相信别的权威，他们就这么着来来去去，把好多城市部分地缝合在一起，要不然，这些城市相互之间还是不搭界的。他们穿着厚实的粗绒大衣，坐在湖边干枯的橡树叶上吃午餐，他们一说到自然知识总是头头是道，就像城里人会矫揉造作一样聪明。他们从来不求教书本，他们的动手能力大大地超过他们所掌握的并可传授的知识。他们做过的好多事儿，据说至今还没有人知道。这儿就有一位，常用大鲈鱼作诱饵去钓狗鱼。看他的木桶好不奇怪，就像看到了夏日里的湖，仿佛他把夏天锁好藏在自个儿的家里了，或者换句话说，他知道夏天已躲藏到哪儿去了。请问，隆冬季节，他恁地会逮到这么多的鱼儿呢？哦，地上到处冻了冰，但他从烂木头里寻摸到虫子，所以，他管保钓得到那么多鱼儿。他的生活原本就是在大自然里度过的，比博物学家[1]的研究还要深入得多；他本人就是博物学家研究的对象。博物学家轻轻地用刀子揭去苔藓和树皮，从里头寻找虫子；可他只消一斧头下去，就劈开树芯，但见苔藓和树皮一下子飞得老远老远。他就靠剥树皮为生。这样的人就有权钓鱼，我很喜欢看到大自然在他身上显灵呢。鲈鱼吃蛴螬，狗鱼吃鲈鱼，渔夫吃狗鱼；生物等级中所有空隙就是这么着给填满的。

雾沉沉的天气里，我沿湖溜达，有时看到一些比较粗犷的渔夫所采用的原始方式，我觉得倒是挺有趣。冰凌上有好多个小窟窿，各自相距四五杆远，离湖岸也有那么远吧，也许他就把一些桤树枝搁在小窟窿上面，把钓线的一头拴在一根树枝上，以免被拉下水去，再在冰凌一英尺多远处，将松散的钓线挂在桤木的一根树枝上，上面系一片干枯的橡树叶子，只要这钓线被拽了下去，就说明鱼儿已上钩了。这些桤木树枝在迷雾中时隐时现，间距相等，你沿湖溜达，走过一半的时候，就可以见到了。

啊，瓦尔登湖的狗鱼！我看见它们躺在冰凌上时，或者换句话说，我从渔夫在冰凌上开凿的小小的一眼井里看到它们的

1 此处博物学家，尤指直接观察动物与植物的科学工作者。

稀世之美，常常使我惊异不已，仿佛它们是寓言里的神秘之鱼，在市街上，乃至于树林子里都是见不着的，而且在我们康科德的生活中，也和见不着阿拉伯半岛一模一样。它们具有一种亮丽夺目、超凡脱俗之美，这种美使它们与灰白色的鳕鱼和黑鳕相比，竟然有天壤之别，可后两种鱼在我们市街上却是响当当的。它们没有松树那么绿，也没有岩石那么灰，更没有苍穹那么蓝，依我看，它们的色彩，很可能是举世无双，像花朵，像宝石，它们俨如珍珠，是瓦尔登湖水中生物凝结的晶核或者水晶。不消说，它们是地地道道的瓦尔登湖；在这个动物王国中，它们本身就是一个个小小瓦尔登，好一个瓦尔登派[1]。令人吃惊的是，它们却在这儿被人逮住——这种金翠色大鱼原本畅游于泱泱深水之中，远离瓦尔登大路上辚辚声响的驮畜、轻便马车和铃儿叮当响的雪橇。这种鱼我在市场上从来没见到过；如果上市的话，它管保吸引住人们的眼球。它们只消身子痉挛似的扭动几下子，立时抖掉它们湿漉漉的鬼相，就像一个凡夫俗子，虽然时限未到，却已进入了天堂。

那消失已久的瓦尔登湖的湖底，我真恨不得它早点儿恢复，所以，在1846年初，趁湖里冰凌还没融化之前，我就带上罗盘、测链以及测深绳，对它仔细地进行了勘探。至于这个

1 梭罗在此又是一语双关，指的是大约1170年出现于法国南部的一个基督教派别，参加过宗教改革运动。又译韦尔多派。

湖到底有没有湖底，历来众说纷纭，当然也都是一些无稽之谈罢了。令人蹊跷的是，人们自己既没有测量过湖底，却长期以来相信它是无底之湖。我在这儿附近一次散步中就曾经到过两个所谓的“无底之湖”。许多人相信，瓦尔登湖一直通到了地球的另一边。有的人趴在冰凌上老半天，透过那梦幻似的媒介物向下俯视，也许还看得眼里水波荡漾，又因害怕胸部着凉，就急吼吼地下了结论，说他们确实看见了许许多多巨大的窟窿，“里头可以填塞大量干草”，如果真的有人下去填塞的话，这儿无疑就是冥河的源泉，地狱的入口。还有一些人，从村子里拉来一个标重“五十六磅”的铁疙瘩和满满一车子绳索，可他们并没有探测到湖底；因为他们把这个“五十六磅”的铁疙瘩搁在一边，将绳索慢慢地全给下放到水里去，结果还是徒劳，怎么也都够不着这神奇的深不可测的湖底。我可以确切地告诉我的读者，瓦尔登湖有一个紧密得合乎常理的湖底；湖的深度虽然深得非同寻常，但也并非不合常理。我只消用一根钓鳕鱼线，线头上拴一块一磅半重的石头，扔到湖水中，很容易就能测出它的深度，因为石头落到湖底后缺乏浮力，再往上提要费更大劲儿，所以，石头什么时候离开湖底，我管保说得十分精确。湖的最深处，正好是一百零二英尺；也许还得加上后来上涨的湖水五英尺，总共是一百零七英尺。水域如此逼窄，却有这样的深度，确实相当可观，但是，光凭想象力，你也断断乎不能再减去它的一英寸。如果说所有的湖都很浅，那又会怎么着？这不会在人们心灵上产生影响吗？我真心感谢瓦尔登湖，这么深，这么纯洁，可以作为一种象征。既然有人相信无限，就必定有人相信有些湖是无底的。

有一个工厂主听说我测出了湖的深度，认为这是不真实的，因为根据他所熟稔的堤坝来判断，湖底细沙没法堆积在如此陡峭的坡上。但是，即使是最深的湖，跟它们的水域相比，也没有大多数人所想象的那么深，而且，要是把湖水排干，再来看一看，也断断乎不会成为深不可测的谷地。它们不像群山之间的杯状物；而瓦尔登湖从它的面积来说，确实深得出奇，但从湖中心的垂直剖面来看，也不过像一只浅盘子那么深。大多数湖泊，排干了水，就呈现出一片草地，并不比我常常见到的更低洼。威廉·吉尔平在描写景色时既令人赞叹，而又十分准确，站在苏格兰法恩湖湾[1]的岬角上，他是这么描述的："一个咸水湾，六七十英寻[2]深，四英里宽，大约五十英里长，群山环抱。"他又评论说："如果说我们能在洪水泛滥之前，或者在受到天灾之前，或者在大水鲸吞之前就看到了它，那么，它定然是一个非常骇人的缺口啊！"

高高隆起的群山啊！
谷底却又那么低，
庞大的河床，宽阔而又深沉。[3]

---

1 法恩湖湾，位于苏格兰高地地区南部，为游览胜地。
2 英寻，英美制计量水深的单位，1 英寻等于 6 英尺。
3 英国著名诗人弥尔顿《失乐园》第 7 卷，第 288—290 行。

我们已然看到，从垂直剖面来看，瓦尔登湖只是一个浅盘子，可是，如果我们拿法恩湖湾的最短一条直径，按照相应比例跟瓦尔登湖对照，那么，法恩湖湾看来比瓦尔登湖还要浅四倍呢。法恩湖要是湖水排干，它的缺口所增加的骇人程度，原来也不过如此这般罢了。毫无疑问，许多山谷好像笑吟吟似的，一直伸展到玉米地里，正好成为大水退去之后这么一个“骇人的缺口”，虽然这还得要有地质学家的远见和洞察力，方能使那些没有料想到的居民相信这一事实。凡是特别好奇的眼睛，在地平线的小山上，常常可以发现一条原始湖的堤岸，平原后来就算升高了，也没有必要去掩盖它们的来历。但是，经常在公路上干活的人都知道，大雨过后看一看哪儿有泥水，就最容易发现低洼地了。这意味着，只要允许想象力稍微放纵一下，就要比大自然下潜得更深，升起得更高。因此，人们会发现，海洋的深度若跟它的面积相比，也许是低浅得微不足道了。

我已通过冰层测量过瓦尔登湖水的深度，现在我就可以确定湖底的形状，这可能比测量没有冻冰的港湾还要准确得多，总的说来，湖底齐整匀称，使我惊讶不已。湖底最深处有好几英亩地都是一溜儿平整，几乎胜过所有风吹日晒、被犁过的耕地。举个实例来说，我随便挑选了一道线，在三十杆以内，深浅不同的程度不超过一英尺；一般说来，毗邻湖心一带，不管向哪个方向移动，我都可以预先算出，每一百英尺的变化，约莫在三四英寸以内。有人常说，哪怕是像这样平静的细沙湖底，还有好多又深邃、又危险的窟窿，但是，如有这种情况，湖水早已把湖底的坑坑洼洼通通给端平了。湖底齐整匀称，与湖岸以及毗邻山脉保持着一致性，竟然是如此完美，即便在湖对岸，照样能测量遥远的岬角，而且只要观察一下对岸，也可以确定它的走向。岬角成了沙洲和浅滩，溪谷和山峡成了深水和峡湾。

我按照十杆比一英寸的比例，绘制了一幅湖的全图，在一百多处标明它的深度，我发现了这一惊人的一致性。注意到标明湖水最深处的地方显然位于这幅全图的中心，我用一根尺子在全图最长的地方竖着画了一道线，又在最宽的地方横着画了一道线，我吃惊地发现，这两道线恰好在湖水最深处相交了，尽管湖中心几乎是平坦的，但湖的轮廓却远不是齐整匀称，最长的线和最宽的线是通过测量湖湾才得出来的。我自言自语道，有谁知道，这是不是暗示海洋的最深处与湖泊或者水塘的情况如出一辙呢？这一规则是不是也适用于高山，把高山与山谷看成相对的呢？我们知道，一座山在它的最狭处，不见得就是它的最高点。

五个湖湾里头有三个，或者换句话说，所有我测量过的湖湾里头，它们的出口处都有一个沙洲，里头湖水比较深，看来这沙洲的走向不仅向内陆扩大水域，而且还向深处扩大水域，形成了一个盆地或者独立的湖，两个岬角的走向正好表明了沙洲的这一进程。每一个海港的入口处，也都有一个沙洲。湖湾的入口处，宽度大于长度，沙洲里头水也要比盆地里头水更深些。既然已经洞悉湖湾的长度和宽度、周围湖岸的特性，你几乎拥有足够的资料，可以列出一个公式来，对所有情况均可适用。

根据这次经验，我就在湖水的最深处观察它的平面轮廓和湖岸的特性，查看一下我测量结果的准确性如何；我还绘制了一幅白湖的平面图。白湖占地面积约有四十一英亩，跟瓦尔登湖一样，湖中没有岛屿，也没有任何看得见的入水口或者出水口。由于最宽的线和最窄的线挨得非常近，就在这里，两个遥遥相望的岬角也越来越近，而两个相对的沙洲却相距越来越远；我在最窄的线上标上一个点，但仍然落在与最长的线的交点上，作为湖水最深处的标志。果然发现这最深处离这个点不到一百英尺，比我原定的方向再远一点，深度只多了一英尺，换句话说，是六十英尺深。当然，如果说有一道溪涧流过，或者说，湖中有一个岛屿，问题就会更加错综复杂了。

如果说我们了解大自然的一切法则，那我们需要的只有一个事实，或者说是有关一个实际现象的描述，就可以举一反三，得出许多各具特色的结论来。现在我们知道的只有很少几个法则，我们的结论往往无济于事；当然，这并不是由于大自然杂乱无章，或者毫无法则可循，而是因为我们在计算时对某些基本原理一无所知。我们对法则与和谐的认识往往局限于我们已知的少数事例；但为数更多的法则，看似矛盾实则相互呼应，惜乎未被我们所察觉，正是这些法则产生了一种无比神奇的和谐呢。各种特殊的法则，其实来自我们的观点，这就像观光客在游山过程中，始终移步换景，目不暇接，尽管山的形状绝对地来说只有一个，但它的侧影却是不知其数。你即使劈山凿洞，也不能窥见它的全貌。

根据我的观察，湖的情况对伦理学来说倒是同样适合。这就是平均律。这么一种双径规则，不仅指引我们观察天体中的太阳，指引我们观察人心，而且就一个人的特殊的日常行为和生活潮流整合后的长度和宽度，也可以画上两道线，通向他的湖湾和入水口，那两道线的交叉点就是他的性格的最高点或者最深处了。也许，我们只要知道他的湖岸走向和他的周围环境，就可以知道他的深奥和深藏不露的底蕴了。如果说他的四周群山环绕，湖岸险峻，山峰耸立，并在他胸中有反映，那么，他也必然会体现出同样的深度。但是，低浅平滑的湖岸，就说明此人在别的方面也很肤浅。在我们的身体上，一个明显突出的大脑门，表明有一种相应的思想深度。此外，我们身上每一个凹进去的入口，仿佛都有一个沙洲，或者说一种特殊倾向；每一个凹口都是我们短暂的港湾，我们滞留在那儿，部分被陆地包围起来。这些倾向并不离奇古怪，它们的形态、大小以及方向，其实都是湖岸的岬角，亦即古时候地势升高的轴线所确定的，这个沙洲因暴风雨、潮汐或者洪水而渐渐增高，或者因水位回落而浮出水面时，起先这只不过是湖岸的一种倾向，其中却孕育着一种思想，后来又从海洋分隔开来，成为一个独立的湖，思想在这里确立了它自己的地位，也许由盐水变成了淡水，变成了淡水海、死海，或者说，一个沼泽。每个人来到尘世间，我们可不可以说，就是这么一个沙洲已经升到了水面上呢？诚然，我们都是一些可怜巴巴的航海家，我们的思想大体上说，时而靠近、时而远离没有港口的海岸驶行，至多只能跟稍微有点儿诗意的小小港汊打交道，要不然驶往公共的大港的入口，进入科学的枯燥码头，在那里，它们仅仅整修一下以适应当今世界，没有什么自然潮流能赋予它们独立的个性。

至于瓦尔登湖的出入口，除了雨、雪和蒸发，我什么都没有发现，虽然用温度表和线绳，说不定可以找到出入口；因为凡是水流入湖的地方，也许湖水夏天最凉，入冬后又最暖和。1846 年至 1847 年间，采冰人在这里开凿冰块，有一天，送到岸上的冰块却被屯冰商所拒收，因为冰块太薄，与别的冰块码在一起不够厚；采冰人由此发现，小小一个地块内冻结的冰块，要比别处薄两三英寸，他们推想此处说不准是个入口处。他们还指给我看另一个他们所谓的“漏洞”，瓦尔登湖在一座小山下漏入邻近一片草地，他们让我站在一块冰凌上，随即把我推了过去看看。那是一个小小的洞穴，水深有十英尺；不过，我可以保证，这个小小漏洞用不着堵上，除非日后发现更大的漏洞。有人觉得，如果说确实存在这么一个“漏洞”，而且又和草地确有联系的话，那也是不难证明的，只要在洞口撒上一些带色的粉末或者木屑，再把过滤器置放在草地的泉水边上，就一定可以截住水流带过来的小小屑粒。

我在勘察的时候，十六英寸厚的冰凌，在微风吹拂下，也会像湖水一样波动。不言而喻，冰凌上头是不能用水准仪测量的。我把水准仪置放在岸上，对准冰凌上一根有刻度的木杆进行测量。尽管冰凌似乎跟湖岸紧密相连，但在离岸一杆远的地方，冰凌最大的波动幅度就有四分之三英寸了。在湖的中心，波动幅度也许还更大呢。我们的仪器要是再精密一些，说不定还能测出地壳的波动，谁知道呢？我将测量仪的两条腿支在岸上，第三条腿支在冰凌上，再从第三条腿的视角观察时，冰凌上稍微有一点儿波动，在湖对岸一棵树上就会出现好几英尺的差别。我为了测量水深开始凿洞，由于积雪很深，压得冰凌沉了下去，所以积有三四英寸的水；但是，湖水很快流进这些窟窿里去，形成很深的溪涧，一直流了两天，把周围的冰凌全给磨光了，湖面变得干爽了，即使这不是主要原因，至少也算是基本原因；因为，水流进去了，冰凌随之升高，浮上了水面。这有点儿像在船底上凿了一个洞眼，让水流出去。后来，这些窟窿冰冻了，接着下了雨，最后又结了冰，使整个湖面形成一层鲜亮光洁的冰凌，里头呈现杂色斑驳的优美网络，有点儿像蜘蛛网，你也不妨管它叫作冰玫瑰花结，那是来自四面八方的水流向湖中心的渠道所形成的。有时，冰凌上布满了浅浅的水潭，有时，我会看到自己的两个影子，一个在冰凌上，另一个在树木或山坡的倒影里，两者相互叠映着。

1 月间，天气依然寒冷，冰雪既厚又坚实，深谋远虑的地主已从村子里来到湖上凿冰，为的是准备夏天冰镇饮料用的冰块；眼下还只是 1 月份——人们身穿厚大衣、戴着皮手套，好多事儿都还没有着落呢，可他呢，却预料到 7 月里的酷热和口渴，他的这份超前精明劲儿委实令人折服，乃至于感到可悲！也许他今生没有积攒过什么钱财，好让他来世享用他的冰镇夏季饮料吧。他把坚实的湖上冰凌凿破、锯开，掀掉鱼儿们的屋顶，把鱼儿们赖以生存的冰凌和空气，用铁链和桩子像捆木头似的紧紧地拴住，趁着冬日里晴好天气，一车又一车地拉走，储存在通风的地窖里，让冰凌在里头静待酷暑来临。拉冰车打从市街上走过，远远地望过去，仿佛晶体的苍穹似的。这些凿冰的都是一拨快活的人，有说有笑，干活有如玩儿似的。每当我来到他们中间时，他们倒是常常邀我站在下面拉锯，跟他们一块儿锯冰来着。

1846 年到 1847 年冬天，来了上百个“极北乐土之人”[1]，那天早上，他们蜂聚似的来到我们的瓦尔登湖，好几辆大车上拉来了笨重的农具，比方说，雪橇、犁耙、条播机、铡草机、铲子、锯子、耙子等，每人捎上一把双股叉，像这样的农具在《新英格兰农业杂志》或者《农事杂志》上还都没有描述过呢。我可不知道他们是不是来播种冬天的黑麦，或者播种新近从冰岛引进的别的什么种子。但我并没有看到肥料，我揣想，他们会像我一样，觉得这儿土层很厚，休耕时间也够长了，大概只打算浅耕一遍吧。他们说，有一个躲在幕后的乡绅，想让自己

1 古希腊神话中，居住在阳光普照、北风不到、四季常春之地的人，被称为“极北乐土之人”。

的钱成倍往上翻，据我所知，此人资产大抵已有五十万了。现如今，为了他的每一块美元上再往上摞一块美元，他就在这砭人肌骨的大冷天里，来剥瓦尔登湖的唯一的一件外衣，不，是它的唯一的一层皮呀！他们说干就干，有的犁地，有的耙地，有的开沟，一切井然有序，好像他们硬要把这儿打造成一个示范农场似的；不料，等我睁大眼睛，看看他们往沟里播点什么种子时，我身边的那一拨人冷不丁开始用钩子钩住这处女地的沃土，把钩住的东西猛地一甩，一直甩到了沙地上，或者说水里头了——因为那是特别松软的泥巴—— 一点儿没错，那儿的所有土地全是这样的——稍后装上雪橇就拉走了。于是，我猜摸，他们必定是在沼泽地里挖泥炭。就这么着，他们每天来来去去，伴随着火车头怪得出奇的尖叫声，来往于北极的某个地方，我觉得他们倒是很像一群来自北极的雪鹀似的。不过话又说回来，有时候，瓦尔登湖这位印第安女人也会来个报复：一个雇工走在他那一伙人的后头，一不小心滑到了一条通往阴曹冥府的裂缝里头去了，瞧他刚才还是那么骁勇无比，一瞬间只剩下了九分之一的生命；他的体温几乎消失殆尽，能到寒舍避难，他觉得真是喜出望外，而且还承认这火炉功德无量；或者说，有时，坚硬的冻土会把铁犁上的钢齿，不是给砸断了，就是让铁犁陷在沟里，不得不刨开冻土，把它挖出来。

说实话，每天价有上百个爱尔兰人，在北方佬监工的带领下，从剑桥来到这里开凿冰块。他们将冰凌切割成一个个方块，那方法是尽人皆知，毋庸赘述。这些冰块用雪橇拉到湖岸边，很快拖到一个储冰平台上，再用驮马拉的抓钩、滑轮和索具，对准排列齐整，像一桶一桶面粉那样，一块一块地码起来，赛过在给一座耸入云霄的方塔打下坚实的塔基似的。他们告诉我，说干得好的话，一天可以挖到一千吨，那是大约一英亩地的产出吧。你瞧，深深的车辙和固定支架的“摇篮洞”，在冰凌上如同在陆地上一样到处可见，这是雪橇在同一条道轨上来回滑动的结果，而驮马老是在挖成木桶似的冰槽里头吃燕麦。他们就这样将冰块置放在露天，堆成一个冰垛，高达三十五英尺，六七杆见方，在外面铺衬一层干草，与空气隔绝；因为即使不算是特别冷的风，照样能穿透冰垛，从而出现很大的裂缝，以致这里那里都支撑不住，冰垛到头来就会倒塌的。最初，这冰垛看上去很像一座巨大的蓝色城堡，或者说像瓦尔哈拉殿堂。但是，人们开始用粗糙的草皮去填塞冰块缝隙，外面披挂着冰霜、冰柱子时，它看上去倒是像一个历尽沧桑的、长满苔藓的灰白色废墟，原由蓝色大理石建成，亦即冬神的寓所，那个我们常在年历上看到的老人——是他的陋屋，仿佛他老人家打算跟我们一道消夏似的。据他们估算，这堆冰块里头有百分之二十五到达不了目的地，百分之二或百分之三都会在车子上耗损掉。不管怎么说，这个冰垛绝大部分的命运与主人的初衷正好适得其反；因为，要不就是这些冰块不像预期那样好保存，里头含有比平常更多的空气，要不就是其他原因，反正这些冰块从来都到达不了市场上。这堆冰垛是在1846年到1847年冬天码起来的，估计储量一万吨，最后又覆盖了干草和木板；第二年7月间，盖子被揭开，一部分冰块取走了，剩下的暴露在骄阳底下，这年夏天和翌年冬天全都安然度过，直到1848年9月还没有完全融化掉。不消说，大部分冰块就这么着回归瓦尔登湖。

瓦尔登湖的冰凌，像湖水一样，近看是绿的，但远看却是一种美丽的蓝色，你一望可知，河上的冰凌是白色的，四分之一英里开外别的一些湖里的冰凌，仅仅是淡绿的。有时候，凿冰人雪橇上有一大块冰掉在了村里大道上，躺在那里个把星期，像一大块翡翠，引起所有过路行人的兴趣。我注意到，瓦尔登湖有一部分，那里的水是绿的，但一结了冰，哪怕从同样的视角看去，它却变成了蓝色。因此，在湖周边的一些低洼地，有时候，入冬后积满绿幽幽的水，跟瓦尔登湖水一样，可是转天冰冻过后却变成了蓝色。说不定这湖水的蓝色和冰凌的蓝色，是它们所包含的光线和空气所造成的，而且，最透明的地方，色彩也最蓝。冰凌是沉思中最耐人寻味的主题。他们告诉我，说他们有一些冰块在富来喜湖的冰库里储存已有五年之久，至今依然十分完好。一桶水缘何很快就会发臭，而结了冰，却可以永远保持甘美呢？人们常说，这就好比是情感与理智之间的差别吧。

就这样，我一连十六天，从我的窗口看到上百个人在忙活儿，像繁忙的农夫似的，成群结队，牵着车马，带上全套农具，如此这般的热闹画面，我们在年历的扉页上倒是屡见不鲜的。每当我凭窗远眺的时候，我常常想起云雀和收割者的寓言，抑或是播种者的故事，以及诸如此类的故事传说。现如今，他们全都走了，也许过了三十多天以后，我又会凭窗远眺纯粹的海绿色的瓦尔登湖水，湖水映现出云彩和树木，寂静无声地将它蒸发的水汽升上天际，一点儿都看不出有人曾经在那儿流连过的痕迹。也许我会听到一只孤独的潜水鸟在扎猛子和梳理羽毛时的喧笑声；要不然，我会看到一个孤独的渔夫，驾着一叶扁舟，他的身影映现在水波里；可是不久前，上百个人还曾经在那儿万无一失地忙活过呢。

因此，看来在查尔斯顿和新奥尔良，以及马德拉斯、孟买和加尔各答，那些热得喘不过气来的居民，好像会在我的水井边啜饮呢。清晨，我才智飞灵，沉浸在《福者之歌》这么令人惊叹的天体演化的哲学里，自从这部经典问世以后，圣贤们的时代也早已逝去；相形之下，我们近代世界及其文学似乎显得多么微不足道；我怀疑，那种哲学是否仅仅涉及往昔的生存状态，它的崇高风格离我们的理念又何其遥远乃尔。我放下了书本，走到我的井边去打水，可是，我的天哪！我在那里遇到了婆罗门教的仆人，梵天[1]、毗瑟拿和因陀罗的僧侣，此人还在恒河边上他的寺院里一边打坐，一边念《吠陀经》，要不然，就带着他的馅儿饼皮和水罐，栖息在一棵大树底下。我遇见他的仆人过来给主人汲水，我们的水桶好像在同一口井中碰在了一起。纯净的瓦尔登湖水，已然和恒河的圣水掺在一起了。顺着

---

1 梵天，印度教主神之一，为创造之神，亦指众生之本。

风，这水波流过了亚特兰蒂斯[1]和赫斯珀里得斯[2]这些传说中的岛屿，像汉诺[3]环航似的，漂过德那第岛和蒂多尔岛[4]以及波斯湾的入口，在印度洋的热带风暴中融合在一起，最后在亚历山大也仅仅听说过其名字的一些港口登陆。

1 亚特兰蒂斯，传说中的岛屿，据说位于大西洋直布罗陀海峡以西，后沉入海底。

2 赫斯珀里得斯，古希腊罗马神话中金苹果园所在地。

3 汉诺，参见前注，古代迦太基航海家。

4 德那第岛和蒂多尔岛，今属印度尼西亚。

春

由于凿冰人大量采冰，湖面通常会提前解冻；因为湖水在风的劲吹下，即使在大冷天，都能消融它周围的冰凌。可是那一年，瓦尔登湖并非如此这般，因为冰凌才消融，很快又重新冻冰，乃至于比前时更为厚实。这个湖从来不像附近其他的湖那样，很早就开冻，因为它的湖水要比后者深得多，而且又没有溪涧从湖中穿过，把冰凌融化掉，抑或是给冲走。我可从来没见过它在冬天会开冻，除了1852年到1853年冬天，那时许多湖都经受了严峻的考验。瓦尔登湖通常在4月1日左右解冻，比佛林特湖和美港要晚个把星期或者十天，从北岸与浅水域开始融化，而这些地方本来也是最先开始结冰的。跟附近任何水域相比，它能更好地显示出这个季节的绝对进度，几乎不大受到瞬息万变的温度影响。3月间，持续好几天的严寒，也许会推迟别的湖的开冻时间，可是瓦尔登湖的温度，却几乎没有中断地在增高。1847年3月6日，温度表插入瓦尔登湖中心，显示温度在华氏32度，亦即为冰点；湖岸附近在华氏33度。在这同一天，佛林特湖中心温度在华氏32.5度；离湖岸12杆远的浅水处，冰厚一英尺的水下，温度则为华氏36度。在佛林特湖，深水域和浅水域温度相差华氏3.5度，事实上，这个湖八成儿都是比较浅，这就可以说明它缘何比瓦尔登湖解冻要早得多。这个时候，在最浅处凝结的冰凌，要比湖中心的冰凌薄好几英寸。仲冬时节，湖中心最暖和，那里的冰凌也最薄。同样，入夏以后，在湖边蹚水而过的人全知道，靠近湖岸的水该有多暖和，只不过三四英寸深，但是稍远点，深水处的水面却比靠近湖底的水还要暖和。到了春天，太阳不仅使空气和大地的温度增加，它的热量还透过一英尺厚，或者比一英尺更厚的冰凌，在浅水处湖底折射上来，因此湖水也变暖了，冰凌底下开始逐渐融化；同时，太阳直接照射在融化了的冰层上头，使它变得凹凸不平，释放出气泡，而气泡又上下散开，直到冰层全都形成一个个蜂窝状的物体，最后突然在一场春雨中消失殆尽。冰凌跟树木一样，也有它的纹理。冰块开始融化，或者形成类似“蜂窝”的时候，不管它处在什么部位，气泡和水面上的东西都是成直角的。如有岩石和原木从水底下靠近水面，水面上的冰凌就会变得很薄，经常被折射过来的热量融化掉；我还听说过，有人在剑桥一个木制浅池子里做试验，尽管冷空气在下面循环，使上面下面都有冷空气循环，但从池底折射上来的阳光热量，还是大大抵消了这一有利因素。仲冬时节，一场暖雨融化了瓦尔登湖的冰雪，在湖的中心留下一块发暗的或者透明的坚冰，这时湖岸周边，大约有一杆或者一杆多宽处，会出现一长溜易碎，却又更厚的白冰，那也是反射上来的热量所造成的。此外，还有我早就说过的，在冰层里头的气泡本身起了类似聚光镜的作用，把底下的冰凌融化掉。

这一年四季的现象，天天在湖上层出不穷，只是规模较小。每天早上，一般说来，浅水要比深水暖得更快些，虽然说到底也暖不到哪里去，但是每天晚上，浅水也会比深水冷却得更快些。一天就是一年的缩影。黑夜是冬天，晨昏是春天和秋天，正午是夏天。冰凌的坼裂声表示温度的变化。1850 年 2 月 24 日，度过了一个寒冷的夜晚，我迎着怡人的晨光到佛林特湖去，打算在那里待上一天。我惊奇地发现，我用斧头砍冰凌时，那响声就像敲锣打鼓一样，周围好几杆远都听得到，或者换句话说，仿佛我敲打的是一面绷紧了的鼓。太阳升起以后约莫个把钟头，湖感受到从山上斜射过来的阳光热量，就开始隆隆发响；湖就像一个刚睡醒了的人，伸一伸懒腰，打了个哈欠，响声越来越大，持续了三四个钟头。到了正午，它打了一个盹儿；傍晚时分，隆隆声又响了，因为太阳在收回它的影响。天气正常的时候，湖会极其准时鸣放它的黄昏礼炮。但在一天的正午时分，坼裂声四起，空气的弹性又比较差，湖完全失去了共鸣，即使敲击湖面，恐怕连鱼儿和土拨鼠听了都不会发愣的。渔夫说，“湖上的雷鸣”吓得鱼儿都不敢上钩。这湖并不是每天到了傍晚都会雷声大作，我也说不准，什么时候你会听到它的雷鸣。反正天气里有哪些细微变化，也许我看不出来，但湖倒是感受到了。谁想得到，这么寒冷、这么皮厚的庞然大物，居然会如此敏感呢？当然，湖也有它自身的规律，遵循这规律才会雷声大作，就好比花蕾到了春天定然绽开一样。大地复苏，到处生机盎然。最大的湖对大气的变化那么敏感，就像寒暑表管柱中的小小一滴水银似的。

吸引我住到树林子里来的，就是我可以有闲暇，有机会看看春回大地的全部历程。湖上的冰凌终于开始出现蜂窝状，我打从那里走过，脚后跟都会陷进去。雾、雨，以及越来越暖和的阳光，渐渐地把积雪融化了；白昼显然越来越长；我觉得我不用给柴火堆添料都足够过冬，因为这时再也用不着旺火取暖。我密切注视着春天的最早信号，听听一些飞来的鸟儿偶尔的啁鸣声，或者有斑纹松鼠的吱吱声，因为它储存的吃食想必此刻快要耗尽了，或者看看土拨鼠从它的越冬窝儿里好大胆地钻了出来。3 月 13 日，我已听到蓝色鸣鸟、歌雀和红翅鸫在欢唱，湖上冰凌差不多还有一英尺厚呢。天气越来越暖，冰凌还没有给湖水冲掉，也不像河里的浮冰那样漂了起来，虽然离湖岸半杆处，冰凌已经融化，但在湖中心的冰凌依然呈现蜂窝状，被湖水所浸透，因此，在六英尺厚的冰凌上，你仍然可以踩着走过去呢。殊不知到了第二天晚上，也许大雾刚过去，又下了一场暖洋洋的春雨，冰凌就完全见不着了，神不知鬼不觉地跟雾一起消失了。有一年，我穿过湖中心才五天，冰凌就完全无踪无影了。1845 年，瓦尔登湖第一次完全开冻，是在 4 月 1 日；1846 年，是在 3 月 25 日；1847 年，是在 4 月 8 日；1851 年，是在 3 月 28 日；1852 年，是在 4 月 18 日；1853 年，是在 3 月 23 日；1854 年，大约是在 4 月 7 日。

我们生活在这么一个冷热极为悬殊的气候圈里，河与湖的解冻，天气的稳定，但凡与两者有关的每一件事，我们都会特别感兴趣。天气越来越暖和的时候，住在河边的人夜里会听到冰凌的坼裂声，那吓人的轰鸣像大炮一样，仿佛冰凌的锁链完全给断裂了，不到一两天，只见它倏忽消融殆尽。就像鳄鱼从泥沼中钻了出来，大地也随之震颤不已。有一位老人，观察大自然，真可以说细致入微。他对大自然的一切运作，似乎独具慧眼，料事如有神，仿佛他还在孩提时代，大自然就上过造船台，而他却帮着安装过她的龙骨——现如今，他已长大成人，他要是活到玛士撒拉[1]的岁数，恐怕也很难获得更多的自然知识了——他告诉我，入春后有一天，他提着枪，坐上了小船，打算去打一两只野鸭子，但一听到他对大自然的运作还表示惊奇时，我不由得大吃一惊，因为我本来觉得大自然与他之间已无什么秘密可言了。那时，草地上还有冰凌，但河里的冰凌早已荡然无存，他坐上了小船，从他的住地萨德伯里一路畅通，直达美港湖，没承望他却看见这儿十之八九还覆盖着坚硬的冰凌呢。那一天挺暖和，看见湖上还有那么多冰凌，他惊骇不已。什么野鸭子都没看见，他把小船藏在北岸，或者说，湖中一个小岛的背后。他自个儿躲到南岸的灌木丛里，等待野鸭子到来。离湖岸四杆的地方，冰凌都已融化了，湖面光滑暖和，湖底一片泥泞，野鸭子喜爱的正是这种地方，他心里估摸，过不了多久，野鸭子准会飞过来的。他静静地卧倒在那儿，已有

1　玛士撒拉，《圣经·旧约·创世记》中以诺之子，据传活了969岁。

一个多钟头了，猛地听见一阵低沉、似乎非常遥远的声音，但听上去又特别庄重，给人印象很深，跟他往日里听到过的声音截然不同；那声音渐渐地高扬，不断加强，仿佛它将会有一个响彻天地的难忘的尾音，一阵沉闷的、急吼吼的声响，在他听来，就像一大群飞禽马上要栖落在这里似的。于是，他抓起了枪，一跃而起，心情亢奋极了。可是他发现，真的叫他惊呆了：原来就在他卧伏的时候，整整一大块冰凌已开始活动，漂浮到了岸边，他刚才听到的声音，就是冰凌边缘碰撞湖岸的声音——开头，冰凌边缘还是轻轻地啃动着、碎裂着，但到后来却沿着小岛周围不断往上翻腾，冰凌的碎片飞溅到一定的高度，方才复归于平静。

最后，太阳的光线直射大地，暖风吹散了雾和雨，湖岸上的积雪也融化了。太阳驱散迷雾之后，面向明暗交错、褐白相间的风景微微一笑；而在薰香似的蒙蒙烟雾中，观光客从一个小岛寻路到另一个小岛，沉醉于成千条溪涧流水奏鸣的乐曲声中，这些溪涧的脉管里，冬天的血液畅流不息，却也随之悄然逝去。

我到村子里去，照例要穿过铁路，见到解冻后的泥沙从铁路两侧陡坡深沟流下去，如此罕见的壮观，对我来说，不啻是一种莫大的惊喜，虽然自从铁路发明以来，想必用合适的材料新建的铁道路基也大大增加了。那材料就是沙子，粗细程度不同，而且异彩纷呈，通常还要掺上少量泥土。当霜冻在春天——乃至于在冬天融雪的日子里出现时，沙子开始像火山熔岩似的从铁路陡坡流下来，有时还穿透积雪而流了出来，泛滥于往昔从没见过沙子的地方。数不清的小溪流纵横交错，展现出一种混合的产物，部分服从水流的规律，部分却遵循植被的法则。沙子往下流淌的时候，看上去就像多汁的树叶或者藤蔓，而且往外喷洒出一堆堆软浆，竟然有一英尺或者一英尺多深，你在俯瞰时会觉得它们很像某些苔藓，有锯齿状、条裂状、鳞甲状等菌体；要不然，你就会想起珊瑚、豹掌或者鸟爪、脑子、肺叶或者肠子，以及各种各样的排泄物。这真的是一种奇形怪状的“植被”，它们的形态和色彩，我们看见过，在青铜器皿上有所仿造，这么一种建筑学上常见的叶饰，要比叶形装饰、菊苣、常春藤、藤蔓，或者其他植物的叶子更古老、更典型；在某些情况下，也许将注定成为未来地质学家难解的一个哑谜呢。整个深沟给我印象很深，仿佛它是一座岩洞，连同它的钟乳石全都呈现在阳光之下。这些沙子真的是丰富多彩，令人赏心悦目，包括各种不同的铁的颜色：棕色的、灰色的、淡黄色的，以及淡红色的。这么一大块的流沙达到路基脚下的排水沟时，就平铺开来，形成了浅滩；个别的小溪流失去了它们的半圆锥形状，慢慢地变得越来越平坦、越来越宽阔似的，如果说还是很湿漉漉时，便会汇合在一块儿，最终形成一块几乎平展展的沙滩，但依然丰富多彩，煞是好看，你还可以从中看出植物的原始形态的痕迹；最后，它们到了水中变成了堤岸，就像河口上形成的那些沙洲似的，那些植物的形态终于消失在湖底粼粼波纹中。

整个堤岸高度从二十英尺到四十英尺，有的时候，堤岸的一侧或者两侧，都被一大块、一大块这种叶饰，或者说，春天里常有细沙开裂的缝隙所覆盖，往往长达四分之一英里。这种沙子叶饰之所以引人瞩目，就在于它冷不丁就跃入眼帘。我在路基的一面看到的是毫无生气的侧面——因为太阳总是先照在一面的——另一面却是在个把钟头以内造成如此丰富多彩的叶饰；我不由得深为感动，仿佛奇怪地意识到，我已站在创造了世界和我的那个艺术家的实验室里——来到了他仍在继续创造的现场，看到了他正在路基那边大显身手，而且精力异常充沛，使他的鲜活构思随处可见。我觉得好像自己跟地球的内脏更加接近了，因为这种流沙所形成的叶状团块，倒是跟动物的内脏一模一样。从这些流沙里头，你会发现一种有植物叶子的预感。难怪大地常常依托叶子为其形，并以这样的理念劳其神。原子早已认识到这一法则，据此成果丰硕。悬挂在枝头的叶子，在这里看见了自己的原型。不管地球也好，还是动物也好，它们的内部都有一张湿润的、厚实的“叶子”。这个词儿特别适用于肝、肺和脂肪叶［它的希腊文字源 λειβω，英文为 labor，拉丁文为 lapsus，是“漂流”，或者“向下流淌”“流逝”的意思；λοβos，拉丁文为 globus，英文 lobe（叶子）；英文 globe（地球）的意思；还有 lap（重叠）的意思；flap（垂下物）的意思，以及好多别的词儿］，从外表来看，是一张薄薄的干枯的叶子，英文是 leaf，甚至字母 f 和 v 的发音，也是挤压发出的音质粗糙的 b。叶子（lobe）的词根是 lb，柔软的

b 音（是单叶片的，或者 B，是双叶片的），流音 l 在后面，推动 b 音。地球（globe）一词的 glb 中，g 这个颚音对喉部的功能尤为意味深长。鸟儿的羽毛和翅膀，也是叶子，只是更干爽、更单薄罢了。所以，你可以从泥土里的笨拙的蛴螬预见到它变成在空中翩跹的蝴蝶。我们这个地球不断超越自己，不断改变自己，在自己的轨道上扑棱翅膀。甚至冰凌也是从精细的水晶般的叶子开始的，仿佛它已流进了一个个模子，而后者正是印在湖水这面镜子里水中植物的叶子。整整一棵树只不过是一片叶子，河流是更大一些的叶子，它们的叶质和大地交错在一起，乡镇和城市则是它们叶腑上的虫卵。

太阳偏西时，沙子停止流淌，但到了转天早晨，这些溪流就又开始流淌，而且一条又一条地岔开来，形成了数不清的支流。也许你从这里会看到血管是如何形成的。只要你仔细地去观察，就会看到从最先融化的主体中流出来一条软化的沙流，它的顶端像水滴，跟圆圆的手指头相似，慢慢地而又盲目地向下寻路流淌，随着太阳越升越高，变得很热，很湿润，后来那流淌最快的部分八成儿顺从最呆滞的部分也遵循的法则，终于跟后者分道扬镳，形成自己的一条迂回曲折的渠道，或者换句话说，一条动脉，从中可以看到，有一道银色的溪流，像闪电般在发光，从软浆似的叶子或者枝杈的阶段进入了另一个阶段，而且还不时地被流沙所吞没。沙子在流动时，井然有序地使自己出奇地神速而又完美，利用沙团提供最佳材料，在渠道两侧形成尖尖的边缘。江河的发源地就是如此这般。河水中含有硅的物质，也许就是骨骼系统，在更精细的泥土和有机物中，即是肌肉纤维或者细胞组织了。人是什么，还不就是一团融化的泥土吗？人的圆圆的手指头，只不过是凝结了的一种滴状物。手指和脚趾从融化中的躯体里流了出来，达到自己的极限。在更加适宜于生长发育的环境中，谁知道人体会扩展到什么样子呢？人的手掌难道不就是一张撑开了的棕榈叶[1]，有叶片和片脉吗？耳朵不妨想象为一种苔藓，拉丁文为 umbilicaria，垂在头的两边，也有叶片，或者说还有滴状物。嘴唇——字源是 labium，大抵来自 labor（劳动）这个词儿——是在洞穴似的嘴巴上下两边的重叠物或者悬垂体。鼻子，一望可知，是一个凝缩的滴状物，或者说，钟乳石。下巴颏儿是一个更大的滴状物，脸上的水滴全在这儿汇合。脸颊是一面斜坡，从眉毛滑下脸谷，由颧骨支撑住。植物叶子上每一个圆圆的叶片，也是一个浓稠的正在流淌的滴状物，尽管有大的，也有小的；叶片是叶子的手指；它有多少叶片，就会向多少个方向流动，如有更多的热量，或者受到别的适宜于生长发育的因素影响，它就会流动得更远了。

由此看来，这面斜坡以图例阐明了大自然所有运作的原则。大地的创造者只得到叶子一项专利权。有哪一个商博良[2]能为我们破译这种象形文字，让我们终于可以翻开新的一页来

1 梭罗在此处又是一语双关，因为英文中棕榈（palm），还可作“手掌”“手心”解释。

2 商博良（Jean Francois Champollion, 1790—1832），法国历史学家、埃及学家，根据刻有希腊文字、埃及象形文字及通俗文字的罗塞塔石碑铭文破译出象形文字。

呢？这种现象比丰饶多产的葡萄园更让我感到亢奋不已。不错，它是有点儿分泌排泄的性质，反正什么五脏六腑，等等，好像地球从里往外全给兜了底；不过，这至少表明，大自然也是有肠子的，而且还是人类的母亲。这是从冻土里结出来的霜花，这就是——春天。就像神话先于符合韵律的诗歌，它是先于青山绿水的春天，先于姹紫嫣红的春天。我可不知道还有别的什么可以荡涤冬天的雾霾和消化不良。它使我相信，大地依然是在襁褓之中的婴儿，它的小小指头向四处伸展。那光秃秃的额头上长出了稚嫩的鬈发。天地间原本没有什么无机之物。路基上布满叶饰图案，如同火炉里的熔滓，说明大自然内部“正是一片旺火”。大地不仅仅是死气沉沉的历史的一个片段，像一部书那样一页一页层层交叠，让地质学家和考古学家去研究，它还是活生生的诗歌，像树上的叶子，先于花朵，先于果实——它不是一个化石的地球，而是一个活生生的地球；相形之下，一切动植物的生命，只不过是寄生在大地这一个了不起的生命中心上。它那剧烈的搏动能使我们的残骸从坟墓里给拽了出来。你可以把你的金属熔化掉，把它们浇铸到你能打造的最美丽的模子里；它们却从来没有使我激动过，从来没有像这大地融化后所形成的图样似的令我亢奋不已。不仅是它，任何制度都像陶工手上的泥巴，可塑性很强。

没有多久，不仅仅是在堤岸上，而且在每座小山、每个平原和每块低洼地里，都有霜花从地里冒出来，好像一头穴居的四足动物从冬眠中醒来，在音乐声中寻找海洋，或者换句话说，迁徙到云中别的地方去。温言款语的融化之神，却比手执大锤的雷神托尔[1]更具力度。前者善于徐缓融化，而后者只会乱砸一气。

地上积雪已有部分消融，一连好几天挺暖和的，地面比较干爽了，这时，不妨拿新年伊始最早露出来的柔嫩景象，同熬过严冬的苍劲植物那庄重之美作一比较，倒是别有一番情趣——长生草、一枝黄花、芹叶太阳花，以及那些淡雅的野草，往往比夏日里显得更加鲜明和有味儿，好像它们的美非得饱经寒夜摧残之后方才臻于成熟似的；即使是羊胡子草、香蒲、毛蕊花、狗尾草、绒毛绣线菊、白色绣线菊，还有别的硬茎植物，这些都是招待最早飞来的鸟儿取之不尽的谷仓——是很不错的杂草，至少也是大自然冬日里守寡时披上的全黑丧服罢[2]。特别是羊毛草禾束似的拱顶把我给吸引住了；它将夏天带到我们的冬日记忆里来了，那种形态乃是艺术所喜爱仿效的，而且在植物王国里，就如同天文学在人类心目中已有的形态一样休戚相关。它是一种比古希腊或者古埃及更古老的风格。冬日里的许多现象，使人想起了难以描述的柔嫩纤细的雅致。我们常听到有人把这个冬日之王描写成一个粗野狂烈的暴君，其实，他倒是以恋人的脉脉温情巧扮着夏日的秀发来着。

春天临近，我正坐下来读书或者写作时，红松鼠来到了我

1　托尔，古代北欧神话中的雷神，亦即主神奥丁的儿子。

2　梭罗在这里又是一语双关，英文 weeds 既是野草、杂草，也指寡妇穿的全黑丧服。

的屋子底下，它们成双配对地直接到我的脚下，叽叽喳喳，叽叽咕咕，或者有时长嘶短鸣，那声音古怪得出奇，我还从没听见过呢。我跺了几脚，它们的叫唤声反而更响，仿佛它们疯狂的恶搞早把畏惧置之度外，对人类的劝阻满不在乎了。你们别再——叽咔里、叽咔里地叫闹着。它们对我的斥责充耳不闻，或者一点儿都没感受到我斥责的力量，反而撒泼骂人似的，真让我拿它们没奈何呢。

第一只报春的麻雀！这一年在从来没有如此年轻的希望中开始！从局部光秃秃的、湿漉漉的田野里，隐隐约约地传来了银铃般的啁啾声，那是蓝色鸣鸟、北美歌雀和红翅鸫在欢叫，仿佛冬天最后的雪花飘落时的丁零声。在这么一个时刻，历史、编年史、传说，以及一切文字记载的启示录，都又算得了什么来着？小溪在向春天唱赞美诗和三部重唱歌曲。沼泽地的鹰低低地掠过草地，已在寻摸头一批苏醒过来的纤弱的生物。融雪的滴水声，漫山遍谷都听得到，各个湖里的冰凌在迅速消融。小草像春火似的燃遍了半山腰——春天的雨带来了一片新绿[1]——好似大地发出满腔热量，迎候太阳的回归；那火苗的色彩不是黄的，而是绿的——那是青春永驻的象征，那草叶啊，好似一条长长的绿色缎带，从草地里流向夏天，不错，被霜冻拦阻过，但倏忽又往前推进，竖起去年干草的嫩茎，让新

1 此处原文为拉丁文“et primitus oritur herba imbribus primoribus evocata”，亦即“早春时雨催草生”，引自瓦罗《论农业》。

的生命从底下长出来。它笃悠悠地在生长，宛如小溪从地下徐缓渗出来似的。它差不离跟小溪浑然一体，因为在适宜作物生长的六月天里，小溪干涸了，草叶子就成了它们的渠道，不知有多少个年头以来，牛羊都在这条常绿的小溪里饮水，而且，刈草人还会及时来收割为过冬取暖准备的草料。因此，我们人类的生命即使灭绝，只要根还在，就仍然会长出永恒的绿叶来。

瓦尔登湖冰凌正在迅速消融中。湖的西北两侧，有一条两杆宽的运河，流到东头会更宽一些。偌大一片冰从主体上裂开了。我听到北美歌雀在湖边灌木丛里吟唱——欧利特、欧利特、欧利特——吉泼、吉泼、吉泼、吉、喳——吉、威斯、威斯、威斯。它也是在帮着冰凌坼裂呢。冰凌边缘的大幅度曲线，该有多么漂亮啊，它与湖岸的曲线多少有所呼应，却又显得齐整得多！最近以来有过一阵子，天气异常寒冷，冰凌坚硬得出奇，上面都有波纹，就像宫殿里的地坪似的。但是，风陡然朝东边吹去，掠过浑浊的冰层，直到吹皱了远处鲜活的水面。看着这缎带似的湖水在阳光下闪闪发光，真是让人好不喜欢。光溜溜的湖面上洋溢着欢乐和青春，仿佛它在诉说湖中鱼儿们的欢乐，以及湖岸上细沙的欢乐——好像是鲹鱼鳞片上发出的一片银色的光辉，整个湖俨然都成了一条欢蹦乱跳的鱼。冬天和春天的对比，就是如此这般。但是，我在前文已然说过，这一个春天，湖上开冻得更加笃悠悠呢。

从暴风雪和冬天转换到平静而温煦的天气，从昏暗和懒怠的时刻转换成明亮而又灵透的时刻，这是万物称颂、难以忘怀的转捩点。最后，变化仿佛是一蹴而就似的。蓦然间，透进来一股春光，充满了我的小屋子，虽然已近黄昏时分，冬天的云堆依然悬挂在天际，雨雪之后的水珠儿正从屋檐滴落下来。我抬眼眺望窗外，瞧！昨天那里还是灰沉沉、冷丝丝的冰湖，此时此刻却是一泓透明的湖水，平静而充满希望，赛过夏日里的黄昏时分，在湖的胸脯上衬映出夏日里暮色苍茫的天空，这样的景致虽然高头还看不见，但它仿佛已跟遥远的地平线心心相印了。我听到有一只知更鸟在远处鸣叫，我觉得好几千年以来好像还是头一遭听到似的，即使再过好几千年，它的鸣叫声我也不会忘掉——还是那么甜美，那么富有活力，跟从前一模一样。啊，黄昏时分的知更鸟，在新英格兰的一个夏日倏忽消逝的时刻！但愿我能觅到它栖息过的丫枝！我指的是那一个它呢；我指的是那根丫枝呢。至少这不是 Turdus migratorius[1] 吧。我屋子周围的油松和橡树丛，好久以来老是垂头丧气似的，此刻它的好多特性冷不丁恢复了，看上去更鲜亮，更青翠，更挺秀，更有活气，仿佛经过雨水洗涤，很灵验，恢复了元气。我知道再也不会下雨了。只消看看森林中的任何一根丫枝，是的，看看你的柴火堆，你就可以知道冬天究竟过去了没有。天色越来越暗淡，一群野鹅低空掠过树林子时发出的唳声，吓了我一大跳，因为它们像疲累的旅行者一样，从南边的湖上飞过

1 拉丁文，候鸟的意思。

来，不免姗姗来迟，只好抱怨不迭，相互安慰。我站在门口，听得到它们扑棱翅膀的声音；它们冲我的小屋子飞来时，突然发现了我的灯光，喧叫声方才戛然而止。它们盘旋数匝，飞落在了湖上。于是，我转身进屋，关上门，在树林子里度过我的第一个春宵。

清晨，我从门口透过薄雾观看野鹅，只见它们在五十杆远湖中央来回游弋；它们是那么多，那么喧闹，瓦尔登湖仿佛成了一个供它们戏水的人工湖。可是，我站在湖岸上时，忽听见领头鹅发出一声信号，它们马上拍翅起飞，排成行列，在我高头绕了一圈，总共二十九只，径直向加拿大飞去了；它们的领头鹅不时发出唤声，仿佛关照它们到比较浑浊的湖中进早餐似的。一大群野鸭子也同时飞了起来，紧跟着那些闹嚷嚷的哥们儿，径直往北方飞去了。

一个星期以来，我常听见一只孤雁在晨雾中来回盘旋、摸索、唳叫，寻觅它的伙伴（它们就栖居在树林子里）。它的唳叫声越来越响，连树林子都难以承受。到了 4 月间，就可以见到鸽子，三五成群地掠过天空，到一定时候，我听得见圣马丁鸟在我的林中空地啁啾，看来镇上未必有那么多的圣马丁鸟，让我这儿不妨也可以有一两只吧。我揣想，圣马丁鸟是一种古老的飞禽族，远在白人到来以前就栖息在洞穴里。在几乎所有气候宜人的地区，乌龟和青蛙都是这个季节的先驱和信使；鸟儿一边歌唱一边飞翔，羽毛在空中闪闪发亮；各种植物拔地而起，花儿盛放；和风轻拂，仿佛纠正了南北两极之间的轻微摆动，使大自然保持了平衡。

每一个季节，对我们来说，似乎都是妙不可言，因此，春天的来临，就像鸿蒙初辟，宇宙创始，黄金时代到来了——

Eurus ad Auroram, Nabathæaque regna recessit,
Persidaque, et radiis juga subdita matutinis.[1]

东风退却到奥罗拉和纳巴泰王国[2]，
退却到波斯和在晨光之下的山岭。
* * * *
人诞生了。究竟是造物主为了创始
更美好的世界，用神的种子创造人；
还是大地刚刚从高高的苍穹坠落，
却保留了同一个上天的一些种子。

一场细雨过后，草儿长得越发青翠欲滴。同样，我们展望前景，只要有美好的思想注入，就会越发光明。如果我们总是活在当下，对眼前每一件事都善于利用，就像小草沾上一点儿露水也承认对自己有影响；莫将时间浪掷在弥补错失的机遇上，还认为我们是在尽自己的职责；那么，我们应该说是幸福

1 拉丁文，意思即是紧随其后的两行诗中译文。
2 纳巴泰王国，西南亚古代阿拉伯王国，位于今约旦西部。

的。春天已然来临，可我们还在冬天徘徊不前。在一个令人愉快的春天的早晨，人间的一切罪愆都得到了宽赦。这就是罪愆消亡的日子。阳光如此温暖人心，即使坏人说不定也会回心转意。我们自己恢复了纯真，自然也能看到我们邻居的纯真。也许你知道你的邻居昨天是一个小偷、一个酒徒，或者是一个色鬼，不是怜悯他就是鄙视他，从而对这个世界感到绝望；可是，阳光照亮了这个世界，温暖了这春天的第一个早晨，重新创造了这个世界，你会碰见他正在安静地工作，只见他衰竭、淫逸的血管里溢满平静的欢乐，祝福新的日子来临，像婴儿似的天真地感受到春天的影响，于是，他的一切差错你也全都忘掉了。他不仅置身于一种善意的氛围之中，甚至还有一种神圣的气味，也许在盲目而又徒劳地表现，好像是一种新生的本能；没有多久，南边山坡上再也没有庸俗的玩笑声在回响。你会看到他那多节瘤的皮囊中，有一些天真可爱的嫩枝条正在使劲儿抽芽，尝试另一个年头的生活，那么柔嫩、那么鲜活，就和幼树苗儿一模一样。他甚至也可以享受到他的主人的快乐[1]。为什么狱卒还不把他的牢门打开——为什么法官还不把他手头的案子撤销——为什么传教士也不把会众解散！这是缘于他们不服从上帝给予他们的暗示，也不接受上帝慷慨地给予他们的宽恕。

1 参见《圣经·新约·马太福音》第 25 章第 21 节和第 23 节：“可以进来享受你的主人的快乐。”

牛山之木尝美矣，以其郊于大国也。斧斤伐之，可以为美乎？是其日夜之所息，雨露之所润，非无萌蘖之生焉，牛羊又从而牧之，是以若彼之濯濯也。人见其濯濯也，以为未尝有材焉，此岂山之性也哉。

虽存乎人者，岂无仁义之心哉。其所以放其良心者，亦犹斧斤之于木也。旦旦而伐之，可以为美乎？其日夜之所息，平旦之气，其好恶与人相近也者几希，则其旦昼之所为，有梏亡之矣。梏之反复，则其夜气不足以存，夜气不足以存，则其违禽兽不远矣。人见其禽兽也，而以为未尝有才焉者，是岂人之情也哉。[1]

首先建立的是黄金时代。这个时代，没有人强迫它，没有法律，却自动地保持了信义和正道。在这个时代里没有刑罚，没有恐惧；金牌上也没有刻出吓人的禁律；没有喊冤的人群心怀恐惧观望着法官的面容；大家都生活安定，不必怕受审判。当时山上的松柏还没有遭到砍伐，做成船只航海到异乡；除了自己的乡土，人们不知道还有什么外邦。……四季常青，西风送暖，轻拂着天生自长的花草。[2]

4 月 29 日，我在九英亩角桥附近的河岸上钓鱼，站在摇

1 引自《孟子·告子》。
2 引自奥维德《变形记》第一章。著名学者杨周翰先生译，作家出版社 1958 年版。

曳的野草与柳树根边，在这里土拨鼠出没无常。我听到了一种独特的咯咯声，有点儿像孩子们用手指耍弄木棍时发出的声音，这时，我抬头一看，但见一只非常小，却很俊秀的鹰，活脱脱像夜莺一样，一会儿打水花似的直冲云霄，一会儿又翻筋斗似的落了下来一两杆，就这么着轮番升降，显示它那翅膀的潜力，逼肖阳光下亮闪闪的一条缎带，或者说，赛过贝壳里闪光的珍珠。这种景象使我想起了猎鹰训练术，以及这一项运动所显示的何等高贵的情致和诗意。依我看，不妨管它叫作"灰背隼"[1]：尽管我对它的名字并不在乎。它那飘飘欲仙的飞翔，我是从来还没有目睹过。它不像蝴蝶一样翩翩起舞，也不像苍鹰那样凌空翱翔；它是在田野上空，充满骄傲自信地飞着玩儿似的；它发出怪叫声，越飞越高，它一次又一次潇洒而又优美地俯冲下来，像风筝似的一个劲儿翻身，随后在高空的翻腾中恢复过来，仿佛它从来没有在大地上落脚过。看来它在浩茫宇宙之中没有什么伴侣来着——总是独个儿在嬉戏长空——它只需要黎明和太空，它们方才是它唯一的玩耍伙伴呢。它并不是很孤独，倒是让它底下的整个大地显得很孤独。孵养它的母亲上哪儿去了？它的亲属、它的父亲都去了九霄云外？它是空中来客，它和大地似乎仅仅有这么一点点关系，那就是有过一个鹰卵，不知什么时候在岩缝里头孵化出来——或者换句话说，莫非它那故土的鸟巢，是在云中一隅，由彩虹边缘和夕照长空

1　英文 Merlin，音译"墨林"，中世纪传说中的魔术师和预言家，亚瑟王的助手。

所构成，再用从大地上升起轻柔的仲夏雾霭作陪衬吗？它的猛禽窝儿，此刻还在悬崖似的云堆里呢。

此外，我还逮到好多罕见的铜色鱼，瞧它们的色彩，金黄银白，交相辉映，望过去很像一串串珍珠。啊！不知有多少个开春第一天早晨，我深入过这些草地，从一个小圆丘蹦跳到另一个小圆丘，从一个柳树根蹦跳到另一个柳树根，这时，荒野的河谷和树林子沐浴在如此纯洁、如此明媚的日光里，如果死者就像有人所说的，只不过是在坟茔里头打盹儿，此时此刻，恐怕他们也会醒过来的。永生不朽，用不着什么更有力的证据了。万物都应该生活在这样的日光里。死啊，你的毒钩在哪里？死啊，你得胜的权势在哪里[1]？

我们村子周围要是没有尚待探索的森林和草地，我们的乡村生活就会死气沉沉。我们需要原生态来激励自己——有时跋涉在潜伏着麻鳽和秧鸡的沼泽地，听听沙锥鸟的叫声；闻一闻飒飒作响的莎草，草丛里头只有一些更野、更孤独的飞禽在筑窝儿，还有水貂肚皮贴地在爬行。就在我们热切地探索和熟悉一切事物的同时，我们却要求万物都是神秘的，从来没被探索过的；要求大地和海洋处于极其原生态，从来没被勘察过、测量过的状态，因为它们都是深不可测的。我们对大自然断断乎不会感到腻烦。我们看到无穷无尽的活力，看到巨大的提坦[2]

1 这两句话引自《圣经·新约·哥林多前书》第15章第55节："死啊！你的毒钩在哪里？坟墓啊！你得胜的权势在哪里？"

2 古希腊神话中提坦众巨神之一，天神乌拉诺斯与大地女神盖娅之子，力大无比。

般的形象，看到海岸上航船的残骸，看到荒原上活树与枯树并存，看到雷鸣雨云，看到一连下了三周、引发洪水泛滥的暴雨，定然会感到精神振奋。我们必须看到自己的极限被突破，到从未漫游过的地方去自由地生活。虽说腐肉使我们作呕、泄气，但见秃鹫从啄食腐肉中获得健康和力量，我们倒是颇感高兴。通往我屋子的小道边上有一个坑，里头有一匹死马，有时候，我只好绕道而行，特别是在阴沉沉的夜间，但它却使我深信，大自然的胃口挺棒，而又非常健康，这就算是我从中得到的补偿吧。我爱看大自然充满了如此众多的生物，甚至还经受得住无数生灵之间相互捕食与残杀牺牲；我爱看纤嫩的生物像果肉似的，一气不吭地给压榨掉了——苍鹭一口吞掉蝌蚪，乌龟和蟾蜍在大路上被车轮碾死，有时候，简直是血肉横飞！既然这么容易碰到意外事故，我们必须看到乃是人们对此不大重视。聪明人得出的印象是：世间万物天真无邪。毒药到头来不见得有毒，创伤也未必会致命。怜悯是很靠不住的。它必定是转瞬即逝。它所恳求的断断乎不会是一成不变。

5 月初，橡树、山核桃树、槭树以及别的树木，方才从湖周围的松树林里发芽抽枝，它们像阳光似的使湖光山色显得格外光艳，特别是在阴天，仿佛太阳穿透了迷雾，给满山坡洒下了淡淡的亮光。5 月 3 日或者 4 日，我在湖里看见一只潜水鸟，在这个月的头一个星期里，我听到了三声夜莺、棕嘲鸫、威尔逊鸫、美洲小鹟、棕雀，以及别的鸟儿的鸣叫声。歌鸫的鸣叫，很早以前我就听见过了。东菲比霸鹟频频来到我的窗门前往屋子里窥探，看看好不好在我的小屋子里筑窝儿；它一边在查看我屋里头情况，一边在空中扑棱着翅膀，收紧爪子，仿佛它全身让空气支撑住了似的。没有多久，北美油松硫黄似的花粉，就铺满了湖面，以及岸边的乱石堆和朽木林，因此，你可以毫不费劲地收集到满满一桶花粉。这就是我们听人说起过的所谓“硫黄雨”。甚至在迦梨陀娑的剧本《沙恭达罗》里，我们就读到：“莲花的金粉染黄了小溪。”就这么着，四季更迭，到了夏天，我们可以漫游在越长越高的青青草丛中。

我第一年在林中的生活就此告一段落，第二年跟它如出一辙。1847 年 9 月 6 日，我最终离开了瓦尔登。

结束语

有人得了病，医生会明智地建议他不妨换换空气和环境。谢天谢地，这里并不意味着整个世界。七叶树不会生长在新英格兰，嘲鸫的鸣叫声也很难在这里听得到。野鹅倒是比我们更加具有国际性；它在加拿大进早餐，到俄亥俄州吃午饭，然后在南方的牛轭湖梳理自己的羽毛过夜。甚至野牛，在某种程度上，也能紧随着季节更迭，先在科罗拉多牧场上吃草，直到黄石公园有了更绿、更鲜美的青草在等候它为止。然而，我们认为，如果说我们的农场将栅栏通通拆掉，垒起了石墙来，我们就给自己的生活定下了界限，我们的命运也就选定了。你要是被选为镇上文书，那么，今年夏天你就去不了火地岛：不过，你倒是可以到地狱烈火国去。宇宙比我们看到的还要广阔得多呢。

然而，我们应该像好奇的旅行家一样，经常到我们的船尾看看景色，而不要像愚蠢的水手那样，一路航行中自己只顾低头拣填船缝的麻絮。地球的另一面，不外乎是我们的同类的家。我们的航行只不过是绕了一个大圈子，而医生开的方子无非是治治皮肤病罢了[1]。有人急吼吼赶到南非去追捕长颈鹿，其实，他应该猎捕的肯定不是这样的猎物。你倒说说看，一个人

1　意谓不从整体上而仅仅是表面上治疗，亦即只治标、不治本。

就算可能的话，恁地能花多长时间去追捕长颈鹿啊？猎捕沙锥鸟和土拨鼠，也是挺稀罕、够好玩儿的；但我相信，直击自我[1]倒是不失为更高贵的娱遣。

> 你的视野一转向内心，发觉
> 脑际还没被发现的一千个地域。
> 你就不妨去那里盘桓周游，
> 成为自家宇宙结构学的专家。[2]

非洲意味着什么来着？——美国西部地区又代表什么来着？我们自己内心在图表上，不也是一片空白吗？就算一旦被发现，它还不是像海岸一样黑乎乎的。难道我们发现的就是尼罗河的源头，抑或是尼日尔河的源头，抑或是密西西比河的源头，抑或是我们大陆上的西北走廊吗？难道说这些就是跟人类休戚相关的问题吗？难道说失踪的仅仅是弗兰克林爵士[3]一人，乃至于他的妻子就如此正经八百地去寻找他吗？格林奈尔[4]先生知道不知道自己身在何方？还不如争当芒戈·帕克[5]，

1 直击自我，原意自杀，此处或恐梭罗又是一语双关，亦即寓有“直击猎人的自我”深意。

2 引自哈宾顿（William Habington，1605—1664）《致尊敬的奈特爵士》的诗句。

3 弗兰克林爵士（Sir John Franklin，1786—1847），英国探险家，海军少将，率领官兵 130 余人，遇难于西北航道的探险中。

4 格林奈尔（Henry Grinnell，1799—1874），纽约富商，曾资助寻找遇难的弗兰克林等一批人。

5 芒戈·帕克（Mungo Park，1771—1806），苏格兰探险家，两次勘察非洲尼日尔河道，著有《非洲内地旅行》。

成为路易斯、克拉克[1]和弗罗比歇[2]这样的探险家，探讨你自己的河流和海洋；探索你自己的南极或北极吧——必要时，船上不妨装足罐头肉，维持自己的生命；还可以把空罐头堆得老高老高，当作标志。难道说发明罐头肉仅仅是为了保藏肉类吗？不，你得争当一个哥伦布，去发现你内心所有的新大陆和新世界，开辟新的航道，不是为了做生意，而是为了沟通思想。每个人不啻是一国之主，相形之下，沙皇的地上帝国只不过是蕞尔小国，是冰凌遗留下来的一块小疙瘩。然而，有一些人虽然堪称爱国，但是毫无自尊心，为了微末小事宁可胸无壮思。[3]他们热爱的是给自己殁后埋葬的墓地，而对赋予他们躯体以活力的精神却无动于衷。所谓爱国仅仅是他们头脑里造出来的幻想罢了。南太平洋海岛探险远征[4]，不论声势、耗资都是如此浩大，究竟意味着什么，其实，只不过是间接地承认了这么一个事实：在人们的精神世界里，同样存在大陆和海洋，每个人只是这个精神世界里的一个半岛或者一个岛屿，可他还没有去探索，却坐在一艘政府的大船里，经过寒冷、风暴和吃人生番的地域，航行了好几千英里，带上五百名水手和仆役来伺候他，这比独自一人去探索内心的海洋、大西洋和太平洋，毕竟要容

---

1 路易斯（Meriwether Lewis，1774—1809）和克拉克（William Clark，1770—1838），美国探险家，两人率队进行首次直达太平洋西北岸横贯大陆的考察活动。

2 弗罗比歇（Sir Martin Frobisher，1535？—1594），英国航海家。

3 此处是梭罗针砭时弊，指责有些人酷爱鸡毛蒜皮，而甘于没有文化思想意识，更不用说雄心壮志。紧接着作者一语道破，说他们要的只是墓地，而不是精气神。

4 此处指 1838—1848 年美国海军对南太平洋和大西洋的探险远征。

易得多——

Erret, et extremos alter scrutetur Iberos.
Plus habet hic vitæ, plus habet ille viae.

让他们漫游去，考察异邦澳大利亚人，
我懂得更多的是神，他们懂得更多的是路。[1]

满世界跑去桑给巴尔[2]清点猫科动物，很不值得。可是话又说回来，如果说你乏善可陈，这种事也不妨偶一为之。说不定你真的找到了一些“西姆斯[3]洞”，由此终于进入地球内部。英国、法国、西班牙和葡萄牙，黄金海岸[4]和奴隶海岸[5]，全都位于这个不公开海洋的前沿，虽然从那里出发，毫无疑问，可以直航印度，却从来没有哪一艘船敢于驶往看不见陆地的领域。尽管你学会了各种方言，认同了各国风俗习惯，尽管你会比一切旅行家都走得更远，又能适应所有一切气候与水土，让斯芬克司[6]

1 引自古罗马诗人克劳迪恩（Claudian, 370？—404？）的《维罗纳的老人》一诗。梭罗的英译将“西班牙人”误译为“澳大利亚人”。请读者注意。

2 桑给巴尔，今坦桑尼亚东北部。

3 西姆斯（John Symmes），英国人，曾论证地球是空心的。

4 黄金海岸，西非国家加纳旧称。

5 奴隶海岸，今西非贝宁湾沿岸一带，因 16—19 世纪末西方殖民者由此大量贩运非洲黑人至美洲为奴而得名。

6 斯芬克司，古希腊神话中长翅膀的狮身女怪，传说常叫过路行人猜谜，猜不出者即遭杀害。在埃及现存狮身人面（或羊头，或鹰头）巨像。后来俄狄浦斯终于猜出了谜语，使它以头撞石而毕命。

气得一头撞到了石头上，那也还得听从老哲学家的箴言：探索你自己[1]吧。这就用得着眼光和胆量。只有败将和逃兵才去打仗，开小差的懦夫才会应募入伍。现在就开始探索，向西部地区远征吧，这就不会在密西西比河或者太平洋逗留，也不会到古老的中国或者日本去，而是按照大地切线将你直接引入这个领域，不管寒暑昼夜，日没月落，断断乎不停歇地直到最后，哪怕地球也消失了。

据说，米拉波[2]拦路抢劫过，为的是“验证一下，有人正式违抗社会上最神圣的法律，究竟需要多大的决心”。后来，他声称：“大兵打仗时需要的勇气，只有拦路抢劫的一半。”——“荣誉和宗教永远阻挡不了深思熟虑和坚定不移的决心。”一般说来，米拉波其人其事颇具须眉气概，但又很无聊，哪怕还算不上破罐子破摔。一个比较清醒的人会发觉自己屡屡“正式违抗”所谓“社会上最神圣的法律”，因为他要听从更加神圣的法律，根本用不着这么出格，也已经验证了他的决心。其实，他不必对社会采取这样一种态度，只要顺从他自己认可的法律，保持自己原有的态度，这样他就断断乎不会跟公正政府对抗的，如果说他碰得上这么一个公正政府的话。

我离开树林子，就像我当初入住树林子一样，都有充分的

---

1 老哲学家可能指苏格拉底，他说过“认识你自己”（Gnothi seauton）。不少哲学家亦皆有此说。

2 米拉波（Comte de Mirabeau，1749—1791），法国大革命时期君主立宪派领袖之一，演说家、政治家。

理由。也许我觉得，似乎还有好几种生活方式可供选择，我不该在这么一种生活方式上花费更多时间。值得注意的是，我们很容易不知不觉地过惯了某种生活方式，陈陈相因，久而久之，给自己踩出了一条老路来。我住在那里还不到个把星期，我的脚底下就踩出来了一条小道，从我家门口一直通往湖边；自此以后已有五六年了，这条小道至今依然清晰可见。说真格的，我揣想，别人也走过这条小道，所以一直保持畅通无阻。大地的表面是柔软的，人们一走过就会留下踪迹；同样，人的心路历程也会留下痕迹的。不妨想一想，人世间的大路必然已给踩得多么坑坑洼洼，尘土飞扬，传统和习俗又形成了多么深的车辙！我可不乐意枯坐在船舱里边；与其这样，我觉得还不如干脆站在世界的桅杆前和甲板上，因为从那里，群山之间月色溶溶的美景，我可以看得更真切。那时我再也不想回到船舱下面去了。

我至少从我的试验中悟出了这么一点心得：一个人只要充满自信地朝着他梦想指引的方向前进，努力去过他心中想象的那种生活，那他就会获得在平时意想不到的成功。他会把某些事情置于脑后，越过一道看不见的界限；在他周围与内心深处会确立一些新的、人人懂得的更加自由的法规来；要不然，旧的法规加以扩充，并从更加自由的意义上获得有利于他的新诠释，而他已蒙受特许，可以按照上层社会人员那样生活。他的生活越是简单，宇宙的法则也会显得越不复杂，孤独将不成其为孤独，贫困将不成其为贫困，懦弱也将不成其为懦弱。如果你造了空中楼阁，你是不会徒劳无功的；楼阁本该造在空中。现在已是给它们打下基础的时候了。

英国和美国提出了一个荒唐可笑的要求，那就是：你一说话好歹人们都能理解你。可是，人们和伞菌，全都不是如此这般成长的。好像那是至关紧要的事儿，没有话儿也就不足以充分理解你了。仿佛大自然支持的是仅仅这么一种理解模式：它养得起四足动物，却养不起鸟儿，养得起爬行动物，却养不起飞禽，连耕畜都听得懂的“嘘、吁”的吆喝，反倒是成了顶呱呱的英语。仿佛唯有傻里傻气，反而万无一失似的。我的主要担心是，也许我的表达还不够过火，也许远远地没有突破我的日常生活经验的狭隘局限，因而没法将我深信的真理表达得一清二楚。至于过火嘛！这倒是要看你如何受到局限的。迁徙中的水牛到另一个纬度去寻找新的草场，就不会像喂奶时的奶牛一脚踹翻奶桶、跃过牛栏、紧追它的小牛犊那样来得更过火吧。我想到某些没有忌讳的地方去说说话儿；就像一个刚刚苏醒过来的人跟别的一些刚刚苏醒过来的人那样说话儿。因为我相信，就算为真实的表达奠定基础，我离夸大其词毕竟还差得远呢。有谁听过一首乐曲旋律后，就担心自己说话儿永远会夸大其词吗？为了未来或者可能发生的事，我们的生活应该过得相当随意，不受约束，而我们的纲领也不妨显得黯淡、模糊些，就像我们的影子对着太阳也会不知不觉地在微微渗汗似的。我们言辞里真实性不断变化无常，而余下来的论述却表达得不够充足。它们的真理一瞬间转译升华，只有文字的丰碑得以留存。表达我们的信仰和虔诚的话语是很不确切的；然而，对出类拔萃的人来说，它们犹如乳香，意味深远，芳香四溢。

缘何总是使我们的水准降低到愚不可及的认知，还要赞美它为共识呢？其实，最常见的感知是人们熟睡时打鼾所表达出来的。有时，我们往往将绝顶聪明的人和尚欠聪明的人归为一类，因为我们仅仅赏识他们三分之一的聪明。有些人偶尔起个大早，还会对迎晨红霞找碴儿。我听说，“他们佯称，迦比尔[1]的诗歌有四种不同的意义——幻觉、精神、才智和吠陀经典的通俗教义”；但在我们这里，要是有人在作品中接纳不止一种的诠释，那就会被人们诟病。英国正在下大力防治土豆腐烂，试问有谁下大力医治蔓延更加广泛，因而也更加致命的大脑腐烂吗？

我并不是说，我已然臻于晦涩的境地，但是，如果说在我这些书页里发现的致命差错并不比从瓦尔登湖冰凌上所发现的更多的话，那我就该感到自豪了。南方的买家极不喜欢瓦尔登湖冰凌的蓝色，往往看成是泥浆所造成的，其实，这才是它纯洁无瑕的证明；他们却反而喜欢剑桥的冰凌，白花花的，但有一股草腥味儿。人们所喜爱的纯洁，就像笼罩大地的雾气，而不是凌驾于雾气之上的蓝色太空。

有人在我们耳边叨咕着说，我们美国人以及一般意义上的

1　迦比尔（Kabir，1440—1518），印度神秘派诗人，曾试图融合印度教和伊斯兰教精华，形成简易瑜伽，成为迦比尔道、锡克教以及许多教门的先驱。

现代人，倘若跟古人相比，甚至跟伊丽莎白时代的人相比，都不过是智力上的侏儒。但是，作这样对比究竟是目的何在？活着的狗，比死了的狮子更强[1]。一个人属于侏儒族，难道就活该去上吊，而不好成为侏儒里头的高个儿吗？让每个人管好自己的事儿，力求成为名副其实的万物之灵。

我们缘何如此不顾一切地急于求成，如此孤注一掷地铤而走险呢？如果说有人跟不上他的同伴们，也许这是因为他听到的是另一种的鼓点。让他踩着自己听到的音乐节拍走路，不管这节拍是什么样的，或者换句话说，也不管它该有多远。至于他该不该像苹果树或者橡树那么早熟，这可并不重要。那他赶明儿会把他的春天变成了夏天吗？如果说完全适合于我们的环境尚未水到渠成的话，我们可以用来取代它的，那又是什么样的现实呢？我们犯不着因为虚浮的现实，恍如海上触礁遇难。难道我们要下大力气在自己的头顶上建造一片蓝色玻璃似的天空，建成后我们还得抬眼凝望那个地地道道的遥远太空，仿佛前者并不存在似的？

库鲁城里有一个艺术家，他喜好追求完美。有一天，他突然想做一根手杖。他觉得，一件作品之所以不完美，时间是个因素，但凡一件完美的艺术作品，时间是在所不惜的。于是，他自言自语道：哪怕我这辈子别的事儿都不干，我也得把手杖做得十全十美。他马上直奔森林去，凡是不合适的木材决不采

1　引自《圣经·旧约·传道书》第 9 章第 44 节："因为活着的狗，比死了的狮子更强。"

用；他就这么着寻摸木料，一根又一根地挑选，哪一根都没选中，这时他的朋友渐渐地离开了他，因为他们干活儿一直干到老，一个个都死掉了，可他直到此刻一点儿都不见老呢。他一门心思，抱定宗旨，而又异常虔诚，这不知不觉之中让他永葆青春。缘于他决不向时间妥协，时间只好靠边站，待在远处叹息，徒呼奈何。他还没寻摸到完全适用的材料，可库鲁城已成了一片废墟；于是，他就坐在废墟一个土堆上剥树皮。他还没有给手杖勾画出合适的形状来，坎大哈王朝却寿终正寝了，他用手杖的尖头在沙土上写下了那个种族最后一个人的名字，回头继续干自己的活儿。等他把那手杖磨平抛光时，卡尔帕[1]已然不再是北斗星了；在他还没有给手杖安上金箍和镶嵌宝石的头饰之前，梵天睡醒过已有好多个轮回了。可是我缘何还要提到这些事情呢？因为等他的作品最后完成了，那手杖突然之间在他眼前一亮，变得无比光艳夺目，终于成为梵天所有创造物中最完美的珍品，让艺术家大吃一惊。他在制造手杖时创建了一种新的制度，一个完美和公正均衡的新世界；在这个世界里，古老的城市和王朝虽已消失，但取代它们的是更加漂亮、更加辉煌的新城市和新王朝。现下，他看到自己脚跟边堆满刨花，依然是崭新的，觉得就他和他的工作而言，时间的流逝只不过是一种幻觉，其实时间并没有流逝，就像梵天脑子里

1 卡尔帕（Kalpa），在印度梵文中意为“劫”；古印度传说世界经历若干万年毁灭一次，重新再生，这一周期称为一劫。

闪过的火花星子，点燃了凡夫俗子头脑里的火绒似的。他挑选的材料是至纯精美，他的艺术也是炉火纯青，结果恁地能不神奇呢？

我们可以使事物外表不俗，但到最后都不会像真理那样使我们受益。唯有真理方能持续经受时间考验。我们大部分时间并不是得其所哉，而是处于一种虚假的位置上。由于我们天性脆弱，我们设定一种情况，把自己摆了进去，这么一来，我们同时处于两种情况之中，要走出来就难上加难了。清醒时，我们注重的只是各种事实，亦即实际情况。说你要说的话，而不是你该说的话。任何真理都要比虚伪好。补锅匠汤姆·海德站在绞刑架上，有人问他有没有什么话要说。“转告裁缝师傅们，”他说，“在缝第一针之前，记住在线头上打一个结。”而他的朋友们的祈祷，倒是早给忘掉了。

不管你的生活多么卑微，那也要面对它过日子；不要躲避它，也不要贬损它。生活毕竟还不像你那么要不得吧。你最富的时候看上去倒像个穷鬼。净爱挑剔的人，就算到了天堂，也会净找碴儿。热爱你的生活吧，哪怕是很贫困。即使在济贫院里，说不定你也会有一些快活、激动、极其开心的时光。夕阳照在济贫院的窗上，跟照在富豪人家的窗上一样亮闪闪；那门前积雪同在早春时一样融化掉。我揣想，一个人只要心地宁静，即使身在济贫院，也会像生活在宫殿里一样心满意足，思想愉快。镇上的穷人，依我看，往往过着比别人最独立不羁的生活。也许正是因为他们太了不起，所以毫无顾忌地接受周济。可是大多数人认为，他们压根儿用不着镇里来扶持；实际上，他们自己常常靠不正当的手段来养活自己，这应该说是很不光彩的。要像园中芳草和圣人[1]那样安于清贫吧。你何苦去寻摸新的，不管是衣服，还是朋友。寻寻觅觅旧的，回到那儿去。万物是恒久不变的；变的是我们自己。你的衣服可以卖掉，但你的思想要留住。上帝会看到，你并不需要交际应酬。哪怕说我整天价待在阁楼上一个角落里，像一只蜘蛛似的，但我只要自己有思想，这个世界依我看还是同样广博开阔。至圣贤哲说："三军可夺帅也，匹夫不可夺志也。"[2]不要急巴巴地寻求发展，让自己受到屡被外界耍弄的影响；这些全是瞎胡闹。卑微像黑暗，会透露出天国之光。贫穷和卑微的阴影把我们团团围住，"可是瞧吧！天地万物扩大了我们的视野"。人们经常提醒我们，如果说上天把克洛索斯[3]的巨富赐给我们的话，我们的人生宗旨一定仍然不会变，我们的生活模式实质上也不会变。再说，如果你受到贫困的制约，比方说，你连书报都买不起，其实，你也只不过在最有意义、最具活力的经验方面受到制约；你被迫跟盛产糖和淀粉的物质领域打交道。越是彻骨贫困的生活，反而越是美滋滋的[4]。你断断乎不去做无聊事儿。下层的人不会因为上层的人心胸宽大而失去什么来着。多余的

---

1 此处原文 sage，又指鼠尾草类植物。

2 引自《论语·子罕》。

3 克洛索斯（Croesus，生活于公元前 6 世纪），吕底亚末代国王，敛财成巨富。

4 源自中世纪谚语：越贴近骨头，肉味就越鲜美无比，意谓最甜蜜的生活。

财富只能购买多余的东西。而灵魂的必需品，是用钱也买不到的。

我居住在铅墙的一隅，缘于墙体里注入一点儿铸钟时用的铜锡合金。经常在我午休的时候，有一种乱糟糟的叮叮当当的声音从外面传到了我的耳际。这是我的同时代人的噪声。我的邻居告诉我，说到他们和一些知名的绅士淑女的奇遇，还有他们碰到过的哪些头面人物；殊不知我对这等事就像对《每日时报》的内容一样压根儿不感兴趣。他们的兴趣和谈吐多半是有关穿着打扮和举止风度；反正呆头鹅总归是呆头鹅，不管你怎么个打扮它。他们向我讲到加利福尼亚和得克萨斯，讲到英国和印度，讲到佐治亚州或者马萨诸塞州的某某令人尊敬的先生，所有这一切，全是过眼烟云，我差点儿像马穆鲁克[1]老爷一样打从他们的院子里逃走。我很高兴摆正自己的定位——不喜欢要滑头，摆谱儿，招摇过市，出足风头，哪怕我完全可以跟宇宙造物主并肩同行，我也不乐意——反正不乐意生活在这个躁动不安、神经紧张、熙熙攘攘、琐屑无聊的十九世纪，反而是喜欢站着或者坐着冥思苦想，任凭这个十九世纪流逝而去。人们都在庆祝些什么来着？他们都是某某委员会成员，随时企盼听人家演说。上帝仅仅是这一天的司仪[2]，韦伯斯特[3]是

1 马穆鲁克（Mameluke），原指 1250 年到 1517 年统治埃及的军人集团的成员，出身奴隶，后来泛指奴隶。据传 1811 年在埃及一次大屠杀中，有一个马穆鲁克老爷翻墙跳到马上，得以逃命。

2 此处原文 president，意指司仪（master of ceremonies）。

3 韦伯斯特（Daniel Webster，1782—1852），美国政治家和演说家。

他的发言人。那些最强烈地吸引我的东西，只要言之有理，我就喜欢对它们仔细掂量，琢磨研究，并且朝它们靠近——而不会拉住磅秤横杆，试图让它们的分量减轻一些——不会假设一种事例，而是要接受它原来如此的事实；走在我能走的唯一小路上，好歹走在这种小路上，任何力量也都阻拦不住我。基础还没有夯实就开始修建一道拱门，可不会使我遂心如意。我们还是别玩这危险的儿戏。反正坚实的底儿很多，俯拾即是。我们在书里读到过，有个旅行家问一个孩子，他眼前的沼泽地里是不是有一个硬实的底儿。那个孩子回答说，是有的。不料，转眼之间，旅行家的马却齐肚带深地往下陷了进去。于是，他就对那孩子说："我听你说的，这个沼泽地里有个硬实的底儿。""没错，底儿是有的，"孩子回答说，"不过，现下你还没有达到它的一半深呢。"社会的沼泽地和流沙也都是如此这般；不过个中奥妙，只有活到满头白发的孩子方才懂得。也只有在极其难得的巧合中，把所想的事儿说过了或者做过了，那敢情好呢。有人傻乎乎地将钉子只是浮皮潦草地嵌入板条和灰浆的墙里头，我才不会这样做；因为要是做过这类事，我管保夜夜睡不好觉。给我一把榔头，让我摸一摸墙板上头的纹路。灰浆是靠不住的。要把钉子钉到实处，钉得牢实，你夜里醒来想想自己这活儿也管保挺满意——就算缪斯女神给唤醒了，你也不会觉得难为情。敢情是，上帝保佑你，可不是。打进去的每一颗钉子，都应该是在宇宙这台机器里的又一颗铆钉，那你就继续干这个活儿。

最好给我真理，而不是爱情、金钱、名声。我坐在一张摆满珍馐美酒的餐桌前，受到阿谀逢迎的招待，可是那儿唯独没有真诚和真理；我离开这张怠慢的餐桌，依然饥肠辘辘。如此这般的招待，简直是冷若冰霜。我想，倒是用不着再用冰块把它们冰镇起来。他们告诉我这酒的年代和酒的美名；但我却想到了一种更陈、更新、更纯的酒，一种更加美名远扬的佳酿，反正他们那儿是没有的，花钱也买不到。此间如此这般格调、住邸、庭院和“娱乐”，在我的心目中，都是可有可无的。我访问过一个国王，可他让我在客厅里老是等着，从他举手投足来看，好像不大懂得招待客人似的。邻近我的住地，有一个人住在空心树洞里头。他的举止谈吐倒是颇具真正的王者风度。我要是去访问他，受到的款待该会好得多吧。

我们还要在门廊里坐等多久，去实践哪些无聊而又发霉的美德，而任何要做的事情与这些美德都是格格不入！好像一个人每天一开始都要叫苦不迭，雇了一个人来给他种土豆；午后带着事先想好的善意预谋，出去实践他基督徒的温顺和爱心！不妨想一想中国的骄傲自大和人类停滞不前的自满吧。这一代人托庇余荫，庆幸自己好歹成为名门望族的最后孑遗；在波士顿、伦敦、巴黎和罗马，遥想自己那绵绵瓜瓞似的历史，沾沾自喜地诉说自己在艺术、科学和文学上取得的进步。余外，还有哲学学会的各种记录，以及对伟人的公开颂词！这是好人亚当在沉思默想自己的美德。“是的，我们做出了伟大的业绩，唱起了神圣之歌，这一切的一切将是永垂不朽的”——也就是说，只要我们还记得住它们的话。古代亚述[1]的学术界鸿儒硕彦和伟人——现如今他们都在哪儿呢？我们是何等年轻的哲学家和实验家啊！我的读者里头，还没有一个是经历过完整的人类生活的。在人类生活中，这些也许仅仅是春天季节吧。如果说我们已有过七年之痒[2]，可我们在康科德还没有见过十七年周期蝉[3]。我们所熟稔的仅仅是我们赖以生存的地球上的一层薄壳，大多数人都没有潜入过地下六英尺深，也还没有跃过离地六英尺高。我们都不知道自己身在何方。再说，我们差不离有一半时间都在酣睡。但是，我们却自以为很聪明，在地球上建立了一种既成秩序。真的，我们是深刻的思想家，我们有雄心勃勃的精气神！我站在森林覆被[4]上，看到松针之间爬行的一只虫子，极力躲避我的视线，于是，我反躬自问，为什么它会有这些谦逊思想，躲着我把它的头藏起来？也许我原本是它的恩主，能告诉它的族群一些可喜的信息；这时，我想到了那个更伟大的恩主与智者，也正在俯视我这个人类俨然虫豸呢。

新奇事物源源不绝地涌入当今世界，可我们却容忍不可思议的愚钝不灵。我只消提示一下，在最开明的国土上，我们至今还在听什么什么的布道就够了。这里头有诸如欢乐和悲哀之类的字眼儿，可它们都是赞美诗里的叠句，用鼻音哼唱的，其

1 亚述，古代东方一奴隶制国家，位于亚洲西部。

2 此词为英美谑词，指夫妇间结婚七年后常出现相互厌倦和不忠实的趋势。

3 英文 locust，美国昆虫名，周期蝉，另暗指灾星、老饕之类人物。

4 即指饱含枯枝落叶等腐殖质形成的森林覆被。

实，我们所相信的还是平庸和卑微。我们以为我们只要换一下衣服就得了。据说，不列颠帝国是大得很，名声好得很；而美国则是一流的强国。我们不相信每一个人背后都在潮起潮落，这潮水能使不列颠帝国像小木片似的漂浮起来，如果说每个人心里记住这个的话。谁知道下一次从地里冒出来的十七年周期蝉究竟是哪一种呢？我生活所在的这个世界的政府，不是像英国政府那样，在晚宴之后喝酒闲聊中就可以构建起来的。

我们体内的生命好似大河里的水。也许今年河水涨得老高，人们从来没见过，把干旱的高地都给淹没了；甚至于这一年说不定还是多事之秋，会把我们所有的麝鼠通通给淹死了。我们居住的地方不见得总是在旱地上。我远远地看到，深入内地的河岸在古代，远在科学还没有记录它们的洪灾之前，就受到河流的冲刷。每个人都听说过在新英格兰盛传的那个故事：有一只健壮、美丽的虫子，从苹果木旧餐桌的一块干爽的活动面板里爬了出来。殊不知这张餐桌置放在农家厨房里已有六十个年头了，先是在康涅狄格州，后来到了马萨诸塞州——可是那个虫卵远在六十多年前苹果树还活着时，就存活在树里头，少说也有好多年了，反正从树的年轮上是看得出来的；只听得这虫子在里面啃咬了好几个星期，虫卵也许受到水壶的热气才孵化出来的。听了上面这么个故事，谁能不感受到复活和不朽的信心随之得到了增强呢？它的卵子蛰伏在一层又一层的木头芯里，在枯死的社会生活里埋伏了好几个世代，开头是在生青碧绿的活木材里，后来活木材渐渐地风干变成坟墓似的硬壳——也许这时它在木头里已啃咬了好几年了，让坐在喜庆餐桌前的一家人听到响声，大吃一惊——谁知道，这么美丽的、长着翅膀的生命，冷不丁从社会最不起眼、别人赠送的家具里头脱颖而出，终于可以享受它完美的夏日里的生活情趣！

我并不是说，这一切不拘是哪一个约翰或者乔纳森[1]常人都能认识到的。但是，仅靠时光的流逝，断断乎到不了拂晓，这就是那个早晨亦即明天的特性。遮住我们眼睛的亮光，对我们来说无异于黑暗。唯有我们清醒的时候，天光才大亮。天光大亮的日子多着呢。太阳才不过是一颗晨星罢了。

（全文完）

1 约翰、乔纳森都是英美人常用姓名，此处分别指平常英国人与美国人。

附　录

新的桃源是耶？非耶？

——拙译《瓦尔登湖》屡屡重印有感

久享“美文中的美文”“经典中的经典”声誉的《瓦尔登湖》——六十多年前我念大学时虽然读过，但显然未能窥其堂奥。20 世纪 40 年代末，诗人徐迟先生把它翻译出来了。谅他那时节才三十多岁，颇不简单，反正有才气，50 年代我在京津还有幸见过他好几面，很敬佩他。

后来，北京大学老校长季羡林先生任主编的“名家名译·彩色插图本·世界文学名著经典文库”编委会诚邀我重译《瓦尔登湖》。我说坊间已有那么多中译本，屡次婉言推却，可他们老说现下中译本都不理想，到头来还是推却不了。那我万般无奈，只好承乏。开译之前，我照例作了比较充分的准备，看了好多书……梭罗短暂的一生最出名的就数《瓦尔登湖》。它是纯粹散文的经典，誉称“散文诗”。全书充满风光旖旎的田园般的魅力，不消说，足以诱惑众多读者退隐山林，或者傍湖筑舍，竞起仿效之。但梭罗却在书中预告，很不希望有人采取他的生活方式，言外之意，希望读者切莫把它看成逃避现实的幽居胜地抑或是世外桃源。书中记述梭罗独自在湖畔林居两年里有关大自然、人生、人性等诸多重大问题的思考，以及他与大自然亲密接触、重塑自我、探索生活的真谛的心路历程，字里行间闪耀着宁静、恬淡、智慧的光芒。因此，作为译者，一是要特别用心，参透作者的原意；二是与之相应，用比较恬淡、飘逸的笔调把它译成中文。果不其然，据悉，很多人反映读完拙译后感觉比较清新、酣畅，富于韵味。缘于我译经典时对译作中每个句段几乎都十分在意，力求朗朗上口，牢记叶圣陶先生的名言“好的文章可以朗诵”（大意）。我想，人们理想中的文学译作，必然是声情并茂、形神兼备，具有动人的魅力，从视觉、听觉上激活人们的审美情趣。

约莫在 2005 年，我开译《瓦尔登湖》，时断时续，至翌年冬始告竣，个中甘苦，我已于 2010 年 1 月初“腾讯”记者采访时作过介绍，详见长篇访谈录《潘庆舲：吹尽狂沙始到金——译缘漫语》。

文学翻译艺术本无止境。现如今，学术界有识之士达成共识：好的文学翻译即是文学再创作，乃至堪称双璧。回首前尘，遥想七十年前，在名校研修外国文学，当时拜读荷马史诗《奥德赛》《伊利亚特》、古希腊三大悲剧家代表作，乃至意大利薄伽丘《十日谈》，等等，采用版本，无一不是顶呱呱、文采斐然的英译本，不消说，获益匪浅。再从我个人六十多年来研读心得与译书实践而言，越发深切感悟到好的文学翻译端的是文学再创作，对译述外国经典来说尤其深中肯綮，真乃不易之论。说实话，我倒是希望国内有更多名著名译本问世。我觉得好多世界名著也应该有各具不同特色的中译本并存，斗艳竞秀，要知道各个译家的理解与颖悟毕竟不一样，译品也随之各有千秋，更相信广大读者方家独具慧眼。

我觉得，我国译坛百花齐放、各领风骚也未尝不可。当然咯，首先必须“以精品奉献人民”（习近平主席语），不言而喻，禁绝现下鱼目混珠的复译本必然成为图书出版业的当务之急。

就拿我重译《瓦尔登湖》来说，没承想带来始料所不及的惊喜。尽管译竣后，我依然觉得并不十分满意，但是多承我工作单位的老同事，亦即上海社会科学院出版社副总编、资深编审陈如江兄审读后却卓有远见地立时发稿，上海社会科学院出版社于 2007 年 6 月首印后未几即告罄，于是赶紧在 2008 年 3 月再版，迅即走向全国。据悉，拙译《瓦尔登湖》在北京反响特别好，在当当网上被评为五个红五星。读者错爱，说“这个译本非常不错”，是“至今为止读到的最牛的散文”，“读来令人叫绝”，又说：“现在这个互相倾轧、明争暗斗的时代，读这本书真的是特别好的选择。《瓦尔登湖》留在我们心里。让它成为我们的新的桃源吧！”（摘自 2008 年 2 月 14 日当当网）随后，北京等地好几家大出版社争着出书。据“世界文学名著典藏”丛书主编告知，他们这套大型特精装本丛书中唯独三本一路热销，里头有一本即是拙译《瓦尔登湖》。

这可让我不由得暗自纳闷，端的是感慨万端。试想，方今书市并不是很景气，纸质出版物受到网络数字电子书挤压，浅阅读、碎片化、看图风气盛行，传统书店纷纷倒闭，一部外国文学经典的译著却被大江南北二十多家（不包括被译者婉拒的，少说也有十多家）出版社争先恐后地印造，有的还在不断重印，推出了彩色插图精装本、典藏本，其中北京某国家级出版社印造大十六开本大字版，特别受到读者青睐；余外，北京大学出版社将拙译《瓦尔登湖》列为“大学人文经典阅读”开卷第一篇；香港商务印书馆则为海外读者专门刊印中英文对照繁体字文本，等等。没承想后来草鹭文化公司采用上海译文出版社“译文经典·精装系列”拙译《瓦尔登湖》版本，推出了限量定制版，封面精选蓝鲸灰、朱砂橘、雪松青、金石青共四种山羊皮装帧，以烫金、烫印工艺呈现，设计考究，书脊则为欧式竹节装，上书口镏金，每册分别编号（限量为三十七册），堪称收藏版书中精品。当然咯，不久前，“知乎”平台发文评论国内已出版的《瓦尔登湖》的十四个中译本，并且列举实例，在在说明唯独上海译文版拙译《瓦尔登湖》胜出，未免令人赧然。无奈始料不及的却是，诚如曾被误导的读者、书友痛快地说，就让煞有介事的那些中译本一瞬间声名狼藉吧！没错，没错，难怪人们都说——这在当今译坛上抑或是你老六十多年来译著生涯中洵属罕见。毕竟西谚说得好：“人活着不是仅仅靠面包。”说到底，包括文学经典在内的精神食粮——乃是圆颅方趾断断乎少不得的。明摆着好的外国文学经典及与其般配的译作，普天下男男女女都爱不忍释，你说，可不是？！当然，这并不是意味着拙译一点瑕疵都没有。我可有自知之明，备不住也会有疏漏，或者学养不足，感悟不深，等等，还望专家、读者不吝指正。

潘庆舲
2011 年 10 月识于上海中山公园圣约翰名邸
2018—2023 年修订后补叙

随身读经典

西方名家随笔系列

瓦尔登湖

[美] 亨利·戴维·梭罗 / 著　潘庆舲 / 译

蒙田随笔

[法] 米歇尔·德·蒙田 / 著　朱子仪 / 译

一个孤独漫步者的遐想

[法] 让-雅克·卢梭 / 著　袁筱一 / 译

培根论人生

[英] 弗朗西斯·培根 / 著　张和声　程 郁 / 译